送君入罗帷

龚心文 著

上册

湖南文艺出版社
HUNAN LITERATURE AND ART PUBLISHING HOUSE

博集天卷
CS-BOOKY

目录

送君入罗帷

楔子

严冬时节，天空纷纷扬扬飘落着大雪。

浮罔城内，高耸的城墙、峥嵘的石雕上均覆着厚厚的白雪。放眼望去，混沌间不分天地，乾坤内一片银白。

"主人，你在看什么？"在城池的高处，有些僵硬的说话声伴随着古怪的咔滋声响起。

那是一只小小的傀儡，随着下颌的张合有了年头的关节发出不太灵活的响声。

如今的浮罔城内，已经很难看见这样老旧型号的傀儡，即便是最低阶的魔修，也很少再愿意使用这样早已经被历史淘汰了的款式。

"看雪。"一个男人轻声回答。

披着厚重斗篷的男人不知在此地坐了多久，他的头顶、肩头落满细雪，便连那纤长的睫毛都沾染了银屑，像是那些在浮罔城的风雪中凝固了多年的老旧石像。只是纷乱的飞雪中那斗篷的灰影下露出的半张苍白的面孔，却令人意外地年轻而俊美。

小小的机械傀儡百无聊赖地蹲在主人肩头。主人什么都好，只有喜欢看雪这么个奇怪的癖好令它难以理解。

在他们的脚下，是昏暗而无序的浮罔城，魔修会聚之都。

在这个寒冷的城市里，天空总是阴沉沉的，一年中大多数时日不是雨雪就是阴天。小傀儡不明白这样单调无味的雪景，能有什么地方值得主人经年累月地凝望。

* 本书参考文献：《性命圭旨》《云笈七签》《周易参同契》等。

第一卷

入仙门

送君入罗帷

第一章 接仙缘

以因缘俱灭故，
心相皆尽，名得涅槃，成自然业。

半睡半醒间，穆雪的耳边一直传来隐隐约约的梵音，那声音似极远又极近，似极细微，又似浩荡，在耳边吟唱个不休。

穆雪有些不安地翻了个身，自己明明是个魔修，却为什么能听见这样的佛门音律。她想要醒来，眼皮却如同灌了铅一般沉重，怎么也无法睁开。外面的世界光明而舒适，有一只温柔的手在轻轻抚摸她的头顶。

虽然是在梦里，她却清晰地知道那是自己的母亲。

"小雪，此术名为无限化身轮转秘法，乃窥天道之隙所成无上妙法，可护你元神清明，万世无忧。唯有一点，万万不可泄于他人，否则……"

"否则怎么样？"穆雪迷迷糊糊地问道。

母亲却只是笑了笑，好像低声说了一句什么……

穆雪睁开了眼睛，发现自己仰卧在晒干的茅草堆上，眼前的天空碧蓝如水，午后骄阳晕开一圈圈光影，毫不吝啬地把珍贵的温暖和明亮洒向大地。

穆雪愣愣看了蓝天半响，从恍惚中清醒。这里早已不是那个雨雪交加的浮罔城，只是一个凡人聚居的普通小镇。

镇上阳光普照，生活安逸，天空总是宁静而美丽，不像她渡劫失败的那一日的天空，劫云狰狞，雷电凶狠。

她不由得又回想起自己渡劫失败的那一天，那时的天空中劫云密布，令人胆战心惊的紫色闪电，挟鬼神之威，无休无止地从天而降，誓要将她从天地间彻底抹去。

肉身在痛苦中烧毁，元神在绝望中溃散——这样的恐怖记忆至今还深深刻在穆雪的记忆深处。

那之后她浮浮沉沉不知道多少年，却终究在道修所在的世界重新醒来。她本该魂飞魄散，身死道消，幸运的是在年幼时期，她的母亲在她身上加持了一道"无限化身轮转秘法"。此秘法加身，能护所持者元神清明，记忆不失，以助其再入修途，追寻大道。

只是如今的她再也不是浮罔城那位炼器之术大成的金丹期魔修，不过是毫无修为的六岁女童罢了。

穆雪伸手按住了自己胸口的那道密宗法印。

修真之路千难万险，有了这道法印护身，此后便不畏生死大限，可一心修行，当真是所有修行者求之不得的无上秘法。

唯一的忌讳，不过是得之者绝不能将此法之秘泄于人。

当然事关自己修真大道、性命攸关之所在，本就不可能泄露半分。穆雪这样想道。

既是如此，母亲却又为什么将此法诀告诉给自己了呢？

穆雪的母亲早逝，以至于她对母亲的记忆十分模糊，唯一能记住的不过是母亲朦胧的影子和梦中的几句话语。

身为在浮罔城长大的纯正魔修，穆雪其实并不清楚母亲这个词的真正意义，也不太能够理解大家时常提起的天伦之乐、血脉至亲是何种滋味。

她一生专注修行，痴迷于化物炼器之术，几乎将所有的时间都用在钻研术法上。对她来说，什么血脉亲情，男欢女爱乃至生活享受都不足为道。

证道之路上，唯有修行才是她唯一且重要之事。若一朝修得圆满，便可乘飞龙，驾紫雾，遨游太虚，自在无拘。人间又有哪一种快乐能与之比拟呢？

譬如她自己，不论曾经如何，一夕渡劫失败，多年苦修便如水月消融，百年光阴桑海变幻，曾经的寥寥几位朋友，也只怕早已忘却了世间还有过穆雪这个人存在了。

回想起来，如今还能偶尔想起自己的，或许也只有当年那随手捡回来的小徒弟岑千山。

往昔的种种记忆，如飞鸟掠过心湖，唤起了穆雪内心的一丝感怀。

这么多年过去了，当年那个瘦骨嶙峋的小男孩，也不知后来怎么样了。不过以他的聪慧机敏，再加上自己渡劫前留给他的东西，应该是不用自己再为他操心。

想这些干什么？

或许，即便是岑千山也都不再记得自己了。

六岁的小穆雪在草垛上叹息了一声，拍拍身上的枯草，站起身来。

"小妹在这里做甚？倒叫我一阵好找。今日是上元节，母亲喊你早些回家去，还得到城里接仙缘呢。"

草垛下站着穆雪如今的兄长大柱。肌肤黝黑的农家少年额头微带汗，向着自己年幼的妹妹伸出双臂，把她从草垛上抱了下来。

三年一度的上元节灯会是最为重要的节庆，所有的大型城镇都会举办盛大的游灯祭祀活动。

在这一日将会有归源宗的仙长降临城头，为百姓赐福，并挑选有仙缘的弟子接入仙门修行。

尽管上万的孩童中，被选中者不过寥寥数人，可以说机会极其渺茫，但对平民百姓来说，能够在这一天远远见一眼修仙者的玄妙术法，沾上那么一点仙家福气，也已经是比过年还要令人振奋的事了。

若是家里哪个小子丫头撞大运被选入仙门，那真真是祖坟冒了青烟，此后别说全家人都将受人尊敬，就是整个家族因此而兴旺起来也是常有的事。

因而十里八乡，不计远近，但凡家里有六到十三岁的孩童，到了这一天必定将孩子收拾得齐齐整整，由家人带着到城里指定的位置赶这"接仙缘"的法会。

穆雪被家人一通收拾，站在屋门外等着她的兄长大柱。

她换上了一身洗得发白的土布袄子，一头乌发梳成两个油亮的小髻。小小的身躯别无装点，只是素衣简装难掩钟灵毓秀，倒显得青丝衬雪腮，杏眼起鳞波，十分灵动可人。

托生的农家家境贫寒，即便是这样盛大的节庆日，一件没有打补丁的旧棉袄，也已经是家里给她最体面的衣服了。只是穆雪心不在此，并不以此为意。

隔壁邻家的栅栏吱呀一声推开，比穆雪大两岁的春花推门出来。穿着簇新碎花红袄子的邻居小姑娘上下打量了一眼穆雪寒碜的褐色土布棉袄，脸上油然升起一股自得之色，扯着自己鲜亮的袄子显摆。

"今日要去接仙缘，可是要和神仙见面的，你家就给你穿这身，也太不讲究了。到了那儿可别说和我认识啊。"

白白净净的小穆雪袖着手，不咸不淡地说了一句："脸晒那么黑，衣服穿得再红又有什么用，只怕天色一暗，神仙连你那张脸都看不见。"

平日里上山下水，晒成一身黑皮的春花最不爱听别人说她黑，被穆雪一句话精准打击得噎住了，哆哆嗦嗦伸手指着穆雪莹白的小脸，憋了半天找不到撑回去的话，哇的一声哭了出来。

这样就哭了？这瓜娃子战斗力也太差了点。

穆雪在心底百无聊赖地叹息一声。终究怪这里生活太安逸，小娃娃们都被娇养着，且不提自己当年了，就是跟在自己身边的岑千山以他那瘦瘦小小的身板，在浮冈城从街头打到街尾，回家也依旧笑嘻嘻的，一丝泪花都不会让你看见。

大柱出来的时候，正看见隔壁家"五大三粗"的春花一脸眼泪鼻涕指着自己"乖巧可人"的妹妹跺脚。

家里最小的妹妹生得白白净净，和雪团子一般可爱，素来是懂事安静的，性子还绵软，这不，被人吼了居然也只一脸无奈地看着。

大柱大步上前，一把将自己的妹妹抱了起来，心疼道："姚春花，你又欺负我妹子做甚？"

栩目蝶

穆雪居住处离云溪城有十里地，往返的路上，有可供人乘坐的木牛车，价格不贵，三文钱坐一个人。

大柱平日在城中做工，是走惯了的，舍不得花这个车钱。但他想到妹妹第一次出门，还不曾坐过牛车，心里掂量了半天，从兜里小心地摸出三个大钱，交给车把式，随后抱起穆雪放在板车上，让她和那些去城里的娃子坐在一起，自己却只跟在车后头走。

车是普通的木板车，拉车的牛却不是平常的牛，而是一头能够自行走动的木牛。

木制的身躯，铁打的四蹄，牛屁股上刻了一道十分粗犷的法阵。

"木牛"是一种十分简易的法器，对于修仙者几乎毫无用处，但对凡人来说，意义就大不相同了。

木牛不用吃草也不用休息，只要简单操作，便能迈着机械的步子吭哧吭哧地走着，速度虽不快，却胜在负重量大，并且十分稳定持久，可以大大改善许多人的生活。

看来这里的炼器水平，并不低于我们魔灵界啊。穆雪兴奋了起来。

身为魔修，穆雪的一生沉迷于化物炼器之术。她以术入道，成为浮罔城内最有名望的炼器宗师。

但这一回还是她第一次看见道修的法器，魔修所在的魔灵界和道修所在的仙灵界互为两个独立的世界。

从前穆雪对道修世界的了解，多来源于魔修之间口口相传、胡乱揣测以及一些不太靠谱的文书记录。

如今终于要真正接触到传说中的道修世界了。即便是这么简易的低阶用具，也免不了让她心中欢喜。她坐在车头，兴致勃勃地打量着木牛，细细看过牛身上的铆钉、合缝、铁蹄等每一处细节。最终她忍不住探出小手，在那个刀刻的简易阵图上轻轻摸了半晌。

法阵上灵气流转，指腹的肌肤传来一种熟悉的微微刺痛感。

此法器看似朴素，但这样的技术显然是经历了时间的洗礼，多番改进，才能这般化繁为简，大巧若拙，以至于凡人都能够轻易操作使用。

穆雪这里正在高兴，一抬头看见坐在对面的春花冲着她露出一言难尽的神色。

"你……你一直摸牛屁股干什么？"春花努力压低声音，冲着她使眼色，"快把手收回来，给人见着也太丢人了，你连木牛都没有坐过吗？"

穆雪一本正经地收回手："不是的，我听别人说，接仙缘之前摸一摸牛屁股上的图案，能够沾染仙气，容易被选中。"

春花大吃一惊："有这样的说法？真……真的吗？"

迟疑别扭了许久，虽然也很想上手摸一把，但好面子的小姑娘终究没好意思当着一车小伙伴的面，伸手去摸那摇摇晃晃的木牛屁股。

只是此刻的穆雪自己大概也没有想到，因她这么一句玩笑话，在不久之后，接仙缘之前必须摸牛屁股的习惯，迅速地在云溪城风靡开来，甚至逐渐固定为当地的一种习俗。

眼前的这头木牛，后来也被戴上红花，供在碧云城的城门口，以便百姓出入之时顺手摸一摸，沾染仙气。

到了云溪城，下车入得城来。

城里和天地开阔的农村不同，第一次进城的孩子们惊讶地抬起头，看见傍晚的天空在庞大建筑群的压迫下，只剩很小的一块。

道路两侧雕梁画栋中天而起，凤阁龙楼九重金玉。高耸的望楼之间，有拱桥形的连阙浮动升降，运送人流。五彩连珠的琉璃彩灯装点在一块块古朴的招牌四周，交汇出梦幻般的繁华景象。

简化了的法器仙术，渗透在城市的各个角落，使得整座风格古朴的碧云城无处不透着一种梦幻般的繁华。

大柱牵着穆雪的手，顺着熙熙攘攘的人流往城内走。

宽阔的道路中央，迎头走来的是花灯游街的队伍。

空中鼓乐齐鸣，金花漫天，浩浩荡荡的游行队伍打头的是一条活灵活现的金龙。木雕的龙头双目圆睁，射出凝而不散的两道黄光遥照前路。龙嘴缓慢开合，不时发出悠远而震慑人心的龙吟。

舞龙后面跟着一群高大的木质人偶，它们彩衣鲜艳，旌旗猎猎，那些比例失调的巨大脑袋一脸喜庆，一个个摇摇晃晃自动前行。

"妹妹快看，是木头人。"大柱指给穆雪看。

"这在我们那儿，不叫木头人，叫作傀儡。"穆雪在心里这样说。

从前的穆雪是制作机关傀儡的好手。由她制作的傀儡，精巧绝伦，不仅能够和真人一样聊天说话，更能在战斗之时成为辅助主人的一大战力。

穆雪抬头遥望，夜色中漫天彩纸纷飞，碧树银台，霓灯浮阙，不再是那片永远被茫茫白雪覆盖的世界。

这里和魔灵界真的很不一样啊。

在魔灵界的城镇，城墙高耸坚固，遍布防御法阵和压阵的狰狞石雕，居民的住宅大多结实低矮，大半沉在地底，以防随时可能出现的妖兽魔物袭击人类城池。那里是绝不可能出现这样精致奢华，又毫不设防的城镇的。

在那里，活着是一件不容易的事，安稳修行也是一种奢求。因此并不会有宗门广收门徒。

大部分在危机四伏的世界里生存的魔修不愿意耗费时间精力去教导徒弟。若是实在需要有人打打下手，大多数魔修会选择去人口市场采买。

买回来的徒弟都附有一张卖身契，上面写着：生死病亡，各由天命。四方生理，皆凭师父处置。

喧闹的游行队伍中，一辆数层楼高的大型花车缓缓移动过来，花车上唢呐细鸣，唱腔圆润，正演着一出驱魔除妖的大戏。

一角描画眉目，着流风袍，持金阙剑，扮的是斩妖除魔的仙人。一角戴鬼面，佩犄角，扮的是那阴森可怖的魔修。

只见那仙者亮出金光闪闪的法器高举过头，黑袍魔修便大叫一声"我命休矣！"，倒下地去。白衣仙人戏袍一翻，手上高高举起一个戴着鬼面的头颅。

围观人群顿时齐声喝起好来。

大柱激动地把穆雪抱起来："妹妹快看，那可恶的魔修被仙人杀死了。"

穆雪："……"

那只是演戏，大哥你还不知道吧，你抱在怀里的这位，才是地地道道的纯正魔修。

花车上被高高举起的魔修脑袋落在穆雪的视线里，穆雪不禁在心中提醒自己，这可是道修的世界，行事万万谨慎小心，绝不能泄露自己是魔修的秘密。

身为魔修的她苦修多年，最终却止步金丹。捡回一条命后穆雪反复思索，也找不到更好的修行法门，于是拿定主意，要想办法混入道修的宗门，尝试修习道家丹道秘术，看一看能否有所突破。

为了这个目标，这几年她空有魔道修行法诀，宁可忍着不修习半分，就是怕进入宗门之后，被人发现自己魔修的身份。

隆重的花车游街接近尾声之时，前方的人群如同潮水一般沸腾起来。

"仙人，仙人来了。"

"快快快，快行大礼，拜见仙人。"

穆雪举目望去，城楼之上，不知何时出现一位年轻男子，那人衣着朴素，罗衣素履，素手乌鬓，看上去就像是邻家的一位普通少年，甚至还没戏台上那位扮演者仙气飘飘。

"哎呀，这么多人啊。"

二十出头的年轻修士，看着脚下乌压压的人，有些不好意思地挠了挠头。

"那就开始了啊。"说话间他取出一个小小的锦囊，解开束口，托在掌心。

一点金色的光芒慢慢爬出囊袋边缘，那是一只金色蝴蝶，蝴蝶在男子的掌心舒展蝶翼，翩然而起。

鼓乐声停歇，人声也渐渐消弭，便是吵闹的孩童都忍不住闭紧了嘴巴，屏息凝视着夜色中的这一点金芒。

那蝴蝶先是一只，接着飞出了第二只，第三只……最后点点金辉骤现，城头之上金光四散，万千金蝶从城头飞下，落向广场中每一个孩子的手中。

有孩子好奇地举臂去抓，那金色的小蝴蝶明明被紧紧握在手心，却顷刻溃散开来，化为点点细碎的金芒从指缝间溜出，萦绕片刻便消失在夜色中。

年幼的孩子不知道发生了什么，因指间这漂亮的景象，甚至发出咯咯的笑声来。然而陪伴他们前来的家人，却难免失落地叹了口气。

没能抓住，也就意味着没被选上。自家的孩子没有这份仙缘。

一只小小的金色蝴蝶，翩翩落在穆雪的眼前，穆雪用两指一下夹住了蝴蝶的翅膀。

白嫩的小小手指间，金箔蝶翼，鳞粉流光，纤足彩须。

穆雪睁大了眼睛。

居然是栩目蝶，这在魔灵界是十分少见的物种。

穆雪记得自己曾经为了得到一只栩目蝶耗费了很大的力气。她怎么也想不到，在这个世界里栩目蝶的数量竟然多到可以大量用来遴选弟子的程度。

那被夹在穆雪两指间的蝴蝶不慌不忙地搓动虫足，彩色的触角上流转起了异色的光泽。

糟糕，大意了！穆雪心道一声不妙。

她突然想起了栩目蝶最基本的一种能力——它的鳞粉，有致幻、惑人心神、探索人心本源等多种奇特的功效。虽然对神识强大的修士不起作用，对普通凡人却十分有效。

自己此刻，正是一个毫无灵力的六岁女童。然而此刻想要松手，似乎已经晚了。

周边的世界不知什么时候变得极为安静。兄长不见了，花车不见了，四周黑沉沉的，混沌一片，眼前只看见自己小小的手指和指间那一片薄薄的蝶翼。

这样的景象似乎曾经在哪里见到过。

是谁的手曾经这样夹着栩目蝶，在自己的眼前出现？

世界慢慢又从混沌开始变得明亮，人声嘈杂，地面污水横流，空气中混杂着各种不太好闻的气味。

穆雪站在明亮的世界里，有些呆滞。她好像忘记了自己是谁，从哪里来，又要到哪里去。

一只金色的蝴蝶慢悠悠地从她的眼前翩翩然飞过。

对了，我叫穆雪，是一名魔修，已经到了金丹期，这里是浮罔城。她这样想着，混沌的大脑终于渐渐变得清晰。

身为炼器师的她，几经周折，终于在刚刚把那只不太好买的蝴蝶弄到了手。可是因为太过兴奋，不慎让它从容器中飞走了。

我这是怎么了？还在这里发愣，得快一点追上去才对。

穆雪敲了一下自己浑浑噩噩的脑袋，运起法器向着那一点金芒追去。

第三章

忆往昔

眼前是浮冈城最大的交易市场——货街。

凌乱的街区中卖什么的都有，有卖材料的，有卖神兵利器的。出售法宝、符箓、傀儡的也比比皆是。更有买卖人口者，交易灵兽者，不一而足。

那些胡乱搭盖的各类囚笼窝棚，使得本就狭窄的道路更加曲折拥挤，栩目蝶金色的光芒几个突闪，拐进了一个巷子，在一道小小的铁窗前闪动了一下，不见了。

丢了栩目蝶的穆雪弯腰凑近那扇低矮的铁窗，忍着刺鼻的气味，向屋内看去。

石质的矮房内坐着二三十个因为各种原因卖身为奴的人。这里没别的出口，蝴蝶显然在其中一人的手中。

"请问，有没有人看到一只金色的蝴蝶？它从这个窗子里飞进去了。"

昏暗无光的屋子里，数十道不善的目光看过来，麻木，憎恨，厌恶，自暴自弃。

回答她的却只有死一般的寂静。

穆雪温声细语地请求："那是栩目蝶，对大部分人来说并没有什么用。只是我正好需要，能不能还给我，拜托了。"

为了平安拿回脆弱且罕见的炼器材料，她温和得一点不像平时的自己。

"可以付报酬，想要什么可以商量，绝不反悔。"

昏暗里传来一声嗤笑，墙角处的阴影里衣衫褴褛的男人呸了一口浓痰。

"我们这样的人，已经没有其他指望。灵石，没地方花。吃的也不想要。唯一想的……嘿嘿。"男人看着铁窗外的那半张笑盈盈的芙蓉面，慢慢站了起来，十分露骨地笑了两声，"姑娘你再凑近些，你要的蝴蝶就还给你。"

穆雪安安静静地站在窗边，甚至连嘴角边温和的笑容都没有一点变化，似乎等着那个男人自己过来。背在身后的手不耐烦地拨动着手指上的指环，随时可以轻易发出一百种置人于死地的术法。

她只是不喜欢惹事，并不代表好欺负。

好友阮红莲曾经这样评价她："小雪你这个人看起来温温柔柔，一点脾气没有，其实切开一看全是黑的。"

穆雪浑然不以为意，当她在表扬自己，从小在浮冈城长大的，又有哪一个能够不沾点黑。在这里，真正的白莲花早埋到土里去了。

猥琐的男人还未走上前，有一只手从石屋内探出矮窗，那手纤瘦，苍白，伤痕累累，只是那食指和中指间轻轻夹着一只金色的蝴蝶。

手举在穆雪的面前，手的主人却隐没在墙内的阴影里，穆雪甚至看不见他的面孔。

"拿走。"声音很冷淡，带着属于少年的独特嗓音。

"谢谢，你需要我给你什么吗？"穆雪愣了愣，小心接过她宝贝的蝴蝶，"金钱，食物，或是什么。你可以提点不太过分的要求。"

"不需要，离开吧。"回答她的语气里带着一种厌倦和疲惫。

穆雪等了片刻，窗口内依旧只有一片寂静，于是便转身走了。

不知又过去多少时日，穆雪和好友阮红莲并肩走在货街的街道上，把自己最新炼制的法器卖给雷家的当家，挣了一笔不菲的收入，心情十分美好。

她出品的法器向来件件是精品，买主雷老大也十分满意，特意派了身边的亮子送她们出来。

"阿莲，就前两天，我在这里差点把栩目蝶搞丢了。疯狂追了几条街才追回来。"穆雪和多年好友说道。

"一只蝴蝶都看不住，你还能再糊涂点吗？"阮红莲毫不犹豫地逮着机会损她，"我说你也该买一个下人了吧，看看你家那乱的。去，买一个收拾家里的仆人，能烧饭、能打理屋子的。或者买个小丫头，能帮你采买衣物，拾掇拾掇。"

"可是我不太喜欢有人乱动我的东西。"

"像你这样级别的炼器师，谁家没有几个仆役帮着跑腿撑门面。"阮红莲转头笑盈盈对着亮子道，"既然都到了货街，趁着亮哥在，让他帮忙挑一个。"

魔灵界并没有门派传承的习惯，多数道法传承都是以家族为单位。雷家是一个以买卖行业为生的家族，但凡雷家的人都能说会道，善于处理人际关系。

果然亮子爽快地回道："穆大家和阮大家在这里买人，那是给我雷家面子。这条街上全是家里的生意，想要什么类型的人，丫鬟婆子，美貌郎君，仆从徒弟。两位看上哪个现场走个文契就可以带走，价格必定是最实惠的。"

穆雪想起家中堆积成山的炼器材料和那些大大小小已经难以分类的储物袋，突然觉得阮红莲的提议是对的。她不需要洗衣做饭的丫鬟，却急需一个可以在炼器上搭把手的助理。

"这样可就谢谢了，那么我想要一个在炼器上能帮得上忙的。"穆雪掰着手指道，"首先当然要识字，还要能区分三阶以下的所有炼材，最好再通一点药理学，基础的妖兽大全要接触过。能够帮我预处理低阶炼材那是最好了，如果他也是筑基期修士，能够化物和帮忙控制火候的话……"

"打住，打住，你这是买丫鬟还是请一个炼器宗师回家啊？"阮红莲急忙打断穆雪的话头。

"没……没有这样的吗？"穆雪顿时十分失望。

"炼气期的低阶修士愿意卖身为仆的十分少见，但如果穆大家愿意收为徒弟，带在身边慢慢教导，还是有可能遇到的，只是身价比较高昂。"亮哥咳了一声，"穆大家若是想要那样的助手，我仔细帮你留意着便是。"

"收徒弟就太麻烦，我哪有时间收徒弟，还是先算了。"穆雪摆摆手。

几人说话的时候正穿过一个小小的院落，游廊的另一头突然传来一连串呼喝喧闹声。

一个男孩的身影从转角闪出，他一脚踩上木质的栏杆往下跳，落地时蹲身卸了冲力，又飞快向侧门方向溜去。

他四肢细瘦，动作却利落敏捷，就像是奔跑在森林里的一只小鹿，速度快得只在人们的视线中留下一个一晃而过的小小身影。

然而森林里的麋鹿注定会被豺狼捕获，眼前的这个男孩也是一样。

几个身材魁梧的男人呼喝着从回廊后蜂拥追逐而出，他们分头堵住了那个逃跑的小奴隶，在他逃避不及的时候抓住他的脚踝，把他死死按在地上。

男孩拼命挣扎，一个光头男人抓住他的头发，抬手给了他几下狠的。

"别……别打了，大哥，我不跑了。"男孩立刻开始讨饶。

气喘吁吁的光头按着他的头骂道："跑什么跑？跑得了吗？"

看对方已经服软讨饶，他放松了一点力度。

"啊！"光头惨叫一声，跳开来捂住了自己鲜血淋漓的手指。

露出牙齿咬了人的"小鹿"借机挣脱，从长廊的台阶上滚落，刚巧就落在穆雪的身边。

穆雪低头看他，瘦瘦小小十岁不到的年纪，一头乱发遮住了眉眼，看不清面目。

男孩抬头看了看穆雪，突然就跪在了穆雪的身前："您是来买奴隶的吗？买我好不好？"

说话间他伸手抹了一把脸，将额前过长的刘海分开，露出了一双十分漂亮的眼睛。

这个瘦骨嶙峋的男孩拨开一头乱发之后，居然有着极为精致的五官，其中最为出彩的是那双眼睛——柔软纤长的睫毛，色泽纯正的眼眸，弧度完美的眼睑，用这双眼睛从下往上看人的时候，很容易让人对他心软。

他很知道自己的优点，也善于利用自己的优势。穆雪甚至注意到他在这短短的几个动作间，就已经调整好了紊乱的呼吸，挺直了脊背，并且开始口齿清晰地介绍他自己。

"我的名字叫岑千山。"男孩悄悄打量穆雪，他先看的是穆雪的手，那是长年累月浸泡在炼器室内，化物冶炼，打造法器的手掌，有着高级炼器师独有的茧子和肌色。

再看她佩戴在手指上操纵傀儡的几枚指环，然后看到她刚刚从集市上采买到，还拎在手上的妖兽骨骼，于是他接下来的话就顺畅了。

"我识字，还识得冶炼材料，四阶以下的所有炼材，我都能识别。"他说到这里，抬起眼睫，湿漉漉的眼眸定定看着穆雪，"您买我回家好不好？"

穆雪承认，他这几句话几乎是踩着自己的点说的。她那些数量恐怖的炼器材料，已经杂乱到影响她炼器速度的程度了。

《妖兽通考》《冶炼初阶》《化物志》，我都学过。"男孩揣摩着她的神色，谨慎地给自己加了筹码。

在听到"妖兽通考"几个字的时候，穆雪几乎就要开口同意了。

"这个不行，他太聪明了。太聪明的家伙都很麻烦。"阮红莲附着她的耳朵提醒她，"他就看了一眼，你什么底他都摸着了。这样的养在家里，长大了就是一只狼。什么时候反把你吃到肚子里去，连骨头都不吐。"

穆雪犹豫了一下。

"怎么回事？"亮子皱着眉头问在场的几个男人。

"亮哥，就是点小意外。"光头看见亮子亲自陪着，知道眼前的是重要的客人，虽然心里极恨，但也不敢直接拉人，只哈着腰上前低声解释，"是烟家提前定下要买的人，晚上要去三号房伺候，这小崽子不识相，居然想跑。"

"不像话，还不赶快拖走。"亮子使了一个眼色。

"三号房"几个字出来的时候，跪在地上的岑千山明显哆嗦了一下。

即便是穆雪也有所耳闻，那是个臭名昭著的地方，被送进去的奴隶，基本没几个能活着出来。

岑千山迅速拉住穆雪的衣角，急切道："买了我吧，姐姐。我什么都会，饭吃得少，力气也大，能为你挣钱。"

虽然极其聪明，但仿佛也只是一个走到穷途末路的孩子而已。光头伸手来扯他的时候，他也只能可怜兮兮地死死拉住穆雪的衣襟不放。

"胡扯吧你，就你这麻秆一样的胳膊，还力气大。放手！再不放，看我怎么弄死你。"光头的巴掌已经挟着风声挥下来。

粗壮的手臂却在半空中被一只冰冷的机械手臂架住了。

"主人说，不能动这个人。"一个不知道什么时候出现的铁皮傀儡架住男人的手臂，吭哧吭哧地说话。

光头身高体壮，像山一样的块头，修为在货街的一群打手中算是很高的，已是筑基期的修士。

但这还没有茶杯高的小傀儡，伸出它管道一般长长的小细胳膊，毫不费力稳稳托住了光头的胳膊，钳制得他不得动弹分毫。

而它的主人穆雪，背着手站在一旁，连法诀都没有掐一个，只不过轻描淡写地驱使出自己最普通的一只傀儡。

亮子和光头互相交换了一个眼色，真正明白了穆大家这个称呼的分量所在。

"穆姐，"亮子侧过头低声和穆雪商量，"晚上烟家的大小姐要来。还有金家的少爷以及连家的几位姑奶奶。您看帮帮兄弟的忙，这孩子就算了，咱们另外挑一个，算给兄弟我一点面子。"

他对穆雪换了个称呼，是一种放低身段的表示。态度也由刚才客套式的恭维，变得更加实诚地亲近。当然同时也没忘顺便搬出几大家族提醒穆雪一番。

他口中提到的，都是浮罔城出了名的二世祖。偏偏这几位少爷小姐，身后的家族实力格外强大，彼此之间关系盘根错节。

穆雪孤身一人住在浮罔城中，既没有依托任何家族，也没有师门照拂。平日里更是沉醉于炼器，从不爱多管闲事。又是这样一个素不相识的孩子。

按理，亮子这样放低姿态地递了梯子，她也该顺着下来了。

阮红莲也给穆雪使眼色：差不多得了啊。

小傀儡细长的手臂从光头的手臂上松开，呼啦一下收缩回来，发出了不太好听的声响。

男孩几乎是立刻就明白了穆雪的决定，他沉默了片刻，刚刚在他脸上的那些茫然无助、楚楚可怜，瞬间从眉目间消失，只剩下一张冷淡、疲惫、厌弃了一切的面容。

那死死拽住穆雪衣角的手，微微僵了片刻，绷紧的关节主动松开了。

他不再看穆雪一眼，平静地站起身，一言不发，准备离开。或许他心里本也不抱着期望，清楚这只不过是自己沉入深渊之前，想要胡乱抓住的最后一根稻草罢了。

穆雪的目光落在那只手上，那只松开的手纤瘦，苍白，伤痕遍布。她突然就认出了这双手。

她想起了那夹着金色蝶翼从铁窗后伸到自己面前的苍白手指，想起从那昏暗恶臭的牢房里传出的冰冷而疲惫的声音。

原来是他！

"欸，等一下。"穆雪说，"我就想要这个人。"

被拖走的岑千山扭过头来，黯淡下去的眸子终于有了一丝神采。

亮子深深皱起眉头，他没想到穆雪能够这么执着于一个普通的奴隶，说道："穆大家，您这是在为难我。"

"我看上的人，我一定要带回去。"穆雪半威胁半认真，"这单生意你不和我做，以后你们雷家的活我可不接了。"

若只论武力和势力，雷家自然是不惧怕穆雪。但圈子里的人其实都知道，这位虽然低调，却实打实地是浮岗城内最好的炼器师。在这个世界里，没人喜欢得罪高阶炼器师，谁不需要几件强大的法器护身呢？

亮子思量片刻，终究点头给了穆雪这个面子。

从货街出来的穆雪和阮红莲并肩走着，刚刚签过卖身契的岑千山慢慢跟在身后。

阮红莲笑话穆雪：

"能耐了啊，穆大家。雷家亮哥在你面前都服软了。"

"别笑，谁让你撺掇我买人。"

"这锅甩得好，倒是怪我。"

她们这里说着话，身后的岑千山跟跄了几步，但又迅速站稳了身形，悄悄跟上步伐。

神识敏锐的阮红莲回首打量了几眼："你看看他的腿，是不是有什么问题？"

穆雪也停下了脚步，转过头。

岑千山避开她的眼神，飞快地解释道："只是一点小伤，很快就好了，并不妨碍行动。"

在这个世界说谎是常态，识破谎言也是必备的能力。

穆雪把他按在路边的石礅上坐下，抬起他的右腿，伸手脱去鞋子。

破烂的短靴取下来，露出了被破旧布条一圈圈紧紧缠住的脚踝。

那些污秽不堪的布条正一滴滴地往下滴着血水。

小腿上薄薄的皮肤包住突出的骨头，细得不像话，到了脚踝布条下的部位却紫胀肿大了数倍。

穆雪回头看去，在她们刚刚走过的街道上，几个不明显的红色脚印混迹在淤泥中，一路向远方延伸。

用这样的腿还能闷不吭声走了这么远的路。

"这还叫一点小伤？"阮红莲看着他的腿，冷冰冰地道，"这腿基本废了，何必花钱买个残次品。瞒着这样的伤把人卖给你，雷家也太不地道，趁还没走远，回去把他退了吧。"

岑千山从穆雪开始脱他鞋子，就沉默起来，没有辩解，也没有哀求，紧抿着嘴，一言不发。

鞋子上滴滴答答往下滴落的血水，仿佛不是从他身上流出的一般。

穆雪把那烂鞋子丢了，起身将人整个抱了起来。

金丹期的她抱这样一个瘦骨嶙峋的孩子毫不费力，稳稳地让他坐在自己的一只胳膊上，另一只手还能空出来一路采购各种货品。

一直十分机敏的小男孩这一刻明显地拘束了，他僵硬地坐在穆雪的臂弯里，绷紧了全身，尽量挺直脊背，一点没有乱动。伤痕遍布、受尽折磨的身躯被人抱在温暖的怀里慢慢走着，尽管知道不能睡，困意还是很快涌了上来。

小小的男孩几次险些合上眼睛，又立刻晃动自己的脑袋，全力坐直了。他努力提醒自己不能睡着，然而还是抵抗不住身体的本能，终究在摇晃的路途中，一点点闭上了眼睛，歪歪斜斜倒向穆雪的肩头。

乱糟糟的头发，苍白的小小下巴，微微张着的嘴呼出一点白色的气雾，睡梦中微微皱起的眉头让沉睡中的男孩终于带上了一点这个年纪的孩子该有的柔软。

"仔细一看倒是挺漂亮。"阮红莲凑过脸来看靠在穆雪肩头陷入昏睡的岑千山，"你就那么喜欢这个小东西吗？今天可一点都不像平时的你。"

"说起来也是缘分。他就是那个孩子，我和你说过的，帮我抓住栩目蝶的人。"

"哦，就是他啊。"阮红莲恍然大悟，"那也真是太巧了。原来你是为了这事？"

"当时，那个男人口出秽语，是他主动替我解了围，却什么也没和我要。"

"也未必是替你解围。这样精明的小鬼，你根本不知道他想的是什么。"阮红莲顿了顿，"难道我们见得还少吗？表面单纯，切开心都烂没了。当年一起学艺的伙伴，有多少就是死在这样的人手里。"

穆雪抬头看着一起从学徒时期走过来的朋友，在浮岗城长大的孩子，看得最透的就是人心，最不敢相信的东西也是人心。

"阿莲，你可能不知道吧，栩目蝶的鳞粉有一种最基本的功效。"

"啊，什么功效？"

"感知人心，直指本源，甄别出一个人心底最真实隐秘的情绪。"穆雪低头看向靠在自己肩头的少年，"他的手曾抓住栩目蝶，那时候我看见了，蝶翼的光芒十分纯粹而漂亮。"

"所以你就因为这个心软了？"

"我和你一样，不喜欢太过聪明又世故的孩子。因为那会让我想起曾经的自己。"穆雪把目光看向路的远方，意义不明地说。纷纷扬扬的雪渐渐下得大了，道路的尽头是混沌而寒冷的世界。

如果不是环境太过险恶，不得不百般挣扎求生，又有谁能在那么年幼的时候，就把自己逼迫成多智近妖的模样。

阮红莲闭上嘴不说话了。

她和穆雪慢腾腾地向前走着，各自回想起了童年那些艰难的岁月。

一个心底还有光的孩子，叩动了好友本来已经麻木的心。

并肩前行的穆雪却觉得自己有些心神恍惚，不知为什么，提到栩目蝶的时候总有些奇怪的感觉，仿佛自己忘记了什么很重要的事情。

"小雪？小雪？傻愣着做什么？怎么都不走了。"阮红莲停下脚步，回头看着愣愣站在原地不动的穆雪。

"红莲，"穆雪心底升起一股莫名的情绪，突然开口问道，"如果有一天我死了，不在这个世界了，你还会记得我吗？"

阮红莲嗤笑一声："好没来由地说这个。我可是要修成天魔，成千上万年活下去的人。谁有空记得你这么个'傻白甜'？"

"是吗？"穆雪看着朋友熟悉的笑容，还有些愣愣的。

"你今天是怎么了？行啦，我答应你，看在认识这么多年的分上，好歹会挖个坑把你埋上。"

"那约好了，若是谁先死了，另一个人管埋。"

"管埋，不仅会埋了你，隔个十年百年想起来了，还带些点心去你坟头看看你行了吧。"

这样一闹起来，沉重的话题也变成了朋友间的玩闹。

在浮冈城，每天都会死很多人，没有伤春悲秋的时间，穆雪很快丢开了没来由的烦恼，提着采购的物资，怀里抱着还年幼的岑千山，和好友互相打趣着走在回家的道路上。

这样熟悉安稳的氛围，让穆雪觉得心中十分放松。

第五章 瘦骨嶙峋的男孩

在远离魔灵界的世界里，

归源宗宗门内的山地上，漫山遍野覆盖着金灿灿的花田。

一位女修提着裙摆，在如水的月色中缓步走入花田。摇曳的花海被她惊动，浮起了满天金色的灵蝶。

原来，这并不是花海，而是无数栩目蝶歇息的所在。

如若随便一位魔灵界的魔修到达此地，必定会被这样的景象震惊得目瞪口呆。在魔灵界千金难求一只的栩目蝶，在这里却能漫山遍野地翔于天际。

女修打开手中的锦囊，掐指成诀，蝴蝶们便扇动金箔似的翅膀，成群结队地飞入那小小的锦囊之中。

那托在女修柔荑上的小小锦囊，仿佛有无限的空间一般，装入了成千上万只蝴蝶。

"行了，应该差不多了。送过去吧。"

女修走上田埂，把锦囊递给一个更为年幼的女孩。那女孩的胳膊上挎着一个竹编的青篮，篮子里堆满了大大小小的锦囊。

小女孩蹦蹦跳跳地跟在后面："师姐，每到了这个时节，都得现采这么多的栩目蝶，给化育堂送去吗？"

"是啊，三年一次的上元节，有很多师兄师姐得下山去，他们每人都得负责凡人的数座城镇，比我们还辛苦呢。希望今年能多找到一些有天赋的孩子才是。"

"可是，这也太麻烦了。"年幼的师妹说道，"我听说许多宗门都使用更为简便的法器，只需要孩子们伸手摸一摸，就能知道仙根几何，不需要我们这般养殖如此多的栩目蝶，且不便宜！"

她的师姐回头看她："进宗门的第一课，你还记得吗？"

"我记得，我记得。"小师妹挺起胸膛，背诵入门第一课，"修性者遗命，则失于空寂。修命者遗性，则流于狂荡。唯有性命双修，能合天地之德。可是，这和用栩目蝶遴选弟子有什么关系吗？"

"栩目蝶又名'金问道'，有询心问道之能。"师姐伸出白皙的手指，轻轻夹住空中飞舞的一只蝴蝶，"你要知道，这个世界上的人，往往不能只看表面。有人历经苦难，身在泥潭，内心却依旧温暖。有人道貌岸然，金玉其外，实则却装着满心的污秽和肮脏。但这些人在幻境中流露出的本源之色，最终却会清晰地在蝶翼上显现。"

她收起笑容，语重心长道："我们归源宗弟子，习的是性命双修无上妙法。资质和道心是同等重要之事。所以遴选弟子的第一步，不论多么麻烦，也要用这'金问道'一探道心。"

小师妹捂住了脸："怎么办啊，当年我拿到蝴蝶的时候，梦到的是回到外婆家那一日，人生第一次吃到鸡腿的事。我在梦里只顾着大吃特吃，啥优秀的心性也没有表现，真不知道师尊为什么选中了我。"

师姐哈哈大笑起来："或许，师尊觉得你能和逍遥峰的苗师姐一般，以食入道吧。"

此时此刻，魔灵界内，刚刚到家的穆雪有些犯愁。她怀里抱着岑千山，手上提着一堆东西，看着满地凌乱的屋子，十分头疼，不知道该把这个满身是伤的小家伙安置在哪里。

穆雪长年独自居住，醉心于炼器之术。她居住的院子内，除了厨房和茅厕，其余的屋舍全打通为一间极其宽敞高大的屋子。

屋子里堆满了冶炼炉、大小操作台和无数临时堆放原料、书籍的柜子。唯一能休息的地方是一张浮空的悬床和一个打坐修行的垫子。

前几日打造雷家定制的法器，她感到特别顺手，一时间念与心通，入玄妙境，心无旁骛地忙了许久，果然炼成了难得的精品。当然也造就了一屋子的狼藉。

这会儿回来，几乎连个落脚的地方都没有。

穆雪看了半天，只有自己平日里打坐调息的角落还算干净，那里有一个宽大的垫子和几个柔软的枕头。

尽管一路睡得很香，但穆雪把岑千山轻轻放进枕头堆的时候，他还是立刻醒了。

他一下从那一堆枕头里撑起身来，头发乱糟糟的，一脸的警惕和戒备，漂亮的眼眸中满是冰冷和戾气，像一只荒野里受了伤的狼。

直到看见了穆雪和周围的环境，他起初有些茫然，随后立即收敛了那份冰冷和锐利，垂下眼睫，露出温顺的模样。

瘦骨嶙峋的男孩在成堆的枕头中显得分外瘦小，他下意识地微微蜷缩起身躯，只把满是血污的右脚放在外面，尽量不弄脏垫子。

穆雪托起他的脚踝，轻轻扯开那些布条，那些浸透了血液的布条不知道已经绑了多久，早和肌肤贴到一块。要是硬扯下来，可就太疼了。

如果岑千山是修真者，治疗这样的伤势不论是服药还是术法都比较容易。

但这孩子只是个凡人，凡人对穆雪来说反而麻烦，无论是魔药还是术法，稍微过量一点点，他们就有可能承受不了，爆体而亡。

得去搞点凡人用的药，还需要买些衣服，或许还有一张床。对了，他只是凡人，每天要吃三顿饭的。

凡人是有些麻烦。

看着缩在枕头堆里的岑千山，穆雪意识到自己一个人过的数十年生活，似乎要被打乱了。

最好能想个简便点的办法。

她翻了半天的柜子，找到一个老旧的乾坤袋，从里面取出一只小小的金蟾。

"找到了，那么早之前的东西竟然还在。"穆雪拿着那只古铜色的金蟾，扭动金蟾后背的一个小小的发条，金蟾张开器械下颌，发出呱的一声。

"蟾光沐体，修形洗藏。"伴随着穆雪的口诀声，那金蟾便呱一声向前跳了一步，又呱一声继续跳上一步，直至一步步绕着岑千山跳了一个圆圈，方才静止不动。它足迹所过之处亮起一圈淡淡的柔和光芒，正好将岑千山圈在圆内。

岑千山不动声色地坐起身来，看着穆雪的一举一动，墨黑的眸底透着点不易察觉的警惕。

"这还是我刚学炼器时做的法器，幸亏没被我丢了。它没什么大用，唯一的作用就是能布一个止血养气、治疗外伤的法阵。疗效低微，凡人也可以受得，你在里面躺上几日，再重的外伤，应该都能好了。"

简单，便捷，不至于浪费自己宝贵的炼器时间，穆雪拍拍手，为自己能想到这么一个简单省事的办法而高兴。

穆雪生活中几乎所有的时间，都花费在自己沉迷的炼器之术中。在她的生活习惯里，除了修习化物炼器之术，余下的所有生活日常都是对宝贵时间的一种浪费，能简化就简化，能借助道具绝不亲自动手。

这一次外出，除了带回来岑千山，她还买到了一块人鱼骸骨。

这是她从未接触过的炼材，眼看岑千山的伤势不用操心了，她便忍不住拿起那块妖骨，坐到了操作台边细细揣摩。

这一坐就忘记了时间。

窗外夜雪渐歇，雄鸡唱响。等穆雪回过神来的时候，天光早已大亮。

今日是难得的晴天。

她从一堆拆碎了的骨头中抬起头来，茫然地眨了眨眼，想起了家里多了一口人，于是转头向角落里看去。

那只古铜色的金蟾依旧安静地蹲在地上，圆形的蟾光阵亮着淡淡的光，光圈中却空无一人。

穆雪环视了一圈，没有看到岑千山的身影。

但凌乱的屋子却已变了模样，各种丢得到处都是的炼材边角料被稍微规整了一下，分类别靠在一起。

垃圾收在一个箩筐里，摆放在门边。使用过的容器和设备，虽然没有清理，却整整齐齐地被放置在了一个空着的置物架上。

那常年没有打扫过的木地板，倒是被仔细擦了一遍，光洁得几乎照得出人影。

穆雪啊了一声，不太知道该怎么表达自己此刻的心情。

她起身向屋外走去，推开门，看了看。

宽阔的院子里拉起了晾衣绳，那些洗得干干净净的床单、枕套在雪后初晴的淡淡天光里随风轻扬。

一个少年用襻膊束起衣袖，举着胳膊正在往绳子上挂洗净的衣物。他听见了开门的响动，便转过脸看了过来。

在他转头的那一刻，仿佛明月突然凌空，玉雪铺满华庭。

冬季里萧瑟的庭院因为这一个小小的身影，变得生动明亮了起来。

阮红莲曾说过，这是个漂亮的孩子。但穆雪没有想到，岑千山能够精致漂亮到这样的程度。

不过是洗净了脸上、身上的泥污，把凌乱的头发扎起，就再也掩不住那令人赞叹的珠玉华彩。

修真界是从来不缺美人的，不论什么形式的美艳，都能通过丹药、术法来实现。但即便是百般雕琢修饰的容颜，在这个少年的冰肌玉骨面前都注定暗淡无光。

穆雪觉得心情不错，爱美之心人皆有之，相比起膀大腰圆的做饭大婶，这样清隽的男孩住在家里当然更能让人心情愉悦一点，但也仅限于此了。

相比之下，穆雪最为高兴的是他果然懂得识别炼器的材料。至少刚才匆匆一眼，穆雪能确定那些分门别类的妖骨没有一块放错的，收拾的垃圾筐里没有任何不该丢弃的东西。

"你的脚这么快就好了吗？"穆雪打量了他一眼，心里有些疑惑。她离开凡人的世界已经很久了，久到不太记得一个普通人修复伤势具体是要多长时间。

只是她发现岑千山的腋下撑着一根临时用树枝做成的拐棍，脚踝上依旧缠着那些破旧布条，不过是不再流血罢了。

他支着拐杖，也不知道花了多少时间，一晚上忙里忙外做了这么多事。

即便再没心没肺，穆雪也觉得有些不太好意思了。

"你好好休息几天，不用忙着做这些，衣服什么的……不太要紧。"

岑千山悄悄打量穆雪的神色，确定她并无不悦之意，心里微微放松，试探地询问："厨房里烧好了热水，主人是否需要洗漱？我这就去端来。"

"不不不，你歇着，我自己去。"穆雪拦住了他。

她还没有丧心病狂到让一个伤了腿的人去给自己端洗脸水。

第六章

家里不缺钱

到了厨房一看，灶台清理得干干净净，地板也打扫过了，后锅里烧好了热水，前灶却是空的。

"不知道您的口味，不敢擅自准备。我的厨艺……不是很好。"岑千山很快补充了一句，"但我学得很快，只要给我一两日的时间，就能学会。"

他说这话的时候谦卑中透着几分自信，让人觉得只要给他摸上两次厨房，就一定能够上手。

"不用不用，我自己来吧。"穆雪卷起袖子，"我吃得也不多，几天吃一顿都没事。"

这个孩子很聪明，且勤快，勤快到几乎让人吃惊的程度。这也让穆雪对家里添了一个人多了几分清晰的感受。

虽然自己对食物的需求已经不大了，但这孩子是个凡人，一日三顿呢。穆雪提醒自己，既然已经把人领回家，在他脚好起来之前，是应该由自己负起责任的。

她一心多用，隔空御物，双手洗着灵米，身边菜板上锋利的菜刀嗒嗒嗒地剁着肉，锅里油花同时嗞嗞响着，一把锅铲自行上下翻飞，煎着香喷喷的荷包蛋。

最后熬上一点葱头油，很快一锅色泽饱满、囫囵管饱又好吃的灵米肉丸粥就做好了。

盛着粥的热锅悬在空中，随着穆雪的步伐移动。穆雪手里拿上两个碗和两双筷子，招呼岑千山："走，吃饭去。"

饭桌很不讲究地也在大屋，穆雪分出一个碗给岑千山盛粥。

刚刚打出一团肉丸，对面一道声音轻轻道："我……我不用吃肉的。"

穆雪哦了一声，这个世界有人爱吃素，有人爱吃肉，也属于正常的事。于是她撇开肉丸捞了一个黄灿灿的荷包蛋。

对面那人又说："我也不用吃鸡蛋。"

他还说："粥也不用多，我个子小，吃得少。"

穆雪抬起头，终于明白并不是不吃肉而是不用吃肉，不是不喜欢吃鸡蛋和粥，而是怕吃得多了不讨自己喜欢。

宽宽大大的破旧衣服，罩在岑千山伶仃的身躯上，空荡荡的。在穆雪抬头看来的时候，那里很不合时宜地传来一阵饥肠辘辘的响动声。

岑千山抿住嘴，尴尬地别过头去。

穆雪重新把手里的碗堆满了肉丸，盖上两个焦黄的荷包蛋，啪一声摆在他的眼前。

"坐下来吃。我虽然不算豪富，但家里也不差钱。放开来吃，管够。"

她给男孩和自己盛好了粥，随手翻开桌边的一本《冶炼火候精要》边吃边看。

看得渐渐入了神，身边的男孩什么时候入了座，什么时候低着头慢慢地吃完了饭，她都没有留意。

直至过了许久，有人轻轻唤她，穆雪才从书中醒过神来。

自己碗里的粥还剩大半碗，已经凉了，而岑千山的碗早就吃得干干净净，和筷子一道规规矩矩地摆着。

"主人，你若是不吃了，我就收拾了？"男孩小心翼翼地询问。

穆雪的神志还没从书中抽离，茫然地嗯了一声。

碗筷前脚刚被收走，片刻后又有人给她端来一杯热茶，放在她称手的位置，还轻声提醒了她一下。

穆雪端起来喝了一口。

杯子里泡的是雪菊灵茶，四五朵绽开的小菊花，还有一颗红枣，或许里面还放了一两粒冰糖，带着恰到好处的甘甜，正是穆雪最喜欢的口味。

穆雪有些迷惑地抬起头，碰上岑千山探询的目光。

"奇怪，你怎么知道我喜欢喝这个？"

岑千山斟酌片刻，如实交代："厨房里的几个茶罐都落了灰，只有雪菊的这罐没有。早上主人酱肉丸的时候，顺手加了点砂糖，还熬了葱头油。所以，我想着您的口味或许略偏甜。斗胆试一试，也不知道做得好不好。"

"清香怡人，丝甜入喉，解腻去油。很不错。"穆雪表扬他。

之前怎么会觉得聪明的孩子讨人厌呢？

这样善解人意的小家伙小心翼翼地揣摩着你的喜好，无微不至地照顾你的生活起居，明明是一件令人舒服的事情啊。

穆雪在工作台上忙碌许久，突然转头四顾，看了半天，问坐在蟾光阵中的岑千山："你有没有看见……"她比画了一下，"一个小罐子，里面装着蓝色的鳞粉？"

房间里立刻响起了嗒嗒的拐杖声，岑千山拄着拐杖，从某个不起眼的角落里翻出个小罐给穆雪看。

"对对，就是这个。太好了。"穆雪运用御物之术，将那个罐子抓到自己的手中，满意地道，"你真能干。"

岑千山试探着问："如果主人允许，我把这屋子里的炼材慢慢归整起来？"

穆雪点点头，她的各类炼材实在太多了，有时候连她自己也不记得买过些什么。

当然不仅是这屋子里货架上摆着的常用材料，更有十来个大小不一的乾坤袋。那些如果都摆放出来，可能会形成如山般的宏伟景观——现实中真正意义上的那种山。整理它们可是一个大工程。

有人愿意承担，当真是求之不得。

等到时光不知不觉地过去，穆雪暂停了手头工作之时，整个屋子已经彻底变了模样。

地板上再也没有一件多余的杂物，屋里那些数米高的货架上分门别类地摆放着各类炼材。

每一个架子的侧边上，甚至贴上了写着大类、细纲和索引单的牌子。

岑千山的眼圈下带着一层青黑，有些抱歉地指着两个阁层给穆雪看："这些都是我不认识的材料，只能暂放在此处。海兽类和鸟禽类的炼材还来不及细分，矿目类也是。不过只要再有个三五日，我应当就能细细归整完成。"

"这个已经……"穆雪目瞪口呆，"已经好太多了，你不用这么急。你是凡人，不要随我的作息，修道者精元充盈，不需要过多睡眠，所以我睡得很少。但你只要困了，就自己去睡觉。"

"我们有很长时间，你可以慢慢整理。"她指着整整齐齐的货架，顿了顿还是忍不住道，"做得不错，非常好。"

看着成排成排井然有序的货架，穆雪心里是极其高兴的，心底的笑意已经抑制不住在嘴角流露。

如果说送什么礼物能让穆雪真正高兴，那只有罕见而珍惜的炼材。如果说做什么事能讨得穆雪欢心，那就只能是节省她炼器的时间，提高她修行效率的事。

为了表扬岑千山，她派出了自己的小傀儡"千机"。傀儡小人接了指令滴溜溜地跑了，不一会儿，细细的胳膊高高举着大包小包的东西回来。

包裹里有衣服、被褥、纱布、药物和各种蔬果肉类。

"抱歉啊，我可能不是个好主人，一忙差点给忘了，这是我给你买的。"穆雪把岑千山的衣物递给他，又指了指他的腿，"好些了吗？我给你上点药吧？"

岑千山略微用拐棍挡住右腿，接过穆雪递给他的衣物："多谢主人，已经好多了，我自己处理便可。"

穆雪看他行动无大碍，右腿也不再有血水溢出，便没将此事放在心上。

她忙着去到厨房做了几样油汪汪的大菜，想着合该把这瘦干干的小家伙养胖一点才是要紧事。把他养胖一点，再养高一点，教会他辨认更多的材料。

真是太好了。我真是做了一件非常正确的事。穆雪高兴地在心里这样想着。

"小山，妇好鱼的骨粉在哪里知道吗？"

嗒嗒嗒的声音之后，墨绿色的琉璃管很快摆在穆雪的工作台上。

"小山，我的那个八首鬼面油浴锅呢？"

"在这里，我去给您清洗一下。"

"玲珑花的刺你会不会弄，帮我处理一下？"

"主人如果示范一次，我应该可以试试看。"

不过几日时间，长年沉闷寂静的屋子里，只因为多了一个人，仿佛就有什么地方大不一样了。

这个孩子挂着拐杖，总是忙忙碌碌，勤勉得很，短短的时间就让穆雪有了种失去他便会十分不方便的感觉。

他也开始尝试着和穆雪提一点点自己的小愿望。

"我只读过《妖兽通考》，这里的很多材料分辨不出，还得主人费心整顿。真是太惭愧了。"

"没事，我这里有《妖物志》《魔典》《细读石矿全说》……你要是有兴趣都可以看一看。"

"那其他的书……"

"随便，你想看都可以。"

"妇好鱼的骨粉要怎么提取呢？如果我能操作，主人就不用每次都浪费这么多时间了。"

"好吧，我看看要怎么教给你。"

"《细读石矿全说》里的很多话，我有些不太明白。总是怕把矿石分错类了。"

"嗯，你不明白的地方，可以问我。"

原来这个孩子有想要学习的欲望。

确实呢，他是一个各方面都很优秀的孩子。聪慧到极致，所有的东西只要说一次，示范一遍，他就能上手，从没有出过纰漏。

要不要干脆把他收为徒弟呢？如果带他走上修行之路，他一定能有所成就，也能更好地做自己的帮手。

可是收徒弟真的是一件很麻烦，要花费大量时间和精力的事。

姑且再想一想吧。再考虑一段时间吧。穆雪心里这样想着。

考虑的日子还没开始，就先迎来一场意想不到的变故。

那天屋里安静得有些异常。

穆雪回过神来才发现，那时不时响起的拐杖声似乎消失了许久，手边的茶杯也罕见地空着。

穆雪转头看去，屋门大开着，屋外静悄悄的一片，夜空黑漆漆的，院子里飘着大雪。

"小山？"穆雪奇怪地唤了一声。

第七章

他想留下来

　　穆雪放出神识，察觉到岑千山明明就在院子中，却没有移动，也没有回应她的呼唤。

　　她走出屋子，只见那个少年半跪在地上，一手扶着墙，吐了一地，看见她出来了，摆手制止她靠近。

　　他似乎想走到院门外，却在路途中就控制不住，呕吐得几乎起不了身。

　　穆雪想要上前扶他。

　　岑千山摆手把穆雪往回推，他面色憋得通红，强行忍耐着说出半句话："这里太脏了，您快进去……"

　　穆雪有些茫然地轻拍他后背，等他一通折腾后缓过气来。

　　他声音虚弱，却急着喘息着解释："抱歉，我这就去打扫。"

　　随后他撑起身往可以洗漱的水池走去，瘦瘦小小的脊背轻轻打着战，凌乱的乌发上沾满了细细的白雪，脸色看上去比这寒夜中的凉雪还要苍白。

　　穆雪看着那道背影，莫名地在这个时候想起一段往事，当时不知道什么缘故，或许是独自住得太久了，她把一只本应当宰杀了售卖的妖兽幼崽养在院子里。

　　她给那个小东西搭了一个窝棚，给它吃的食物，给它喝干净的水。渐渐地，那个有五彩羽毛的漂亮小东西见到她回家，就会扑腾着叫唤几声，还会时不时用小脑袋凑到她手上蹭一蹭。

说起来那个小东西除了会吃，毫无作用，甚至耽搁了不少她本该用于专心炼器的时间。

但那段时日似乎是穆雪的记忆中难得的快乐时光。

家里有了动静，回家也有个家伙扑腾着出来迎接，下雪的院子有了生气，不再只是一个冷冰冰的空壳子。

可不知道为什么，有一天那个小东西突然不肯再吃东西了，油亮的毛发也失去了光泽，变得乱糟糟的。它佝偻着脊背，低着脑袋，在院子里的雪地里慢慢走了几步，倒进雪堆里再也不动了。

穆雪不知所措，茫然地像往常一样摸了它后背很久，它却始终没有抬起头用小脑袋蹭一蹭她的手。

从那以后，穆雪就再也没有养过其他东西。

岑千山一瘸一拐的背影无端地和曾经的记忆重叠了。

穆雪突然意识到一件事，或许一个生命并不是给他吃的，给他几个垫子，他就一定能活在自己身边。

他也可能和那只小兽一样，突然就倒进雪堆里，再也站不起身。

赶上前几步，穆雪握住了岑千山拄着拐杖的手臂，那手臂颤抖得厉害，豆大的冷汗正一滴滴从血色全无的面庞上滚落。

穆雪摸了一下他的额头："怎么这么烫？你……生病了？"

但凡修真之人，不论走的是哪一条道路，大多都有固本培元、退病强身之功力。已经金丹期接近圆满的穆雪，早已忘记了病体缠身是什么概念。

岑千山一身是伤穆雪本来是知道的，但他来了以后勤勉能干地忙里忙外，拄着拐杖迅速把一切打理得井井有条，几乎没有过片刻休息，好像也不需要休息的样子。

于是穆雪也就渐渐理所当然地习惯了，淡忘了他的身体状态。

现在想想，十岁不到的孩子，真的能承担这样强度的劳作吗？自己十岁的时候是个什么样的光景？有没有这么辛苦，会生病吗？病了是会死的吗？穆雪十分迷茫地挖掘着漫长岁月中幼年时期的记忆。

"我……没什么事，很快就好……"岑千山说了半句，人已经往下倒去。

穆雪接住了他。

岑千山靠在穆雪身上，不住地喘息着，那些鲜亮动人的生气仿佛正在迅速地从他身上逃离，他开始变得苍白而虚弱，身躯滚烫得吓人。

不能这样下去，得找大夫。

对，应该出去找一个会给凡人看病的大夫。

穆雪沉着脸色，拽紧他的手往门外走去，她没有意识到自己的脸色过于难看，也没有注意到自己慌乱之下动作的匆忙。被她半扶半抱的那个人误解了她的行为，正红了眼眶，虚弱地抗拒着，试图把自己的身体往回缩。

穆雪三两步来到门边，推开院子的大门，随手一抛，一块光洁且巨大的金属三角板静静地悬浮在空中，这是穆雪的飞行法器，名"幽浮"。

她转身伸手来扶岑千山。岑千山伸手死死把着门框，白着嘴唇，沉默地看着穆雪。

"我……好得很快。"他面色苍白却坚决地这样说着。

"什么叫好得很快，你已经很严重了，快跟我出来。"穆雪伸手拉他，他却死死抓住门框不肯跨出半步。

"我……再不偷看那些书了。"他突然没头没尾地说。

"你说什么？"穆雪发觉自己弄不明白他在说什么。

岑千山低下头，绷紧了唇线，眼圈微微发红，僵持了片刻方才开口："若是主人有什么规矩，我……奴……奴才从今以后定跪听训教，恭敬遵循，绝不再逾越。"

他眨了眨眼，艰难地又加了一句："不敢再有不该有的企图。"

岑千山来这里多日，虽然一直称呼穆雪为主人，但巧妙地从未以奴仆自称。

他显然急切地想要讨穆雪的欢心，却从不奴颜婢膝，摇尾乞怜，而是全力用自己的聪慧能干、勤勉周到，在穆雪面前展现自己的价值。

穆雪知道他心中是固守着一份敏感的自尊和高傲的。

这大概是他第一次在自己面前真正低下头。

"小山，你烧糊涂了吗？我是带你去看大夫。"

"啊，看大夫？"岑千山诧异地抬起头，喃喃一句，"不是因为我过于急切……"

他把后半句话咽了回去。

"不然呢，你以为要带你去哪里？"穆雪已经不太耐烦，她一把将发愣的岑千山拉出来，抱上自己悬空的飞行法器。

幽浮的尾翼上无数细碎的金属片倒立翕张，喷出长长的尾烟，轻盈迅速地破空滑向天际。

穆雪一路飞入一家风格守旧的医馆。医馆老派装修风格的门口却挂着极为醒目的彩灯做招牌。

坐堂的大夫是一位又矮又瘦的老医修，为人吝啬，说话刻薄，医术倒是高超。因在浮罔城住得久了，人人都称他一声年叔。

年叔抬起眼皮，看了一眼穆雪手中抱着的岑千山，哼了一句："凡人不治。"

穆雪似乎和他熟稔，并不在乎他的话，自顾自地将岑千山放在病床上。

"凡人不治是吧？那你之前说的坏了的医疗法器，我也不修了。"

"还是这样牙尖嘴利，一点女人味都没有，难怪嫁不出去，只配当个打铁的。"年叔嘴里骂骂咧咧，终究从柜台后转出来，口里还哼哼，"一个凡人，也值得拿来和我宝贝的法器相提并论。"

"胡说，前些天烟家家主还说要把她的小儿子给我当夫侍呢。"

"你答应了？"年叔抬头瞟她一眼，摸出一个单目镜佩戴在鼻梁上。

"那怎么可能，有那份时间不如多炼几件法器，修行它不香吗？大道才是我唯一的目标。"

年叔扯了扯嘴角的皱纹，算是赞同穆雪的话语，弯腰开始查看岑千山的伤势。

"胡闹，"他不过把了一下岑千山的脉搏，就连连摇头，"这小孩饥饿多时，脾胃虚弱，运化失常。你骤然给他大鱼大肉，暴饮暴食，他如何承受得住。"

穆雪张嘴啊了一声。

"至于他这腿骨，是被人用外力捏碎的，你没给碎骨归位，就用术法将外伤强行愈合。这不是要他的小命吗？"年叔查看完岑千山的脚踝，站起身来，"这腿已经彻底废了，我可没法治。带走，带走。"

穆雪一把拉住了他："年叔，这点伤都治不好，你招牌可就没了。"

年叔吹胡子瞪眼："他是个奴隶吧？要治也不是不行，提前说好，治他这条腿的费用，买他这样的十个都够了。"

他怕穆雪不信，絮絮叨叨地解释："你别以为凡人就容易，就是凡人才麻烦，凡人太脆弱了，灵气承受不住，下刀也费事，用药也复杂。"

躺在病床上的岑千山，只拿那双眼睛看着穆雪，眼神蒙着雾气，虚弱而无力，透着无声的祈求。

这是他拿手的一招，当初素不相识，穆雪都被他这样湿漉漉的眼神看得心软了，更何况是如今？

穆雪叹了口气，捏了捏眉心，对那位掉进钱眼的无德庸医许诺："若是治得好，我就替你锻造用于开颅术的法器，就是你日日挂在嘴边的那款。"

"此话当真？"年叔一下直起了佝偻着的脊背，搓着手掌飞快改口，"那行，那行，你放心，不过是一介凡人，对你年叔来说小菜一碟，保管经我的手之后，他恢复如初，腿脚比原来还要好。"

年叔伸出枯瘦的手指，医馆内跑出数十个寸许高的傀儡小人，排着队爬上铺着白布的手术床。

它们手持器械，围着岑千山的腿忙碌着，有些张着细小的五指负责喷洒麻醉药水，有些持着长长的细刀切开肌肤。四五人努力拉住绳索固定，四五人忙着切除腐肉，结扎血管，更有的伸缩长长的胳膊，钻入被切割开的肌肉之间，寻找骨骼的碎片，逐一拼接回原位。

岑千山平静地接受了这种诡异的治疗，昂贵的麻醉药物让他没有感觉到一丝痛苦，他慢慢地闭上双目，似乎陷入了昏睡之中。

"一个凡人小孩而已，穆大家竟愿意为他费心，莫不是有什么想头？"年叔低声说道。

穆雪看着病床上紧闭双目的男孩，点点头："年叔，您觉得呢？"

老医修捋了捋山羊胡子："这事问我就对了。不瞒你说，罕见的美质良才啊。"

没有人注意到，这个时候，貌似沉睡的少年，纤长的睫毛微微颤了颤。

细碎的雪花在苍凉肃穆的浮岗城中飞飞扬扬。

穆雪站在幽浮之上，怀中抱着一个被毛毯包裹着的瘦弱身躯。

小小的飞行法器拖着长长的尾烟尘，绕过那些巨大的狰狞石雕，在城市夜空各色彩灯交错的光影中飞行而过。

途经货街上空，这里的夜市很热闹，靡靡乐曲，诡丽灯光，交织呈现出暗夜繁华。正是当初把岑千山买回来的地方。

"主人。"毛毯内传来一声轻轻的呼唤。

"醒了？"穆雪低头看怀里的男孩，"改一个称呼吧，从此不用叫主人，叫我师父好了。"

岑千山闭上了双目，耳边是呼啸的风，冰冷的雪，但他被保护得很好，一片雪花都没有透过厚实的毛毯飘落进来。

脚下就是那炼狱般的奴隶买卖市场。本来在这样的夜晚，他早已被无数的恶魔抓住四肢，撕裂身躯，拖入泥沼的最深处。

所幸遇到了这个人。

这是个奇怪的女人，看上去冷漠，却比谁都心软。

只要刻意让自己辛苦多一些，她就会内疚；让自己多凄惨一点，她就会同情。

费心讨好，她会对自己露出笑容，会说自己做得很好，甚至会心存感谢。

浮罔城这样的浑浊世界，竟然还存在这样的人吗？

岑千山靠着那个温暖的胸膛，想要笑一笑。

他拖着病体不治疗，是想要在最短的时间内取得穆雪的信赖。

难得宽容且不太精明的主人，千载难逢可以学到东西的地方。哪有时间给自己躺着休息？

至少要先让那个人明白自己有留下来的价值，最好是得到她少许的怜悯和喜爱，或者是成为不可缺少的一种工具也好。

总之他想留下来，留在这个有无数书籍，无数法器，自己可以光明正大偷师的地方。

只是当身体撑不住发病的时候，当穆雪拖着他往外走的那一刻，他的心底还是慌了。不管往日再怎么喜欢，病倒的奴隶被主人丢出门外都是常有的事，自己也并不是没经历过。

求饶服软都没有效果，那一刻他以为自己过于急进的心思被看穿了。

谁知从前百般算计，千般渴望的东西，却轻易地达成了目的。本该满心欢喜的，只是不知为什么心底却莫名这般苦涩。

阮红莲来到穆雪的家中，夸张地张大了秀美的红唇：

"哎呀呀呀，我也不过几个月没来，还真以为自己走错了地方，退出门去看了好几遍呢。"

她四处打量，光可鉴人的地板，整整齐齐的书架，分门别类的货柜，那些奇形怪状的冶炼器材被擦得亮晶晶的，井井有条地摆在桌面上，化物阵内打扫得干干净净，油浴锅咕噜咕噜地冒着气泡。

"士别三日，这眼睛都得挖给你了啊。"阮红莲感叹道。

岑千山端着茶盘走进屋来，在穆雪和阮红莲面前的桌上各放了一盏茶和一盘子点心。

穆雪的面前依旧是她喜欢的白菊茶，阮红莲面前却是浮罔城盛行的碧云春。

阮红莲品了一口："啊，好喝。来你家终于不用自带茶水了。这茶点也好吃，是用什么做出来的？"

岑千山并不多话，浅笑施礼，转身离去了。

阮红莲看着他远去的背影，匆忙咽下口中的茶点："小雪，我这次是服了。你眼神也太好了。这孩子既长得漂亮，又这般能干。你这奴隶是买值了。"

穆雪就笑了："他已经不是奴隶了，我收了他做我的弟子。"

"啊，你这就收徒弟了？以前是谁说收个徒弟浪费多少多少时间，自己修炼才是最香的。现在打脸了吧？"阮红莲嫌弃道，"不过也难怪你，他确实有天分。你看看你这里，有上万种炼材了吧。他在短短时间内就能够区分理顺，还学会了加工预处理，当真罕见。给你减轻了不少负担吧？"

穆雪心里得意，随她说去。

阮红莲说着话，伸手揉了揉肚子，突然就放了个特别嘹亮的响屁。讲究仪态的她一下涨红了面孔，刚想掩饰一二，身后又紧连着发出一串响声。

阮红莲素来爱美，这一下闹得下不来台，满面通红，匆匆忙忙告辞离去。

岑千山进来收拾茶水的时候，穆雪唤住了他。

"学了点皮毛，胆子就肥了。你以为红莲没发现，我也看不出来吗？"她伸手指点着茶桌，"茶没有问题，茶点也没有问题。只是红莲喝的碧云春若是和混了多罗鱼肉的点心一起享用的话，便有通气润肠的急效。只怕接连几日，红莲都要时不时闹笑话。红莲是我朋友，是你的长辈，谁准你这样干的？"

穆雪想起阮红莲好几日里动不动就放一串响屁，以她的性子怕是连门都不敢出一步，忍不住要笑出声来。只因为刚刚做了师父，要维持师长的威严，才强行给憋住了。

岑千山并不狡辩，在她面前跪下，低头认错："我知错了，请师尊责罚。"

穆雪咳了一声，端起师父的架子："虽然只是件小事，但也不能不罚，一罚你学艺不精，胆大妄为，欺瞒师长。二罚你……罚你那什么。"

"二罚我气量狭小，睚眦必报。红莲前辈不过当初拦着师尊买我回来，我便耿耿于怀，埋怨至今。"岑千山主动接了话。

"你既然知道，那就罚你……罚你打板子好了。"

穆雪四处张望寻找打手心的板子，岑千山已经自己站起身，在货架上取了一根韧性极好的木棍，恭恭敬敬递到穆雪手中。

岑千山又解开自己的上衣，露出消瘦白皙的后背，规规矩矩地匍匐在穆雪面前。一整套动作流畅娴熟，仿佛做过无数次一般。

那脊背上纵横交错着大大小小、新旧不一的伤痕。显然这个清弱的身躯，从小就反复承受着这种虐待与折磨。

看着那瘦骨嶙峋、伤痕累累的脊背，穆雪手上的木棍当然是挥不下去了。

作为师长，第一次教训徒弟就下不了手，以后的威严只怕要荡然无存。穆雪左右思量，把跪在地上的小徒弟提起来，按在膝盖上，抬手拍了一下。

打第一下的时候，岑千山还略微挣扎；第二下的时候，他就不再反抗；第三下还没落下的时候，穆雪发现趴在膝盖上的男孩耳朵尖红了。

他僵着身体趴在穆雪的腿上，一动不动，那一点红色从耳朵一直蔓延到了后脖颈。

穆雪悬在空中的手就拍不下去了。

不然就算了吧。他一直都是个乖巧的孩子。谁小的时候没干过几件不着调的事情呢？

轻轻的两下处罚之后，便再也没有动静了。岑千山等了很久，疑惑地抬起头来。

她是怎么了，不打算打我了吗？

就……这样，也能算责罚吗？

他们此时所在的座位，紧挨着屋中的化物法阵。

那法阵上摆着一个烧开的油浴锅，锅上搭着长长的冷凝管。岑千山抬起头时，正好看见一滴水滴从裂开的管道缝隙内渗出，往沸腾的油锅滴落下去。

凉水入油锅！是会炸锅的！

岑千山还来不及惊呼，发觉自己已被人整个提起，夹带着冲到墙壁的角落，一个身影将他护在怀抱和墙壁之间。

一声巨响，噼里啪啦滚烫的油花，铺天盖地而来。

浓烟，星火，惊天动地的声响。

这样的情形在他乱七八糟的生命之中好像遇到过很多次。

只有这一回，竟然有人用自己的身躯把他紧紧护在怀中。

她没有打我，还把我护在怀里。

浓烟弥散之后，穆雪方把似乎被吓呆了的小徒弟拉了起来，左右打量："没事吧？是我的错，忘了给你一两件防御的法器，差点害你被烫伤。"

小徒弟抬起清凌凌的眸子看她，看了许久，轻轻地说："是我错了，不该欺骗师尊，还请师尊责罚。"

"欸，算了。"穆雪以为他说的还是之前的事，不以为意地挥了挥手，"也不是什么大事，下次别这样就好。"

岑千山低下脑袋，低声道："我这样不孝狂悖、诓骗师尊之人，其实不值得师尊如此待我。"

"说什么呢，小山。"穆雪笑了起来，伸手摸摸他的脑袋，"你对我很好，我心里其实都知道。你也帮了我很多忙，自从你来了以后，我真的觉得日子都过得开心了很多。"

和岑千山在一起的日子，真的是这辈子最舒心的时光。白雪皑皑的院子，看起来都像绽放了春花一般惹人心喜。

幸好当时那只栩目蝶飞到了岑千山的手中，才让自己有机会认识这个可爱的徒弟。

可能还要感谢那只蝴蝶呢。

穆雪这样想着的时候，眼前便飞过了一只金色的蝴蝶。

蝴蝶金箔似的翅膀翩翩扇动，四周的景物开始变得模糊。

无数喧杂的声音在穆雪耳边响起。

"她拿到了，她拿到了，蝴蝶没有散，还发光了。"

"选中了选中了。这个女娃被选中了。"

"天哪，快看，那里有人接到仙缘。"

"恭喜恭喜，这是谁家又出了个小神仙。"

穆雪的视线渐渐恢复了清明，没有熟悉的大屋，也没有默默注视她的小山。眼前是沸腾的广场，五彩的花灯。

兄长一脸狂喜地望着她，身边是无数笑盈盈的面孔，此起彼伏的道贺声铺天盖地。

她幼小白嫩的手指上，正夹着一只泛着暖黄色光芒的栩目蝶。

旧日往事如烟似雾，骤然惊醒时，烟消雾散。

第八章

金问道

无数笑脸晃动在眼前，道乐幽幽搅浑喧杂人声。

琼楼玉宇，皓月临空，金蝶瑶叶，漫漫于天。

穆雪却有种被抽离在闹世之外的错觉。一时间不知刚刚的幻境和眼前的世界哪一处才是真实。意识已经清醒了，心却还被千丝万缕的细线束缚在原地，无法挣脱。

明明如今生活着的这个世界安稳幸福，这里有她童年时曾经缺失的一切，生活安逸，家人疼爱。没有无休无止的冰雪，也没有随时出现的妖魔。

但此时此刻，穆雪发觉自己的心底，其实依旧怀念着那个白雪皑皑的庭院，想念那间灯光温暖的大屋，挂念着屋子里的那位小小少年。

当年，自己死去的时候，小山他想必也很难过吧？

广场之上，漫天壮观的金色蝶群渐渐消失，整个广场重新暗淡下来。

在广袤的暗夜中，影影绰绰的人群间，只余两三只明亮的蝴蝶，依旧闪耀着令人羡慕的金色光芒。

周围密集的人群如潮水一般分开，几位官府的公职人员匆匆忙忙引着一乘华丽的肩舆，向着这里跑来。当先一人跑到大柱面前，伸手整理冠帽，客客气气地举袖作揖：

"恭喜员外，恭喜小仙人。鄙人姓李，乃本地郡守，不知这位小员外如何称呼？家住何处？"

大柱虽然是整个家最见过世面的男子，但这位农家少年一生中接触过的最高级别的官，也不过是平日里巡街的衙役而已。

如今全郡的郡守平易近人地站在他面前和他说话，还称呼他为员外，唬得十七八岁的少年手脚都不知该往哪儿放了，诚惶诚恐地答道："小……小人姓张，张大柱。这是俺妹，二……二丫。家就住在城南十里地的张家村。"

张家一共有三个男孩、俩女儿，分别取名大柱、二柱、三柱、大丫、二丫。穆雪就是那最小的二丫。

穆雪捏着鼻子，看着书记员恭恭敬敬地将"张二丫"这个土得掉渣的名字登记在册。

登记完名字籍贯，自有人敲锣打鼓，领着郡府出示的文书，一路飞奔着前去张家报喜。

在一片道贺恭喜声中，张大柱抱着穆雪上了夸张华美的肩舆。

软垫香车，云罗翠帔。

娇童秀女侍候左右，轿夫力士抬轿代行。

来的时候，张大柱连三个铜板的牛车都舍不得坐，万万没想到一朝托了妹妹的福，自己还能受用这般光景，心底既得意又兴奋。

"丫啊，我是不是在做梦？"大柱手心出汗，握住妹妹软软的小手，"一会儿就得见仙人了，你怕不怕？咱不……不紧张啊。"

妹妹和往常一样安静地坐在他怀里，清凌凌的目光平静得很，小手还伸出来拍了拍他的肩膀，算是安慰他不要紧张。

二丫从出生起就是个分外惹人喜爱的妹妹，白白净净，漂漂亮亮，安静又懂事，笑起来甜甜的，多招人疼啊。

大柱还记得妹妹刚出生的时候，他和二柱、三柱还有大姐总喜欢抢着抱妹妹，把雪团子一样的妹妹抱在怀里带出去玩，走到哪里都小心翼翼护着，生怕被别人欺负了去。

这样从小被抱在怀里的小妹原来是要做神仙的。

不能再留在家里了。

这回去娘亲肯定要哭的，二柱三柱只怕要闹很久。

怎么办啊，这是根本没有想到的事，连件衣服都没给二丫带上。

妹妹这性格软得不行，上了山指不定被欺负成什么样了。

大柱的心酸了，那些恭维道贺的话语，听在耳朵里顿时也变得好没意思起来。

人潮分出道路，上万名孩童中被选出来的三个孩子手持灵蝶，在人群的拱卫下来到城墙边。

城墙脚下，那位年轻修士素袍素履，脑袋上随意地绾了个道髻，俊逸面容上，自带一种年轻人特有的爽朗笑容。如果不是这样万众瞩目、光环加身的情况，随便把他放在哪里，都只像是一位普通的邻家少年。

只见他从怀中取出普普通通的毛笔，弯腰在城墙上歪歪斜斜地画了一扇拱门。

笔落门开。

城墙坚实的墙砖上凭空现出一个门洞。

门洞内月华如水，青松秀骨，兰草依依，乃是一处世外仙山。一条石级古道沿山势而上，最初一级，盛着月色带着藓意，静静地横在门洞之后。

那修士停笔回身，指着自己对着选出来的三个孩子介绍："在下逍遥峰叶航舟，算是你们的接引人。几位师弟师妹进了山门之后，若有不明之事，来逍遥峰寻我便是。"

随后他对着门洞的位置做了个请的手势："进去吧，那里自有其他师兄接着你们。我还需要赶往下一处。"

广场上的人们艳羡地看着门洞前那道普普通通的石级。

在他们心中，那些幸运儿只要穿过这个神奇的门洞，一脚踏上石级，便可平步青霄，得道成仙。

可惜被选出来的孩子都十分年幼，反应过来自己即刻便要离家远行，顿时顾不得什么将来能够光宗耀祖、得道成仙，且先哇一声哭了出来，扒着家人的脖子，死活不肯放手。

他们的家人只怕也没有想过自己家的孩子能从数万人中脱颖而出，同样也处于惊慌失措中。

一时间哭的哭，劝的劝，乱成一团。

叶航舟开口帮忙哄孩子："不打紧，并不是从此见不到家人。只要你们的父母亲朋去九连山下的冲虚观递名帖，随时可以下山相见。中秋除夕，宗门放假的时候，也都可以回家同家人团聚。"

穆雪听得此说，心中十分惊讶。从前她一直听说仙灵界讲究的是灭人欲，存天理，要清心寡欲，斩断凡俗之情。甚至有追求舍弃皮囊肉身，了却人世因缘，一心于深山中追寻大道的门派。

但听此人的口气，归源宗似乎和自己想象中的道修世界大不相同。

只是眼下，叶航舟的话语并不能安抚哇哇大哭的六七岁孩子，他只得摸摸鼻子，耐心等待。

毕竟每个城市都要闹这么一出离别的哭闹，他已经习惯了。

小师弟师妹嘛，可以理解的，刚上山的时候，基本每一个都要哭上几日鼻子。

突然，他发现一奇怪之处，三个孩子中，有一个六七岁的小女孩，穿一身半旧的土布袄子，安安静静地和他一样站在门洞边等着。

见他看过来，那小娃娃也抬头看他，白生生的小脸，头顶有两个乌黑的小鬏鬏，眉目灵动，双眸清凌凌的，不哭也不闹腾。

"小师妹，你怎么不哭啊？"叶航舟忍不住问道。

看她的衣着，也只是普通人家的孩子，这样家庭出身的小孩，还是第一次见到这么镇定的。

"啊，都要哭的吗？"小女孩的脸上露出一丝困惑的神色，似乎在懊恼自己的不同寻常，思索应该怎么应对这样的情况。

"那倒没有，你师兄我当年便不曾哭过。"叶航舟被她的神色逗笑了，低头看她手上的蝴蝶，"这颜色挺漂亮的，想必会有师长喜欢你的。"

穆雪敏锐地从他简短的一句话里捕捉到了重要的信息，叉着小手行了个礼："进了宗门之后，还有其他的考核吗？师兄可否悄悄告诉我一下？"

小胳膊小腿的女娃娃，圆墩墩地给他行了礼，脆生生地叫师兄，叶航舟觉得自己被萌到了，于是蹲下身来，悄悄地在她耳边给她泄点题。

"进山门之后，新弟子都住在化育堂，各大主峰的师长们会轮流过去讲学。这个时候你就该注意了，若是觉得喜欢哪一位师叔的绝学，就一定要在他面前好好表现，没准有希望成为亲传弟子。"说完他站起身，冲穆雪挤挤眼睛，示意她保密。

换了一个普通的六岁小孩，可能也不能从这话中听出多少意思，但对穆雪来说，这几句话的信息量可太大了。

就从叶航舟的这些话看来，原来宗门分为内、外两个部分，只有内门弟子才能得到真正的师承。

而师长们挑选徒弟的方式，估摸有两点，一是他第一句话时提到的看栩目蝶的颜色，二大约是看初入门后老师讲学时的课堂表现。

幻境溯源，金蝶问道。

穆雪是万万也想不到，这个世界的道宗门派竟然舍得用这样耗时耗力的昂贵方式挑选弟子。

直接在幻境中追寻弟子的心性本源，毫无修为的自己即便想要隐瞒也瞒不住。

她悄悄左右打量，发觉其他两个孩子手中的蝴蝶都光彩夺目，显然比她手中这只来得耀眼。

在魔灵界之时，穆雪曾经听说但凡道修的门派都极其教条讲究，要求弟子们品性高洁，博爱济众，舍己为人，至善至美。

医修年叔就时常不屑地说道："呸，那些道修表面说着济世度人，立身持正，装得人模狗样，实则背地里杀人夺宝，抢夺仙缘，一点不手软。

"天命之谓性，率性之谓道，还是咱们魔修率性而为，才是真正的正道。"

当时听得这话之人，包括穆雪全都大声附和，对传说中装模作样的道修嗤之以鼻，一起喷着唾沫把他们批得一无是处。

穆雪心底打鼓，根据这样的标准回溯幻境中自己的所作所为，只能说万幸当时没把自己那些坑蒙拐骗、不择手段的黑历史回忆出来。

但细细数去，怎么也多少流露出冷漠、功利、凶狠等等"不合标准"的情绪。

最终穆雪郁闷地发现，以自己的禀性只怕是远远够不上道修弟子光风霁月的标准的。事到如今，也只能对着手中泛着淡淡光芒的蝴蝶祈祷，祈祷这一届弟子整体水平都不行，招生的老师集体眼瞎。

等到了化育堂，自己再小心谨慎，努力表现，好歹能够勉强混个入门。

余下两个孩子终于不哭了，百般依依不舍，流着鼻涕眼泪，跨进了那个通向仙山的门洞。

穆雪也跟在他们身后举步穿过门洞，踩上那带着苔痕的石级。

楼阁台榭，热闹的人间瞬间消失不见。

眼前是青山谷道，芳草依依。石级的尽头，云雾缭绕，露出红墙青瓦，古观威严。

穆雪举步往上走去，听见身后有人喊她。

她回首看去，一道光溜溜的门洞，凭空立在山道上的一个阵盘内，门洞里是烟火热闹的云溪城。

兄长张大柱站在门洞的那一头，搓着手，眼巴巴地看着她，勉勉强强露出笑容，眼眶却已经红了。

"妹……妹妹，哥听说山上的修行也是不太容易的，"少年不知道该说些什么，心头一酸，冲动道，"你若是受不了，回家来便是，家里好歹还有爹娘和哥哥们呢。"

他拼命抓紧最后的时间挥动胳膊："照顾好自己，多吃点饭，等着哥哥和爹娘过去看你。"

门洞闭合，兄长的身影不见了。人声鼎沸的家乡被隔绝在了千里之外。

寂静森山，明月凌空，松风阵阵，山路上走着几个哭哭啼啼的小孩。

穆雪看着眼前石级上那失去亮光的阵盘，心中涌上了一种奇怪的情绪，只觉得心头胀胀的，有些酸涩。

这样的情绪对她而言十分陌生。

她本来没有家，也没有血脉至亲，大道之上毫无羁绊，只顾着埋首奔行，苦修不辍。

在这个世界不过生活了六年，那个凡尘俗世的家，难道在自己的心中留下了什么吗？

第二卷

化育堂

送君入罗帷

第九章 雪满华庭境

　　穆雪沿着台阶往上走，这里是深山，地势有点高，风起的时候，林间传来阵阵松涛的声响。

　　透过松林可以看见山脚下静静流淌过一条宽阔的大河。

　　今日是满月，圆盘似的明月拦在江面上，洒下满江闪闪发光的银辉。

　　在这样的山路上一步步向上走，浮动不安的内心，也就慢慢地平静下来。

　　每隔数级台阶，就有一个比较宽大的平台，平台的地面绘制着法阵。不时会有法阵突然亮起，凭空出现一个门洞，随后从里面走出年纪不一的孩子，锦衣华服者有之，衣衫褴褛者也有。

　　有的孩子哭哭啼啼，一把鼻涕一把眼泪慢慢向山顶走去。也有人双目带着振奋的光，昂首挺胸，一脸兴奋地跑上山去。

　　石级连绵向上，尽头却是好大一座古观，山门高耸，殿宇峥嵘，门头上挂着一个大匾，书着"冲虚观"三个字。

　　冲虚观是归源宗设在人间的道场，许多城镇内都能见到规模不一的冲虚观。平日里观中布施赈灾，斋醮科仪，广纳凡间信众朝拜。

　　之前叶航舟说过，若是家人想要和拜入山门的孩子相见，可到九连山的冲虚观递帖子，说的便是眼前此地了。

这一刻观门大开，大殿内灯火辉煌。

门外栏槛处坐着一位青衣女修，见到有孩子上来，便收了他手中的蝴蝶，登记姓名籍贯，发放一块写有名字的小小玉牌。随后让这一个个一脸懵懂的小萝卜头，统一到大殿前的广场上等待。

千年古观，楼台巍峨，漆画精美，肃穆威严。新入门的小弟子们个个都忍不住带着敬畏之心四处打量。

穆雪的注意力却放在了手中那片小小的符玉上，此玉牌正面用金漆填上姓名，背面有细密的灵纹纵横交错。手指轻轻摩挲，隐隐可以感觉到有灵力沿着那些复杂的纹路流动。

虽然材质不算金贵，但工艺上却是十足地精密考究，是一种极难仿制伪造的灵器。

歪歪斜斜挤成一团的孩子，免不了有不慎将符玉遗落在地上的。那小小的卡片无风自动，从地面飞起，很贴心地又钻入了他们的怀中。这是一种从登记的那一刻起，除非毁坏，绝不会离开主人身边的灵器。

能给低阶弟子人人配发这样的灵器，可见归源宗内必定有技艺十分精湛的炼器宗师。

穆雪一时间心痒难耐，恨不能早日见识一番仙灵界的法器炼制工艺，好和自己的所学磨合印证，切磋对比。

等了许久，从山门外走进一位身材高壮的男子。那人胳膊下夹着两个呼呼大睡的孩子，笑嘻嘻地对门口的女子道："发现两个哭累了睡在山道上的娃娃，其他的都上来了。"

那女子冲他点点头，一览手中名册，叹息道："辛苦这么久，只得一百二十三人。还不知最终能留下几人。"

穆雪抬眼望去，只见那男子肌肤黝黑，眉毛浓密，双目炯炯有神，一身肌肉虬结，看起来和魔灵界中以体术入道的体修十分相似。

而坐在门边为他们登记入册的女子身姿秀美，飘逸出尘，周身带着一股久凝不散的药香，倒像是天天同丹药为伍的医修。

这样看来归源宗内的修行法门，各有所长，并不只有单一的道法。

那女修单手托起装着栩目蝶的琉璃钟罩，翻手祭出一柄小巧精致的缂丝团扇，小小的团扇迎风而长，悬停在她脚边。

她提着裙摆举步登上扇面，口中道了句"我先回去复命"，便罗裙飘飘，踩扇翔天而去。

身材高壮的男子正在关闭山门，闻言回首喊了声："师姐好急的性子，倒是等我一等。"

他倒也不祭出法器，只拔脚就往后山奔去，飞檐走壁，翩若惊鸿。

他说第一个字的时候，人还在大门处，而那最后一个字已遥遥从后山的山腰上传来。

看势头竟和那沿着山势遥遥高飞的团扇不分先后。

这两人飞天遁地的一手，震得在场的孩童全都惊讶地张大了嘴巴。

一时间哭的也顾不上哭了，满心傲气的也顾不上骄傲了。小小的孩子们此刻心底唯一的念头是自己什么时候也能学成这样的术法，飞上天去玩耍一番才好。

大殿内另走出三四位年长的女修，抬着宫灯接引上百名孩子入内。一行人穿过巍峨的殿堂，钟楼花院，又沿着后山的台阶攀爬许久，渐渐登至顶峰。

顶峰的山道边立着一块毫不起眼的界碑，界碑上铭刻的字迹仿佛经历了千万年的洗礼，已经模糊难辨。

穿过界碑的那一刻，周边的孩童们毫无所觉地喧闹走动，穆雪却骤然有些心惊，伸手按住了揣在怀中的那一片小小符玉。

"过了这个界碑，便是我归源宗山门之内。外人非请不得入内。"领道的女修边走边说，"没有配发符玉之人，走到此处就再进不去了。若是非要硬闯，只会落得个身死道消的下场，各位师弟师妹可要切记。"

穆雪心中怦怦直跳，庆幸自己规规矩矩拜入山门。回想起自己当年在魔灵界求道的诸多不易，料想如今在仙灵界也是凶险异常，顿时打起十二分精神警惕。

山顶之上，另修有一座九进的大院，门匾上写着"化育堂"三个字，是历年新入门的弟子居住学习之处。

此地不比冲虚观修缮得金玉气派。院墙红漆斑驳，地砖苔痕遍野，十分质朴，有一种山中寂静、年岁悠悠的厚重之感。

从山顶放眼望去，南面是一望无际的沃野平原，一条大江如银龙护卫，蜿蜒绕山而过。北面群山连绵不绝，九座主峰高耸入云，峰顶笼罩在一片云雾之中，难见其间真容。

偶有一两点七彩华光从那云山雾罩的仙境中透出，似朝霞如长虹，敢与月华争辉。

"师姐，那些是什么光？那里的山峰都是我们宗门的地方吗？我们什么时候能过去看看？"有孩子忍不住指着那一闪而过的霓虹询问领队的女修。

"那是内门的地界，普通弟子可是进不得的。"

上了年纪的女修看着这群既激动又兴奋的师弟师妹，想起了自己当年第一次上山也和他们一样对仙山充满憧憬和期待，不由得叹息。

"在你们之中，能有一二十人得窥天机，被师长看中选入内门，就算是不错的啦。其余之人，也只能和师姐我一般，学些粗浅术法延年益寿，不过是比普通人强些罢了。"

刚刚踏入师门的孩子，免不了意气风发，一个锦衣玉冠的男孩不服气道："我们是从千万人中遴选出来接了仙缘的贵人，只要勤勉修习，怎么可能没有仙长看中，我娘说了，我就是上山来当神仙的。"

领队的女修倒也不见生气，淡淡地说道："那就祝师弟仙运亨通，早入门庭，可别像师姐我这样，几十年了，还转悠在化育堂帮忙。"

进了化育堂内，新入门的弟子男女分开，统一配发寝具、服饰以及简单的洗漱用品。

学堂内每间屋子设一个大通铺，各睡六名弟子。

折腾了一日，惊喜交接，大起大落，还爬了两段山路，许多年幼的孩子既疲又困，虽然环境陌生新奇，也依旧一沾枕头便呼呼入睡。

月华透过窗纸照在地面上，朦朦胧胧的。山间寒雾迷蒙，却并不觉得湿冷。

穆雪躺在属于自己的角落，盖着厚实的棉被，睁着眼睛看地面上透过窗棂的月华。

她可以感觉到在这个山峰上，天地灵气明显地加强了。

这还只是归源宗外门的所在之处，看来九连山脉所在之处必有灵脉，且这里设置了强大的护山大阵束灵，使灵气内敛，成为修行者的洞天福地。

来到仙灵界之后，穆雪早已觉察，仙灵界的天地灵气十分稀薄，远远不如魔灵界充沛。

或许也因为如此，这个世界没有像魔灵界一般，繁衍出大量禀天地灵气而生的妖魔。普通的凡人在这个世界得以安居乐业，欣欣向荣，繁衍诞生了无数人口密集的城镇和国家。

穆雪身边的孩子一个个睡着了，在那些轻微的呼吸声中，空气里细微的灵气像风中的一抹淡淡幽香蔓延过肌肤表面，那么捉摸不定，又那么熟悉亲切，令穆雪周身的毛孔都舒适地沐浴其中，几乎在引诱着自己把它们引入体内。但她不敢过早将灵气引入体内，只得任凭它们随着自己的呼吸进进出出。神识却在不自觉间随着这些游荡的天地之灵流淌开来。先是如潮水般顺着那些年代悠久的青砖覆盖过地面，又蔓延过纸窗，来到月华如水的庭院。

院子中空无一人，唯有明月高悬天际。

穆雪身在屋内，却仿佛站在庭院里，举目四望，发现对面的屋顶上端坐着一个人，那人背对着穆雪，盘膝打坐，银白的月光流淌了满身。

竟然有人在这个地方采集天地灵气，调息入静？

穆雪悄悄收回神识。

屋顶那人突然转过脸来，冰冷的目光从高处直探而下。

神识骤然退回屋内，穆雪瞬间从睡梦中清醒。

她如今虽修为全无，但多年修行，神识凝练，精神力十分强大。到了这样灵气充沛的地方，半睡半醒之际一时松懈，就开始无意识地阴神出游，探索未知的环境。

穆雪在黑暗中睁大了眼睛，回忆刚刚那一幕。想不到宗门竟然派遣弟子在化育堂值守，也不知是为了守护还是监视他们这些新入门的弟子。

刚刚那位值守的修士修为虽然不错，但自己跑得很快，应该没被发现才对。

"你……也睡不着吗？"一道软糯糯的声音在黑暗中响起，睡在穆雪边上的女孩悄悄掀起棉被探出一点小脑袋。

"这个地方太静了，我一点也睡不着。"她说，"我叫夏彤，你呢？"

"张……张二丫。"穆雪憋屈地报出自己的大名，又改口道，"你也可以叫我小雪，这是我的小名。"

"小雪，我肚子好饿，不知道这里什么时候吃早食啊？"夏彤悄悄从被子中伸出手来，手心里有一小块浅黄色的冰糖，"你吃不吃？幸好出门的时候，我娘给我带在了身上。"

穆雪伸手接了过来，口里说："谢谢。"

实际上她悄悄把那块糖收进了衣袖中，并没有放入口内。

谁会在这个时候吃竞争者给的东西呢？

既然一百多人只能选出一二十人，那这些所谓同门，都只是敌人一般的存在。

上一次拜师入门的时候，她还是一个在浮闾城独自摸爬滚打长大的孤儿。

师父一批采买入门的，全是她这样目光中透着凶狠的狼崽子。别说为了一个入门的机会，就是只为多吃一块馒头，都有可能彼此打得头破血流。

那个时候因为穆雪在炼器上别有天赋，又加倍勤奋努力，很快就有看她不顺眼的师姐在她的饭食中悄悄下了剧毒。

如果不是那一次分到她手中的食物被另一个孩子误吃了，她可能早就已经体会过转世投胎重新做人的滋味了。

当年，那个替她死了的男孩倒在地上，四肢抽搐、口吐白沫的场景，永远地刻在了穆雪的脑海中，成为她多年挥之不去的噩梦。

她这辈子都不可能在没有能力察验食物来源的时候，随便吃别人递给她的东西。

夏彤眼见穆雪接了她的糖，顿时有了一种半夜一起悄悄干坏事的亲近感。

她口中嚼着糖，把身体靠近了些，挨着穆雪聊了起来。

庭院屋脊上，负责值守的男子皱紧眉头，凝神望着脚下的庭院。

他的神识铺满了整个化育堂。院子里，新入门的弟子们呼呼大睡，没有任何不对劲之处，也找不到任何可疑之人。

可是刚刚，他明确地察觉到，有一道陌生的目光在背后看着他。

那神识依稀强大、凝练，一触即走，无处追寻。

这里是化育堂，笼罩在护山大阵之内，非携带符玉的本门弟子，绝对不可能混入山门。从哪里来的外人？

他再度放出神识，细细搜索，除了一个厢房内，两个年幼的小师妹半夜悄悄躲在被子里吃糖聊天，再没有察觉出任何动静。

莫非是入定之时出了差错，只是幻觉而已？

归源宗内的一处主峰，逍遥峰上。

一峰之主苏行庭正悠悠哉哉地自斟自饮，对月举杯。他的小弟子叶航舟乘着法器直到殿门，一路跑到他的脚边站定：

"师尊，徒儿回来了。"

"是航舟啊，忙完了吗？来来，正好，陪师父喝一杯。"苏行庭拉着年轻的弟子入座，不讲什么规矩地翻出一个酒杯，给徒弟倒了一杯酒。

叶航舟接过酒，一饮而尽，抹了把嘴："各位师叔都去掌门那儿看这一次金问道的结果了，师尊您怎么还在这儿？"

"师父有你们几人充门面，也差不多够了。那些好苗子，让给你师叔们去费心栽培吧。"

"不是弟子埋汰您，师父您什么地方都好，就这性子未免太随性了些。"叶航舟张嘴就一串车轱辘话，"您看看碧游峰，再看看铁柱峰，那叫一个彩霞飘飘，人才济济。就是掌门所居的清净峰，也并没有半点清净的样子，挤得要死，连洞府都不够住。只有咱们这儿，师兄弟就这么几个，整座山空落落的，怪冷清的。"

苏行庭举着酒杯，打量自己的徒弟半晌："你是遇到什么惊才绝艳的娃娃了吗？是'金中生魄'还是'龙虎相拘'之相？能让你这么咋咋呼呼地跑回来啰唆。"

叶航舟挠挠头："什么都瞒不过师尊。倒不是什么惊才绝艳的孩子，只有一位六岁的小师妹，也不知为什么，那孩子问道的光看着暖，却莫名让人觉得有些心疼。我就想着咱们山好久都没有新弟子了，不知道师父想不想再添个师妹热闹一下。"

此刻，归源宗掌门所居住的清净峰。

一个透明的琉璃钟罩内，上下翻飞着上百只霞光灿灿的栩目蝶。

围绕四周之修士，个个仙风道骨，飘逸出尘，均是宗门内道法玄妙，且有意收徒的长者。

"这一次的弟子资质看上去不错。看这金问道，玄光璀璨的有好几位呢。可见都是修真的好苗子。"一人捻着胡须微微点头。

"不能单看是否明亮，最重要的还是要看那份心境。曾经的那一位，修为倒是突飞猛进，心性跟不上，没几年就走了歪路，祸害自己不说，一并连累了数名同门。师兄这么快就忘记了？"

"师妹所言非虚，却是还要请出归元镜一验。"

说话的这位女修一拂衣袖，大殿中的圆桌上便出现一面青铜宝镜，那镜光玄冥，倒似一汪清泉落在石桌之上。

一只栩目蝶从钟罩内飞出，在镜面上轻轻一点，如水的镜面泛起涟漪，映出一片春花灿烂的原野，那里落英缤纷，芳草鲜美，春意盎然。

"生机勃勃，纯真质朴，倒是不错。"有仙者点评。

又一只蝴蝶从钟罩内飞出，水镜之上顷刻间云行雨施，润泽天地万物。

"雨泽施布，惠及众生，好。此子可入我玄丹峰。"

再一只金蝶掠镜，镜中燃起熊熊烈火，熔浆横流，大地上一片火海。

"可惜了，明明光彩极盛，资质绝佳，却失于狂悖，偏执走火之辈。"

无数金蝶翩翩而过，镜面之上或明或暗，显现出各种代表心境的画面。

围观的修士时而赞叹，时而惋惜，各自点评。

一只荧光并不抢眼的蝴蝶，慢慢飞过镜面，在那里点了一下。

水镜中现出一片冰天雪地，天空中朗月流光，回雪飘摇的院子中慢慢开出一树瑶花，花开渐盛，严寒之境，不惧冰霜，灼灼其华。

"这是……?"

"是雪里花开境!"

"竟然出了这个境象?"

"六七岁的娃娃如何证得这般心境?"

一时间人群中议论纷纷。

"心安后夜雪庭际，满目瑶花无处寻。难得难得，哈哈，这一届的弟子，很不一般啊。"大门外传来一道爽朗的笑声。

第十章 明灯海蜃台

来人一袭青衫，形容清隽，行止儒雅，容貌看着年轻，却又有一份岁月沉淀出来的持重。若说他年长，却又不失年轻人的那份洒脱。

他一出现在门外，屋内之人纷纷停止交谈，行礼问候。

"苏师兄。"

"师兄怎么来了？"

"见过师叔。"

"见过峰主。"

便连满头银发的掌门丹阳子都招呼道："师弟多年懈怠，不肯收徒，此番终于舍得来了。"

来者正是逍遥峰主人苏行庭，他哈哈一笑："我也是一时兴起，跟来看看。诸位继续，别因我耽搁了。"

之前祭出归元镜的那位女修微一施礼，开口道："苏师兄请看，这雪里花开，何如？"

这位女修乃是碧游峰之主丁慧柔。

碧游峰是归源宗最为特殊的一座主峰，峰上只收女弟子，从不收男徒。

峰主丁慧柔性情孤傲，有些不太合群。

苏行庭绕着水镜看了一眼，微微点头："境界却是少见，可惜这荧光不甚明亮，天资较为普通，有些可惜。"

众人听得这话，细细一想，确实如此，心性虽然不错，但天资不好，也不能算得上异常优秀的弟子，于是那跃跃欲试的心也就淡了下来。

只有苏行庭自己却悄悄瞥了眼琉璃钟显示的一小行名字，把"张二丫"三个字看进了眼里。

掌门丹阳子抚须道："苏师弟所言极是，我们再接着看看其他孩子吧。"

说完他慢悠悠地翻看名册，眯着眼睛也将那三个字看了一遍。

丁慧柔点头称是："苏师兄说得很对，但凡出现雪景的孩子，多半性格清冷，确实不太容易调教。"

于是这事就过了，大家的注意力被接下来丰富多元的幻境吸引，暗暗留心揣摩，想给自己挑选几个得意门生。

出了清净峰，丁慧柔祭出一片巨大的羽毛，白羽飘摇，御风前行，向着自己的碧游峰飞去。

和她一道同行的师妹熟悉她的性格，问道："师姐是看上了那位雪里花开的孩子？"

丁慧柔笑了一声："师妹尚且年轻，不知道这个境界的难得之处。"

"可是，逍遥峰主还说她资质平凡，没什么稀罕之处呢。"

"你信他个鬼。"丁慧柔哼了一声，"苏师兄是什么人，你今日才认识？他越是看中的东西，越会说得轻描淡写。"

"原来苏师兄也看中这个孩子啦？"

"那位逍遥峰主，看上去懒散无为，实则心中最是精明。你看看他们逍遥峰，弟子虽然稀少，却有哪一个不是美质良才？这便宜可不能都让他给捡了。"

师妹便笑道："师姐何必着急，兰儿也是今年入门的弟子，让她提前和那几个资质好的孩子说一声，主动入我们碧游峰便是。"

丁慧柔微微一笑，不再说话。

众人已散。

掌门丹阳子立于殿门外背手望月，他的一位徒弟上前问道："师尊，雪里花开是何意思，还请师尊教我。"

丹阳子捻着素白及腰的长须："人心，是世间最难以琢磨之物，哪怕是归元镜测过，也不算下了定论。若是真能一测保真，永恒不变，我归源宗历代弟子，又如何能出那许多不成器之徒。"

弟子很是不解："此又是何故？"

"一张白纸，若是染了墨，就难再复洁。一块热炭，如被泼了冷水，也就难以复燃。"年迈的掌门叹息一声，"曾经春华浪漫，历经风霜便凋零萧瑟。曾经玉洁冰清，红尘打滚便污秽难当。初入山门的孩子，童心至纯，自然都是好的，但修真之道何其险阻，一路走来尝过心魔人欲，劫难万千，又有几人依旧能稳住当初的道心？"

"难道雪里花开意境不同？"

丹阳子遥看空中明月，微微点头："经历过风雪，却无卑微自伤之态，饱尝冰霜，依旧守心静笃。怀中炉火不熄，雪里花开，很是难得。当然，不只是我看出来了，你师叔们也多有眼尖之人，早早看中了，故意不说罢了。"

逍遥峰上，苏行庭摩挲着酒杯："其他倒也罢了，只是她小小年纪，如何有这般心境？这心境非历经艰难不可得。"

叶航舟在一旁翻阅记录文册，抬头道："弟子查了一下新弟子入门的记录，这孩子家境贫寒，家中尚有三位兄长。"

两人交换了一个眼神，露出恍然大悟的神色。

如今世间多以男子为尊，凡间大行重男丁轻女娃之风气。

两个大男人迅速给名叫张二丫的农家小女娃脑补了一个备受家人压榨欺凌却自强不息的可怜身世，不免心中唏嘘。

"这么说师尊是决定再收一位师妹了？"叶航舟高兴起来。

"胡说，我什么时候说过要收徒弟？"苏行庭整了整衣襟，"去，和你师兄交代一声，这一次化育堂给新弟子的讲学，为师也去凑个热闹。"

穆雪并不知道自己已经在师门长辈中引起了一波关注，她正忙着和同铺的夏彤端着碗排队领取早食。

化育堂的住宿条件简陋，但提供的伙食却相当丰富。

六年都没吃过什么好东西的穆雪控制不住身体的本能，咽了咽口水。

"小雪，听说了吗？"夏彤用胳膊肘碰了碰穆雪，"那个丁兰兰，就是头上簪着碧玉簪的那个，是内定了直接进来的呢。"

她不知道一个早晨就从哪里打听来了一堆的小道消息，凑在穆雪身边小声嘀咕。

"哦，这样啊。"穆雪不为所动，"卤蛋看起来好香，大婶，请给我一个卤蛋，谢谢。"

"听说她的姑姑就是内门的仙长，她从三岁起就早早开始修行了，如今不过是走个过场。"

"嗯，是吗？啊，有烤鹌鹑，我要一只，你要吗？"

"烤鹌鹑！我也要。"夏彤急忙把盘子递过去，"像她这样的，肯定什么宗门内的消息都知道吧？真是羡慕她。"

"嗯，对啊，真羡慕。啊，有油条，婶子，请再给我一根油条。"

两人端着盘子走向餐桌的时候，几个小女孩拦住了她们。

"兰兰师姐喊你过去一下。"她们说。

穆雪抬头望去，不远处一位穿着粉色罗裙的女孩，有些不耐烦地以手点着桌子，等她们过去。

正是夏彤刚刚提到的，上头有人的"关系户"。

在任何地方，以强凌弱都是常见的事，不发生这种事才会让穆雪感到奇怪。

丁兰兰比穆雪高上不少，已经到了十岁左右的年纪，双目荧光内敛，周身隐有灵力流转，确实是修为已有小成的状态。

穆雪端着自己的早饭走上前，谨慎道："师姐你叫我？"

丁兰兰上下打量穆雪半晌，抬了抬下巴，指着面前的位置："你和我们坐一起。"

虽然只是一个年幼的孩子，但穆雪从不低估来自孩子的恶意。童年的经历告诉她，有时候越是年幼的孩子，反而越能毫无底线地释放恶意。

穆雪带着几分防备，在丁兰兰面前慢慢坐下。

看见穆雪十分听话，丁兰兰挺了挺小小的脊背，有些得意。

她想起了一大早姑姑丁慧柔特意过来交代的事，对穆雪说道："以后你就跟着我们一起玩。"

穆雪：???

以为要上演一出"丁衙内"欺压贫家女张二丫的戏码，为什么却是自己莫名被人圈进了小圈子？

"吃快一点，一会儿就有内门的师长过来授课了。"小团体中心的丁兰兰悄悄透露可靠消息，"听说今年，逍遥峰的峰主苏真人会亲自来授入门第一课呢。"

"逍遥峰主是谁啊？"

"很厉害吗？"

"你们知道吧，我们归源宗，一共有九座主峰。每座主峰都有一位峰主坐镇。这些师长各怀奇门绝技，玄丹峰善丹道，碧游峰善化物，只有这逍遥峰最为特别。"

"什么特别？特别逍遥吗？"

"呸，逍遥个啥。他们峰的特色是擅长打架，呃不，应该说是斗法。从大师姐苗红儿，到最小的师弟叶航舟，基本都是历年武比的魁首。所以虽然人少，但从来没有人敢招惹他们。"

逍遥峰，穆雪想了起来，接引她入山门的那位姓叶的师兄，便是出身逍遥峰，不知道他的师父会是怎样一个人呢？

很快，她就见到了逍遥峰的这位真人。

苏行庭穿一身青衫，头上束一块逍遥巾，面对着济济一堂的弟子，笑盈盈地在讲台上坐了下来。那模样就像一位人间学堂上普通的教书先生。

"我派弟子入门第一课，说的都是性命双修之道。在讲这个之前，我想问一问你们，离开家乡上山修行的目的是什么？"

有小小的弟子举手说道："听说修仙之后，不吃饭也不会饿死。"

一时间满堂哈哈大笑。

"想和师兄师姐一般，可以飞到天上玩耍。"

"我娘说了，成了仙就可以长生不死了。"

"还可以把石头变成金子。"

"有吃不完的肘子，想吃多少变多少。"

"哈哈哈。"

学堂上稚嫩的童音此起彼伏，穆雪有些分心，想起了她上一世随师父修行的经历。

"何谓之命？何谓之性？穆雪，你站起来说说！"那时候师父极其严厉，口中的内容又十分晦涩。

每当师父传法之时，她和一众同门精神都须保持高度紧张，生怕一个字没有记住，答不上师父的提问，等着自己的便是一顿毒打。

此刻的讲台之上，苏行庭语气温和："你们说的都没有错，所以世间大道万千，各家修行法诀，最终都在于一个目的，就是实现长生久视之道。

"毕竟人只要活得久，有了许多时间修炼，你们想做的这些事，诸如点石成金啊，无限吃肘子啊，终究能慢慢实现的，对不对？"

有弟子马上问道："所以说，这个世界上有很多修行的方法吗？"

苏行庭："当然，儒之修圣，道之修玄，佛之修禅，魔之率性，都只是修行的不同法门而已。"

"啊，魔修也算吗？"孩子们吃惊了起来。

"我听说魔修靠吃小孩练功。"

"我听说他们男女之间十分混乱，没有廉耻之心。"

"不对，我听说魔修见不得阳光，全都住在地底下。"

苏行庭轻叩桌面，示意大家安静。

"那些不过是以讹传讹的偏见罢了，世人对于未知的世界总有一种恐惧。所谓魔修，其实也不过是生活在魔灵界的一群修士，那里的天地灵气比我们这里充沛，滋生了更多的天地灵物，却相应也有无数妖兽鬼魅孕育而生。所以那个世界的修士生活更为艰难，他们为了生存，往往追求最高速有效的修行法门，对他们来说天命之谓性，率性之谓道，修行之路只需直指本心，率性而为便可。"

这几句话穆雪听在耳中，抑制不住心中波澜迭起，她忍不住混在一群弟子中开口问道："这样有什么不对吗？能修炼得快一些不是更好？"

教台上那位峰主的目光落在她的身上，似有意无意地打量了她一眼："你说得很有道理，这就是为什么我宗入门第一课，便要说这性命双修之理。

"你们还小，不能说得太复杂。简单来说，我们的身体和元神是相辅相依的，彼此不可剥离。如果一个人只一味追寻术法玄妙，就叫作修性而遗命，那么他将非常容易走入极端，不是失于狂荡就是毁于空寂。这也是大部分魔修虽然进益极快，却难以长久的缘故。

"当然，只知道造命之功，而忘记同时淬炼心性本源，迟早会失于无为，很难渡过修行道路上的种种劫难。是以我归源宗走的是性命双修之道，虽漫漫徐缓，但合天地之德，能证金丹大道。"

苏行庭的这些话语，已经算得上极尽浅显了，只可惜这些新入门的弟子，最小的六七岁，最大的不过十一二，大多只听得个浑浑噩噩，不明所以。

但对穆雪来说，这几句话无异于惊雷骤响，在她的脑海中掀起翻江巨浪。

她隐约在其中琢磨到了自己苦修多年，却依旧身死道消的根由。

渡劫失败的不甘，临死前心脏骤缩的恐惧，齐齐涌上心田。六年来困惑不解的心结，因为这短短的几句话语，让她有了一点朦朦胧胧的顿悟。

苏行庭说完该说的话，收拾东西准备离开。

讲台之下，百来号的孩子嬉闹喧哗，独有一个六七岁的女娃娃，微张着小嘴，呆呆地坐着，仿佛领悟了什么。

"难道她还听懂了不成？小小年纪倒也十分有趣。"苏行庭浅浅一笑，"逍遥峰确实有些空寂，如果多一个小娃娃，应该能热闹些。"

直到第二堂课讲学的先生丁慧柔站上讲台，穆雪才从恍惚中回过神来。

丁慧柔双手捧着一个黑玉质地的扁匣子。

她的双手指节分明，修长有力，虎口、指腹都有着特殊的茧子，并不似普通女子那般柔美白皙。

这样的手穆雪十分熟悉，那是长期浸泡在冶炼房化物炼器，才有可能诞生的双手。这位峰主是自己的同行啊。

穆雪一下来了精神。

丁慧柔的名字听起来温和，性情倒比苏行庭刻板了许多，脊背挺直，面容严肃。她板着面孔，咳嗽一声，马蜂窝一样嗡嗡作响的学堂立刻安静了下来。

"我乃碧游峰主人，善化物之术。今日是第一次课，就给你们说一说化物之术的几大流派、起源和代表人物。"

说完这句话，她昂着消瘦的下巴，环视了一圈学堂，视线在自己的侄女丁兰兰身上停留一刻。

"这一课尔等须听仔细了，下回我再来，会对你们所学进行考核，不合格的弟子，罚没午食一次。"

年幼的弟子们因为不能吃午饭的惩罚害怕了起来，只有穆雪心底想着，不合格不给午饭吃，这里的惩罚也太随便了点。早食的时候悄悄往兜里揣两个鸡蛋不就解决了吗？顿时放松了许多。

丁慧柔说完话，双手在黑玉盒子上操作几下，扁扁的匣子朝四个方向自动翻开，推高中心一块结构十分繁复的菱形晶状物。

菱形的晶体放射出一圈荧荧蓝光，蓝光内轮番现出了许多常见的经典法器模型。

虽是虚影，但精巧细致，悬停空中，各个角度自如翻转，宛如实物摆在眼前一般。

穆雪差点从座位上站起身来——

明灯海蜃台！

丁慧柔手中的那个黑玉盒子，竟然是自己设计的法器。这是自己除了千机、幽浮之外制作出的最为得意的一种法器。丁慧柔手中的虽然有所修改，但她决计不会看错。

万万想不到，竟然会在这里看见自己当年制作过的东西。

丁慧柔为堂下的弟子一一介绍悬浮在空中的这些虚影以及手中的这个可以现虚类实的教学法器。

"此物名'明灯海蜃台'，乃是一百多年前从魔灵界流传过来之器。"丁慧柔立于讲台后，缓缓道来，"能成虚幻之像于眼前，几如实物降临。它的制作者，是魔灵界的一代炼器宗师——穆雪。"

听课听到自己的名字，穆雪实在难以形容此刻的心情。

原来距自己渡劫失败已经一百多年了？她当年虽然在炼器之道上小有成就，但怎么也想不到死后能被冠以一代宗师的称号，法器还流传到了仙灵界。

"有关这位穆大家生前的记录十分稀少。虽然她是魔修，但我们不能忽略她留下的成就。当然如今我们能得知有关她的事迹，主要是因为另外一个大名鼎鼎之人。"

丁慧柔操作明灯海蜃台，蓝光中的法器虚影消失，出现了一个男子的身影。那人清瘦高挑，双腿修长，披着一件斗篷，坐在落雪的屋脊之上。随着菱形晶体的转动，他缓缓转过苍白的面庞来。

"这……这是魔修？"第一次见到真正的魔修，学生们感到十分新奇。

"哇！原来魔修也有这么漂亮的男子。"有些年纪稍大一些的女孩惊叹道。

这是谁啊，看起来好像有点眼熟。穆雪心中想着。

那魔修形容俊美，肌肤如雪，只是双眸中眼波过于静谧冰冷，宛如他身后生机断绝的冰原。

　　明灯的光影中现出一只多手多足，数倍于人类的妖兽。

　　那魔修缓缓站起身来，自空中跃下。黑袍在风雪中猎猎，从中伸出一只手臂，束满绷带的手掌在空中收紧，无数青黑色的玄铁带着一圈圈符文玄光，四面汇聚，环绕着苍白的手臂组装成型。强横的玄铁手臂挟下落之势一把将那巨大的妖兽按倒在地。

　　"千机。"风雪之中他淡淡开口，声音如那幽冷的冰泉般动听，汹涌的杀机却如暴雪降临。

　　在他身后的半空中，一只小小的傀儡正在迅速分崩重组。须臾之间，一尊六臂三目、面目狰狞的大黑天神缓缓升起，手中法宝射出六道玄光，直取妖兽。

　　赤红的兽血溅上了那张冷漠英俊的面孔。

　　虽然已是缩小化的虚影，但成像过于真实立体。

　　学堂上的一群孩子第一次看见这样残酷的杀戮场面，被那透体而过的杀意所慑，个个面色苍白，有瑟瑟发抖泫然欲泣者，也有激起了慕强之心，双目有光者。

穆雪望着那最后被定格的画面。

那张染着血的冰冷面孔，渐渐和她记忆中的那个孩子重叠了起来。

原来那个孩子，已经长得这么大了啊。

丁慧柔的声音在讲台上响起："世人多有俗念，认为女子诸事不如男，曾经化物炼器之术，极少出现女修。但如今，穆大家珠玉在前，还有我丁慧柔，也站在了你们面前。碧游峰我丁慧柔门下，期待着有志于大道的女子加入。"

"也有人认为，身为炼器师就只能居于斗室之中，与锅台熔炉为伍，为他人做配。"丁慧柔的声音渐渐亢奋，"今日给你看这一幕，就是想告诉你们，身为炼器师真正的战斗力能有多强。"

"修行大道，当破除种种桎梏，不应为一些可笑的陈观旧俗所束。"

她收回明灯海蜃台的时候，对着那消失的年轻影像轻叹了一声："也不知道怎么样的师父，才能培养出这样惊才绝艳的炼化师来。"

虽然她说的声音很小，坐在最前排的穆雪还是听见了，忍不住挺起胸膛，在心里说："我，就是我。那是我的徒弟。"

在食府打晚食的时候，成年了的岑千山的面孔依旧在穆雪脑海中挥之不去。

他在自己身边的时候，是多么爱笑而容易害羞的男孩。自己花了好几年的时间终于把那个瘦骨嶙峋的小家伙养结实了。可是如今，他又把自己糟蹋成那副模样。

渡劫之前，自己心有预感，明明特意给他留下了不菲的财富。

看样子，他还是没把自己的日子过好。

而且好好的功法不修，怎么修那最麻烦的六道轮转魔功去了。

穆雪沮丧地想，如今隔山隔海，我是怎么也管不上他了。

"小雪，这边。"丁兰兰挥手喊穆雪和夏彤。

她的身边会集了更多的人，连一些年长的往届师姐，也都主动和她们坐到了一起。

晚餐的食厅里热闹了许多。不只是这一届新入门的弟子，上几届留下来的弟子也各自从外面回来，在这里用餐。

甚至能看见鬓发斑白的老者和他们这些十岁左右的娃娃混迹一堂，互称师兄弟。

可见修行大道充满艰难险阻，得窥天机，选入内门十分不易。

当然，有些天之骄子根本无须担忧此事。

"我们女孩子，当然是去我姑姑的碧游峰。那里可以学习炼器、化物、培植、驭兽，干干净净的，不用和那些臭男生混在一起。"丁兰兰在人群中说道。

周边的女弟子皆点头称是。

只有穆雪埋头啃她的鸡腿。

炼器化物是她所长，但早晨逍遥峰主苏行庭的一席话语，隐约令她道心有所松动，自己这一次选什么样的修行方式，还需细细斟酌。

更主要的是，她对炼器之道过于熟悉，如果真进了碧游峰拜在丁峰主的门下，总难免露出端倪，十分不好处理。

餐桌上的话题已经转移到今日学堂的内容。

"你们知道那个魔修吗？就是那位……"丁兰兰挤挤眼，"因为痴恋死去的情人，把魔灵界搅得天翻地覆的男人。"

"知道，知道，不就是那位吗？话本都从魔灵界传到我们这儿了。魔修就是魔修，谈个恋爱都这么惊天地泣鬼神的。"

穆雪一边啃鸡腿一边抬头听八卦，自己死了一百多年，魔灵界这么热闹的吗？

八卦是人的天性，即便修行中人也不能免俗。

一提到这些艳情野史，女孩们顿时比讨论修真功法还要来得兴奋。

"听闻那位的师父乃是一位风华绝代、媚骨天成的魔女，生前留下无数风流债，和烟家的小公子、罗家的少爷都有一段不可不说的故事。甚至连如今魔灵界第一强者岑千山，都被她始乱终弃了。"

"听闻穆雪亡故后，岑千山一怒之下找了烟罗两家许多年的麻烦。到现在，这两个家族还有些振作不起来呢。"

"啊，就今天学堂上看到的那位吗？"

"是啊，那个魔修真是厉害，体术双绝，虽然是虚影，都把我吓着了。"

"岑千山其人，强大而又孤僻，他一生独来独往，唯独痴恋亡故百年的穆雪。若是有谁想请动他出山帮忙，唯一能吸引他的东西就是魂器。"

"魂器是什么？"

"就是那些可以召唤亡魂的法器。传闻中上古大能所遗之魂器有起死回生之能。但世间是否真有此物，谁也不知晓。"

"那么说他守着师父的旧居百年，就为了这么件根本不可为之事？天哪，这魔修的爱情太令我感动了。"

"也不知道穆大家是下了什么狠手，能让这样一个英俊强大的男人对她情深不悔。"

"我那儿还有关于他们的话本呢，那些情事细节全都细细描述了，《穆雪辣手摧徒记》和《风月传说·多情千山无情雪》全套我都集齐了。"

穆雪的鸡腿掉了。

不可能，我发誓，我没有，我连他一根指头都没碰过。

第十二章

观心得道

到了夜里，穆雪开始了进入山门的第一次修行。

苏行庭在课堂上唯一留的课业是要大家学会"观心止念"。简单来说，就是学会入静。

入静几乎是所有修行门派必修的功课。

此事看似简单，其实并不容易。

只因人打出生起，心中就难免会有各种念头，称之为识，也被称为妄念。想要灵台清明，摒除妄念并非容易的事，特别是对这样一群活蹦乱跳的孩子而言。

夏彤打坐了没多久，懊恼地躺倒在通铺上："怎么办呀，根本没办法做到先生说的那样，脑子里什么也不想嘛。"

"你都想什么了？"刚刚洗漱完毕，端着水盆进屋的穆雪问她。

"我不小心想到今天早食的烤鹌鹑实在很好吃，不知道明早还会不会有这道菜。"夏彤双手捂住了小脸，"我知道不能想的，可是我越是拼命叫自己别想，就越是忍不住去想它。现在满脑子都是油汪汪的鹌鹑在飞来飞去。呜呜呜。"

穆雪哈哈一笑："别急，慢慢来。"

"可是你看，圆子好像都成功了。"

圆子是屋内另一位女孩，因生得珠圆玉润，白白净净，被大家爱称为圆子。

此刻肉乎乎的圆子盘坐在榻上，双手结印，双目紧闭，神色安宁，对周边的喧闹毫无反应，似乎已入定境中去。

"哇，圆子好厉害啊。"

"圆子成功了。"

屋里的孩子小声惊呼，悄悄打量。

只见那盘坐在通铺上的女孩呼吸和缓，胸脯微微起伏，慢慢发出了清晰的呼噜声——原来是睡着了。

"哈哈哈。"

众人笑着把迷糊的圆子摇醒。

所谓入静，是不能去刻意地想一些杂念，但也不能让脑海完全放空，否则就会像圆子这样很快进入梦乡，而不是有意识地修炼了。

穆雪在通铺上盘腿坐下，双手松松交叠，拇指相互抵着，眼睑低垂，放松心情。

她心中开始默念苏行庭传授的口诀：

"至妙之要，先存后忘。"①

慢慢地，她进入了一个很玄妙的境界，眼中明明可以看见屋子里有人在眼前来回走动，却又似乎视而不见；耳中明明可以听见屋内有人说话的声音，却又仿佛完全没有听见。

神识清明而安逸，宛如大海中的一叶小舟，念起时船身起，念消时船身落。管它怎生潮起潮落，舟自悠然自得。

这样的状态久了，呼吸渐渐变得绵长而有节奏，天地间的灵气开始丝丝缕缕汇聚进身体中。

穆雪睁开了眼睛，她不能再练下去了。

对穆雪来说，入静不难，难的反而是她过于快入静。多年修行的一些习惯已经刻在骨子里，放松神念的时候，会自然而然地开始在静中采天地灵气为己用。

然而苏行庭只教了他们怎么进入定境，入静之后的功法口诀还没有传授。

归源宗的功法是在静中炼精化气，也就是将后天的精气炼化为元气，从而固本培元，强身健体，达到性命双修的目的。

这和魔修的功法大相径庭。比如她自己，是以术入道，在极度专注于制作法

---

① 出自《龙虎经》。

器的过程中，引天地灵气炼器化物；后慢慢习惯直接提取灵气炼至精纯，反哺己身。可以说和归源宗的丹道是几乎完全相反的过程。

如果想修道家的术法，就必须把自己从前的习惯摒弃了。故而她虽可以继续修炼下去，却不得不停下来。

除了穆雪，也有一些孩子似乎已经找到诀窍，端坐着入了定境。毕竟是用金问道万里挑一的孩子，大多数资质优秀，异于常人。当然，也有一些坐不住的孩子，早已经起身走动，更有干脆直接躺在通铺上呼呼入睡的。

一个基础的入静，苏行庭给了大家充足的时间练习，还交代不必勉强，因而这里的孩子们根本没有多少真正的紧迫感。

庭院里嬉闹玩耍的笑声透过纸窗传了进来。

夏彤正龇牙咧嘴地把自己的脚扳直，不住叫唤："哎哟，麻了，腿麻了。"圆子歪着身体，正和隔壁的一个小姑娘玩翻花绳。

那一张张笑嘻嘻的小脸无忧无虑，天真而单纯。

穆雪的脑海中慢慢回忆起一张张和这些孩子年纪相似的面孔。在魔灵界，在她真正的童年时期，第一次战战兢兢地坐在课堂上，那些同样年幼的面孔上充满的是紧张、焦虑和戒备，眼神中全是凶狠。那是一群狼崽，快要饿死的狼。

那一批和自己同时被买回去的孩子有多少人？是三十人还是四十人？

那时候师父上的第一堂课，是直接不管不顾地为所有的孩子灵气灌体，通督脉周天。然而并不是每一个孩子都能承受灵气通督，在那第一天，当场就有数人爆体而亡。

当时，小小的穆雪站在一片倒下去的尸体中瑟瑟发抖。

她不敢回头看死了多少人，只是全力以赴，疯狂地修行。

所有的孩子都在拼尽全力地努力，以求摆脱那种随时会被死亡追上的恐怖。

在这样疯狂而专注的练习中，穆雪终于由术悟道，成为一名炼器师。

等她回头看的时候，身后的人已寥寥无几。那四十个年纪相近、挣扎求生的孩子，大部分都没了。

夜晚，穆雪反复做着噩梦。

梦境中那一个个面色苍白的幼年同伴拥挤地站在她身边，仿佛他们还一起在那残酷的师门中修习，永远无法从那暗无天日的学堂中挣脱。

穆雪在黑暗中拼命奔跑，身边是一个又一个倒下的身影，她不敢停下脚步，也没有能力拉起任何人。

红莲拉住她的手一起跑："别回头，往前走。活着，只要自己能活着就好。"

"幽冥朗照，如月临江，消尔杂虑，护尔心神，邪火不生，魔幻难侵，观心得道，灵台静明。"

一道清凌凌的声音在穆雪耳边响起，仿佛清越的铃声，叮一声在她心头荡开，将那些蒙住心智的噩梦吹散了。

穆雪醒了过来。

这是有人用传音入密的道法将她唤醒，免得她被心魔所迷。

穆雪爬起身来，推开一点窗户，明亮的月光立刻透过窗户的缝隙泻进屋中来。

月色下，庭院对面的屋脊上，坐着一个年轻的师兄。

此人穆雪见过，刚到化育堂的那天夜里，她受灵气所感，神识出游，被守在院子中的这个人吓了回去。

这一次，那人只是有些不耐烦地从高高的屋脊上看下来一眼，示意她回屋睡觉。

原来这是师门特意安排的，让这些道法高深的师兄值夜，守护他们这些刚刚开始修行，容易出岔子的新人。

穆雪躺回了床上，枕着手臂，合上眼睛，心中慢慢觉得安定了。

幽冥朗照，如月临江，消尔杂虑，护尔心神。

消尔杂虑，护尔心神。

原来真正的师门应该是这个样子的。

在屋顶上连蹲了几夜的付云有些郁闷。

新弟子入门，按惯例师门会派遣优秀的弟子轮流在化育堂守夜。

第一日值夜的就是他，那天夜里，他明明察觉到一股强大而陌生的神识在暗中一闪而过，却怎么也找不到任何陌生的入侵者。

因而他放心不下，特意申请连续值守数日。

但想象中陌生强大意图不轨的敌人一个也没有发现，倒是每天晚上都有半夜哭醒的、尿床的、吵着要回家找父母的小娃娃闹得他焦头烂额。

这不，刚刚还有一个修行过急做了噩梦的小包子，害得他不得不动用传音入密大法将她唤醒。幸好，这个包子总算没有哭着要他哄。

想起刚刚从窗户缝隙中探出来的白生生的小脸，已经有了黑眼圈的付云叹了口气，决定明晚换人，再也不干这种带奶娃娃的事了。

夙雾才醒，朝阳将吐未吐。

清晨的九连山脉呈现出深深浅浅的绿色来。

半山腰里，冲虚观传来悠悠钟响。

那些始终被白雾掩盖的山峰隐隐约约透出琼楼玉宇，仙宫宝殿的金辉，惹人遐想，令人向往。

青砖铺就的广场上，叶航舟带着一群皮实的小弟子在打拳。

教的是一套九宫擒拿手，招式一共九九八十一式，打起来虎虎生风，连绵不绝，一套拳路下来，浑身真气流转，微微冒汗，很是畅快。

相比起打坐入静，这样的拳术更让这些年幼好动的弟子喜爱。

并不是每一个年幼的孩子，都那么容易能从坐中入静。

有些孩子就是怎么也坐不住的性子，要强制他们在打坐中静下心来是十分困难的事情，但不代表这些孩子就不适合修行。

因此，苏行庭特意安排武学上颇有天赋的徒弟叶航舟来负责带这些活泼好动的孩子学一套拳法。

因材施教，引导他们从动中入静，达到殊途同归的效果。

叶航舟生性好动，善交际，并不抗拒师尊分配下来这样的任务。唯一让他有些惋惜的是，愿意跟着他学拳法的都是些男孩，女孩竟然一个都没有。在他看来，女孩子们体质更为娇弱，更应当在幼年的时候学一些强身健体的武学才对。

是不是自己选的这套功法名字太难听了？叶航舟有些失望地想，要是选一些兰花拈叶手、摘星闭月拳，师妹们可能就会喜欢点。

"叶师兄，你在这里做什么呢？"一个脆生生的声音响起。

叶航舟回头一看，石岩栏杆的间隙中，露出一张熟悉的小脸来。

"是小雪啊，我教大家打拳呢。"叶航舟看见了穆雪，走了过去，和这位自己带上山的小师妹套近乎。

"为什么要学凡间的武学呢？是为了先生们说过的动中生静吗？"穆雪开口问道。

"哎哟，你还知道动中生静啊。不错不错。"

穆雪笑嘻嘻地问道："可是我不太明白，静中求玄明明更容易得多。为什么要用这么曲折麻烦的办法呢？"

叶航舟搓了一把小师妹的两个丸子头，给自己师父心中内定的师妹开小课：

"我们道修和佛修、魔修皆不相同。他们想要抛却皮囊肉身，元神超脱于天外，而我们却讲究性命双修，惜福养身，看重的是肉身炉鼎。

"从小练习体术拳法，除了能够以动入静，更能够淬炼肉身炉鼎，对将来的修行其实大有补益。别的不说，我们逍遥峰的弟子，就没有一个体术差的，连铁柱峰的那些人都不是我的对手。"

他在穆雪的身前蹲下身来，带着点期待："师妹，你要不要和我学拳？"

小师妹看起来文文静静的，应该不太喜欢这样的修行方式。

但想不到穆雪思索片刻，竟然点头同意了。

这几日，化育堂的老师们传授的返视、逆听、调息，对穆雪来说都如吃饭喝水一般简单，只有这观心止念却将她难住。因为不得不刻意摒弃自己长年累月养成的修行习惯和心性，反使她心魔频生，定静难守。

她苦思多时，终于在看到叶航舟教学拳术时想到了办法。

或许她也可以试试以动止念，由动中入静。

从此广场上一群打拳的队伍末尾，多了一个矮矮小小的身影，艰难吃力地挥着小手小脚，认认真真模仿学习。

第十三章

女魔头

昨夜下了一场小雪，高山上气温骤降。

在这样寒冷的清晨，只有稀稀拉拉的几个身影还坚持在广场上练习拳法。

劲松担着白雪，青石透着寒意，蒙蒙亮的天色，一个小小的身影正在一板一眼地练着九宫擒拿手。晨练的孩子中，她是年纪最小的，时时引来他人注意的目光。

她穿着臃肿的棉衣，人小腿短，没有多少劲力。但翻掌、出拳、挂踢、搂手，一招一式间却分外圆融自然，如行云流水，若疾风回雪。看在眼里，令人胸怀舒畅。

她小小的脸蛋微微泛红，双目莹亮有光，专注而自如，丝毫不为外物所扰，仿佛完全沉浸在自己的世界中。随着她的动作，小小的身躯四周似乎有一股无形的气脉随之运作流转。

叶航舟坐在一旁的栏杆上，兴奋地一拍手："这么快就从动中入静了，合该是我逍遥峰的师妹啊。"

施展着九宫擒拿手的穆雪没有听见他人的评论，这套拳法大开大合，拉伸筋骨之余，暗合四九天衍之数，随着拳路的生发，她的呼吸变得绵长而有规律，周边不知何时变得极静，那些纷扰的杂念消失无踪，内心一片澄明清净。

穆雪收功调息,心中欣喜,知道这观心止念的第一步,自己算是过了。

丁兰兰气鼓鼓地从台阶上跑下来:"小雪!你什么时候开始跑这里来练拳的?没看到来这儿的都是那些皮得坐不住的男孩子吗?"

她拉住穆雪的手往回拖:"来,跟我回去。"

没能拉得动。

向来柔顺的小雪站在台阶下,昂着小脸看她,笑着摇了摇头:"师姐,我觉得这功法挺适合我的。"

丁兰兰跺脚:"我们修习的是无上妙法,这些凡间的武技学来还有什么用?难不成你竟想学那鲁莽武夫,去铁柱峰或是逍遥峰?快和我回去。你合该是我碧游峰的弟子才对。"

小雪是一起玩的女孩子中年纪最小的,比她小上好几岁,从来都听话又顺从。丁兰兰理所当然地以为她肯定能听自己的,去姑姑所在的碧游峰。

到了这一刻,丁兰兰才发现所谓顺从,只是因为还没有碰到她需要坚持的事。

"不了,师姐。"穆雪坚定地摇摇头,语气中没有商量的余地,"我想学这个,还要多学一段时间。"

丁兰兰气急败坏地走了,穆雪心中略微有些遗憾。

同门中有很多人不喜欢丁兰兰,觉得她过于张扬跋扈,脾气暴躁,但穆雪并不讨厌她。丁兰兰面上是傲气了些,但她实际上是一个心底有什么都表现在脸上的人,为人爽利,十分无私地给她们分享了许多修行的经验和门派中的注意事项。

比起那些绵里藏针、面甜心黑背地里使坏的人,穆雪更喜欢和这样简单直接的人相处。只是如今,大概是没办法好好相处了。

早食的时候,穆雪没有再去丁兰兰的小圈子,独自打好一盘饭菜,正考虑着应该去哪里找一个新的位置。

在她们平日聚集的角落,丁兰兰目光不善地盯着她,一脸不耐烦地以手指叩着桌子。

过了半晌,看穆雪还端着盘子站在路中间毫无动静,她忍不住气急败坏道:"你还不过来?愣在那里做什么?难道你连吃饭都要和那些男生混在一起吗?"

啊,这走向是不是不对?这回穆雪真的愣住了。

以为自己将承受排挤和孤立,实际上并没有发生。

虽然这不过是修行大道上微不足道的一点小事，但不知为什么，这么点小事也让穆雪觉得挺开心。

只是很快她就后悔了。

自从在课堂上见过岑千山的虚影之后，以丁兰兰为中心的几位师姐开始流行在课间传阅《穆雪辣手摧徒记》和《风月传说·多情千山无情雪》的话本来。

"啊啊啊，你们看这一段。"有人悄悄翻开书页，四五个脑袋立刻凑过去，"这也太欺负人了，不愧是女魔头。"

传说中的"女魔头"穆雪抬起脑袋："啥？"

七八只手臂伸过来把她推到一边："小雪走开些，你还太小不能看。"

"啊，女魔头！这女魔头真是太坏了。"

"《风月传说·多情千山无情雪》怎么只有四卷？这正写到'岑千山扮女装娇媚客'，我看得起劲呢。"

"我听说最新的一卷已经传过来了，第一话就要写那'浮岗城中玩淫柳，风雪夜里弄千山'呢。"

"……"

六岁的女魔头觉得日子过得十分憋屈，她不得不每天听着关于自己的绯闻传说，听得多了，有时候也难免有些恍惚，怀疑起自己是不是真的干过什么不可告人的风流韵事。

化育堂的学习生涯有条不紊地徐徐展开。

每日上午，早课之后各大主峰的峰主或亲自或派出代表轮流前来讲学，涵盖的课程极广，从丹道、术数、炼器、培植到天文地理、各家流派、奇闻见识，极尽丰富，应有尽有。甚至连一些年长的师兄师姐，也会在这个时候选择自己需要的课程，一道进入学堂旁听。

大大小小的学员会聚一堂，十分热闹。

午后便无强制要求，年幼的孩子可以选择学习识文断字，也可以复习功课或是干脆四处玩耍。

吃得好，玩得开心，课程丰富且有趣。新入门的小弟子们很快适应了这里的生活。

这里有单纯可爱的同门，博学多才的师长，热情周到的师兄师姐。

穆雪觉得，这样的生活简直过分安逸到有些不太真实。

当然，偶尔也有个别稍微讨人厌的事情发生。

这一日登堂讲学的是玄丹峰的峰主空济。

空济身材高大，神色威仪，双目精光内敛，只是发量稀少，在后脑勺拧成细细的一束，眼睑上下留有一道寸许的伤疤，瞪眼看人的时候，显得有些肃杀。

修仙炼丹之人，容貌上哪怕有一些缺陷疤痕，也多会用外丹药或术法消除。也不知这位师长是不在乎，还是觉得这样更增威仪，刻意没有加以处理。

他一站上讲台，声若洪钟："我不管别人和你们说过什么，但我要明确地告诉你们，这世间万千道法，只有我归源宗的九转还丹大法，乃是最上乘法。尔等入了山门，只需谨守师长宝训，一心修行本门心法，自有你们得道的那一日。"

"我平生最恨邪魔外道，特别是魔修那些人渣的东西，若是让我发现你们中有人胆敢沾染那些恶臭腐朽之物……"他背着双手，视线在每一个人脸上掠过，鼻子里冷哼一声，"休要怪我罚起人来，手下没有分寸。"

学堂上有位女学生最近正沉迷于魔修的凄美爱情故事，忍不住开口："可是，丁峰主和苏峰主之前说过魔修也有好人……"

"嗯？"空济的眼神瞪了过来，那女学生顿时怂了，缩了缩脖子没敢把后面的话说下去。

空济踱步到她身边，责令她伸出手来。

女孩哆哆嗦嗦伸出手。

啪的一戒尺，毫不留情地抽在那个十来岁的小女生手心上。

挟着风声的戒尺一气抽了三下，抽得那女弟子痛哭讨饶方才作罢。

丁兰兰凑近坐在前排的穆雪，悄悄说道："这位空大师曾去过魔灵界，据说在那里和一位魔修比拼丹道，结下了仇怨，记恨了几十年，特别憎恨魔修。"

她以为声音十分细微，抬起头来的时候，却看见空济冷森森的目光越过人群，正正落在自己的身上。

"自以为家里有人，能稳打稳地进内门，就连师长的课都不专心了？"空济板着面孔，嘴角边现出深刻的法令纹来，"你站起来作答，若有答不上的，就休要怪我不给丁峰主留些许面子。"

丁兰兰无奈站起身。

空济从乾坤袋中取一木质的方形药盒，那盒子打开来分上下数层，各自巧妙衔接，看起来不大，却内有乾坤，分成了无数可放入大量植物的小小方格，并设有法阵保护放置其中的植物新鲜不腐。

空济伸手从中取出三棵灵草："说出它们的名字。"

丁兰兰辨认一番，心底松了口气，幸好这三棵灵草她认识："解忧草、黄芽、红丝。"

空济放下灵草，又取出一朵灯笼状的小小花朵。

此花丁兰兰自觉依稀见过一次，是十分罕见的灵植，可惜具体名字她已经不记得了。

正当额头出汗的时候，她突然看见坐在前排的穆雪桌面上摆着一页书写用的稿纸，上面写着三个字：玲珑花。

"玲珑花，对，这是玲珑花，带刺的那一种。"丁兰兰急忙说。

空济面色微微好看了些，他点点头，收起玲珑花，再取出一个装着蓝色粉末的小小琉璃瓶。

丁兰兰手心出汗，目光悄悄从穆雪桌上溜过去，果然看见那页纸上写了一行小字——

"妇好鱼的骨粉"。

丁兰兰松了口气，佯装刚刚想起的样子："我想起来了，这是妇好鱼的骨粉。"

谁知空济听得这几个字，脸上的肌肉抖了抖，现出怒容，大踏步走了过来，一把抓住了丁兰兰的手腕：

"这是比翼鱼。只有那些肮脏的魔修才会叫它们妇好鱼。说！你从哪里听来的？"

第十四章
褪病劫

丁兰兰自小修仙资质绝佳，是个被全家族捧着长大的大小姐，从不曾这样被人训斥过，眼圈登时红了，只咬着嘴唇不肯哭出来。

"说话！不说可要挨板子了。"空济的戒尺重重在丁兰兰的桌面上一敲。

丁兰兰被那响声吓得一哆嗦，小姑娘心里怕了，眼神从穆雪身上溜过去，几次想把穆雪供出来顶罪。

只是看着师妹那比自己小了一半的身子骨，最终还是没舍得开口，咬着牙把自己的手掌举起，哆哆嗦嗦递到空济面前。

看着丁兰兰拒不交代，空济面上怒容更盛。

戒尺高高挥起，啪一声狠狠抽在丁兰兰手心。

丁兰兰紧咬嘴唇不肯吭声，几滴眼泪掉在书桌上。

"是我告诉师姐的。"一道稚嫩的声音有些不情不愿地响起。

穆雪慢慢从位置上站了起来。

这个师姐也太笨了，让她几乎看不下去。这时候服个软讨几声饶才有好果子吃，越倔责罚只会越重。

穆雪一时大意，忘记了两界之间对某些魔兽的称呼不同，此刻只好站起来替丁兰兰招了，相比娇生惯养的丁兰兰，几个手板子她并不太放在心上。

曾经她和红莲两人就时常作弊相互帮忙。那时候被师父发现了，挨的可是一顿劈头劈脸的鞭子。蛇皮所制的鞭子，还带着倒刺，一顿下来丢掉半条小命。

每当露馅的时候，她和红莲都抱着师父的腿痛哭求饶，赌咒发誓。

可下次还敢。

"你?"空济看着眼前只有六岁的小包子，不大相信。

"前几日去藏书阁，弟子无意间找到一本《妖兽通考》，上记曰：'有妇好鱼，人面鱼身，食之若狂。鱼骨色蓝，味腥，性燥热，滋肾水助精阳，可入药。'"

穆雪信誓旦旦地说道，藏书阁确实有这本书，虽然她也只是略微看了一眼，但她背出完整的句子毫不费力。

空济皱起眉头，化育堂有一间对弟子开放的藏书阁，他依稀记得那里有几本魔灵界流传过来的《妖兽通考》。

只因仙灵界安逸太平，少有妖兽出没，这样的邪书早已被束之高阁，想不到竟有弟子会去查阅。

"你修习炼丹术，不先细读《药典》，却何故去看那些魔道糟粕?"

六岁的小弟子不好意思地挠挠头："这几日听了先生的炼丹术课，心中沉醉不已，就想看看魔灵界的那些医修和我们的炼丹士孰优孰劣。"

空济："你看出什么不同的地方来了?"

"别的弟子也不知晓，只是我看我们的《药典》分为三科十八门，每门之下又有细细的分类，道统纯正。而那些魔灵界的书籍似乎连个统一的传承都没有，零散混乱，看来是远远比不上我们的啦。"她合起小手拜了拜，"弟子再不敢了，先生原谅则个。"

一番无形的吹捧，正说到空济的心坎里去。软软糯糯的小姑娘，可怜兮兮地合着小手求饶，再铁石心肠的人也免不了缓和面色，冷哼了一声："本末倒置。"

终究没有罚得太狠，一人打了一手板，赶到门外罚站去了。

丁兰兰含着眼泪，站在学堂外吹着自己红肿的手心，不时瞥一眼身边同样红了小手的穆雪，她想要和小不点道个谢，却有点落不下面子，最后伸过手来，拉起穆雪没受伤的那只小手，轻轻捏了捏。

穆雪也不怎么说话，一脸平静，若无其事一般接受罚站。

学堂内的空济看向窗外并肩站着的两个小小身影，背起了双手，在心底点了点头。

这就是那个雪里花开的孩子?

确实是冰雪聪明，倒也有资格入我玄丹峰。他自觉宽宏大量地想道。

第二堂课的讲师正巧是逍遥峰主苏行庭。

苏行庭捧着一方明灯海矏台路过的时候，看见两个被罚站在学堂外的小姑娘。

"这是怎么了？"他低头看两个小女孩被戒尺打红了的手心，顺手施了一个润物术——春风雨露拂过，那十分轻微的小伤迅速地痊愈了。

穆雪对这些师长的过度宠溺十分无奈，但不得不拿出这个年纪该有的愧疚模样，低头感谢："劳先生费心了。是我和师姐皮了一下，合该领玄丹峰主的罚。"

一丁点大的小人，就这么懂事，能犯什么错？肯定是空济那个老古板又犯毛病了。

苏行庭不太高兴，那家伙大概还不知道这是我逍遥峰内定的小徒弟。

归源宗门内的老人全都知道，宗门里看上去最云淡风轻、仙风道骨的逍遥峰主，其实是个锱铢必较、小肚鸡肠的性子，尤其是在护犊子这一事上。

但凡他逍遥峰的弟子，必定被他像老母鸡一般圈在翅膀底下，谁也不能乱动。

空济从学堂内出来，就被苏行庭笑嘻嘻地拦住。

"空济老弟，下一堂课，我想给孩儿们讲讲体术，缺个搭子。你赶巧在这里，给我搭把手，也好让小家伙们看清楚点。"

空济瞪他："什么时候轮到你来教体术了，那不是铁柱峰的事吗？"

"欸，咱归源宗有谁的体术能赢得了我呢？我不教谁教？"苏行庭揽住他的肩膀往回走，"你该不是炉子守久了，连这基础的入门之术都怕了吧？"

"胡说，我会怕你苏行庭？"

…………

课堂上，身材魁梧的空济，被看起来温文儒雅的苏峰主连摔了几个跟头。

他黑着面孔，气呼呼地走了。

学生们看着这热闹，十分高兴，兴致勃勃地开始撸袖子束衣带。

"先生这堂课教我们体术吗？"

老师苏行庭却不紧不慢地拍拍长衫，捋直袖子上的褶皱："什么话，以武入道那是铁柱峰主的事。"

他恢复那副老学究的模样，慢腾腾地说道："我听说你们有许多人已经学会了入静。这一堂课，我来教教大家怎么正确地'呼吸'。"

呼吸谁人不知？人从一出生起，每一天都在呼吸。

一听说威风凛凛的体术不学，改学这样枯燥无聊的课程，小弟子们顿觉大失所望。

苏行庭打开明灯海屡台，三棱晶的微光中出现一个盘膝而坐的人体模型。

那人虽与真人等身，但全身肌肤却呈半透明状态，体内的脏器、骨骼都看得一清二楚，并有蓝光示意真气流通的经脉路线。

"太上曾说过，人之所以能够长生，皆因能夺天地正气于己身。但如何能得到这天地间的气呢？关键其实就在于这呼吸的技巧。"苏行庭骈指点那具模型，一一指出咽喉、心肾、山根、夹脊等人体器官和主要穴道所在。人体模型内的蓝光随着他指尖的移动流转。

"我们常人呼吸从咽喉往下，到中脘而回。吸入的天地之精华又原样被呼出去，不仅不能存留，甚至还会带着我们自身体内的先天元气漏出。直至人体内的先天元气一点点漏尽，人的寿命也就到了终结。因而学会调息之法，涵养本源，才是丹道入门的第一步。也就是被大家俗称的炼气。"

苏行庭的讲学，将高深晦涩的丹学讲解得浅显易懂、直观明了。便是年幼的孩童，也很容易理解，并依照他所说修炼。

夜间，穆雪打坐入静，依照苏行庭所授的呼吸方式——先存想山根（印堂之下，两目内眦之间），让呼吸间的元气自明堂（鼻子）而上，徐徐通过夹脊（背腰部）再缓缓向下流入丹田。

如此数次，渐渐腹中某处微微生出一股热流，那股舒服的暖流同呼吸相连，随着一呼一吸自然而然游走全身。

定静之中，仿佛看见了光，皎皎明辉，如月在水。

穆雪只觉心中的一切烦恼、杂念都在那一刻被忘却，神识舒展开来，似乎有了手脚，可以触摸到身体内一切极细微的变化，尽知尽觉，舒畅难言。

天地灵气和身体内那一点先天元气相互连通，融转自如，缓缓汇聚到了身体内的某个位置。

她知道那里就是丹田。

这一次，没有他人强力用灵气灌入她的体内冲开督脉，也不需要紧紧逼迫自己迅速收敛天地灵气努力变得强大，有的只是一种恬静闲淡，悠然自得。

仿佛天地间不再有任何紧迫之事，一切都可以慢悠悠地、轻轻松松地来。

苏行庭对他们的要求，是要将此功夫做到知常如始的地步。不用刻意去想，也能做到时时意守本穴，真念无念，真息无息。

因而穆雪无论坐卧还是行走，练拳还是吃饭，都无时无刻不忘维持息相，意守丹田。虽不急迫，但也不忘时时勤勉，日日用功。

这一日，她一面保持着特殊的呼吸运气法门，一面在开阔的广场上练习着九宫擒拿手。

自觉动中生静，呼吸圆融。百窍之中的阴邪湿气随着周身真气流转渐被驱逐，五脏六腑中的浊秽被洗涤一清，通体舒畅难言，身躯轻飘飘起来。

广场前回廊的栏杆上，坐着一个肌肤黝黑、眉毛浓密的男子。此人正是穆雪入门第一日，在山门接引他们入门的那位铁柱峰弟子。那男子屈着一条腿，一手摸着下颌："不错啊，发现一个好苗子，这么快就静中生动，引气入体了。最妙的是竟然还是个小师妹。我看她该是我们铁柱峰的人。"

一旁靠着栏杆的叶航舟迅速拍了他一掌："不可能，别想了，这是我们逍遥峰定下的。"

那男人撇撇嘴："凭什么啊，你们逍遥峰有几个人？哪个小姑娘会喜欢你们逍遥峰那样荒凉冷僻的地方。"

"不喜欢我们逍遥峰，难道喜欢你们铁柱峰那一群肌肉怪不成？"

叶航舟正和他说着玩笑，突然皱起眉头："嗯，情况好像不对……"

他看见广场中的穆雪不知什么时候开始面色变得潮红，正弯下腰微微喘息。她似乎想要直起身体再练，却脚步绵软，周身不住地发冷。

叶航舟几步来到她的身边，一摸额头："哎呀，怎么了？这是病了？"

穆雪这病来得甚急，昏昏沉沉，反复高烧。化育堂的老师安排了一间小小的静室，给她单独养病。

其间，苏行庭亲自前来看她。

穆雪微微撑起身，苍白的小脸带出一点笑来："弟子资质愚钝，反累先生来看我。"

她的心中是真有些难过。这里的师长们耐心细致地把东西掰开了揉碎了教给他们。同门们也从没拖过后腿，反而时有关照。学习条件如此之好，自己却不知道哪里弄出了岔子，修行反而把自己修病了，简直闻所未闻。

这具身躯的资质之差，让她十分沮丧。

苏行庭在她床边落座，哄她躺下休息，温言道："你这不是资质的问题，只不过是渡劫而已。"

"渡……渡劫？"穆雪听得目瞪口呆，"渡劫不是结丹之后的事吗？我这才到哪里？"

上一世，她天资卓越，修为攀升极其迅速，一路顺畅无碍。直到金丹大圆满，冲击元婴才第一次遭遇天劫，当场就被九天神雷劈死了。

"到了金丹期才渡劫？这怎么可能，你是从哪里听来的？"苏行庭哈哈一笑，"我们修行的每一个步骤都伴随着大小劫难，天劫、人劫、心劫、魔劫、妄境劫、情劫、欲劫等等，不一而足。如果到了金丹期才渡劫，数劫合一，那威力可大得惊人，世间何人能渡？那就不是道修，可以算得上魔修了。"

穆雪茫然地啊了一声，依稀找到了自己差点身死道消的原因。

苏行庭继续道："例如这洗心退藏的第一步，势必要逼出你身中陈年旧疾，心内顽固执念。许多人在这个时候都要病一场的，称为褪病劫。宗门这几日派这么多你的师兄师姐轮番值守在此，就是护着你们这些新弟子渡这褪病劫。"

穆雪眨了眨眼，问道："那如果，我是说假设，我们跳过引气入体的这个步骤，是不是就不用渡这褪病劫了？"

"确实如此。这世间自然有种种能够避开劫难的窍门。"苏行庭细心解释，"譬如我用自身真气，为你打通任督二脉，引你体内真气融转，这就自然跳过了引气入体的步骤，也就避开了褪病劫。但如果我们一路都如此取巧求快，避过所有劫难，等到了天劫那一关，九天神雷积数劫之威，任凭谁也承受不住。"

原来如此。

从前在魔灵界，她就是在幼年时期被不管不顾地直接灵气灌体，通督脉周天，跳过了引气入体的第一关。当年从来没有人和她说过这些。他们只希望她越快越好，修为越高越好。

穆雪看着眼前谆谆教诲的长辈，眸光微动，低下眼睫压住自己心中的波澜。

苏行庭正色道："修行乃逆天改命之事，路途之上大小劫难避无可避，身为我归源宗弟子，切不可胆怯瑟缩。不回避，不畏惧，无须多虑，直面便是。"

穆雪沉默许久，轻轻呼出一口气，低声道："多谢先生，弟子受教。"

这一次的道谢没有嬉皮笑脸，巧言令色，她是真心实意感谢眼前这位长辈在大道之上为她指点迷津，一语道破她心中多年的疑惑。

苏行庭见她听进去了，便从怀中取出一瓶丹药，放在她的床前："这是我去玄丹峰讨要的退烧药，一次一粒，一日服用三次。"

穆雪轻轻嗯了一声。

苏行庭又道："安心调养，痊愈了再行修炼，切记无须急躁。"

穆雪又轻轻应了一声。

苏行庭便起身告辞。

看着床榻上小小的一团，苍白着小脸，乖巧地蜷缩在被子里的小姑娘，他心中有些感慨。

这孩子孤身一人，离开父母进入山门，生病了不哭也不闹，只担心耽搁了课业，真是个过于懂事的孩子。

有句话他没有说出口。

只是她小小年纪，为何褪病劫来得这般凶猛？

一般来说，那些年纪大才入门修行的人，历经世事磨难，痼疾缠身，心结重重，褪病之时才容易病发凶猛。像穆雪这样年纪的小弟子有时候一点征兆都没有，打几个喷嚏就过去了。

也不知道她一点点的年纪，到底经历了什么。

苏行庭心中叹息一声，背手离去。

自打穆雪病了之后，夏彤和丁兰兰等几个素日要好的，日日前来探望。

丁兰兰还抄写了先生们学堂上的讲义，带着来给穆雪补课。

"今天是清净峰一位娄师长讲学，他给我们介绍了仙灵界现有的各大门派，以及魔灵界各大家族的情况呢。"

丁兰兰把抄写得整整齐齐的讲义摊在穆雪膝盖上，坐在床边挨着她一点点给她解说。

"这里有个特别有意思，就是魔灵界的烟家。"丁兰兰说得很是兴奋，"你知道吗？魔灵界他们没有什么门派，只有一些有势力的大家族，所以他们特别看重血脉传承。"

穆雪："嗯，烟家？"

"这个烟家啊，为了保证血统的纯净，历代都是女子掌家，她家的女子每人可招数名夫侍入赘，男子却只能打扮得花枝招展，居于内宅打理家务。以至于她们家的女儿备受重视，男孩反而用来联姻外嫁。你说好笑不好笑？"

穆雪心道，这有什么好笑的，这是烟家的老传统了，当年烟家家主还差点把她的小公子硬塞给我做夫侍呢。

第十五章

东岳神殿

魔灵界，浮罔城内。

落着雪的庭院里，上了年头的陈旧大屋，屋内一灯如豆，灯下有一男子，手持精细器具，借着灯光静静拼接一件结构精密的法器。

屋门外，咔嗒咔嗒的奇怪走路声响起。

一个茶杯大小的铁皮傀儡，高举着细长的手臂，溜达到了男子身边。

"何事？"男子头也不抬，只专注于手中的工作。

"主人，烟家家主送来名帖，有一要紧之事请您出山相助，她们说愿以上古大神东岳大帝所留魂器相赠。"

男子听到"魂器"二字，方才抬起头，转眸看来。

暖黄色的灯光映出半张令人叹息的俊美容颜。如果这时候化育堂的那些女弟子在的话，她们一定会惊声尖叫起来。灯下的面容，正是近来受到女修们热情追捧的话本男主角，传说中的魔灵界第一强者——岑千山。

此刻的岑千山挽着袖子，伸出缠绕着白色绷带的手臂，接过那封印着烟家家徽的精致名帖。

修长的手指分开扉页之时，一道柔美温和的女音便从那烫金的帖子中传了出来。

"难事无解，唯君能助。明日午时，十妙街旧址相约，愿以东岳古神所遗魂器为酬，万望赴约，翘首专盼。"

岑千山听罢，一声不吭地合上名帖，放回傀儡的铁制小手中，重新拾起刚刚放下的尖头笔刀，继续他的作业。

小傀儡等了很久，没有听见任何回复，于是轱辘轱辘地退出门去。

它虽是傀儡，但跟了主人很长的时间，即便是人工制作的大脑，也能总结出几条关于主人的规律。

主人大部分时候都是一言不发的。如果不同意某事的时候，会明确说一个"不"；但同意某事的时候，却时常用沉默来代替那个"可"。

傀儡咔嗒咔嗒的脚步声远离。

陈旧的屋子恢复了寂静，只剩灯下那唯一的身影。

这间屋子很大，设备陈旧，屋内摆着两张宽阔的工作台，除了正在使用的这张外，另一张宽大的工作台上摆放着一个制作了一半的法器，各种型号的尖头镊子和手钳分别摆在左右两侧，仿佛它们的使用者不过刚刚离开片刻而已。

直到夜深人静，坐在灯前的年轻男子，停下了手里的工作。他将桌面所有器具收拾整齐，站起身来，拿了抹布和扫帚，开始细细打扫这间宽大的屋子。

掸尘，抹桌，扫地，一丝不苟。

擦拭那张摆着加工了一半的法器的工作台之时，他小心拿起上面的每一个工具和设备器皿，仔细清理干净，再细致地原样放回。

做这一切的时候他神色平静，动作娴熟，仿佛早已做过千百次了一般。

冰冷的雪花，悄无声息地落在庭院中。砖木结构的屋舍显现出一种被时间浸泡的腐朽感。

漆黑的夜色里，屋门外的街区早已经坍塌损毁多年，徒留一片寂静无声的废墟。

在这样的废墟中，只有这一间屋子透出昏黄的光线，一点黄光之外，整个世界是黑沉沉的一片死寂。

然后，那唯一的灯光也被吹熄了。

唯有纯白的夜雪无声无息地飘落大地。

魔灵界内的十妙街曾经是一处十分繁华的地区。

百年前的兽潮突然来袭，几乎摧毁了整个浮冈城，也摧毁了这附近的建筑。

生活在这里的人类修士渡过了那场浩劫之后，很快在不远之处重修了高大的新城。如今还居住在这个废墟之中的人类已经很少了。

荒草丛生的断壁中，横躺着残缺的巨大雕塑和破碎的琉璃，彰显着此地曾经有过的喧嚣繁华。

正午时分，天空依旧昏暗不明，无数眼神锐利、身形矫健的魔修藏身在十妙街的断壁残垣之后。她们人人手握着法器符咒，神色紧绷，如临大敌。

在她们的围护中，一位容颜秀美、气势凌厉的女子站立在一片空地上。那女子轻轻把玩着手中的折扇，似乎在等着什么人。

她正是浮罔城中大名鼎鼎烟家的掌家之人，人人都尊称其一声烟大掌柜。

她身后的一位年轻修士开口说道："母亲，我们烟家何时求过男人。即便再厉害，男人又能成什么事？只要母亲再给我一点时间，我一定……"

烟家家主抬起白皙的手掌，阻止了她愤愤不平的话。

"你一定什么？那地方就算是我亲自去，都毫无把握。人最重要的是认清自己的实力，就算是我们烟家之人，也不应以性别论英雄。"

正午淡淡的日光中，慢慢踱步走来一个身影。那人身量修长，披着厚重的斗篷，肩头停着一只小小的铁皮傀儡。

随着他轻微的脚步声，所有暗处的护卫都登时紧张了起来。

烟掌柜合起扇子，站直了她的身体。

男人走到她的面前，保持了十分远的社交距离，拉下了遮住半张面孔的斗篷，露出了一张肤色苍白却十分俊美的容颜。

线条精致的眼睑，纤长的眼睫，冰原一般冷清的眸色，凝固着淡淡愁思的眉梢，明明是一副极为迷人的面容，但在场几乎所有的女性，面对这样美丽的容貌时，都只流露出紧张恐惧的神色，甚至有不少人手握武器，悄悄后退了一步。

来者正是岑千山。

烟掌柜迎上前，伸出手打招呼："岑大家，多谢你特意过来。"

岑千山没有接她的手，只冷淡地说了两个字："何事？"

烟掌柜也不以为意，自然而然地收回手，打开了手中的折扇。

"数月之前，我们发现了东岳古神神殿遗迹的入口。我们花了巨大的代价，探查到神殿之内有一个无生无尽池，那池水之中育有一朵碧落九转黑莲。"

岑千山并没有接话，沉默地等着她说完。

烟大掌柜继续道："那碧落九转黑莲对我烟家至关重要，只可惜我们能力不够，无论如何也取之不得，只能请岑公子加以援手。"

岑千山淡淡道："古神遗迹，抑制仙魔两道，即便证得天魔，入了神道之后，也和初入修行之门的弟子无异。"

神殿是属于神灵的世界，那里的天地法则不同，一应高深的术法、高阶符箓在那里皆无法应用。只有一些不太依赖灵力驱动的低阶傀儡和低阶法器，反倒能略微起些效用。

岑千山一语点破其间最为危险困难之处，便闭口不言。

烟家家主知道请岑千山出手的惯例，她揣摩着岑千山的神色，从随身的乾坤袋中取出一个紫金龙纹引磬。

此磬紫金钵体上绘制着云龙布雨纹，底座有四鬼头托举，下接一细长古朴的檀木手柄，另配一个上圆下扁的紫金磬槌。

这法器一取出，正午的日光为之暗淡了一瞬，天地间隐隐传来悠悠一声龙吟，引得所有人心神为之一颤。

岑千山终于抬起眼来，看了那磬片刻，从斗篷中伸出束着白色绷带的手掌。那意思就是这个活他接了。

烟家家主笑道："在数月内，往那神殿去的人，不知凡几，但大部分都只能在神道打个转，连神殿的门都摸不着。我估摸着，也只有岑大家您的傀儡之术，可在那边走得。为此我烟家举全族之力，方才觅得此神器。

"此神器是从东岳神殿所得，可引阴魂，聚残魄，是极为强大的魂器。我家愿以十万灵石作为订金，等拿到黑莲之后，再将此物奉上为酬，何如？"

岑千山没有说话，凝在空中的手掌并不收回。

烟大掌柜身后跃出一位女子，此人单名一个凌字，乃是烟大掌柜的长女，烟家的大小姐。

此刻她一脸怒容："岑千山你什么意思？为了得到这个上古魂器丢了我烟家数条性命。你事情尚未替我们办上一点，就想先拿神器，未免也太狂妄了！"

岑千山平静地说："我岑千山的规矩向来如此。你们既叫我来，事情我也接了，东西就得留下。"

烟凌大怒："若是不留，你难道还想强抢？"

对面的男人掀起眼皮看她，烟凌不过是微愣了一瞬，就看见停在那男人肩头的小小傀儡突然一百八十度转动它的铁皮脑袋，有些呆萌的面孔霎时变为面目狰狞的模样。

大地在那一刻开始轰鸣晃动，大部分人难以稳立，纷纷祭出了飞行法器。

冥冥间梵唱声四起，一尊六臂三目、面目狰狞的大黑天神缓缓在半空中现出时隐时现的虚影。

魔神的威压铺天盖地，直逼烟凌，压得她几乎站立不住，喉头涌上一股腥甜。

烟掌柜出手将女儿护在身后："有话好说，岑大家素有信誉，我们自然是信得过的。"

她想不到岑千山这个人，一言不合，说翻脸就翻脸，简直不可理喻。

作为一家之主，烟大掌柜极少被人这样下过面子，心里十分恼怒，只是她城府极深，在这种情况下却依旧忍住了。

百年前岑千山曾和烟家结怨，以一己之力毁了烟家小半基业。当时是她百般斡旋才缓和至此，实在不想再一次给自己家族树立这样的劲敌。

烟凌被母亲护在身后，一身冷汗直冒。

她是烟家大小姐，自小嚣张跋扈惯了，只是这一刻，对面之人比自己更为霸道强悍，蛮不讲理，她才突然间知道了害怕。

看着那站立在恐怖魔神巨大虚影前的高挑身影，她心中顿时升起一股悔意，后悔当初被他人随便挑唆一下，就得罪了这么一个棘手又强大的男人。

烟凌想起了第一次见到岑千山时的情形。

那时候自己还很年轻，而这个恐怖的男人也只是一个瘦弱无助的男孩。那时候他好像有一个师父，也是一位傀儡大师，名字叫什么来着？对了，叫穆雪。

在那个晚宴上，素日里一起厮混的连家姑娘把那个精致漂亮的男孩指给她看。

"看到没，就是那个人，只是奴隶出身。我在集市上无意间瞧见了，指定他到小宴上侍奉，他却看不上我等，半路一把抱住穆大家的腿，攀上高枝，哄着人家收他为徒弟去了。"

那时的烟凌喝了酒，加上年少轻狂，跋扈惯了，也顾不得什么木大家、土大家的，带着几个人就把那个男孩堵进了一间无人的小黑屋。

"给我往死里揍，弄死我担着。"

她还记得自己当时架着脚，扬扬得意地坐着，醉醺醺地指挥几个跟班把那个年幼的魔头按在地上欺负。

现在想想，岑千山其实从小就狠，虽然小小年纪，瘦弱不堪，三五个大汉却压不住他，越揍得厉害越拼命反抗，像是一只疯了的小兽。

"还挺凶的小崽子，不愧是弑父之事都干得出来的下流坏子。"连家的姑娘冷笑了一声，"竟然还有人收你做徒弟？"

正在疯狂反抗的岑千山突然就不动了，仿佛这一句话就让他怯弱了起来，咬住牙既不出声呼救，也不再做任何抵抗。

"哎哟，这是怕了？"少爷小姐们嘲笑着，有人弯下腰，给了他一脚，"是怕我们去告诉你那位师父，看她还敢不敢要你这个漂亮的小徒弟？"

蜷缩在地板上的瘦小身躯明显僵硬了。

在浮罔城内，修真者依家族血脉凝聚在一起。但越到修为高深的境界越不容易留下血脉，有的人就不得不选择领养义子义女，或是收一些小徒弟，以便迅速扩充家族实力。

因此在这里，父权和尊师被看得极重，比天还大。

岑千山这样失手害死养父的人，是绝没有人愿意再收为徒弟的。

屋门被人一脚踹开，一个一身红衣、脸色铁青的女子出现在门外。

酒气上头的烟凌这个时候才想起，这位穆大家虽然素日为人低调，却是浮罔城第一的炼器师，即便是母亲都时常交代，要和她处好关系。

烟凌站起身，大大咧咧地同穆雪打招呼，想让她卖自己些面子："穆大家别在意，一个小奴隶而已，弄坏了，我赔你十个。"

话音没落，那红衣之人双臂骤然间覆盖上玄铁鳞片，一拳已经打到她的脸上，她重重摔在墙上，撞翻了一片桌椅。

等烟凌从一片狼藉里爬起身来的时候，她带来的人已经横七竖八地被揍倒了一地。

怒火中烧的炼器大师穆雪一手抱起自己的小徒弟，紧握的拳头尚且不肯罢休。

烟凌爬不起身，怒气冲冲地冲她喊："你连烟家连家的女儿都敢动，就不怕我烟家饶不了你吗？"

"烟家想怎么样我是不知道，但我现在就饶不了你！"穆雪的拳风远远冲击过来，要不是有人拉了烟凌一把，当场就得给她开了瓢。

宴会的主人急匆匆赶来，好说歹说，生拉硬拽，死死劝住了穆雪。

"嘿，你大概还不知道吧？"在穆雪转身离开的时候，烟凌还不知死活地喊住穆雪，"你这样宝贝的徒弟，其实是一个犯下弑父大罪的恶毒之人。"

周围拥进来的围观者，顿时嗡的一声，开始议论纷纷。

"大逆不道之徒。"

"忘恩负义之辈。"

"这样的人合该处以极刑。"

"为什么他还能出现在这里，被收为徒弟？"

"穆大家想必也是被此人魅惑了。"

人群中的岑千山，脸色一瞬间白了。在嗡嗡一片的议论声和鄙视嫌弃的目光里，他僵着瘦小的身躯，咬紧了嘴不说话。

穆雪在他身边蹲下来，伸手摸了一把他的头发，问道："怎么回事？"

或许是那一点抚过头顶的温度给了他勇气，他苍白着双唇，开口解释："不是这样的，师父。那个人他……他经常打我。"

人群中立刻有人喊道："狂悖之徒！那是你的养父，再怎么揍你，你也合该受着，为人子嗣，不得违逆君父。"

烟凌到此刻都还记得，如今的大魔头，当年的小奴隶，那时候不管不顾周围人辱骂着什么，双目只死死盯着穆雪一人。

"他先前只是没日没夜地虐待我，等我大了些，他越发过分，时常以用变态的方式折磨我为乐。只有一日养母看不过眼，和他吵了起来，争执间失手将他错伤。"

眼眶通红的少年，死死看着穆雪，仿佛想从眼前之人最细微的表情中，看出她对自己的厌恶。

"最后，他们说这一切都是我造成的，定了我弑父的罪，将我卖为贱奴。"

穆雪想起岑千山那一背深深浅浅的伤，那些遍布在年幼身躯上经年累月的痛苦是一种无声的证词。她叹息一声，不再多问，抱着自己的徒弟，分开人群向外走去。

烟凌那时候不甘地在后面喊她："你收留这样一个肮脏的家伙，迟早要为他付出代价。"

前行中的穆大家没有回头："他并不肮脏，他比你干净得多。你母亲有你这样一个女儿，才是迟早要付出代价。"

当时那被师父抱走的小魔头，软得像一只清白无辜的小绵羊。

他的师父分开人群向外走去的时候，双手抱着师父脖子的小绵羊，透过师父的肩膀看向烟凌，那恶狠狠的眼神，却分明是一只记仇又凶狠的狼。

穆大家还活着的时候，这个魔头把自己伪装成一只纯白无辜的羔羊，从未暴露出自己的本性。直到穆雪去了，这只野兽才露出他狰狞的面目，疯了一般四处报复。

当年收养虐待过他的岑家自此消失，贩卖过他的雷家一蹶不振。就连烟家也被他冲击得几乎抵挡不住。

如若不是百年前母亲百般周旋，只怕至今还解不开这个死结。

烟凌从回忆中回过神来的时候，母亲和岑大魔头已经谈好了协议。

他们将那东岳古神留下的上古神器一分为二，钵体作为定物留给岑千山，击槌依旧放在烟家，等事成之后再行交付。

岑千山此人孤僻狠辣，只有这信誉倒是一向极好，收钱办事从未食言。所以，即便如此珍贵的法器，烟家也咬牙给了一半。

看着岑千山接了东西就走的背影，烟大掌柜突然喊住了他："岑先生，忘了告诉你，东岳神殿的遗址可是个双生神域。"

仙灵界，九连山上的化育堂内。

刚刚痊愈的穆雪坐在位置上，正提笔记下四个字：双生神域。

今日台上的讲师是掌门丹阳子，白发苍苍的掌门亲自给弟子们讲述着修仙界的历史。

掌门亲自授课的机会很少，今日前来旁听的师兄师姐们特别多，济济一堂。

"尧命羲和世掌天地四时之官，使人神不扰，各得其序，是谓绝地天通。[①]从那之后，天地间灵气不再充沛，古神们飞升上界。人间只留下他们曾经居住过的神殿和传说。"

丹阳子捻着胡须，摇头晃脑背诵古籍上的内容。

"上古时期，仙魔两界本为一体。后有的大能，将世界一分为二。灵气充沛，妖魔丛生之地，是为魔灵界。安泰祥和，灵脉稀缺之所，是为仙灵界。两界虽分隔远离，但古神们的神殿却按各自的法则，依旧留在原处，因而出现了双生神域。"

丁兰兰坐在穆雪身边，凑近她耳朵说了一句："所谓双生神域，也就是这个世界上唯一能短暂连接魔灵界和仙灵界的地方。"

"啊，这是什么意思？"夏彤悄悄问道。

---

① 出自《尚书·吕刑》孔安国传。

"比如魔灵界有一个伏羲神宫，仙灵界也有那么一个，明明两界离得那么远，进去以后却发现竟然是同一个地方。

　　"但这种地方的入口都有神道隔俗世，平日根本进不去。只有特殊时期入口会打开，这个时候进去的话，或许能看见魔修呢。"

岑千山步行在白雪覆盖的街道上，道路两侧的石质建筑大多崩塌损毁，荒废多年。

　　偶尔有一两个衣衫褴褛的身影从那些崩坏的石屋里冒出头来，看见有人路过，又迅速地缩回那些漆黑的石窟中去。

　　如果不是穷困潦倒，或是躲避仇家，谁愿意生活在这样荒芜的废墟，而不是搬进不远处那雄伟坚实的新城居住？

　　这里曾经是一条十分热闹的街道，承载了岑千山少年时期的太多记忆。

　　如今慢慢地走在雪地里，街道上仿佛又响起当年的那些声音——

　　卖冻梨和糖雪球的老汉推着推车沿街叫卖，踩着飞行法器的魔修从头顶上嗖一声路过，年幼的孩童们在雪地里嬉闹，双手收在袖子里的普通人缩着脑袋、顶着风雪行路匆匆。

　　在某个角落，有一个瘦小的男孩被几个强壮的皮孩子拦住了，推搡着进了小巷。

　　过了片刻，那个小男孩却一个人从乌黑的巷子中探出脑袋来。他左右看看无人，仔细整理干净自己的衣服头脸，露出了一张人畜无害的天真笑脸，高高兴兴地向着家的方向跑去了。身后的巷子里留下一片痛苦的哀号声。

岑千山一生中最快乐的时光几乎都是在这里度过的。

"师尊，师尊，等等我。"小小的身影兴奋地一路飞奔，前方有人转过身来，带着世界上最动人的笑，牵住了他的手。

"师尊这是什么，给我吃的吗？"

"这是买给我的吗？我……我其实不用新衣服的。"

"师尊，那里是什么地方？"

"师尊，师尊……"

那一年，有人把一身污秽的他从炼狱中扯出来，不嫌他肮脏，不介意他恶毒，将虚弱得快要死了的他裹在毯子里，抱在怀中，慢慢走过这条雪路。

那是他人生中第一次感受到温暖，第一次知道自己也值得被珍惜以待。

岑千山的脚步到了路的尽头，停在这条街区唯一保存完整的住宅门口，而后推开房门，走进静寂无声的院子中。

"主人，又得到魂器了，又要试一试吗？"肩头上的小傀儡开口。

主人没有回答，只是停下了脚步。

没有说话就是可以的意思。

小傀儡千机从主人的肩头跳了下来，在院子的地面上滴溜溜地转了一圈，帮忙升起隐藏在青石板下的一个秘银法阵。

法阵上布满了晦涩的符咒和诡异的图文，全部是用极为昂贵的秘银绘制，那些细细的银丝宛如浮雕一般立体，层叠着交错构建出繁杂的法阵。银色的厚重阵图，隐隐带着一种撼动天地法则的强大力量。

此阵乃是失传已久的幽冥万相聚魂阵，传闻中能凝聚亡魂，唤醒已逝之人的逆天法阵。乃是岑千山百般寻觅揣摩，耗费多年心血凝聚所得。

这么多年，他执着地反复尝试此事，想要招回师父穆雪被天雷劈散的魂魄，助她重塑肉身。

烟家的人或许不知道，魂器虽然只给了一半，但有此法阵加持，他就可以提前一试其功效。

岑千山取出紫金龙纹引磬，坐在法阵边缘，用一块软布细细地将古神遗留下来的魂器擦拭干净，认真看了看，慢慢把它摆放进法阵的中心。

随后，他拆开手臂上的绷带，用一柄锐利的刀划破肌肤，在手臂上割开一个十字形伤口。

鲜红的血液沿着手臂落下，流入秘银银白的凹槽中，灼眼的红色顺着银色的符文渐渐在法阵中扩散。

秘银独特的冷沁被鲜血的生气激发，给整个庭院笼上一层幽暗的蓝光。

魔阵启动，天地无光，法阵中心那些银色的线条宛如被赋予了生命一般，慢慢游动、鼓起，最终从那法阵的中心站起了一位银线勾勒的魔神。

魔神手中持一银杵，以极其缓慢的动作举起，缓缓在那紫金龙纹引磬上轻轻一敲。

叮——

那一声轻响仿佛从幽冥深处传来的招魂之音，又像是儿时母亲的轻声呼唤，有如故乡中令人感怀的乡曲，勾得听者心神迷醉，恨不能寻音追随归去。

使用聚魂阵召唤师尊消失的魂魄，这件事百年来岑千山尝试过无数次。他那手臂上纵横交错的无数十字疤痕，像是一本厚重的陈年账本，记录着他无数次荒唐的行为。

每一次都抱着强烈的期待开始，却带着巨大的失望结束。

磬音一声一声远远传开。

赤红的鲜血源源不断地被法阵吞噬。

直至施术的人肤色逐渐苍白，那灵力强大的法阵中心，依旧没有一丝和往日不同的征兆。

岑千山抿着嘴，死死盯着法阵中心毫无变化的耀眼银光。最终他闭了一下双眼，收回法阵，沉默地坐在庭院中，慢慢给自己受伤的手臂一圈圈束上绷带。

小小的傀儡转到他的身前，侧头看他的面孔。

也不知道这个人工制造的傀儡，从那张没有表情的面孔上领会到了什么，它吭哧吭哧地开口说话：

"主人，你不开心吗？"

小傀儡不太能理解自己的主人，主人总是日复一日做着这样的无用功，又莫名其妙地陷入情绪的低谷。

"你，还记得你的第一个主人吗？"主人突然开口同它说话。

"你是说……穆雪大师吗？我已经不记得了呢。听说在她渡劫的时候，我和她一起被九天神雷劈碎了。"千机转了个圈，展示了一下自己被重新组装的老旧身躯，"不是主人您捡回我的残躯重新制作了我吗？您应该知道我已经没有曾经的记忆了。"

它想了一想，又说道："但我的明灯海屭台里存着穆雪大师的影像，所以我知道她的样子。主人您要看吗？"

主人没有说话。

没有说话的意思就是可以。

千机的铁皮肚子打开，递出一个微型的明灯海屭台，那陈旧的三棱晶体放出的光芒，一比一的立体虚影和现实中的庭院重叠了。

陈旧的庭院仿佛瞬间回到了百年之前的光景，小小的庭院焕然一新，生机勃勃。

岑千山的身边微光闪了一闪，出现了一个身影。

那人穿着一身绛红色的衣裙，青丝斜绾，坐在一把小椅子上，低头专注地研磨着药碾中的一种矿石。

她出现的位置就在岑千山的身边，挨得那么近，只要一抬头，就可以看见她微微带着笑的嘴角。

但岑千山却始终没有抬头。

还流着血的手臂搁在膝盖上，长长的绷带散落一地。他盯着那沾了血的绷带一动不动，仿佛那里开出了鲜艳的花。

哪怕明知道是海屭台放出来的虚影，但只要不认真去看，虚影就仿佛和真的一般。

短暂的虚假真实。

虚幻的院门吱呀一声被人推开，一个已经拔高了身形的少年飞快地跑进来，他反手迅速关上门。

岑千山忍不住抬起头看他，那个少年有一张和他一模一样的脸。

那面容上过于灿烂的笑容刺痛了他的眼睛。

少年露出了带着一点狡黠的笑意，用那种青涩的嗓音喊道："师尊，我回来了。"

"回来了，"身边的红衣女子研磨着药剂，头也不抬，"是不是又和别人打架了？"

"怎么会呢？现在大家都对我很好。"少年在她的面前蹲下，接过药碾，"这些活师父留着我回来做就好。"

"那些皮猴是对你很好，还是被你打服了？"红衣女子伸出手，在他后肩头轻轻按了一下。

少年嘶地吸了口冷气，漂亮的睫毛耷拉下去，露出可怜兮兮的模样。

"受伤了？严重吗？给我看看。"女子小心揭开他的一点衣领，查看他的脖颈。

那个青春期的男孩慌张地移开目光，嘴角却又忍不住窃喜地勾起幅度。

岑千山看着自己那张年轻的面孔。

原来当时的自己是那样愚蠢，自以为聪明掩饰得很好，其实那一点心思已经多么明显地写在了脸上。

当年，那个人是否体会过他一丝一毫的心意，却早已经无从得知了。

眼前的光芒闪了一闪，海蜃台的光芒暗去。红衣的女子，年少的自己，簇新的庭院一并在光芒中消失。

只有小小的傀儡在自顾自地收起它胸前的明灯海蜃台。

再美好的景象也不过是浮梦一场，泡影消散，院子依旧是那个沉寂老旧的庭院，空落落的院子里还是只有他孤零零的身影。

岑千山慢慢地站起身，走进没有点灯的屋内，躺进那张小小的垫子里。

这个床垫已经太小，不再适合成年后身高腿长的他，但他却从没给自己移动过地方，终年如一日地蜷缩在这个角落。

这个角落，正对着穆雪曾经使用的操作台。

一点雪光从窗户外映进来，照在桌面上那制作了一半的法器上。

有时候岑千山会觉得，或许一觉醒来，睁开双眼，又能够看见师尊那熟悉的背影坐在桌前，专心致志地忙碌着，发出一点叮叮当当令人安心的声响。

师父刚死的那几年，肝肠寸断不足以形容他体验到的痛苦。独自一人蜷缩在这空寂得可怕的屋子中，彻夜睁着双目，孤独像那最锐利的刀，一刀刀划开肌肤，反复凌迟着自己。

从前，为了让师父多可怜自己一点，多疼爱宠溺自己一些，他随时随地都能在师尊面前哭出来。

可是到了那个时候，眼睛却好像干了一般，想哭，一滴泪都掉不下来。

岑千山想着，人真是一种奇怪的生物，即便再深的伤、再大的痛，只要还活着，就总能慢慢愈合。哪怕在心底留下了狰狞扭曲抹不去的伤痕，日子不还是一天天地过下去了吗？

到了今日，哪怕对着海蜃台里师尊的音容笑貌，他的心中已经没有疼痛，也没有苦涩，只有茫然一片的灰和了无生趣的白。

第十七章

引气入体

化育堂内，小小的穆雪于室内打坐。

半个月前她大病了一场，果然如苏行庭所说，病愈之后，每每运气之时倒觉周身气血更为通达，百脉通畅。这一病驱除了百窍之阴邪，洗荡了五脏六腑之污秽，整个人不仅没有因病萎靡，还松快了许多。

只是她这一耽搁，同时入门的一批弟子中，已经有不少轻轻松松地达到观心止念、定境不失的程度，更有数名天资聪慧之人，甚至突破了炼气期的境界。

下学之后，时常会看见几个年幼的小弟子走在一起，边走边交换修行的心得。

"之前先生说，不用刻意去想，到了境界自然就会知道是怎么回事。昨夜我好像突然就明白了。"

"我也是呢，本来只是依照先生的口诀呼吸入静，突然那天看见了那个，突然就理解了，真是无法用语言描述，难怪先生说玄之又玄，无法用言语说明。"

世间各类修行法诀在人间广为流传，穆雪之前所学的打坐炼气，调心入静，只能算得上普通人锻炼身体的方式。入门之前引气入体的这个时期，被称之为炼气期。

哪怕是市井中人，只要勤加修习，也大多能掌握。聪慧之人不过花十来日，愚钝者需一年半载，练成者十之八九。

100

化育堂的弟子，是宗门通过金蝶问道从万千人中挑选出来的，个个天赋不凡，加上都是年幼的孩子，心无杂念，反而比成年人更容易洗心退藏，意守丹田。

因而个个都很快达到不用刻意调息，就能知常不失的境界。更有人已隐隐突破境界，摸到了筑基期的门槛。

在魔灵界，年幼时期的穆雪便是在入门当天就完成了引气入体，一周内便摸到筑基的门槛，可谓天资卓越。

可是这一次拜入师门已两月有余，她依旧停留在炼气期，连入门都算不上，实在是过于缓慢。看到身边一个个年幼的同门进展都比她快，她有些忍不住了，私底下悄悄请教了不少人。

晨练广场上，叶航舟笑道："不急，不急。你师兄我当年是那一批弟子中最慢的一个，现在他们可没有一个是我的对手。"

食堂中，丁兰兰边吃饭边给穆雪夹了个鸡腿："我家是有一些入门的心法，但你大病初愈，还是应当先调养一段时日。过段时间我再教你。"

学堂放课后，抱着明灯海蜃台的苏行庭哈哈一笑，伸手摸了摸穆雪头顶的两个小鬏鬏："你的资质是所有弟子中最好的，一点不用担心。你唯一的问题，在于心中多思多虑，当务之急是先修心。切莫心急，徐徐图之，自然水到渠成。"

两个月都无法入门，这样愚钝的资质先生居然还安慰自己是所有弟子中最好的？

穆雪无奈地蹲坐在山顶，看着山间那些悠悠哉哉的雾气，看看广场上嘻嘻哈哈打拳的皮孩子们，突然就觉得自己确实没有什么好急切的。从前那些紧迫追在身后的东西早就没有了，也没有什么需要照顾的人。

都已经是死过一次的人了，不如就放下些，过得轻松点，悠哉一些也没事吧。

她依照苏行庭所授的呼吸法门，晨间跟着叶航舟修习九宫擒拿手，夜间静坐观想。呼吸间引元气渐次通夹脊，透混沌，直达命府，子母相会。如此周而复始，安下心来扎扎实实修炼，日复一日只觉体内经脉渐渐扩充，元气充盈，身心都有了强健之感。

这一日，穆雪依旧如往常一般打坐炼气，自觉周身真气流通，融转无碍，舒畅无比。突然于极静、极微妙时，身体内部似乎多了一双眼睛。

那双眼骤然睁开，似在体内，又仿佛在遥远的外界，它们居高临下，从冥冥之中而来，却可以一清二楚地窥视自己身体内部的一切。

身躯之内并不是漆黑一片的世界，无数颜色艳丽的灵气正有条不紊地顺着经脉流动。

杳冥中出现了一个空间，这个空间似在虚无之中，却又缠绵秘密不通风，恍惚杳冥无色无象，似空空洞洞有无边无际之大，又似只有小小弹丸之地而已。

穆雪欣喜地睁开了眼。

初学的小弟子们到了这个时刻或许还会有些懵懂，但她心中却是对这个境界非常清楚的，这是自己终于开了内视之眼，找到了"黄庭"之所在。

世间修行法门千万种之多，各门各派对她刚刚看见的这个空间各有称呼，或称之为"不二法门""虚空藏"，或称之为"神室""黄庭""祖窍""玄牝"。虽然称呼各不相同，但都指的是修真者最重要的根基之所在。

不论修的是佛家的止观、道家的丹道还是儒家的允执其中、魔道的天赋之性，都离不开这个空间。

如今她拜入归源宗内修习丹道，未来设一炉鼎在此地，温养金丹甚至结婴化神，都须依托于此。

对所有修行之人来说，只有开了内视之眼，寻到了这个空间，才算得上筑就了修行的根基，才能说一声自己是玄门中人，也就是俗称步入了"筑基期"。

穆雪守着这个境界稳固了数日，高兴地在晨练之时将此事告诉了师兄叶航舟。

"不错啊，这就开了黄庭，寻到了祖窍。我都说了叫你一点不用心急的嘛。"叶航舟问她，"除了上一回生病，最近已经没有别的地方不舒服了吧？"

"倒是有一处奇怪之处。"穆雪想起了前日修行之时遇着了一件怪事，"前日我内视观想之时，听见了一种钟声，像是引磬的声音。好像远远地不知道从哪里传来，却又似乎就近在耳边，听得分外清晰。问其他师姐，她们都说不曾听见。也不知是什么缘故？"

"磬声？怎么会有这种声音？"叶航舟眨了眨眼，穆雪的这个情况别说穆雪不知道，就是他也从未听说过，"倒是从来没听说过有人听到什么磬声，会不会是不小心修成了佛家的天耳通？"

他有些苦恼道："却是不巧，这几日修真界不知发现了什么了不得的秘境，各大门派都惊动了。师尊和掌门一并外出查看。你这个情况且先留心着，如果没有更加严重，就等师尊回来，我再帮你仔细问问。"

穆雪点点头，那声音虽然来得蹊跷，但听起来却令人心神平静，并不太像入了魔障。她也觉得不必过于紧张。

到了这日夜间，穆雪躺在通铺上，头枕着双手，看着窗棂外透进来的雪光，有些迷迷糊糊地想道："终于又一次步入修行的门槛。若是将来能证得金丹大道，不知是否有机会到魔灵界看一看。唉，那个地方，只怕早就物是人非了吧。"

迷迷糊糊中不知睡了多久，一声无比清晰的丁零声，突然又一次在耳边响起。

穆雪只觉神志一阵恍惚，清醒时发现自己已经立在床榻前。

她有些茫然地转目望去，通铺上安静地沉睡着六个孩子，圆子和夏彤都睡得正香，而自己也正枕着双手，闭目睡在夏彤的身边。

原来站在地上的并非她的肉身，而是在梦中她的元神被人引了出来。

初来化育堂的第一天，穆雪曾受山顶灵力影响，梦中元神出游过一次，那时她灵府未开，元神困顿未明，并不知道自己身在梦中，浑浑噩噩中走出庭院，还被守在屋顶值夜的师兄吓了一跳。

但如今，她初入修行门槛，神识稳固，已经能够清清楚楚地知道自己乃是在睡梦之中，神识离体。

是受到了那个磬声的影响！

一声又一声清越的磬声响起，仿佛从亘古传来的细密神音，又像是在遥远的故乡有谁召唤着她，声声呼唤，句句催促。

穆雪心中迟疑不决，但她的魂体早已不受控制地飘起，悠悠然飘出窗外。

今夜下着薄雪，在屋顶值夜的是一位陌生的师姐。她戴着一顶斗笠闲坐屋脊之上，正悠悠哉哉吃着手中的一袋蚕豆。

穆雪从她身边飘过，想要开口呼唤，却发不出任何声音。

那位师姐看不见她的魂体，自顾自地吃着蚕豆，由着她从自己面前穿过，被那磬声拉向未知的所在。

穆雪越飞越高，从高空看下去，脚下的大地上九连山脉连绵起伏，有如一朵巨大的莲花大阵，山南一条蜿蜒的河流如同一条明亮的银链围护着莲花。

天地间乱飞着细细的雪花，头顶是昏昏沉沉的杳冥云雾。

穆雪飞入那些云雾之中，一时混沌了时空和方向。

等她的神识再度清明之时，她发现自己站在一个飘落着大雪的院子里。

这院子她极为熟悉，却又觉得十分陌生。

这是她度过无数光阴的家。在她的感知里，不过数年之前，这里还是自己安逸的小窝，舒适的住处。

但如今仿佛一瞬间被盗走了上百年的时光，昨日生机勃勃的院子，突然之间变得如此陈旧衰败。那些郁郁葱葱的小树，如今枝干虬结，将近腐朽。当年那些水磨锃亮的砖墙如今风化开裂。

大屋褪了漆的门槛上，此刻正坐着一个成年男子，他修长的双腿搁置在青石台阶下，踩着一个画在庭院中的繁复法阵，正微低着头用一条绷带慢慢束着受伤的手臂，似乎看不见穆雪这个"魂体"的到来。

原来是小山啊。

真的已经长成这样高大的一个男人了。

穆雪走到他的身边，弯腰看他。

岑千山一动不动地坐着，厚重的斗篷和凌乱的刘海遮住了眉眼。微弱的雪光映着鼻梁光洁的肌肤，斗篷的阴影下只看得清一小截苍白的下颌和那紧紧抿住的双唇。

"怎么把自己搞得这么瘦啊，明明我走的时候，将你养得白白胖胖的。"

穆雪轻轻叹息一声，视线低垂，看见了那带着血迹束着白色绷带的手臂。那手臂肌肉线条紧实，修长而有力，已经不是记忆中少年的手臂了。

"怎么又受伤了，要注意啊。我不在家，你更要照顾好自己。"

穆雪口中自言自语，觉得眼睛有点涩。

眼中有涩意，心中堵得慌。

这满心的酸涩感是什么？身为魂体的穆雪摸了摸自己不存在的胸口，那里有一种自己极为不熟悉的情绪。

从幼年时代到如今，可以算得上两世为人，她几乎已经忘记了哭泣是什么感觉。

穆雪抬头看了看屋顶，站直身子迈步向屋内走去。

虽然百年光阴过去，但屋子里的一切竟然和自己离开时一般无二——角落里一排排森立的书架和堆满瓶瓶罐罐的台柜，那张小小的床垫，那个繁复的化物法阵，那燃烧着的熔炉和吊在半空的浮床。

就连自己最熟悉的操作台上，依旧摆着无数形态各异的器具，自己离开前做了一半的那个法器，至今原样摆放在桌面上。

穆雪忍不住在那张桌子前坐下来，如今的她不过刚入修行之门，无法用元神移动实物，但她还是忍不住伸手摸摸自己惯用的尖头镊子，虚触自己从前最喜爱的各种手钳。

那未完成的法器是一条项链形的乾坤袋。徒弟岑千山当年缺一个很好的储物法器，本来是想做好之后送给他用。

如今看来再也没有机会完成了。

一声门轴转动的吱呀声在寂静的空间内突兀地响起。

穆雪转过脸向后看去。

此刻的门槛处站着一个高挑的身影，那人背着光，一只手臂死死扒着门扉，漆黑的剪影只看得见他的一双眼眸，那里面似有明辉正在燃起。

小山这是……看见我了？

穆雪脑海中闪过这个念头的时候，身体突然产生了强烈的失重感。

下一刻她从床上坐了起来，身边夏彤正揉着眼睛摇她。

"小雪你今天怎么了？鸡都叫几回了，不起来练拳吗？"夏彤边说边坐在通铺上穿棉袄。

一旁的圆子坐在床榻边，打着哈欠睡眼蒙眬地穿鞋子。

屋子里大家已经各自起床洗漱。

穆雪愣愣地坐在床上，宛如大梦初醒。刚刚她不知道自己是怎么元神离体回到了曾经的家，只是在自己被唤醒之前的那一瞬间，在那里的岑千山似乎也察觉到了自己，正匆匆向着她走过来。

可叹离开得太匆忙，最后也不知道小山怎么样了。

"又下雪了，山上就是雪比较多，好冷啊今天。"夏彤吸着鼻子看向窗外。

还没回过神来的穆雪顺着她的视线看过去。

天色微微亮，庭院里飘着细细的雪花。

在遥不可及的地方，有另一个大雪纷飞的院子。

第十八章

知是梦中人

小傀儡吭哧吭哧地走过来。

从天刚刚亮的时候开始，主人就背对它坐在门槛上，已经一动不动坐了很久。他低着头，双手覆盖住了整个眉眼，看不清他的神色。

门槛比小傀儡高，路过门槛的时候，它熟练地伸长双臂按住门槛将自己灵活地荡进屋内，绕到了主人的面前。

在千机的记忆中主人的手一向很稳，那双手能做出极为精密的法器，也能强硬地拧下敌人的脑袋。即便负了重伤，鲜血淋漓的时候，依旧能稳稳地一下从妖兽的身体里取出妖兽的内丹。

但此时此刻，这双手臂上青筋浮现，居然在微微颤抖。

这是怎么了？千机绕着主人转了半圈，伸长了脑袋想要一探究竟。

今天的主人有些奇怪，看起来似乎在笑，又好像很伤心。

千机是一个活了很长时间的傀儡，它觉得自己比起其他懵懵懂懂的同伴更聪明得多，大多数时候，它能够明白主人的情绪，但这一次，它也没了把握。

"主人，你不高兴吗？"小傀儡歪着头问，"穆雪大师终于出现了，不是吗？"

它的体内有一种主人赋予的特殊能力，能看到阴神、魂魄、阳神等和魂体相关的生灵。就在昨天晚上，它监测到一个陌生的灵体出现在了聚魂阵中。

"我察觉到了，刚刚她就在这里。"千机举起它细长的双手，在地板上比画了一下。

岑千山低头看着它，似乎笑了一下，声音听起来很平静："是的，她来过。她靠得那么近，我几乎都能感觉到她像从前那样弯下腰，和我说话。可我一点都不敢动，我生怕一动，她就会像从前的那些梦一样，消失不见了。"

千机觉得主人的话有些奇怪，那明明只是一种没有任何形状的灵体，既分不出相貌，也看不清性别，主人又是怎么从那一团渺渺冥冥的灵气里，看出来人家弯腰了，还说话了呢。

岑千山放下手掌，缓缓站起身来，走向雪窗前的那张桌子边，伸出手拿起那条制作了一半的项链。

他摩挲着那条半成品："是师尊，是她。这一次是真的。"

雪夜华庭百年身，千里孤魂不忍触，相顾无言，知是梦中人。

微微亮的天光从窗户斜透进来，照在了那张凝固了百年时光的桌台上。

有一滴水滴在那道光束中反射了一下，掉落在桌面上。

哪里来的水滴？千机好奇地爬上桌面。

是眼泪啊。

小小的傀儡在它的脑海中搜寻了一下关于这个词汇的解释。

人类在悲伤的时候，会从眼中流出水分，在开心的时候会发出笑的声音。

主人这一会儿哭一会儿笑的，所以主人现在到底是高兴还是伤心呢？

人类真是一种复杂的生物，即便我这么聪明，也很难完全理解他们呢，千机这样想道。

浮冈城中，化了雪的街道泥泞一片，热闹又污浊。

生活在这里的人们已经彻底忘记了百年前那场毁灭家园的浩劫，在这座新的城池里重绘了人间百态。

广告牌上的琉璃彩灯轮回闪烁，街边的小贩扯着嗓子卖力吆喝：

"苞米，香喷喷的烤苞米嘞！"

"煎饼馃子！好吃的煎饼馃子，客官来一套？"

"《风月传说·多情千山无情雪》最新续作，紧俏货，欲购从速，晚了就没有啦。"

…………

一家风格老派的医馆大门外，走进来一个穿着厚重斗篷，遮挡住了大半张面孔的客人。

他来到柜台前，将一个修理好的医疗法器放在了古旧的台面上。

年迈的老医修从柜台后抬起头来："真是稀客，自从我搬来这里，岑大家就好久没亲自过来了吧？"

老医修戴上单目镜片，拿起那个法器仔仔细细检查一番，赞叹道："好手艺啊！劳烦您送来，谢谢了啊！"

"年叔，"岑千山开口说，"我要去东岳神殿，找您拿点丹药防身。"

"神殿遗迹？你要去那里？那可不是个好耍的地方。你等等，我得给你多备点药。"老医修絮絮叨叨地翻了数瓶丹药，一瓶瓶摆上桌来，"回春丸、解毒散、百花定神丹、金创再生膏……哦，还有这个固本补血丸，都收好了啊，那鬼地方，多高的修为都不好使。一进神道，受天地法则所束，人人都和初入门的弟子差不多。"

岑千山点点头，将那些瓶瓶罐罐收进乾坤袋之中。

老医修捻着山羊胡子："总算进益了。至少晓得提前找我备点药。你师父要知道你终于懂得珍惜自己了，心里想必很高兴。"

岑千山听得这句话，微微一顿，清冷的嘴角上罕见地带了一丝笑意。

在他起身告辞的时候，老医修又喊住他补充一句："那可是双生神域，进了里面会见到不少仙灵界的人。你要注意，那些家伙看上去仙风道骨、道貌岸然，其实阴险狡诈得很。"

岑千山从年叔的医馆出来，正好遇到隔壁书店的店小二站在大门口销售新书。

"走过路过，不要错过，瞧一瞧，看一看嘞。《风月传说·多情千山无情雪》最新章节内容劲爆，情节香艳，不容错过嘞。"小二哥搬了把椅子，站在上面，四面吆喝。

他的吆喝吸引了不少穿着罗裙、戴着金钗的女修，她们嘻嘻哈哈挤进店来，递上灵石抢购，一时间门庭若市，热闹不已。

"你们这样编派穆大家，不怕她的那位未亡人知道了，一把将你家铺子掀了？"有客人买了书出来，笑嘻嘻地打趣小二哥。

"您这可就不懂行了。"小二哥口齿伶俐，"咱们浮罔城这地界，过的是刀口舔血的生活，为了图个乐，越出名的人就越多人编派。另外咱这也是怀念穆大家，若非这样，一百多年过去了，谁还能记着她老人家呢，您说是吧？何况那位守着旧居，几年也不来集市一回。没事。"

女客人压低声音和身边的女伴悄悄道："倒也是，以那位的性格要是介意，早来掀铺子了。嘻嘻，没准这上面写的都是真的。"

她的女伴以袖掩面："就是，撇开性格不谈，那位的容貌和身材是没的说的，朝夕相处，换谁忍得住啊。"

"欸，还是别说了。别真被他听见了，我还挺怕他的。"

小二眼前一花，握在手中揽客用的新书不见了，手上被人塞了一块灵石。

他诧异地四处张望，只看到远处一个披着斗篷的背影匆匆离去。

九连山上，化育堂内。

穆雪抱着书本和丁兰兰一道向学堂走去。

"你听说了吗？"丁兰兰说起从家族听来的八卦，"东岳神殿的神道开了。那可是上古大神遗留的神域，几百年没有现世。所有的门派都被惊动了，听说掌门亲自去查看一番，刚刚才回来呢。"

"神殿里都有些什么？"

"那可多着呢，天材地宝啊，机缘秘籍啊……嘿嘿，其实我也不太知道啦。大部分人哪怕进去了，也只能在外围的神道转一转，是走不进去里面的，没人知道有什么宝贝。不过那是双生神域，去了里面会遇到魔修。"丁兰兰双手成爪，做出吓唬人的样子，"魔修你怕不怕？魔修，啊呜！"

"怕，怕。魔修谁不怕。"穆雪笑嘻嘻地配合她。

几个从她们身边经过的女弟子撞了穆雪一下，害得她失手撒了一地书。

那人非但不道歉，还冷笑一声，撂下话来："大考就要到了，还有闲心嘻嘻哈哈，简直愚蠢。"

此人名林尹，是本届弟子中除丁兰兰之外的又一名"关系户"，和丁兰兰有些不对付，有事没事要来找点不痛快。

穆雪拉住想要追上去的丁兰兰，自己蹲着把书捡了起来。

丁兰兰气得跺脚："我说穆雪你这个包子，怎么性格就这么软。别人欺负到头上了，还一声不吭的。"

"一点小事，这一次就算了。"穆雪软绵绵地说。

这一次就算了，下一次可就不好说了呢。小包子好脾气地想着。

"还是说说大考都会考些什么吧，兰兰姐你知道吗？"

化育堂三年举行一次大考，由各峰峰主出题，考核所有外门弟子。考核成绩优秀者，有望被主峰的各位前辈收入内门成为亲传弟子。

这个考试不仅仅是面对初入门这百来号人，往届落选的外门弟子，如果这几年自觉学有所得，另有突破，也可以前来参加考试。

是以每次大考都人才济济一堂。但愿意收弟子的金丹期师长却并不太多，因此竞争十分激烈。

"我告诉你，你可别告诉别人啊。其实不难的，"丁兰兰左右看看，附在穆雪耳边说话，"我姑姑肯定考现场制作一个手工制品。不计做什么，只要在制作时将神识外放，尽量用灵力辅助制作就好。玄丹峰主一般考药剂学，这个你不怕的。铁柱峰主比较简单，和他们峰的师兄过上几招就行，输赢都没事，主要看看天赋。掌门喜欢考奇闻见识，如果想去清净峰，就多去藏书阁翻翻仙魔两界编年史……"

"那逍遥峰的苏先生呢？"穆雪问道。

"逍遥峰啊？逍遥峰你就别想了。苏峰主很少收徒，他最后一次收的是叶师兄，那还是十几年前的事了。"丁兰兰看了她一眼，"你还真想去逍遥峰啊。那地方空落落的，整座山上没几个人。去了你一个人孤零零地住在山上，可别哭鼻子。"

穆雪心中有些遗憾，所有前来讲学的金丹期修士中，只有逍遥峰苏先生和碧游峰丁先生的修行理念最合她的心性。

另外这两位峰主心态包容，对魔灵界的评价客观中肯。穆雪虽如今不是魔修，但也不太愿意听人说魔修的坏话，实在很不想拜一个整日将除魔卫道挂在嘴边的人为师。

而两人中，丁慧柔修的是化物炼器之术，穆雪对此道过于精通熟悉，却得处处装作一无所知的模样，如果进了碧游峰，那么她有很长一段时间，必须小心翼翼活在谎言中。

一来这十分麻烦，二者不知为什么，她也不太愿意这样对待那位丁先生。

"其实考试对新入门的弟子也就是走个过场，如果是考道法修为，刚上山三个月的娃娃怎么能比得过往届落选了的那些师兄？"丁兰兰悄悄和穆雪说，"其实平日里学堂上，师长们早就考核过了。想收哪些人做弟子，心里都排上号的。我告诉你的这些，你可别说出去啊。"

◆ 送君入罗帷 ◆

穆雪点头保证。

下学的时候，穆雪看见丁兰兰正附在夏彤耳边说："我只告诉你，你可别说出去啊。"

进食堂的时候，她又看见夏彤附在圆子耳边说："考什么我告诉你，你可别说出去啊。"

于是很快，所有的同门都知道了考题的范围，紧锣密鼓地准备了起来。

染红尘

第十九章

随着大考日期的临近，化育堂内往来的弟子突然就多了起来。

每日都可以看见衣着不同、年纪各异的往届外门弟子沿着山道上来。

他们有些穿着道服，一派仙风道骨；也有些龙行虎步，做江湖人打扮。有人青春年少，芳华正好；也有人两鬓斑白，夕颜迟暮。

一个挑着担子、风尘仆仆的大汉迈进化育堂的大门，喊住了手拉手出来的穆雪几人："师妹，劳驾。我是来参加大考的，敢问今期的点卯处在何地？"

穆雪将地方指给他看。

那大汉笑着点头称谢，挑着一堆凌乱的生活用品过去了。此人须发虬结，衣服上还打着几个补丁。要不是没有符玉之人上不了山顶，穆雪几乎不太能相信他也是归源宗弟子。

又有一穿锦着冠、足蹬皂靴的白胖男子，满头是汗地走上山来。他看见夏彤等人，笑眯眯地打躬作揖："在下前来参加这一期的大考，劳烦几位师妹给指路。"

从此人的衣着打扮来看，其出身绝不仅仅是普通的富贵之家，极有可能出身王侯世族，钟鼎豪门。平日里这样的人是不太可能对穆雪这样年纪的小姑娘如此礼遇的。

可是进了山门，不管在山外是什么身份，如今彼此都是同门师兄妹，少不得相互礼重，特别是对这些新入门未来可期的小师弟师妹。

"怎么办？我突然有点担心。"圆子打了个嗝，"我们会不会也这样，到了头发都白了的年纪还进不了内门？"

"就算进不了内门，我也只待在山上，不想回家。"夏彤看着人来人往的庭院，露出了和年纪不符的忧伤神色，"你还记得带我们上山的那些师姐吗？我哪怕考不上，也和她们一样就在山上住一辈子，将来也不嫁人。只要我还在这里，家里的人就会因我而感到荣耀，我娘她，也能过得好一些。"

夏彤的母亲是从小被卖到家里的童养媳，婆婆刁钻，丈夫粗鲁，下面还有一大家兄弟，日子过得很艰难。

"张二丫，夏彤，你们家里来人了，在山下冲虚观等着呢。快去看看吧。"一位师姐从山脚下的冲虚观上来给穆雪和夏彤传话。

临近三年一度的大考，有不少弟子的家人从各地赶来，看望鼓励自己的孩子。这两日，山脚下聚集了不少人，山道上一直人来人往的，很是热闹。

夏彤听到家里来人了，十分兴奋，拉着穆雪就往山下跑。

"快，快，小雪，一定是我娘来看我了。"她踩在青石台阶上，跑得飞快，小脸泛红，双目亮晶晶的。刚刚还在说绝不回家的孩子，其实一心想着家，挂念着家人。

穆雪被她拉着跑，连带着心里也产生了那么一点点的期待。

来看望穆雪的是她的父亲、母亲和兄长大柱。

这个年头，普通人出一趟远门是一件很困难的事。跨过法阵瞬间就到了九连山，但父母兄弟若是从家乡过来，需要跋山涉水，舟车劳顿，来回得耗时一月有余，路途中食宿不便，防贼防盗，十分不容易。

只是如今家里的情况显然好了许多，穷了一辈子的父亲穿上了新做的绸子衣服，干瘦操劳的母亲手指上也套了个黄金的戒指。

一辈子连小镇都没走出去过的父母坐在茶室里，显得十分局促，手脚都没处摆放，不安地扯着身上的新衣服。

直到看见几个月不见的小女儿，母亲瞬间将局促忘到了一边，一下拉过穆雪的手，来回打量片刻，一把将她搂进怀里。

"可想死娘了，让娘好好看看，这山上的日子想必是苦的，都瘦了。"

张父低声提醒："瞎说什么，二丫是住在仙家的地方，金贵地养着，又怎么会瘦了。"

他们出门之前，族长和地方上的官老爷们可是特意前来送行，交代了许多到仙山以后需要注意的场面话。这个胆小朴实的农民，深深把那些话记在了心里。

母亲急忙抹了眼泪，冲照看茶室的修士不好意思地笑笑。

她拉着自己六岁的小女儿左看右看，心里既欢喜又难受得很，二丫从小就生得白嫩，没离开过她半步。如今来了几个月，小下巴都尖了，可见在山上的日子不好过。

虽说是光宗耀祖的事，但想到从小疼爱的小女儿，小小年纪，就得离开家给人当徒弟，终究是舍不得。大柱在城里当徒弟，且要受师父打骂，女儿想必也是十分辛苦的。

穆雪被母亲紧紧搂在怀里，她不太习惯这样亲近，勉强从母亲有力的胳膊肘下钻出脑袋，想告诉她自己过得很不错，只是因为刚刚生了一场大病，这才瘦了下来。

她抬起头，从这个角度，正好清楚地看见一双满是老茧的粗大的手在抹着眼角，那眼角的皱纹挤成了一团，噙着有些浑浊的眼泪。

刚刚来到这个世界的时候，穆雪尚且是一个小小的婴儿，母亲就是用这双粗大的手一日日地抱着她，背着她在田里走来走去，让她度过了一段极为悠闲自在、无所事事的时光。

那时候这双手还没有这么粗糙，那眼睛也还没有这么多的皱纹。

穆雪突然就觉得心底升起了一种不忍的情绪，不想把自己生病了的事让母亲知道，于是她只是说："我没事呢，山上吃得很好，天天有鸡腿。师父也不打人的。"

从前，自己养着岑千山在身边的时候，岑千山若是在外面受了严重的伤，回来就总是想方设法躲着不想让她发现。原来是出于这样的心情。

有人爱着呵护着的孩子，会想要回报那个照顾过自己的人。

让她无忧，让她不再担心难过。

穆雪趴在母亲的怀里，任凭母亲的手轻拍着自己的肩头。

直到片刻之后，母亲才稳定了情绪，松开穆雪，努力笑起来，从带来的行囊里掏出一个个瓦罐往桌上摆。

"都是你从小爱吃的，怕你在山上吃不着。这是酱瓜，这是咸鸭蛋，这是糟笋，还有新腌的嫩姜……"

张父在一旁说道："二丫是要做神仙的人，哪里还差一口这个，叫你别带这么多，偏偏要丢人现眼。"

口里这么念叨，手上到底没停，帮着一起拾掇带来的瓶瓶罐罐。

穆雪接过那些罐子："谢谢母亲，我在山上的时候，就时常想着家里的味道。"

她的话向来就少，但只说了这一句，父亲和母亲，还有兄长面上都立刻高兴起来："你喜欢就好，下回来看你，还给你带。"

跋山涉水，旅途劳顿了许多天，却相处不了多久，为了不耽搁穆雪考试，家人们很快告辞离开。穆雪一路将他们送出冲虚观，送到九连山下的大道上。

上马车之前，张母拉着她的小手，百般不舍得，哽咽着交代："丫啊，要是师父太凶，打你打得厉害，你……你就还家来，爹娘还养着你。"

"瞎说什么，没得教坏孩子。"张父有些不太高兴地将妻子拉进车去，他认真严肃地交代女儿，"闺女，不能听你娘的，你记着，在山上对师父须得恭谨，好好学本事，别闯祸。如今咱家和族里，咱整个村子可都指着你长脸。"

穆雪点了点头，挥手送他们上车。

兄长大柱留在车外，避着人，悄悄揭起衣角，取出一个缠在裤子上的小包袱，塞进穆雪的怀里。

"妹妹，自从你被选上了，家里来了好些人，送了不少金贵的物件。听说你们拜师父的时候是要给师父送礼的。到时候别人家的孩子都有，只怕你没有。这是母亲挑了好的叫我悄悄给你，你且收着用。"他小心地左右打量，最后低声强调了一句，"你别听咱爹的，家里还有哥呢，要是山上实在待不下去，就家来，哥也能养活你。"

穆雪也点点头。

站在青山脚下，看着马车扬起滚滚红尘离去，沾了一身红尘的她，转身往回走去。

山道上遇到刚刚送别亲人的夏彤，她同样抱着父母留给她的包裹，哭红了鼻子眼睛。

"我见着我娘了。以前，我爹总打我娘亲，阿奶对娘亲也很凶。现在娘亲衣服也穿得好看了，脸上也没伤疤，想是比从前好了许多。"

穆雪牵上她的手往回走，夏彤边走边抽抽噎噎，还用袖子擦鼻涕。

"小雪，我挺高兴的，真的。"

一边哭一边笑，到底是高兴还是难过啊？

穆雪无奈地看着她："你娘给你带了什么好吃的？"

"对了，有泡椒凤爪，还有雪片糕和梅子糖，可好吃的。一会儿分你吃。你呢？你爹娘给你带了啥？"

"我的是酱瓜、咸鸭蛋、糟笋还有新腌的嫩姜。一会儿也分你尝尝。"

仙灵界的各门各派，不论宗门隐在何地，大多会在门派所属的国度内设立众多代表门派的道场，以便在凡间提高自己的影响力，广招门徒，择选优秀的弟子。

是以仙灵界虽然灵脉稀缺，但修真之脉依旧鼎盛相传。归源宗设在人间的道场，都命名为冲虚观，其中以九连山半山的这一座冲虚观，最为宏伟壮观，气势不凡。

主殿端坐半山，从山脚这里起，就设有迎客亭、茶寮和一些吃食酒肆，以便前来上香的信众歇脚之用。

这些场所的经营打理，也由宗门的内外门弟子轮流担任。

穆雪和夏彤经过一家面摊时，意外地发现摊主竟然是一位熟人，此人姓杨单名一个俊字，乃是穆雪他们第一夜抵达山门之时，接他们进门的那位师兄，出身于铁柱峰。

"杨师兄？你怎么会在这里？"穆雪和他打招呼。

"是小雪啊。"杨俊时常在广场上看见穆雪打拳，对她很有印象，"我在这儿不是很正常吗？这一周都轮到我值守呢。你们饿不饿，师兄给你们煮碗面，吃了再回去。"

穆雪和夏彤便在桌边坐下。

只见炉灶后的杨俊十分熟练地下面，捞出，调上香油，拌入浓稠的花生酱，再撒一把鲜嫩的葱花，两盘香味浓郁的花生拌面就摆在了她们面前，还附带两碗熬了许久的大骨头汤。

穆雪吃了一口，面条筋道，酱香浓郁，好吃得不得了。

夏彤都顾不上说话，大口吸溜，只腾出手来比个大拇指。

"可是师兄，你忙着这些琐事不会很耽搁修行吗？"穆雪对此感到不解。

杨俊哈哈一笑："小丫头们以为修行是什么？躲在深山里没日没夜地打坐吗？"

"难道不是吗？"夏彤抬头含含糊糊地说。

"是了，你们还没有拜师，还没人和你们细说这些。我们人哪，出生在红尘中，修行自然也是离不开红尘的。"杨俊手脚麻利地用一块抹布收拾桌面，一边说道，"我师尊告诉过我，若是没有见识过这花花世界，没有体验过人间种种诱惑磨难，只埋头在深山一味苦修，是很难顺利渡过修行道路上种种人劫天劫的。"

"都有哪些天劫人劫？"两个小姑娘问。

"就好比你们女娃娃吧，小小年纪上了山，从未接触过世间的男子。若是有一天突然下山，遇到了一位翩翩少年郎，对你使尽风尘中的手段，小意殷勤，百般呵护。等你回了山，自然打坐时也是他的面容，入静时也见着他的脸，这不就卡在情劫上了？"

穆雪和夏彤都哈哈笑了起来。

"别笑，师兄我这说的还是浅的。"杨俊说着别笑，自己也笑起来，"等你们将来就晓得了，只有踏踏实实，历尽千帆练出来的心性，在修行的时候才不易被魔障所诱惑，那些心劫、情劫、魔劫才不至于过分凶猛，能顺畅渡过去。"

"我们以后也要下来煮面，招呼客人吗？"

"那也未必。若是入了内门，师长在传法之余，自然会根据你们的心性安排些不同的任务。比如去江湖上走走办点琐事。或是去某地救护一方百姓。也有可能去比较安全的秘境里练练。谁又知道呢？"杨俊挠挠脑袋，有些苦恼地道，"唉，也不知道为什么，我师父总让我负责照顾师弟师妹，办点琐碎事，从不给我派几个刺激些的任务。"

归源宗大考

第二十章

明日就是大考之日。

就连平日里吃饭的食堂此时都充满了紧张的气氛。

往届的老学员们，三五成群聚在一起，低声交流经验，分析过往考题，揣摩这一届先生们的心意。

"这一次，逍遥峰的行庭先生居然亲自来了。他的题可不好估啊。"

"嘻，估中了又能如何。那些垂髫小童有些连大字都不认，不是依旧轻松被接入内门吗？我等费尽心机，耗到这般年纪，也未必能成。所以这事真看的是那一点机缘。"

这边新弟子也不甘于浑浑噩噩，抓紧最后时间翻笔记背书籍。

"'尽其心者，知其性也……修身以俟之，所以立命也。'这话是哪位先贤所言？"

"孟子，孟子。儒家学说。苏先生讲过几次了，你还没记住？"

"多言数穷，不如守中？"

"老君，老君，这是老君说的。"

稚嫩的童音念诵之声此起彼伏，把一个食堂搞得和书院一般。

穆雪对这样的考试比任何人都有经验。

在她真正年幼的时期，经历过无数次严苛的高压考核。以她的经验临考前夕最重要的事不是继续复习，也不是整理资料，而是严防来自同门的黑手，保护好自己。

她运用自己刚刚凝练的神识，警惕地检查自己以及身边几人的饮食，并且只肯吃母亲送来的腌菜搭配馒头白粥，再不乱吃一口别的吃食。

她小心翼翼地紧绷了两天的神经——居然什么也没有发生！

直到晚餐的时候，才终于发生了一件小事。

那时穆雪正打开瓦罐，给几位好友分享母亲腌制的咸鸭蛋。

松花皮的鸭蛋，腌制在整罐的酒糟中，捞出来红艳艳地，剥开每一个都又油又香。

名叫林尹的同门师姐从她的身边路过，临近考试本来心理压力就大，看着这个好欺负的小包子就来气。

"乡下带来的什么肮脏东西，也好意思拿到食堂来，臭死了。"她口里刻薄着，伸手就去推那个摆在桌边的罐子。

手还在空中，手腕却被人捏住了。

那年纪幼小，被撞了都不敢吭声的小包子，这一次竟然伸手准确无误地掐住了她的手腕。小手指又圆又短，却十分有力，抓着她的手腕一丝不让，指间隐隐有灵力流动。那张白生生的小脸上，一双墨黑的眼眸定定地看着她。

林尹突然打了个寒战。修仙世家出身的她从小也算见过不少厉害的修士，在她的家族中，甚至有一位受人尊敬的金丹期老祖。眼前这个比自己小上好几岁的女孩盯着自己的时候，竟然让她莫名产生一种被那位长辈盯着时的错觉，双腿没来由地就发软，几乎想要跪下地去。

一定是弄错了，自己自幼开始修行，怎么可能会害怕一个入门才几天的小娃娃。

仿佛真的是错觉一般，那双眼睛很快恢复了往日懵懵懂懂的模样，还在她的手里塞了一个染着红糟的咸蛋。

"师姐想吃，就拿去，别把我的罐子打翻了。"那个师妹好脾气地说。

"谁……谁要你的东西。"林尹把鸭蛋推回去，只是终究不敢再放肆，甩着手回到自己的位置。

她在座位上抽出一条帕子擦自己染了一手红糟的手，捧起一杯食堂提供的碧云春茶灌下去，渐渐觉得心里憋着满肚子的气，懊恼万分，怎么喝都不解渴。

过了约莫一刻钟，人群密集的食堂内突然传出了一声清晰的放气声。

所有人循声望去，就看见林尹涨红了面孔，在众人的注视下如坐针毡，还未等她掩饰一二，接二连三的放气声清晰地响起，伴随着传出了一股难闻的异味。

所有人都露出了嫌弃的眼神。

林尹满面通红，捂住了眼睛，在众人的哄笑声中，一路持续发出那些难听的声音，哭着跑了出去。

这？这就哭了？穆雪看着那被她欺负哭了的小姑娘，觉得自己在这一届小朋友中，有一种无敌的寂寞。当年岑千山用这招欺负到红莲头上，也没见红莲哭过啊。

"林师姐几次找小雪麻烦，小雪却都没有笑林师姐，小雪真是好脾气啊，好像从来都不记仇。"夏彤这样说。

穆雪软绵绵地说："对啊，我不太记仇。"

有仇当场就报了。

"她就是太软，简直像个包子。"丁兰兰哼了一声，"算了算了，你们要不要看这道题——七大门派的服饰特征。我总觉得会考。"

林尹的叔叔是玄丹峰的修士，他带着哭哭啼啼的侄女找到了玄丹峰的峰主空济。

"这孩子自晚饭后，就一直这样，明日大考了，怕影响了考试，还请峰主帮忙看看。"

"晚食之后吗？"空济抬了抬眼皮，瞪了来人一眼，"枉费你在玄丹峰修习多年，连外门弟子的一点小把戏都要来烦我。"

他骂完人，伸出手来，按在林尹的脉搏上，探入一丝灵力，片刻之后，他睁开了眯着的眼睛，站起来一拍手："妙啊，绝妙！多罗鱼分泌物炼就的香粉释放出的气味，混上了碧云春茶，可不就得这效果。这法子既巧，又隐秘，还无伤大雅，哈哈，是个好苗子，可入我玄丹峰。"他一拍大腿，严肃地站起身来，"是那食堂中的弟子之一，明日必须将他找出来招入我玄丹峰不可。"

此时的穆雪尚且不知道自己又被人惦记上了，她依旧保持着警惕，全副武装地入睡。

第二天带着一点淡淡的失落，平安无事地醒来。

对所有外门弟子来说，至关重要的大考终于到来了。

第一场的考试出乎意外地简单，出题者是本次负责传授入门心法的逍遥峰主苏行庭。

出的是笔试题，仅仅考了入门的基本口诀和一些十分简单的先贤圣人之言。

一些年纪小、家境贫寒尚且不识字的孩子，还独列一室，口头背诵几句口诀便可。

出了考场之后，许多人大大地松了口气。

一戴着儒巾的中年文士摸着长须和同伴分析："行庭先生这个字，便取之于《易经》'行其庭，不见其人'，我估摸他必定是一位推崇圣贤之学的先生，果不其然。"

他的同伴摇摇头："非也，行庭先生极少收徒，出得这么简单，或许今期还是一个也不收，唉。"

第二场考丹道基础理论，玄丹峰主空济亲自进入考场。开考后，他却在考场转来转去，不知道看些什么。

考场的正中心摆了数台大型的明灯海蜃台，轮番映出各种药剂的立体形象。考生们一一在纸面上写下名称和药性。

穆雪考虑到自己眼下年纪该有的知识面，刻意跳过了一些过于罕见的植株。

这一次她学乖了，很注意地将一些魔灵界十分常见，但到了仙灵界却极为罕见的药材，全部放弃没有写上答案。所以当她看到多罗鱼，这个自己刚刚使坏用过的材料时，笔尖一顿就越过了。

空济溜达到穆雪身边，伸头一看，这个他抱着希望的小娃娃也没有答对，不由得失望地叹了口气。

到底那个精通药性，甚至到了已经可以瞒过众多师长的好苗子在哪里啊。他懊恼地想着。

从这一场考试开始，考题就涵盖了各种庞大而复杂的修行理论知识，不仅让新入门的小弟子们一脸苍白，更连那些年长博学的复考生也都一脸菜色。或许只有和穆雪年纪接近的几个小娃娃出于无知者无畏，反倒相对放松。

直到最后一场考的是炼器。

鉴于在场的考生多半还修为低下，出的考题只要求用现场提供的物件，随意地做一件手工制品就行。

当然，大部分熟知惯例的往届生心里都清楚，这个过程需要尽量将自己有限的灵力运用到制作中去，才容易被师门内的炼器宗师看中，拔为内门弟子。

许多在修行天赋上有所欠缺的弟子，多年苦修此技，便是指望剑走偏门，以奇门巧技入了师尊的眼，获得成为内门弟子的资格。

这一场考试，每个考生都分到一张很大的桌面，桌上摆着一个极大的盒子。

穆雪翻开她的盒子，里面零零碎碎装着各种东西，有木材、铁块、金银、玉石，也有针线、布头、面粉、模具……

就是说你可以做一个木雕、铁器，也可以缝个荷包，捏个泥人，任凭个人发挥，基本毫无限制。

穆雪的手在那大大小小各种型号的镊子、钳子上摸过去，心底升起一种熟悉的亲切感。

从前，她人生的大部分时间都贡献在这样的操作台上，在空寂无人的屋子里，伴着一盏孤灯和那些叮叮当当的声响，度过了无数个日日夜夜。

听丁兰兰说过，如若被选为内门弟子，最后一场考试做出来的手工制品，会在入门仪式上，作为拜师礼亲手奉给师尊。

是要制作送给师父的礼物吗？

穆雪意识到自己有可能很快拥有一位新的师父。

这里的师父不会用鞭子抽她，也不会没日没夜地将她当作炼器的工具。他或者她会真的按你的资质教东西，生病了会给药吃，饿了管饭，即便最凶的那位，也最多打三个手板子。

自己或许能够像一位真正的女孩一样，体会一下已经错失了的童年时光。

穆雪的手在那些木块、铁石上一一摸过，她知道自己可能不会是一位很好的徒弟，不能像小山那样贴心又温暖，但这第一份礼物，她至少希望能够用一点心。

小山当年，是怎么送自己礼物的呢？

岑千山送过自己很多东西，有妖兽的妖丹、秘境中的珍宝，也有他自己反复制作出来的精品。

穆雪其实也知道，那孩子在自己面前虽然一贯温顺而乖巧，但在外面就是一只龇牙咧嘴的狼。

他的天赋很好，修为进益得极快，不论是猎杀妖兽还是探索秘境，次次都能满载而归。

每一次外出回来，他总会笑盈盈地把最珍贵的材料捧在穆雪面前，然后挨过来撒娇，说他这里擦伤了，那里碰疼了。

但如果真正受了重伤，他反倒一声不吭，独自躲在外面就处理好了伤口，换掉衣物，装作若无其事的模样走回家里来。

在岑千山送的这么多礼物中，有一件穆雪印象最为深刻，至今还收在她书桌的抽屉里。

那时候岑千山来到她身边不久，眼睛里还带着那种想亲近又戒备的矛盾，慢吞吞地从身后捧出送给她的第一份礼物。

"我……做了好几个，这一个最好看。"他十分没有把握地说着，小心翼翼地观察着穆雪的神色。

"嗯，这是什么？真好看，这么简单的材料，你怎么想出这样巧的法子？"

虽然只是个小东西，穆雪却很喜欢，一直留在手边，把玩了好多年。

想到此处，穆雪从成箱的材料中翻出一枚生鸡蛋、三枚薄而纤小的金钱、一捧细腻如雪的银沙，并两瓶玉液溶胶。这种溶胶用灵力加以凝固打磨之后，会呈现一种莹透光洁、如晶如玉的模样，十分漂亮，是炼器师大量使用的一种基础材料。

她敲开鸡蛋倒去蛋液，只留下顶端一小片圆弧形的蛋壳，洗净作为底座。

随后在蛋壳底部置一些凹凸起伏的木屑，点上几点绿意，再将调好的玉液胶缓缓倒入。那些透明的胶液漫过木屑，浸润了小小的世界，使得那一片沉在胶底的木屑慢慢变得生动起来，仿若微观世界中的一小片山峦。

看着那一点山峦被固定在蛋壳底部，穆雪双手交握，静下心来，让灵力在十指间相互流转。

在她双手之间，小小的蛋壳旋转其中，新的玉液在灵力的控制下，从容器中流入蛋壳内，慢慢凝固成一枚晶莹剔透的"鸡蛋"。

那卵中自有天地，碎木成山，银沙化雪，外表莹透光洁，内有液体溶流，金色的三枚钱币，缓缓被融入其中。

底部大地山峦稳固，定如磐石。穹顶透彻，内含玉液，周转融流。

三枚小小的金钱飘在天地中，随波翻转。若是拿在手中把玩，纷纷银屑如落雪，微观的天地中，三枚金钱随雪而降，掉在群山之间，有一种乾坤已定之感。

此物名为卵中天地，虽简单易得，但用来摇卦测算，十分方便有趣，还带着一种难言的意境。

穆雪闭上双目，运转周天，双手中那"卵中天地"浸泡在自己的灵力之内，被灵力反复打磨，外表变得越发坚固剔透，内里一派生机勃发，自然流转。

虽东西简易，却实含大巧若拙之态。

在这样慢慢打磨器物的状态中，穆雪陷入了一种十分熟悉且安然的心境。

她双膝盘坐，小小的晶卵悬空在身前缓缓旋转，剔透若水滴，莹润似晶玉，载满了天地灵气，仿佛下一刻就要有生命从中孵化。

仿若有新生者将要从卵中破壳而出，重获得全新的人生。

考场的一墙之隔，坐着数位等待结果的先生。从他们这里，可以清晰地看见考生们的状态。但考场内的学生，却被术法阻隔，看不见这些金丹期修士，就坐在他们的不远处。

碧游峰的丁慧柔突然站起身来，带着点激动道："看那个孩子，合该是炼器师，她已然领会了大巧若拙之境。"

她转过身，对着坐在桌边的苏行庭道："苏师兄，这回你就别和我争了，就把这个孩子让给我吧？"

苏行庭慢悠悠地从袖子中摸出三枚铜钱，在桌上一撒，占了一卦。

"艮为山，坎为泉。山水蒙卦。"他冲丁慧柔笑了笑，"非我求童蒙，乃童蒙拜入我门。师妹，此乃天命，不可强求。这孩子注定是我的徒弟，你就别多想了。"

苏行庭精通易理，他的金钱卦向来很准。丁慧柔被他一句话堵住了，哼了一声："我们归源宗门规，师徒相择，拜山为定。师兄且不要过早下定论，我倒要看看，这一回苏师兄算得准是不准。"

苏行庭不紧不慢地收回钱币："你看她做的拜师礼是什么。这就是师徒之缘，她该是我逍遥峰的弟子跑不了。"

最后一门考完，已是斜阳晚照，华灯初上的时刻。

穆雪站在青砖铺就的广场上，遥望不远处连绵起伏的九连山脉。

那些险峻瑰丽的主峰藏在云雾之内，于夜色中若隐若现。

今夜这么多人驻留在这化育峰，无不渴望着明日就能够有幸一睹仙山真容，拜山入内，从此脱凡身，拜仙师，入山门去了。自己又能否成为他们中的一员呢？

连绵的青山薄染霞辉，山下蜿蜒的大江滔滔而去，再远处是广袤无垠的天地。

穆雪的心中微微带着一点期待，又透着一片平静安和，这份心境从炼制卵中天地中延续下来，前所未有地舒适。

或许这就是苏先生所传的修心之功效。如今的她面临这样的人生转折点，已可以不像从前那般紧张难安，患得患失。

第二日一早，师门便召集他们通知大考的结果。

所有参加考试的外门弟子，聚集在化育堂外的广场上。广场中面对着九连山脉的方向摆了一个巨大的青铜香炉。通过考核，入内门的弟子，在这里会有一个拜山仪式。

广场之上，且不说新入门的小弟子，便是那些老成持重的往届师兄也都免不了面色凝重，露出忐忑期待之态。

夏彤顶着一双黑眼圈，拽着穆雪的胳膊直摇："这可太熬人了，我昨夜一宿没睡。反正伸头也是一刀，缩头也是一刀，是好是坏，快点给个结果，好歹让人喘口气。"

圆子同样顶着黑眼圈安慰她："没事没事，今年不过还有下次呢。"

"啊呸呸，别说不吉祥的话。必过的，我们都一次就过。"

拂晓光妍，旭日跃出山峦，霞光万顷破开山间浓雾。

一时间，从不露出真容的九座主峰齐齐从浓雾之中现出身姿，那顶峰之上雄霄宝殿盘踞，金阙玉宇煌煌。山林之间瑞兽齐鸣，虹桥高架。当真是天中丽景，人间仙境。

第一次看见这样景象的弟子们免不了心潮澎湃，张大着嘴几乎说不出话来。

山间钟响，主持仪式的师兄是逍遥峰的叶航舟，他取出一份名册，开始依次念人名。

念到名字的弟子，取三支香，恭恭敬敬来到香炉之前，冲着群山拜三拜，将香插入炉中。

先前穆雪在大门遇到过的，挑着担子上山的中年汉子第一个被点到姓名。

他深吸一口气，大步向前，接过三支香，郑重地拜了三拜，燃香入炉的那一刻，天空中霞云流转，远处群峰之中，铁柱峰上亮起了一道夺目的光芒。

那汉子一脸狂喜，在垫子上狠狠磕了数个头，双手捧着自己的符玉举过头顶，大声道："弟子符坚，愿拜入铁柱峰，深谢恩师。"

铁柱峰上便如流星一般飞来一道光，没入了他的符玉中，这便算是铁柱峰有一位金丹期的前辈收他为徒了。

后有弟子逐一上前拜山，有人燃香入炉毫无反应，大失所望地离去。

有的人却幸运地同时亮起两座以上的主峰。这样的弟子不仅被收为内门弟子，还可以自主选择想要去的地方。此乃归源宗传统，表示师父选择徒弟，而徒弟也可以选自己想要走的道路，叫作师徒双择。

人数众多的外门弟子中，终究失落者居多，遂愿者少。无数人苦修多年，依旧不能如愿，不敢在山门吵闹，只死死咽下苦果，恭恭敬敬拜完山，哭丧着脸退了回来。

一位年过花甲的老者颤巍巍地将燃香插入香炉，等了片刻。

清虚峰的主峰微微闪了闪，亮起了明光。

"中了，我竟然中了！"老者涕泪直流，举袖遮面，痛哭着拜下地去，"弟子……弟子愿拜入清虚峰。谢掌门，谢恩师。"

他情绪激动，几不能自已，还靠叶航舟从旁搀扶了一把，才哭着爬起身来，犹自在那里不停地抹着眼泪。

夏彤被念到了名字，浑身僵硬地上前拜山。

香燃而山不动，最终哭着回来了。

圆子也是同样令人沮丧的际遇。

丁兰兰拜山，燃香入炉的一瞬，三座山峰都亮起了明光。她叩拜于地，选了自己姑姑所在的碧游峰。

终于轮到穆雪。

穆雪平复呼吸，走上前，手持三炷香，在心中默念："弟子穆雪，虽然出于魔灵界，但如今诚心愿入宗门，还请师门庇佑，不计出身，接纳弟子入门。"

她拜了三拜，将三支香插入香炉内。

天空祥云流转，群山静立，毫无反应。

穆雪的心沉下去，闭目叹了口气。

难道还要再等三年吗？

就在此时，身后传来数声吸气，再接着是此起彼伏的惊叹声。

穆雪睁开眼睛，抬头向前看去。

先是雄霄宝殿盘立的清虚峰亮起了明亮的霞光。接着琼楼玉宇的碧游峰，也放出了五色光华。随后铁柱峰也亮起璀璨之色。就连对她多有呵斥的玄丹峰主，都在山峰后亮起了一圈明月般的光圈。

穆雪愣愣地张大了嘴。

然而一切还没有停止。到了最后，群山之中那一次都没有亮起，始终沉默的逍遥峰也动了。从最险峻的山顶开始，一圈洁玉般的白芒铺下来，如白雪降临，覆盖了天地。

"这也太夸张了，亮了五座山，连逍遥峰都有了反应。"

"这小丫头什么来头？"

"该不会是掌门的亲闺女吧？"

"掌门少年入道，现如今连道侣都没有，去哪里找的女儿？要说没准是逍遥峰主的女儿才对。"

穆雪看着那霞光璀璨的群山，愣在当场，说不出话来。直到身边的师兄提醒她，她才茫然地跪下地去。

叶航舟看小小年纪的师妹跪在地上发愣，笑着说道："你不必慌张，师长们喜欢你，但并没有谁会强留你，你问问自己的心，选一条最适合自己的道路去走便是。即便你去了别的地方，我还是你师兄，师父也一样会回答你的问题。你且就安心选吧。"

穆雪好好地扪心自问，确认过自己的心意，双手举符玉过头顶，俯首拜山："弟子，愿拜入逍遥峰。"

过选的弟子，便要被接入内门，由各自的师长亲自教导，至此不再居住在化育堂。

夏彤和圆子红着眼睛来送她们。

"太可恶了，小雪。我们一屋的，就你一个选上了。"夏彤没忍住酸溜溜地说。

穆雪心里想：从前我考得比所有人都好，也有师姐妹来和我说这句话，结果当天晚上她就悄悄给我下了咒术，幸好我警惕，防住了。如今换了你，倒要看看怎生行事？

夏彤眼睛里含着泪水，拽着穆雪的袖子憋了半天，哇一声哭了出来，眼泪鼻涕蹭了穆雪一袖子。

啊，不太妙！

她虽然不会下咒，可是会哭的啊。

穆雪顿时觉得难以招架，或许还是你来我往，明晃晃下毒的敌人容易对付一些。

"傻愣着干吗，安慰一下啊。"丁兰兰悄悄捅了捅穆雪。

安慰一下？穆雪眨眨眼，怎么样才是安慰？

岑千山从前也是个喜欢哭的男孩子。

穆雪回忆起往日情形，岑千山哭起来很好看，不像夏彤这样眼泪鼻涕一把的。他总是噙着一点泪花，拉住自己的袖子，请求自己不要把他一个人留在家里，磨着自己带他一起去荒野狩猎。

那时候自己是怎么安慰他的？

穆雪伸出手，在比她还高大的夏彤脑袋上揉了揉："没事，你还小呢，等过几年再上山也来得及。"

丁兰兰捂住了脸。

直到他们跟着领队师姐，向内山走去，夏彤才跺着小脚，在身后大声喊住穆雪："都是骗你的，我一点都不讨厌你。你要等着我们，再过三年，我们就去内门找你了啊。"

胖墩墩的圆子也一并挥手："如果内门的东西比较好吃，记得悄悄顺点下来给我们。"

一行人排着队，向更高的山峰走去。

穆雪回过头，半山腰上，那两个朋友的身影已经变得很小，她们还站在那里向着自己不停地挥手。

或许她们心里也有过一点的不快，但她们似乎没有将这份不舒服化为仇恨，还是把自己当作朋友来送别。

此刻心里的感觉和兄长送自己上山那天好像，又似乎有些不同。

曾经，朋友对穆雪来说是一种很奢侈的东西。

如今在这里，她却拥有了不少的朋友。

山路很高很陡，爬山的人却没有一个抱怨的，人人精神振奋，抹着脸上的汗，脸上都还带着笑。

哪怕坐在山道边休息的时候，也有人克制不住兴奋继续议论。

"终于上来了啊，想了多少年的事，我恨不得大笑几声，让所有人都听见。幸好没放弃啊。"

"不瞒兄台说，四十岁的时候，我就想着该放弃了，但始终舍不得，咬着牙忍羞和一群娃娃一起考至今，终于等到拨云见日的这一天。"

"哈哈哈。"

"真好，真是好啊。"

这里的山景和化育峰又有不同，仙草玉树随处可见，时而有瑞兽拖着长长的翎羽，几乎压着他们的脑袋飞过去。

林间突然传来一声虎啸，一时林木摇动，阴风四起，唬得所有人从山道上站了起来。

"不妨事，是付师兄。"领队的师姐安抚他们。

一只吊睛白额的花斑白虎，从众人头顶上空飞过。看见他们一行，白虎在半空中停下。白虎上坐着一位身着白袍、神色冷淡的年轻修士。

他居高临下地看着脚下一行人，淡淡地开口询问："这是这一届新收的弟子？"

那位师姐叉手行礼，笑盈盈地回复："是的，付师兄。本次收录外门弟子一共三十八人呢。其中新人十五人，其余都是老学员。"

那男子点点头，不再说话，踩着他的老虎腾云驾雾，直上山顶去了。

穆雪发现自己见过此人两次。上山的第一日，她阳神梦中出游，在庭院中便是被此人发现，吓了回来；观心入静的第一日，入了魔障，也是此人念诵静心咒，唤醒了噩梦缠身的自己。

穆雪悄悄问身边的丁兰兰："这位师兄是谁啊？"

"他你都不知道？"丁兰兰十分吃惊，"他也是你逍遥峰的师兄，付云。付师兄修为极高，容貌又生得俊美，被公认为门派内金丹之下第一人呢。"

"原来是付师兄。"

"就是性子冷了点，不管什么时候都冷冰冰的，不爱搭理人。谁让你去逍遥峰的，我和你说啊，逍遥峰上基本全是怪人。"丁兰兰似乎不太喜欢这种性格的人，"不过门派里有许多师姐倾慕于他，高岭之花嘛，人人都想折一折。其实接触多了你就知道了，这种人难相处得很。"

一行人进了内门之后，为了表示对师承的重视，还在掌门所在的清净峰举办了十分隆重的拜师仪式。

弟子们向各自的师父行三拜九叩大礼，敬茶，奉拜师帖和手工制作的礼物。

穆雪跪在师父苏行庭面前，恭恭敬敬行了礼，奉上拜师帖和自己做的卵中天地。

苏行庭接过手去，来回倒转几次，晶莹的小球内银雪纷飞，三片薄薄的金钱在乾坤中翻转，十分有趣。此物虽然毫无灵力，算不上法器，但金钱起卦本就讲究自然二字，是沾不得灵力操控的，用这个东西最为合适。

苏行庭拿在手中，给坐在左边的丁慧柔看："唉，我徒弟少，就收了这么一个礼物，比不得丁师妹收了那许多。"

丁慧柔看了眼跪在自己眼前的一群小萝卜头，和她们递上来的那些歪歪扭扭的荷包、木簪之类的玩具，差点被苏行庭的嘚瑟气到了。

苏行庭还在拿给右边的空济看："小徒弟嘛，送的就是个心意，哪有什么实际用处。只是凑巧我喜欢占卦，这才勉强能拿着使使。"

空济看着自己眼前一群上了年纪的新徒弟孝敬上来的金银珠宝，没好气地翻了个白眼。

苏行庭嘚瑟够了，方才收敛出师尊的模样，伸出一指，在穆雪的眉心轻轻一按。

那指腹冰凉，触及肌肤犹如醍醐灌顶。

在那一瞬间，根本不需要任何言语，穆雪心中仿佛开了一条道，前方的路该如何行走，豁然开朗。

就好像师父手把着手，将大道之上一路所用的主要心法口诀，领她走了一遍。

即便如今不能明白之事，等将来走到那个步骤的时候，有了今日师父这醍醐灌顶的一指头，也会自然而然地明白起来。

"此为灌顶之术。因你已开了黄庭，元神逐渐清明，才可用此术传法。"苏行庭温声同她解释，"许多功法口诀，非言语能述说。这也是为什么外门弟子不传秘法，并不是师门不愿传之，实乃不能为也。"

苏行庭的手指离开穆雪的头顶，带出了细细一丝灵光。他将那一点灵光小心收入一盏琉璃宝灯内，琉璃灯内蓝色的火苗立刻蹿起，朝气蓬勃地跳跃着。

这是为穆雪点了魂灯，魂灯放置在师门内，可以知道每一位弟子的状况。

"行啦，"一旁的叶航舟兴奋地将穆雪拉起来，"终于有小师妹了。我在咱们逍遥峰，总算不是最小的了。"

逍遥峰只收一名弟子，仪式简单。师徒三人告别众人，向自己的逍遥峰走去。

"咱师父什么都好，就是不爱收女徒弟，整座山上多半都是大老爷们，一个师妹都没有，也太无聊了。"叶航舟走在逍遥峰顶的庭院中，"幸好小雪你选了逍遥峰，你不知道，其实你拜山的时候我紧张死了，就怕你不要我们。"

苏行庭收起衣袖："怎么没有女徒弟了，你苗红儿师姐不是吗？"

叶航舟听见这个名字，好像被针扎了一下，苦着脸道："苗师姐就别提了，打起架来比我还厉害，我可怕她了，哪有小雪这样软绵可爱。"

高处传来一道爽利的女声："谁又在后面编派我的坏话。晚饭不想吃了是吗？"

紧接着砰一声巨响，一个重物被丢进庭院，扬起一地尘土。

那是一只巨大的五色牛妖，一身肌肉虬结，头顶锐角狰狞，可惜已经死了。

一位身着劲装的红衣女子从天而降，踩在牛身上，眉目带笑："师父，苗红儿回来了。这是新来的小师妹？正好，晚上可以吃牛肉庆祝。"

这位师姐穆雪竟然也有印象。她筑基成功，开了黄庭的那一日，元神出游被招往魔灵界，当时守在屋顶上吃蚕豆的师姐，就是这位苗红儿。那时候她吃着豆子，完全看不见自己，穆雪只得从她身边飘了过去，因此记住了她的面容。

苗师姐能独自解决这般强大的牛妖，已是修为不俗。可她那时候依旧看不见自己，由此也可见那位能发现自己的付云师兄，确实修为了得，难怪被称为归源宗内金丹之下第一人。

"我说师姐，"叶航舟道，"人付师兄去己土之森狩猎，抓回来一只神兽，驯为坐骑，出入都威风凛凛，多长脸啊。你这去了一趟，就给搞了顿晚餐啊？"

苗红儿在牛身上坐下来，膝盖架着手腕："这世间还有比吃更重要的事吗？鲜嫩的小牛肉，片成薄片，晚上正好煮火锅，有本事你别来。"

叶航舟立刻堆上笑脸："来来，火锅谁不吃？这还得给小师妹庆祝呢。"

苗红儿白他一眼："听说师尊让你去东岳神殿，到时候，看你能带什么好东西回来。"

叶航舟嘚瑟道："我肯定能带很多好玩的回来，到时候咱山上人人都有。小雪双份！"

第三卷

遇故人

送君入罗帏

逍遥峰

第二十一章

逍遥峰上的人口稀少，岁月逍遥。

险峻的青山中，依山势而建几座稀稀落落的庭院。

庭院里的植被很恣意地四处生长，落了满地的叶子。一个穿着裙子的小小女孩从那里飞奔而过，留下一串踩碎枯叶的声响。山上的春天来得比较晚，庭院之间零星开着点点粉色的桃花和洁白的玉兰，带着几分野径无人花自开的意趣。

整座山就这么点人，不要说周围的副峰，连主峰都住不满。

穆雪很快地熟悉了这里的生活，认识了这里的几位师兄师姐。

苗师姐是一位典型的吃货，她所有的精力似乎都放在了倒腾好吃的食物上。每一次她从外面回来都会带来各种奇奇怪怪的吃食。

"小雪，来，张记的臭豆腐，分你一点。"

"啊，不要，不要。我不吃这个。"穆雪连连摆着小手。

"小雪，快来帮忙。今天抓到了蛊雕，晚上烤着吃。"

"来了，来了。"穆雪飞快地跟上去，半路上疑惑地问，"可是师姐，这个奇怪的东西真能吃吗？"

叶航舟是一位人缘很好的师兄，善于交际，每一座主峰上都有他铁杆的兄弟。他的飞行法器是一片嫩绿的叶子。自从穆雪来了之后，他自觉将穆雪划归为自己责任之内，时常用那片放大了的叶子载着穆雪在群山之间到处闲逛。

"看到没？这是我新的小师妹，如今我也是有师妹的人了。"

"行了，都知道你小子不是你们峰最小的了。"

"杨师兄，兄弟我有师妹了，你怎么也不拿出点东西，意思意思？"

"你走开，你有了师妹，为什么要我意思意思？"

整座逍遥峰上，大概只有那位姓付的师兄对穆雪比较冷淡。有时候穆雪觉得这位师兄看自己的目光总带着点莫名的疏离和戒备，不过她对此并不介意。

师尊苏行庭看起来儒雅俊逸，持重端方，但实际上性格十分开朗，不拘小节。弟子们都喜欢和他亲近，没有过于拘束。全山只有付云恪守着正统的师徒礼仪，每日清晨一板一眼到书斋请安听训。

拜师后的某一日，苏行庭将穆雪唤到身边："我听航舟说，你筑基的那几日，耳边莫名响起钟声？"

穆雪这才想起自己曾经向叶航舟请教过此事。

那时候她并不知道这事是岑千山所为。仙魔两界各为一方天地，彼此并无连接之处。岑千山到底是耗了多少力气，才能将一个人的生魂，从仙灵界这样遥远的地方，召唤到魔灵界去的？

死于雷劫的修士，一般的下场都是魂飞魄散，难以转世为人。岑千山料想不到，现在的穆雪修为低下，那一天元神离体出游，又是去到那么遥远的地方，其实十分危险。

穆雪张了张嘴，思考着是否该和师父讨教一个能够隔绝外音、稳固神魂的术法或者法宝。

如今的她应该静下心来，在这个安逸的仙灵界潜心修心，彻底断了前尘往事才对。

何况岑千山也长大了，自己一个人也能过得很好。

可是那话已经到了喉咙口，滚了几滚，却始终没说出来。

不知为什么，眼前总出现那张在自己面前晃悠的笑脸，那扶着门槛，死死盯着她的剪影。

那时，即使背对着光，都能清楚地看见他的双眸高兴地亮起来。

一旦隔绝这唯一的联系，可就真的再也见不着他了。

"就是，听见了几声磬音。"穆雪最后只是这样说，"如今倒好像没什么事了。"

苏行庭沉思片刻，微微皱眉："我查过你的灵脉，修行并没有出过差错，也不知此声因何而来。此事可大可小，也不知是机缘还是劫难。"

穆雪摇摇头："没有啊，弟子不曾觉得身体有何不妥之处。"

苏行庭摇摇头："你年纪尚小，不知劫难真正的意思。这世间除了天劫，还有人劫、情劫之说。它未必就是一道雷，或是一次灾病。它也有可能是来自你身边亲近之人，来自你自己内心渴求之欲。"

穆雪心中并不担心。这大概是师父多虑了，并没有什么人劫、情劫，就只是小徒弟无意间搞出了点岔子而已。

为了不让师父多虑，她狗腿地给师父端茶倒水，小小的身体围着师父转了半日，哄得师父一时忘了此事，开心起来。

此时，师徒二人坐在逍遥峰的茶室中，敞开的门扉正对着野趣盎然的庭院。

挂在屋檐下的紫藤花开了，风一吹，落下一大片的花瓣。

苏行庭手指转着茶盏，抬眼望向落英缤纷的庭院："小雪，师父字行庭，你可知这'行庭'二字取自何处？"

这道题大考的时候刚刚考过，穆雪会，很快回答："师尊名讳取自《易经》，'艮其背，不获其身。行其庭，不见其人。无咎'。"

苏行庭点头道："你我修行之人，若能意守心中静笃，即便走过喧闹的庭院，也可以如同在自家无人的院子中闲逸散步一般。你如若能达到这样的境界，也就不再怕这磬音会带来什么灾祸了。

"师父观你之修行，根基扎实，天赋绝佳，可唯独神魂总似隐隐不安。今日便传你一套行庭心法，助你稳固神识，无咎无祸。望你好好修行，不可妄离本心。"

穆雪心中信服，点头受教。

自那日起，她打坐修行，先开内视之眼，安于黄庭之内，只见那蒙蒙之窍，如混沌初分，便依师尊所授行庭心法，引灵气在其中旋转，仿效日月运行，寒暑交错。心中默念口诀："白虎东隐，青龙西潜。"每念一句，天地间的日月便从内而外，由小至大运转一周，直至运转三十六周天。

其后再倒转口诀："青龙西潜，白虎东隐。"再将日月周天从外而内，逐渐减小，也运转三十六周天。

最开始的时候，她还需用心意控制，久而久之，渐渐不必刻意专注。黄庭之中，璇玑自行，如同日月天河，轮转无穷无尽，天地周而复始，自成一方世界。

这时候，元神端坐其内，凝而有形，意而有感。

穆雪睁开双目，看向窗外庭院内的一株桃树，心念一动，神识便同触手一般伸出，桃树无风自动，桃花簌簌如雨。

穆雪或因转世，元神早已清明无碍，先前只因体内灵气稀薄，受灵力所限无力施展，甚至连一点外物都搬动不得，只和阴魂无异。

如今开了黄庭，又得了这套行庭心法，元神早早端坐于黄庭之中，享日月之精，日渐不再那般缥缈无依，变得凝之有实，触物能动了。

她占了这个便宜，修为日益精进，体内灵气与元神合一，施法之时，只需心念一动，便可灵力外放，锁定外物，不再需要先调心入静，调动灵力，方才施术，实实便捷迅速了许多。

如果依此天长日久地修炼下去，元神稳固，即便再被谁召唤，除非自己愿意，绝不至于身不由己地被迫抽离。

穆雪收了功法，伸出脑袋，看庭院里如雪一般散落满地的花瓣，突然想起了自己那个总是落雪的院子。

自那一日匆匆一别，再也没有听见耳边传来那道磬音。

不知道此刻的小山，在干些什么呢?

魔灵界。

浮岗城旧址的废墟内，一个年轻的女子赤着双脚，慌慌张张地飞奔在无人的荒街。她的四肢纤细，腰身柔韧，奔跑起来像是被猛兽追赶的一只小鹿，柔弱而无依，是任谁都可以肆意欺凌的猎物。

几个男人追了上来，抓住了这只美丽的猎物，嬉笑着把她按在荒无一人的废墟中。

女子柔细的尖叫声在荒街中回荡，白皙的肌肤落在泥泞里挣扎扭动，这样的画面似乎让男人们更加兴奋起来。

"在这样的地方，你喊破喉咙也没人会来。不如乖一点，让自己少吃点苦。"男人喘着粗气，却没有真正直奔主题，仿佛在等待着什么。

一个身影从天而降，黑色斗篷晃过，黑色的铁拳疾如闪电，一拳一个将这些败类的脑袋砸进了瓦砾中。

几抹鲜红在荒地上涂开。几乎是一瞬之间，刚刚还十分靡靡香艳的场面，被四处漫延的血浆所取代。

脱离了困境的女子拽着胸前的衣服呆坐在地上，几乎反应不过来。

而那个出手替她解围的男人已经面无表情地准备离开。

"不，请等一下。"女子迅速爬行过去，匍匐在他的身前，"恩人，是您救了我。我不知道该怎么感谢您？"

她抬起柔弱的脖颈，双眸秋波流转，似乎对眼前的男人充满了仰慕和感激之情。

这是一个很美的女孩，楚楚可怜的神色，玲珑有致的身躯，牛奶一般的肌肤在破碎的衣襟下若隐若现。

柔弱，动人，无枝可依，散发着属于女性的独特魅力，几乎没有一个男人能抵抗这样的诱惑。

黑衣男子低头看着她："你不害怕我？"

女人愣了一下，立刻说道："不，是您救了我，我又怎么会害怕您。"

"你要回报我？"

女人的面色羞红了，轻轻握住自己的衣领："当然，无论怎么样，我都愿意报答您的。"

"那太好了。"一种僵硬而古怪的声音从男人身后响起。

一个茶杯大小的傀儡不知从哪儿冒了出来，它从自己的乾坤袋中取出一个手推车、一把铲子和一套扫帚，堆在那个女人的面前。

"既然你不害怕，又想回报我们，那就自己把这些尸体清理干净吧，省得我们麻烦。一定要注意哟，千万不要留下任何血迹呢。"

在它说话的时候，身披斗篷的男子已经拔腿离开了，小傀儡飞快追上去，爬过他的脊背，跳上肩头。

"是要清理干净些，万一那位大人回来了，看见这里脏兮兮的，只怕会不欢喜。"小傀儡在男子的肩头嘀嘀咕咕说着一些莫名其妙的话。

那男人微微点头，脚步不停地自去了。

独留下楚楚可怜、性感动人的女子呆坐在鲜血四溅的瓦砾中。

"哈哈哈。"烟家的屋舍中，烟家大小姐烟凌哈哈大笑，"雷亮那个蠢货干出来的傻事吧？想用女人来诱惑岑千山，他是不是傻？"

她年轻俊美的夫侍笑道："那位'多情山'若不是为穆大家痴守了上百年，也不至于被写成话本的男主角。"

烟凌枕着双手，在躺椅上躺下来，叹了口气："是的呢，别的不提，在我们这个地界，是再找不出这样专情的人了。"

她又翻了一个身，对自己的情人说："你觉不觉得，这个魔头最近有些不太一样了？"

"什么地方不一样？"

"怎么说呢？"烟凌摸摸下巴，"从前他虽然很强，但总是死气沉沉的，好像随时都准备把自己的命给拼了。但最近我突然觉得他好像哪里不太一样了，好像突然活了过来。你看这一次，他花了这么多天的时间，准备得细密又周全，一点也不像从前的那个人。"

"那不是更好吗？"男人说道，"他重视一点，才可能把我们烟家的事给办好了呀！"

"也是，东岳神殿里的那个东西太难得了，希望这次母亲花了这样大代价请来的高手，不要让我们失望才对。"

此刻，他们口中议论的那位岑千山正坐在自家的门槛上，细细地擦拭一柄细长的大刀，那刀光凛冽，刀身暗含一抹淡淡的红芒，刀柄之上交错着银白的雪筱纹，是一柄不可多得的好刀。

小傀儡千机从门槛内荡出来："主人，都收拾好了呢。药品、武器、护甲、火药、特制的机械傀儡……"

岑千山抬手，长刀回鞘。

"这是'寒霜'吧？好久都没用上了，幸好还没把它给丢了。"它看着主人手中的长刀说道，"去东岳神殿只能依靠这样普通的武器吗？那也太危险了。"

岑千山接过它递来的包袱，认真检查行装，手指在它脑门上弹了一下："无妨，虽说在神殿之内灵力被压制得极低，但只要做好充分的准备，也没什么好畏惧的。"

"可是，主人您这一次真的不带我去吗？"千机绕在主人腿边打转，努力撒娇争取自己同行的权利，"千机从没有离开过主人身边，千机真的很想要一起去的。"

岑千山看它一眼，用刀鞘点在它的铁皮脑袋上，把它小小的身躯从台阶上推了一个趔趄："你去不了，在那个世界，你一进去就会动弹不得。"

小傀儡十分拟人地用双手捂住脑袋，从台阶上爬回来，主人很少和它这样玩闹，它还觉得挺有趣的。

"主人，你最近好像有些不太一样。"

"嗯？"

"话变得多了一些。出门前也耐心了很多，还给自己准备了药物，让我都觉得放心了不少。"小傀儡细细的胳膊按着自己的胸口，表示自己的放心，尽管那里并不存在和人类一样的心脏。

岑千山将手中皮质的背包束紧，目光沉了下去。

"我……已经不是当年无能的孩童，是一个男人。"他把背包背在身上，迈开长腿向门外走去，"如果连自己都照顾不好，又有什么资格守护她呢？"

仙灵界内。

近日，在归源宗最热闹的事，便是由宗门统一发布的一道奖励极高的任务。

所有门派内的弟子，只要愿意报名，都可以组队参与东岳神殿的探索。

这消息一发布，举宗沸腾，走到哪里，都能听见讨论这个新近开放了神道的古神遗址。

至于叶航舟这样的积极分子，早已作为先行者，进出神殿遗迹几次了。

这一日，穆雪坐在逍遥峰木质的回廊上，闲闲地歪靠着木质的小方几，一面读着手中的《钟吕传道记》，一面从小几上的碟子里抓果子吃。

一身风尘仆仆的叶航舟突然跳了上来，在她的对面盘腿坐下，伸手哗啦一下在木几上撒了一把晶莹剔透的五色宝石。

"在神道上捡的，师妹拿着打小鸟玩吧。"

"师兄回来了啊，辛苦了。"穆雪起身回屋端了一杯热茶，颠颠地迈着小短腿，给叶航舟捧到面前，"师兄先喝口水吧。"

叶航舟接过茶杯，灌了一大口茶水，长吁一口气："唉，这就是有师妹的好处。"

穆雪坐在小几边上，伸手玩那些宝石。这些石头晶莹剔透，纯净无瑕，若是放到凡间，也算得上价值连城的宝贝了，可惜的是，里面并没有多少灵力。

"好漂亮啊，谢谢师兄了。"穆雪说。

"谢啥，这东西没啥用，不过看许多女孩都喜欢，捡来给你当你的玩具罢了。"叶航舟笑着说，"以前在山门里，我觉得自己还算挺厉害的，这一回出去，才知道人外有人，山外有山。师兄我去了这么多次，还在神道的最外圈打转，不过捡了些没什么大用的小东西。可是有人毫不费力，就当着我的面摸到里面去了。"

穆雪拿那些石头对着太阳看，看见了光怪陆离的彩色世界。

"神道上有些什么呢？"她把玩着彩石，随口地问着。

"那里……什么都有。最特别的是，我还在那里遇到了魔修。"叶航舟枕着胳膊看天空的浮云，似乎在自言自语，"其实他们和传说的不太一样，和我们也差不多，有些很粗暴，有些倒也挺有意思。"

"师兄遇到魔修了？宗门不是三番五次严令，要大家结伴而行，不能单独行动，特别是不能和魔修接触吗？"

叶航舟撑起身，竖起一根手指："嘘，小师妹你别嚷嚷啊。我们这身在外面，有时候不是情况特殊嘛。你小小年纪，学得那么死板做甚？"

苗红儿正巧端着一碗热腾腾的酱牛筋从厨房出来。

"小雪，啊，张嘴。"她夹起一块香味浓郁的牛筋喂进穆雪口中，"你还长个呢，多吃点这个。"

随后她在小几上放下碗，卷了卷袖子："小叶回来了？听说你在神道内连一个魔修都打不过。来，师姐陪你练练，提高提高。"

"别，别，师姐，我肯定不是你的对手啊。"叶航舟一声哀号，被苗红儿提下院子去。

穆雪坐在回廊边，吊着一双小脚，捧着牛筋边吃边看一场单方面受虐的切磋。

东岳神殿，到底是一个什么样的地方呢？她心中想着。

第二十二章

夜航舟渡人

苏行庭路过的时候，看见他的小徒弟趴在桌上倒腾一堆复杂的零件，那是一个做了一半的铁皮人。各种复杂的零件整整齐齐地摆在桌面，小徒弟正用短短的手指专心致志地操控灵气御物，额头微微出汗，乌黑的双目粼粼有光，仿佛一个得到了玩具的孩子，那样专注而认真，一点都没有发现他的到来。

苏行庭弯腰问道："小雪你这是做傀儡吗？"

"不是傀儡呢，我哪能就学会做傀儡，这只是最简单的铁皮人。"穆雪抬头看了一眼师父，低头将手中的配件用灵力控制着仔细地嵌了进去，一边做一边说，"今天，丁师叔把我叫了过去，和兰兰姐她们一起上了一堂课，就是学做这个。我回来就想试着玩玩。"

苏行庭在她身边的地板上坐下，看了一会儿小徒弟一丝不苟地做手工。

"小雪在炼器上真的很有天赋，我和你丁师叔商量过了，她让你有空的时候就去碧游峰上她的炼器课。"

穆雪脸上的神色似乎毫无变化，只有那小小的手指微微顿了顿："我可以去吗？我其实也……没有那么喜欢炼器。"

"你这孩子，莫非是在怕为师不高兴吗？"苏行庭毫无芥蒂地笑了，递出一页薄薄的雪笺，"这是各峰的师叔对外公开讲学的时刻表。你但凡喜欢谁的课，大大方方去听即可。不论是碧游峰的炼器术、玄丹峰的炼丹术、铁柱峰的体术，还是侑园的御兽术、灵殊峰的种植术、缥缈峰的通灵术，只要你喜欢，都可以去学。"

"师父传你道种，各位师叔授以术法。万法归源，方扬我宗门之名。"

穆雪不慎把手中细细的铂丝扭弯了，她停下手看着那条被自己扭弯的铂丝发愣，这里的世界真是不一样，天气暖和，人也暖和，暖到让她这个从冰天雪地中过来的人有些不安。

她几乎想要割断过去，来换取自己安于现世的资格，来换得一个新的结局。

但如今她随着修行渐深，日有所悟，又觉过往一切，等同自己生命的一部分，若是全盘斩断，那自己也不再算得上是穆雪这个人。

苏行庭动用灵力将那细如牛毛的铂丝捋直，悬浮到穆雪手边。

"小雪不论学什么都很有天赋，行庭心法这么快就熟练掌握了，已经能自如御物了。"

穆雪有些不太好意思，这可不是天赋，都是托了多活一世的光。

她没敢告诉苏行庭，自己早已凝练元神，不仅能御眼前之物，甚至连远在院墙边的桃花树都能摇得动。如今她神魂稳固，即便再遇到有人招引魂魄，除非自己愿意，否则很难将她像上次那样身不由己地抽离。

师徒两人安静地坐在落叶轻飘的庭院中，小小的红衣女孩摆弄着手工，年长的师尊闲坐一旁，仿佛年岁静美，永无忧烦。

远处一声虎啸，阴风卷起平地的枯叶，打破一院宁静。白虎从天而降，落在庭院正中。

付云跳下虎背，匆匆行礼："启禀师尊，航舟出事了！"

他的手里捧着一盏魂灯，面色难看地将那灯捧到苏行庭面前。

苏行庭瞬间起身，凝眉看向那盏魂灯，琉璃灯罩之内原本明亮的灯火如今将熄未熄，十分暗淡，乃是身处危亡之境，性命难保之兆。

这是叶航舟的魂灯。

苏行庭骈剑指，衣袖之中飞出一柄青色的短剑，短剑发出一声清越的剑鸣，迎风而展。

儒雅斯文的先生在这一瞬之间周身的气势一变，凌厉冷冽如出鞘之剑。他一步踏上剑身，人剑合一疾风破空而去。

"付云随我来。"空中遥遥传来他的声音时，身影早已去远了。

白虎啸林，腾空而起，付云骑虎追随其后。

庭院里只留下几片飘飘落叶和穆雪孤零零的一个人。

空山寂静，虫匿鸟眠。

这是上山以来，穆雪第一次觉得逍遥峰是如此空阔而安静。

她在回廊上坐了下来，看守那盏随时有可能熄灭的魂灯。

天色渐渐地暗了，雯霞深紫，星斗现形。那一点点蓝色的灯光，在暗淡的廊影下苦苦挣扎。

这意味着，叶师兄或许随时会死去。

死去，就是再也见不到了。这个念头在脑海中清晰起来。

穆雪并不是没有见过死亡。相反，曾经她的身边总是充斥着各种死亡，伙伴的消失，敌人的死去，自己的死亡。她本就习惯了各种各样的死亡和离别。

天地因果自有定数，谁也逃不过注定的命运。

但这一次，胸口仿佛被一块石头堵住了，压不下去，也吐不出来。

呼吸不畅，心中窒闷，难受得很。

苗红儿狩猎回来，看见小小的师妹一个人呆呆地坐在院子中，守着一盏将熄未熄的魂灯。

"叶师弟那个笨蛋。还有师尊为什么不传讯给我？"苗红儿急得直跺脚，"就他和付师兄御剑而去，这也太危险了，师门中明明禁止金丹期修士去那神殿遗址。"

古神遗迹，抑制仙魔两道，即便修成金丹，入神道之后，也被神力压制，和初入修行之门的弟子无异。

虽然或许见识和手段上会比普通的弟子稍微好一些，但没有一个门派愿意让门派里的金丹期修士去冒这样的风险。

就像战场上绝不会派一个运筹帷幄的将军去做那冲锋陷阵之事，也绝不可能让庙堂上的天子，亲入敌营谈判一般。

但此刻说这些也都晚了，师尊已经去了大半天，早入神境去了，追也追不回来。连掌门都气呼呼地来过了两回。

穆雪和苗红儿在院中相对呆坐许久。苗红儿暴躁起来，去厨房搞了一大盆炒饭，分给穆雪一碗，剩下的端在怀里，大吃特吃起来。

漫漫长夜过去，天边泛起鱼肚白的时候，一抹青色的剑气划破长空，回到庭院中。穆雪和苗红儿迅速迎上去。只见师尊苏行庭从剑上下来，怀里抱着一个人，一个血肉模糊的人。

苏行庭没空说话，快步进屋，将怀中伤势严峻的叶航舟小心安置在床榻上。

叶航舟面如金纸，双目紧闭，身躯残缺，失去了一腿一臂，断肢之处黑烟缭绕，显然是中了剧毒。

玄丹峰主空济很快赶来了。

"怎么会搞成这样！必定是魔修干的好事。"空济检查完伤势，一脸怒色，拍着腿道，"和这些弟子千万次交代，绝不要和魔修接触，就是有人不当一回事。"

"不是魔修。"苏行庭淡淡地说。

"不是魔修？"空济愣住，"那会是谁？"

苏行庭垂下眼没有回答，只看着自己人事不省的徒弟："还请师兄尽力。"

"你叫我如何尽力？残肢尚可修复，只是你看他伤口处的黑雾，皮肤上现出的猩红血线，此乃'红腰'，上古时期的毒虫。此虫在人间早已绝迹，只有古神殿中才偶然可遇。世间早已无可解之剂。"

苏行庭紧皱双眉："定然还有一线生机。"

空济寻思许久，叹息一句："传闻东岳神殿深处，有一无生无尽池，池畔生着的紫心草能解红腰。你可请掌门颁下法谕，责令进入神殿的弟子，留心寻找紫心草。找不找得到，只看这小子的运气了。"

他又说道："你也不必心急，我有一驱虫除祟之法，可暂缓毒性，只是这小子恐怕要受点罪。"

屋内传来一声接一声痛苦的吼音。

屋外，付云背靠廊柱，双手交错胸前，面色铁青，一言不发。

苗红儿坐在回廊上，手肘搭着膝盖，咬牙不语。

付云突然开口："你会去的吧，神殿？"

"我才不去呢。"苗红儿咬牙切齿地说，"那里又没好吃的，谁去那个鬼地方。"

在庭院内，一个小小的身影一直忙忙碌碌，先将廊道上摆放的东西收拾了，再拿着墩布，把那滴了一地血迹的走廊擦拭干净，又找来扫帚打扫庭院中沾了血污的落叶。

付云心中烦躁，忍不住挑刺："这个时候瞎忙些什么？小小年纪倒看不见她有半点伤心的样子，枉费航舟往日那般疼她。"

"你说小雪做什么？"苗红儿不乐意了，"那要怎么样伤心？哭哭啼啼才算伤心，哭起来你能负责哄吗？"

"你！"

天光大亮。

病床上叶航舟慢慢睁开眼，发现自己已经回到了这个世界上最令他安心的地方。

身上的伤被妥善处理过了，但还是很疼，断了的手疼，断了的腿疼，浑身没有一处不钻心地疼。

一个小小的脑袋趴在床头，看见他醒来了，坐直了身躯，用稚嫩的童声开口询问：

"很疼吗，师兄？"

那孩子有一双点漆般的黑色瞳孔，不论发生什么，都安安静静地看着人，就和自己第一天接她上山的时候一样。

那一天，他奉师门之命，去了好多座城镇，接了那许多的师弟师妹，那些小娃娃没有一个不痛哭流涕，依依不舍地和家人告别。

只有这个师妹安安静静地站在那里，用那双清透的眸子静静看着一切，仿佛眼前的红尘热闹和她毫不相关。

这让叶航舟想起当年的自己。他曾是个孤儿，靠着乞讨和翻捡垃圾勉强独自活到了那一年的上元节。

那一天城里很热闹，无数被父母疼爱着的孩子打扮得漂漂亮亮，由家人抱着、牵着来到城门前的广场上接仙缘。

他在人群中钻来钻去，捡到了半根掉了的糖葫芦。虽然因为衣着污秽，被人嫌弃地踹了好几脚，但他并不在乎。

前面的人群似乎热闹起来，说要接什么仙缘。

这事和他没有什么关系，一个乞儿能有什么仙缘呢。叶航舟挤到无人的角落，准备好好享受手中难得的食物。

一只金色的蝴蝶不知从哪儿飞来，翩翩然落在他沾了糖霜的手指上。还没等他明白发生了什么事，周围的人便惊呼起来。再也没人嫌他肮脏的身躯，上不了台面的衣着。人们热情地簇拥着他，把他抬到了城墙的前面。

面对着那一步登天的门洞，叶航舟心中一片茫然。其他的孩子都在哭，他们舍不得自己的家人，舍不得自己的故乡。但叶航舟哭不出来，茫茫人海，偌大尘世，没有眷恋他的人，没有属于他的家，没有值得他哭泣的地方。他从没有像那一刻觉得那么孤独过。

所以当看到小雪的时候，看她露出和自己当年一般孤独的神色时，叶航舟就忍不住地想要照顾她一下，求着师尊把她接到逍遥峰，成为自己的师妹。

病床上的叶航舟虚弱地伸出没有受伤的手，在那两个小团子上摸了摸，气音沙哑："没……什么事，不太疼。"

"是谁伤了师兄？是魔修吗？"小女孩的声音糯糯的，听不出太大的情绪波动。

"我防着魔修，却没有防备自己人。"叶航舟苦笑了一下，闭上了眼，"是一个天衍宗的弟子，名叫吕逸宏。可笑的是，也只不过为了一株仙草而已。"

天衍宗，一个和归源宗相交甚密的宗门，两派的弟子时有往来，关系十分亲近。

十分亲近的人才是最容易伤害到自己之人。

"天衍宗？吕逸宏？"不谙世事的小师妹还不知道仇恨，单单纯纯地扒拉在床头安慰道，"师兄好好休息，早些好起来。"

掌门所居的清净峰山腰，有一片凸出的巨大石台。

此刻这里进进出出聚集了众多宗门内的弟子。许多人背着行李，领着同伴，走上这块石台。

石台上架着一艘飞舟，正缓缓扬帆飞向高空。

这是宗门内大型外出飞行法器。近日里归源宗最为热闹之事，便是组队探索东岳神殿。

不少弟子来到此地，乘坐门派的大型飞行法器前去那神秘的古神遗迹。

巨大的飞舟穿行在云汉之间，飞船的甲板上，几位年轻的女弟子正在窃窃私语。

"那是付云师兄？他这次也来了？运气真好啊，能和付师兄同行。"

"师兄身边那个小娃娃是谁？师兄是不是在生气？好少见到付师兄动怒啊。"

"清风朗月云中君，原来也有发脾气的时候呢，真是少见。"

此刻的付云心中气急，顾不得自己的形象，指着面前的苗红儿骂道："你自己要去便罢了，把这么小的师妹带出去，出了岔子，师尊面前怎么交代？"

苗红儿无奈摊手："师弟说我做什么？我这也才刚刚发现小雪跟上来了，正想着怎么拧她回去呢。"

"师姐不能拧我回去。"白白净净的小包子扯着她的衣服，抬着小脸，"师门公告，只要炼气期以上，金丹以下的弟子，都可以自愿报名探索神域。我虽然年纪小点，也是师门中人。"

苗红儿笑了起来，伸手搂住她的肩膀："不错不错，胆子挺肥，有我们逍遥峰的风范。"

万里野林，古木深山。

这里本应是人踪绝迹之地，如今却会聚了来自天南地北的修士。

数月之前，东岳古神的神道入口于此地现世，各大修真门派便络绎不绝地派遣自己门中年轻一辈的弟子前来寻求机缘。

进入神域之后，修为会被压制到最低的阶段，绝大多数高阶法宝护符都无法驱动。所以到达这里的修士不如往常似的穿着轻软飘逸的道袍，而是披坚执锐，张弓佩剑，做好了进入险境的充分准备。

一个踩着枯叶从森林中走出来的修士，被来自天空中的轰鸣声吸引，抬头透过枝叶的间隙，看向高处。

"好大的飞舟，是归源宗来人了。"

一艘飞船乘云而来，缓缓停在树涛之上，船上下来了一行年轻的修士。

领头之人，一身白衣轻甲，面如冠玉，身后一女子红衣战袍，英姿飒爽。

"那位是不是归源宗的付云，云中君？"

"不止呢，清风朗月云中君，妙手香厨苗红儿。逍遥峰的大师姐、大师兄都来了，还有铁柱峰的杨俊。这个阵容归源宗也真是舍得，算一算新一代弟子中的翘楚基本都来过了。"

"可是，那孩子是谁？为什么付师兄抱着一个孩子？"

"哈哈，莫不是这一期收了太多新弟子，连付云也终于开始负责带娃娃了吗？"

归源宗的付云依旧是往日那副仙风道骨的身姿，禁欲高冷的容颜，只是此刻他手里抱着一个梳着双丫髻的小女孩。

那小娃娃莲脸白嫩，鬈发乌青，坐在师兄的手臂上，一双圆溜溜的眼睛好奇地四处打量。

带娃的男神瞬间脱离了神坛，平添了一身人间兄长的烟火味。

付云下船之后，一言不发，怀里稳稳抱着穆雪，领一众同来的师兄弟径直向着那片石壁走去。

陡峭坚实的石壁在他们触碰到的一瞬间像水波一般荡漾开来，将一行人吞没入内，后又复为原状。

众人穿过石壁，世界陡然一变，原本郁郁葱葱的森林、重重叠叠的山峰不见了，眼前变成了无边辽阔的荒原。

这是一个被神灵遗忘的世界，埋藏着上古巨神遗留在人间的一切，万年前人类繁华的痕迹被永远地固定在这无限漫长的时空中。

倒塌的巨大石像，残破的屋舍，半埋在荒野之中。一阵风扬沙砾，传来遥远处诡秘的呜咽声响，那些挂着破旧窗帘的漆黑门洞，沉默地注视着这一队行走在道路上的鲜活生命。

时间似乎被定格在了黄昏，永远的斜阳垂挂天边，给整个世界染上一层永恒不变的橙黄色。

荒野之上，散碎着五种色彩的漂亮石头，据说是神灵曾经行走过，便留下了五色神石的痕迹，因而，称之为神道。神道交错蔓延直至天边，遥遥不知终点为何地。

一行人缓缓走在五彩的神道上。

路边，斜倒着一尊巨大的魔神雕像。这样不知名的上古巨神途中处处可见，她身材婀娜，披轻纱戴金钏，多手多臂，身后有一比身躯还大的圆形转轮，仅仅一个头颅就有数层楼之高。

从那巨大的头颅前走过，石像低垂的视线仿佛正居高临下地看着从眼前穿过的血肉之躯，令人免不了心生畏惧。偶尔有带着灰色烟雾的魔兽虚影发出低沉持久的吼音，从头顶的天空游弋而过。

队伍中年轻的女弟子们都忍不住加快了脚步，跟随在付云的身后。

队列中几个年轻的男弟子免不了心里不太舒服，远远落在后面悄悄嘀咕：

"付师兄固然修为高深，但这里是神域，抑人魔两道，大家不是都一样吗？"

"我多年苦修体术，在这种地方正是用得上之时。付师弟看起来斯斯文文的，没了法力，没准还不如我等呢。"

"就是，他看起来白白净净的，肯定是不如师兄你厉害呢。"一位不知何时出现的师妹，凑在他们身边附和着。

细细一看，这位师妹穿着嫩黄色的罗裙，鹅蛋脸，凝脂鼻，眉眼弯弯，十七八岁的年纪，明明清纯又无辜的模样，却天然带着一股勾人的妩媚。

门派中何时有这样一位美艳的师妹？几人心底正嘀咕，只听那位师妹举着袖子笑盈盈地问："师兄看起来好厉害，不知练的是什么功法？"

那位体修挺起胸膛："我修的是金刚不坏法门，从儿时练起，而今已是第四层了。"

那位师妹轻咬红唇，妙目斜飞："嘻嘻，原来是童子功呀。"

那一声嘻嘻，仿佛把人的魂都要带走了，恨不能把心都掏出来给她。

"敢问师妹拜在哪位师叔门下？好像不曾见过。"

"我不在谁的门下，人家是柳家人，叫柳绿春呢。"

"柳……"

男子还在疑惑，他的同伴已经反应过来，迅速拉住他惊呼道：

"魔修，是魔修！"

仙灵界以宗门延续传承，魔灵界才以家族为生存单位，柳家，正是魔灵界四大家族之一。

"干吗紧张成这样，不过是开个玩笑嘛。"柳家的女魔修伸手在那位体修脸上捏了一把，放在鼻端一嗅，"哈哈哈，童子功的味道闻起来不错，就是一个个都太无能了些，只怕连我一招都接不住吧？"

她裙裾飞扬，妙俏的身影如烟般在队伍中一线穿梭，几入无人之地。

一条长腿挟劲风而来，娇斥一声："想跑，也没那么容易。留下吧！"

正是苗红儿。

柳绿春腰肢极软，整个人像面条一般一个后仰，又以一个诡异的角度左右扭动，险险地错开了攻击，嘻嘻笑道："哪儿来这么凶的小姐姐，不和你们玩了。"

她正要脱身，一道寒芒迎面直掠而来，柳绿春心中一惊，侧身闪避，却见那寒光空中一抖，以一化五，以五化十化百，铺天盖地向她攻击而来。

这是一套剑法，称为梅花九术。其间暗含九九生化之道，便是不通灵力，使用出来，也威力巨大。

只见一俊美郎君，一手推开一个小孩，一手持剑，点点寒芒如寒梅怒放。

柳绿春险险避开。刚刚截住她的红衣女子，拳脚又到。一拳一剑，彼此进退，配合之妙，举世罕见。

柳绿春闪避不及，终究吃了亏，脸上挂了一道彩。

"好胆，今天就陪你们仙灵界的娃娃好好耍一耍。"魔修柳绿春勃然大怒，她乃是金丹初期的魔修，即便是灵力被压制了，也并不将这些筑基期的娃娃放在心里。谁知刚刚进来，就吃了个大亏。

柳绿春眯起眼睛，慢慢站直了身躯，说话声不再婉转，阴恻恻地抽出腰间一条皮鞭，在空中一甩。此鞭淬了剧毒，通体倒刺，沾之即伤，十分凶煞，一看便知是伤人防身的利器。

归源宗一众弟子心中警铃大作，纷纷抽出兵器严阵以待。

这就是魔修呢。大多数年轻的弟子，还是第一次真真正正见到活生生的魔修。

柳绿春抽出鞭子，正要发作，突然看见被那些道修护在身后的一个小小女童，正用一双黑黝黝的目光看着她。

柳绿春一时愣住，明明不可能见过这个孩子，她的心底却莫名升起一股少年时期被铁拳支配的恐惧。她想不明白这份恐惧感来自哪里，只是莫名有一种想要立刻离开这里的念头。

对了，还有要事要办，何必平白和小娃娃们浪费时间。

柳绿春转了转眼珠，拔足遁走，风中传来她放肆的笑声："小郎君，我记得你了。这伤我迟早要找你讨回来。"

我也记得你，柳家的臭娃娃。穆雪看着那道远遁的背影，心底不高兴地想。

当年就是这位柳家的小姐，觊觎我徒弟的美色，一而再，再而三地撺掇烟家大小姐欺负小山。直到有一天，无意间被她撞见了，穆雪发了脾气，亲自把这个年纪幼小却心眼恶毒的柳绿春下死手揍了一顿，她才长了记性。

想不到如今，自己成了一个六岁的小女孩，而她却成了金丹期修士，真真形势比人强，没地诉苦去。

归源宗众人面面相觑，突然出现的强大魔修，又莫名消失，玩闹似的就将大家搅得慌成一团。

从这一刻起，只在山门中体验过同门之间友好切磋的归源宗弟子们，第一次认识到了世界之严苛，自己战斗经验的严重不足。

历经了这么一段插曲，一行人更是提高警惕，小心前行，顺着神道很快来到一处城镇的废墟。

如今此地人声鼎沸，各个门派之前进来的修士，都会聚在这里调整休息，成为神道外围的一个安全据点。

"你们切记不可随便深入神域，就在此地附近活动。我和苗红儿另有要事，先行离开。"付云把年轻的师弟师妹们带到此处，就准备立刻离开。

穆雪却抬起小手，十分不懂事地指着路边一座神像的顶端："师兄，那里有一朵花，我想要。"

付云抬头看去，神像的转轮上石雕的缝隙间，颤颤巍巍伸出一朵纯白的小花来。

因为过于娇小，在那些繁复的花纹中，十分不起眼。

"这也太不懂事了。"

"都什么时候了，还让师兄爬那么高给她摘花。在这里可不能用灵力。"

"为什么付师兄要带着这么个拖油瓶一起来？"

"听说是逍遥峰最小的师妹，逍遥峰的传统你知道的，就是一个特别宠弟子的地方。"

同行的师姐们听见这样顽劣的话语，不满地议论，正想着付云必定会训斥那孩子一番。

谁知付云却展开身法向那石像攀去，一袭白衣在石像上微一借力，便飘飘然上去一段，足尖再一点，已接近顶端，一手攀着石轮，一手将那白花连根拔起，带着落下地来。

虽然不能使用灵力，但付云天资极佳，多年性命双修将肉身锤炼洗涤得精纯无比，绝壁摘花对他而言不过如探囊取物一般。

逍遥峰真的太宠小弟子了，看着这一幕的其他女弟子不免咬住帕子又羡又妒。

悬崖下的穆雪伸出两只手来接。

付云抬起手来不把花给她："想要这个，你且得听话，乖乖待在这里等着，哪儿也别乱跑，等我和师姐回来。"

穆雪连连点头保证："小雪最是听话。"

你要是听话，也不至于胆大包天，硬要跟到这么危险的地方来。付云紧皱着眉头，终究无奈地把花递给穆雪，招呼苗红儿一并向神道深处进发。

"师弟，你是不是不太喜欢小雪？"走出了营地之外，苗红儿问他，"我总觉得你对小雪的态度有些奇怪。"

"倒也不是对她有意见。我只是总觉得这孩子有些奇怪。她年纪这样小，我看到她的时候，却不知为什么总有一种看不透的感觉。"

付云虽然日常沉默寡言，实际却是一个十分敏感的人，不知道为什么这些日子，他总时时想起自己在化育堂值守的第一天晚上，那双突然出现在身后的目光。

虽然后来怎么也找不出那个人，但付云清楚地记得，那目光强大、冷漠，令人捉摸不透，绝不是一个普通的弟子。

这件事搁在他心底，咽不下，查不清，总让他隐隐觉得不安。

"你在瞎想什么？"苗红儿没心没肺地推了他一下，"小雪是师尊亲手挑的弟子，咱师尊什么时候看错过人？想当年，师尊刚挑到你的时候，我也觉得很不好，冷冷冰冰，又臭又硬像一块石头，根本不是我想象中软萌小师弟的模样。现在过了这么些年，不是发现你也不错吗？"

付云冷冷冰冰，又臭又硬的眼神看过来，苗红儿才发现自己说错了话，摸摸鼻子转移话题。

"小雪是个好孩子，她嘴上不说，心里却记挂着航舟的伤，这才特意跟进来的。要不是怕不带上她的话，她自己乱跑更是危险，我也不舍得带她进来。"

付云只得叹息道："总之，我亲手带她进来，再好好地带出去。不让她出差错，惹得师尊忧心便是。"

营地内，铁柱峰的杨俊正和隔壁营天衍宗的朋友闲聊。

"我师尊终于开窍了，这回也让我到这秘境体验一把。"他兴奋地说着，"说实话，日日不是在山下煮面，就是去化育堂带娃娃，可把我给憋坏了都。"

朋友宽慰道："哈哈，这一回进神域实属难得，你我兄弟正好借此好好聚聚。"

这里正说着话，看见一位梳着双丫髻的小姑娘手里捏着一朵白色的小花走了过来，甜甜地叫杨俊师兄。

杨俊便和那位朋友介绍："这是航舟的小师妹，自得了她，航舟像得了宝贝似的到处炫耀。小雪，这位是天衍宗的师兄，吕逸宏，吕师兄。"

"对了，逸宏，航舟比我们先来，怎么没见着他？你可知道他在何处？"

吕逸宏脸色微微一变，勉强笑道："或许进神道深处去了，这地头和迷宫一般，有时候十天半个月绕不出来。"

他岔开话题，转头对着穆雪说："我虽是天衍宗弟子，但往日和你几位师兄都十分要好。师妹在这里若有难事，找我和找你师兄是一样的。"

穆雪小小的手指捻着那朵白花，蹲身福礼："那就多谢吕师兄啦。我在山上的时候，听师兄提起过您，说您对他多有照顾。我一直记在心里呢。"

小姑娘手里拿着花，脸色笑吟吟的，天真烂漫的模样。

吕逸宏转了转眼珠，心底暗喜，果然，在这神域里无论干了什么，外界也不可能知道。叶航舟已经被我害了性命，他的师妹还傻傻地不知道呢。

第二十四章

相逢

归源宗内。

空济例行为叶航舟更换药物，并施展秘法逼出他体内部分毒虫红腰，小心地密封进一个容器中。

这个过程很痛苦，但除了昏迷的第一天，叶航舟没有再让师长们听见半点喊疼的声音。

"再忍耐几日，你的师姐和师兄们都去了神域，想必能找到解药的。"空济难得地宽慰床榻上的病人，收拾了药剂往外走。

苏行庭进屋的时候，面色青白的小徒弟正看着窗外的浮云发呆。

这本来是他最活泼好动的一个徒弟，从小就几乎一刻都待不住，入门的修行也不得不从动中入静。如今他失去了手和腿，只能这样安静地躺在床上看窗外的天空。

"师尊，小雪呢？怎么都没看见她？"叶航舟看见师父来了，转过头问道。

苏行庭咳了一声，没有回答。

叶航舟愣了半天，终于反应过来，不可置信地睁大了眼睛："不可能。您是说……小雪也过去了？"

苏行庭默认了。

"这怎么行？小雪才那么小，怎么能去神域那样危险的地方？"叶航舟用唯一的手撑着身体，几乎想要坐起来。

"她虽然年幼，但一旦筑基，便已是真正的修行中人，不能再只当是一个孩子来看。"苏行庭把他按回去，"何况小雪她的心，比谁都清楚明白。是她自己决心要去，我做师父的，也不好强违她的心愿。"

叶航舟愣了许久，慢慢地躺回去，闭上了双眼。

苏行庭走到门口的时候，身后的徒弟又喊住了他。

"师尊，"躺在床上的徒弟紧闭着双目，轻轻说道，"我刚上山的时候，和我一起的那些孩子都在哭，只有我不太明白他们为什么哭。到这么好的地方来做神仙，他们还能有什么舍不得的人和事，非要哭得那么伤心。

"那时候我没有家，也没有家人，如今，我也能明白了。"

庭院之外，空济拉住苏行庭："有一罐子的毒虫红腰不见了，昨日明明锁在隔间，今天却怎么也找不到。那可是危险的东西，是哪里来的外人竟敢悄悄摸走？"

苏行庭想了想，没头没尾地说了句："逍遥峰上没有外人。"

空济恍然大悟，张大了嘴："你的意思是说……？"

苏行庭的徒弟在天衍宗的人手里吃了大亏，素来护短的苏行庭竟没将此事闹出来，也没有拉着掌门去天衍宗讨说法，而是默不作声地忍住了，空济早就觉得不太对劲。

这会儿终于想明白了，原来逍遥峰这几个天不怕地不怕的家伙是想要动用私刑。

确实，如果通过门派间协调，对方多半小惩大诫，终究无法解气。

自己徒弟受了这样的苦，不得加倍找回来才能解气？

空济眯起眼睛，眼睑上的刀疤显得他的面容更加凶狠。

"看不出来啊，你家付小子和苗丫头手倒是不软。哼，这一回我权当不知，将来要是露馅了，掌门怪罪下来，可别招我。"

二人并肩来到掌门所在的清净峰。

大老远就听见丁慧柔发脾气的声音：

"不行，我不会再同意了！

"那个秘境实在太危险，就不该让弟子们去。我们辛辛苦苦培养一个弟子，要花多少精力？我绝不能眼睁睁看着他们折损在神域。"

她看见玄丹峰主来了，立刻一把拉住："你们怎么不问问玄丹峰主，自打神道出现至今，有多少弟子出了多少事？"

空济迟疑片刻，回答："确实不太好，特别是内门的弟子，伤亡的数量委实有些严峻，反而倒是外门弟子还略微好些。"

掌门背着双手站立窗前，看着窗外的仙山祥瑞，紫雾蒸腾，许久之后方才叹息了一声。

苏行庭拂了拂袖子在屋内落座，手中把玩着那枚晶莹剔透的"卵中天地"。

修长的手指中，晶玉乾坤来回翻转。玲珑的天地内，点点银屑飞扬，三枚金钱沉沉浮浮，飘忽难定。

"苏师兄，你怎么不说话？"丁慧柔喊他，"逍遥峰就那么几棵苗苗，若是不慎折了谁，你能够舍得？你的道心就真能如此坚如磐石，丝毫不受影响吗？"

"非是道心坚定，在下实是因为软弱，所以连师徒之缘都不敢结下太多。"苏行庭的手指定住天地，看那三枚金钱在山峦中悠悠落定，"我等修行之人，夺天地之气运为己用，终究是逆天行事。天之道，损有余而补不足。因此才会有以修士为食的妖兽，以苍生饱腹的天魔，乃至数百年一次的天地浩劫。此乃天道制衡之术，让被这万千修士夺走的天地灵气回归天地。"

苏行庭看着手中那乾坤落定的金钱，最终道："一味将他们附在羽翼之下，在浩劫来临之时，又如何护得住他们一世。我们做师长的，终究当学着放手。"

丁慧柔气势弱了下来："道理谁都知道，但若能彻底看透，我们也不用修这个道了。否则你又为何不管不顾，冲进秘境救你徒弟出来。"

苏行庭垂下眼睑，不说话了，默默将那枚卵中天地收回袖子中。

掌门丹阳子转过身来，郑重说道："大家，我们仙灵界已经盛世安稳了数百年，我们的弟子都被保护得过好，是该时候狠下心让孩子们多历练历练了。谁也不知道下一次的天地浩劫什么时候来临。"

东岳神殿遗迹。

神道外围，两个男人在荒野中漫无目的地搜寻。

"听说了吗？据说不少前辈都有所感应，下一次的天地浩劫，就在不远前，只瞒着我们这等小喽啰罢了。"其中一男子说道。

"正因如此，你我这才全力收集天材地宝，提升境界，以应浩劫。"另一人手里捏着一朵白色的小花，正低头仔细打量，"别人活不活得下来我不管，总之我自己绝不能死。"

他手中的那朵白花，花瓣苍白而柔弱，无香无味，一眼看去平平无奇，捏在手中，才能隐隐感觉到其中透着一点微弱的灵力，是一株生在古神遗迹中的灵草。

这是不久之前，那个名叫小雪的小女孩亲手送给他的。

"喏，这个送给师兄。"单纯的小姑娘把花递过来的时候，笑得那样天真烂漫，即便是吕逸宏这样的人，心底都免不了升起一丝短暂的愧疚。

他的同伴打趣他："吕兄，可真有你的。杀了人家的师兄，还让人师妹对你感激涕零地送花。"

"兄弟慎言！这种事也敢挂在嘴边说？"吕逸宏沉下脸来，警惕地四处张望一番，低声道，"如果让归源宗的人听见了，你我都没有好果子吃。"

"知道，知道。放心吧，这里视线开阔，旷野无人的，灵力又只能调动那么一点点，谁的神识能覆盖到这么远？哪怕金丹期大佬进来都不容易做到吧。"

两人毫无顾忌地边走边说。

在远离他们之处，一座古神神像的肩头，站着一个小小的女孩。

她闭着双目，将一丝细微的灵力放出，远远地连在那朵颤颤巍巍的白花花托之上。

神域中，境界被神力压制到极低，但金丹期的修士和筑基期的弟子还是有着本质的区别。

筑基期的修士想要调动灵力，先得调心入静，运转真气，外放神识，再驱使灵力御物。

而修至金丹期，神识退去而元神觉醒。心念与元神相通，只需心念一动，灵力便可以直接驱动。

相同是一点点灵力，元神清明的金丹期修士运用起来，不论是速度还是效率，都远远高于筑基期或是炼气期的弟子。

穆雪如今的境界修为还远远没有达到金丹期，偏偏元神早已经凝练多时，在这样灵力薄弱的世界，对她来说极有优势。

在穆雪看来，整座逍遥峰上，最适合进入神殿之人是她自己。

到了这里她既可以和金丹期修士一般动用有限的灵力，又可以……承担得起身死道消的后果。给叶航舟报仇，她不来谁来？

不久之前，她递给吕逸宏的花，名谛语花，是一种制作传讯法器的材料。此花只在魔灵界生长，仙灵界几乎少有人认识。

从前的穆雪不知道处理过多少谛语花，深知它的特性。

如今只要吕逸宏还拿着它，不论多远，自己都可以轻松掌握他的位置和动态。

端坐在体内黄庭中的元神，清晰地听见了远处传来的声音。

"我说吕兄，确定叶航舟那小子已经死了吧？苗红儿和付云可都来了，这俩人可不好对付，要被他们发现了，我们可就麻烦了。"

"哼，无须担心，叶航舟断了一只手，又断了一条腿，掉在红腰的巢穴内，便是大罗金仙也活不了。付云来了又能如何，充其量收一具腐尸回去罢了。"

"嘿嘿，说起来你可真够狠的，叶航舟可真心将你当兄弟，若不是为了救你，也不至于落入圈套之中。"

"他自是我的兄弟，要怪就怪天婴草过于珍贵，又实在难以摘取，我也是无奈之举。修者，逆天改命之人，若不为己，天诛地灭。所以，你也不要怪我！"吕逸宏尖刻的声音传来。

神像肩头的穆雪轻轻哼了一声。

修者，逆天改命之人？看来不论什么地方，终究都免不了有这样令人恶心的东西。

"啊……你！你干什么！"传递过来的声音突然变得惊惧尖锐。

"蠢货，你怎么不想想，连叶航舟我都杀了，凭什么留下你和我一起分灵草！"

"吕逸宏！你……你太狠了……你不得好死。"

手上染了同伴之血的男人慢悠悠地走在斜阳的余晖中。

道路边，一个小小的女孩蹲在地上，似乎挖掘到了什么。

"是小雪师妹啊？找到了什么好东西呢？"男人背对着阳光，弯下腰来，笑眯眯地道。

穆雪抬起头，露出一脸惊喜的神色："原来是吕师兄啊。"

"我运气真好，又找到好东西了，是一小点秘银，师兄你看。"她站起身，把手中小小的一块秘银递给吕逸宏看，脚尖却轻轻踢了踢身边一个小巧的铁皮人，将它藏到了自己身后。

这样明晃晃的小动作怎么可能瞒得住吕逸宏。

一点点的秘银并不算稀罕，稀罕的是这个小娃娃刚来营地没多久，先是发现了灵花，立刻又找到了秘银。论谁也不可能有这样好的运气。

"师妹脚边的这是什么？给师兄看看好不好？"吕逸宏眉目弯弯，指着那个铁皮人。

"这个……"小姑娘局促地低下了头，不好意思极了，"可是我师尊不让我告诉别人。"

吕逸宏更加确定，地面上这看起来只像儿童玩具的铁皮人，必定有自己不知道的玄机暗藏其中，连逍遥峰的行庭真人都特意交代必须隐瞒的秘密。他心中按捺不住地欢喜起来。

"师兄怎么能算是别人呢？我和你叶师兄可是如亲兄弟一般要好，你叶师兄是什么事都会告诉我的。小雪不是和你叶师兄最是要好？"

"是……是吗？那我就告诉师兄吧。"小女孩很容易哄骗，立刻就招架不住了，"这是我师尊行庭真人给我的，全逍遥峰只有我一个人有，是可以在神域里找到宝物的傀儡哟。"

小小的铁皮人在穆雪说话的时候动了起来，绕着穆雪转了一圈。

在神域之内，依靠灵力驱动的傀儡大多都失去了效用。这个玩具一般的铁皮人竟然还能够自我行动，可见确实是一件难得的珍宝。

如果眼前的小姑娘是一位金丹期修士，吕逸宏还会怀疑是她悄悄用微薄的灵力操纵铁皮人走动。但这只是一个六岁的小娃娃而已，自然是没可能做到这样的事。

"真的吗？苏真人竟给了师妹这样有用的法器。"

神道永不落幕的黄昏中，男人背着夕阳，嘴角勾起，双目露出了贪婪的光，黑色的身影将那纯白的羔羊笼罩在阴暗中。

"师妹示范一次给我看好不好？师兄很想看看它是怎么样寻找宝物的。"

"可是……"

"师兄这里也有宝物呢，"吕逸宏取出一株碧绿的灵株，那灵株的顶端结着一枚花生般大小的金色果实，"这个认得吗？叫天婴草，炼制龙虎丹的主药，珍贵无比。如果师妹让我看看怎么使用傀儡，我就把这个送给师妹怎么样啊？"

"真的吗？师兄可真是个好人啊。"小姑娘的眼睛亮晶晶的。

小小的铁皮人咔嗒咔嗒慢慢在前面带路。它左转转，右转转，仿佛正在仔细搜寻着埋藏在土地之下的宝物。

跟在铁皮人身后的吕逸宏的心越来越高兴，他们已经走得够远，这地点也越来越偏僻，几乎不用再担心会被人撞到，简直是老天都要帮助自己。

他下意识地看向身边的小女孩，女孩也冲他露出了甜甜的笑。

又是一只单纯而愚昧的羔羊，和她的那位师兄一样，临死之前都还在感激宰自己的刽子手。

很快这些羔羊全都会匍匐在自己的脚下，乖乖奉上血肉，成为他登上高处的垫脚石。

小小的铁皮人停下了脚步，在地面上转了一个圈。

"就是这里了吗？"吕逸宏舔了舔嘴唇，兴奋地卷起袖子，"让我来看看，这一次又找到些什么。"

小穆雪站在远处，毫无戒备之心地鼓掌："嗯嗯，师兄你快挖挖看，看这一次挖出来什么。"

吕逸宏的剑鞘飞快地铲土，咯噔一下，金属的剑鞘果然撞到了罐子一般的东西。他大喜过望，弯腰去看，只见那土壤中，两三条猩红的细线从泥土中钻了出来，刚刚露出空气，便咻的一声扎进了他手臂和大腿，转瞬没入肌肤之内，消失无踪了。

"红……红……腰。"吕逸宏的脸一瞬间吓白了，"怎么会，这里怎么会有红腰？"

"就是呢，这里怎么会有红腰这种东西呢？"稚嫩的童音响起，远处，那只纯白的羔羊好奇地说。

"是……你？你陷害我！你哪儿来的红腰？"吕逸宏指着穆雪，不可置信，怒不可遏。

"对啊，我哪儿来的红腰呢？"小姑娘脆生生地说，"师兄还是先别顾着生气，红腰是上古毒虫，无药可解，师兄现在抓紧把自己的胳膊砍下来，或许还有救呢。"

吕逸宏全身汗毛直立，当初他为了得到炼制龙虎丹的天婴草，把叶航舟诱骗至满是红腰的险地时，就曾对叶航舟说过一模一样的话。

"快！叶师弟，红腰乃无解剧毒，先把手臂砍下来，或许还有救。"

于是那位师弟一声不吭地断了自己中毒的一手一腿，却在这之后被他夺过天婴草，推入了红腰的巢穴之中。

如今，他只能和当初那被自己陷害的朋友一般，飞扑过去捡起佩剑，在巨大的疼痛中哭着砍断了自己的手和腿。

原来中毒是这样让人撕心裂肺地痛苦，死亡是这样令人恐惧而绝望。

倒在血泊中的吕逸宏苦苦哀求眼前之人救自己一命。

"发发慈悲，发发慈悲，师妹。杀人是不对的，只会给你留下心魔，有碍道心。你就饶了我，饶我一命吧。"

他已经快要死了。

那披着羊皮的小恶魔，却只是冷漠地站在远处看着绝望中的他，还在自顾自地说着话：

"我，从小就没有父母，自己一个人在最黑暗的城市长大。

"身边的人不是用鞭子打我，就是在我的饭菜下各种毒药。

"最终有一天，我突然来到了一个地方，那里的师兄师姐非但不打人，也不下毒，还牵着我的手带我进了师门。"

城门之前，那位师兄蹲下身来："小师妹，你怎么不哭啊？"

清晨，飘雪的广场。

"要不要学拳？师兄教你？"

群山之间，载着一大一小四处飞行的绿叶法器。

"哈哈哈，看见没，这是我叶航舟的小师妹，以后谁也不能欺负她。"

"伤了最疼我的小师兄，还想让我饶你一命？放过了你这样的人渣，才会给我种下心魔。"最后，穆雪平静地说。

被红腰吸干了血液的吕逸宏意识渐渐开始模糊，最终陷入永恒的黑夜。

"小小年纪，下手倒不软。"一道冰冷的声音，从高处响起。

穆雪转头看去，一棵枯死多年的槐树顶上，站着一袭黑衣的男人。

那人劲装玄甲，长长的腿踩着枝干，居高临下地看来。高处的风吹动他的发丝，露出半张欺霜傲雪的容颜。

一直冷漠平静的穆雪瞬间局促不安，下意识地想要扭过头遮住脸。

小……小山？

小山怎么会到这里来？

无色海 第二十五章

岑千山从高处跃下，他对那死状凄惨的尸体没有兴趣，反而弯腰捡起了倒在石砾上的一个小小的铁皮人，手指摩挲过那铁皮的接缝和铆钉。

那是一个普通的铁制人偶，既没有使用珍贵的炼材打造，也没有配备任何动力装置，对岑千山来说，充其量只能算得上一个关节比较灵活的儿童玩具罢了。

只是这莫名有些熟悉的技法和构型，勾起了他百年前的一段记忆。

那一年，师尊终于要传授他机关傀儡术。这是师尊最厉害的术法，他也期待已久。

初学傀儡术的第一步，是先反复练习制作傀儡的身躯，也就是制作这样简易的铁皮人。

岑千山坐在属于自己的操作台前，在师尊的指导下，组装第一个属于自己的铁皮人。

师尊站在他的身后，一手按住椅背，一手环过来握住了他的手掌，将一丝灵力传入他的体内引导他操作组装。

"像这样，用灵力改变它的幅度，虽然只是个躯壳，但我们对精密度的要求必须尽量高，一丝偏差都不能允许。"

年幼的岑千山悄悄转过眼，她离自己好近，近到能清晰地看见她脸部轮廓上细微的汗毛，那些柔顺的青丝别在饱满莹白的耳垂后面，说话的时候，脸颊微微鼓动。她注视着悬在空中的小小配件，宝石一般清透的眸子，浸在那一汪秋潭中，潋滟而生动。

岑千山最喜欢悄悄看这个人工作时候的样子，她专注于制器之时，眼里会透着细碎的光，神采奕奕，是那样好看。

此时，那灵动的眼眸突然转了过来，眼睑微眯："你没在听？"

伴随这句轻微的斥责，温热的呼吸拂在了脸颊上。一种酥酥麻麻的触感从脸上的毛孔钻进皮肤，迅速地流过每一寸血脉经络，一头扎进了心脏中，在最柔嫩的心尖上，毫不留情地攥了一下。

岑千山的心就开始不受控制地怦怦跳了起来。

他第一次意识到自己的心思变了。

那是世界上唯一的，真心疼爱自己的人，而自己却不可抑制地起了不该有的想法。

一开始只渴望填饱肚子的食物，一张温暖的床，后来慢慢就变了，开始渴望得到她的关注，得到她的认可。越发膨胀到想要她只疼自己一个，想要她只责罚自己一人，想她永远陪在自己身边，甚至想要和她更加亲近一点。

贪心不足，大逆不道。

第一个铁皮人偶在他的心猿意马中折腾了许久，才勉强做成。歪歪扭扭的模样却镌刻进了记忆中，也不知道为什么和如今手中的这一个无端有着许多相似之处。

"这个，哪里来的？"他看向那个仙灵界的小女修，"卖给我。"

这个年纪幼小的道修显然是认得恶名昭彰的他，初时局促慌乱，此刻大约惊吓得彻底呆住了，只愣愣地看着自己。

穆雪愣愣地看着眼前的岑千山，上一次只是元神浮在空中匆匆一瞥，尚且感觉不太明显。如今，成年了的岑千山真真实实地站在这里，就在自己的眼前。

一时之间，死亡的恐惧，重生的孤单，一百多年的浑浑噩噩，万般齐齐涌上心头。心中酸甜苦辣，五味交感，不知如何言说。

小山怎么变得这样高了？

他站在自己面前，山岳一般的影子盖下来，居高临下的，看自己的眼神是那样冰冷无波。

自己矮矮的个子甚至还没有他的腿高，想要像从前一样伸手摸一摸他的脑袋，只怕都做不到了。

这么多年没见，第一次听见他的声音，他也不甜甜地喊自己了，说话都冷冰冰的，像对一个陌生人。

穆雪不讲道理地心酸了一下。

"啊，这个是……"穆雪愣愣地说，"不卖的。"

那个铁皮人的材料是碧游峰主统一给的，图纸也是制式的，只是制作中夹带了一点她惯用的私货而已，也不知道小山为什么想要。

岑千山的目光在穆雪挂在腰间的符玉上过了一遍。

归源宗？

仙灵界的几大名门他还是知道的，归源宗确实有几位十分善于炼器的大师，想来这个小女孩是他们的弟子了。师尊从前制作的明灯海蜃台都已经流传到仙灵界，她的傀儡技法出现在这样的铁皮人身上也不算违和。

"小妹妹，你大概搞错了，我并不是在和你商量。"岑千山微微弯下腰，单手撑着膝盖看穆雪，语气冷冰冰的，"药剂？灵草？炼材？价格可以由你开。"

"价格你可以开，东西我要拿走。"冰冷又偏执，丝毫不讲道理的魔修。

"算了，这也不值钱。"穆雪讷讷道，"你要喜欢玩，就拿去吧。"

岑千山毫无表情的面容发生了一丝变化。

"你要喜欢玩，就拿去吧。"

这是那个人从前常用的语气。

眼前这张陌生的稚气小脸，莫名和那在梦里出现千百遍的面容有了一瞬间的重叠。

"小山，来看。新做好的傀儡。"

"啊，好可爱，我能摸一摸吗？"

"你要喜欢玩，就拿去吧。"

"小山你看，这是刚刚从货街买回来的灵玉。"

"啊，好漂亮，我能看看吗？"

"哈哈，你要喜欢玩，就拿去吧。"

重影消失，眼前不过是一位陌生而年幼的道修。

荒谬。我这是怎么了？

岑千山站直了身体，捏着那个不值钱的铁皮傀儡，一声不吭地转身离开。

看着岑千山毫无留恋离去的背影，穆雪忍不住想在心底喊，这一百多年到底发生了什么？是什么使我软萌可爱白莲花一般的小山，变成了这样冰冷偏执的男人？连小孩玩具都不放过。

罢了，罢了，她安慰自己。或许岑千山就是突然想玩一下铁皮人。从小给过他那么多东西，也不差这么一个小玩具。

星星点点的五色彩石铺就大地，斜阳混沌的光辉打在上面，折射出五色浮光。那些色彩交相辉映，茫茫大地上浮光游影，如同一片光怪陆离的大海。

这里是无色海，日光混沌不明，光海波涛涌动，时间永恒地停留在昼夜相接、光影交替之时。

岑千山坐在一座石像的肩头，默默地把玩手中的铁皮小人。

他想起刚刚那个小小的女孩子，站在血泊前，冷冰冰地对敌人宣读着自己的复仇之言。

有人伤到了疼爱她的兄长，因此，她孤身前来报了仇。

年纪不大，倒也有点意思，不像个道修，反倒像是出生在魔灵界的人。

是了，如果有人胆敢伤了师尊一分一毫，那自己也必定是要千百倍地让那个人尝到痛苦的滋味。

可惜，他没有这个机会。

远处隐隐传来乐声，浮光的海面之上浮着数点灯光，遥遥飘荡，远远而来。

看着似乎缓慢，转眼就到了跟前。那是一顶华丽宽大的轿子，无人抬轿，自悬浮于波光粼粼的水面，前后十余盏鬼灯相随。轿头垂挂八宝流苏，其下帘影重重。

轿帘掀起，一张巨大到比例失衡的面孔，从掀起一角的帘子中露出，那张脸几乎占据了整个轿身，也不知道其下是否还有人身。

"好俊俏的郎君呀，不如随我回家去，共度快活时光。"娇俏妩媚的声音，带着诡异的回音从那轿子中传来。

岑千山抬眼看向那怪异的轿子，慢慢抽出了"寒霜"。

神道分为三层，传言为无色海、渡亡道和极乐园，只有穿过这三个领域的神道，才能够抵达最终的神殿。而岑千山所要寻找的东西，只在神殿深处的无生无尽池中。

"郎君郎君，随我归去，一起快活呀。"带着回声的女音从四面八方响起。

形态诡异的怪物，在昏暗的光影中慢慢爬出，一只只围绕着那座倾倒的石像，反复吟诵着露骨的歌谣。

"郎君郎君，你看我美不美？"诡异、妖艳、身姿柔软的怪物匍匐爬上石像，伸手想要抚摸岑千山的腿。

空中寒芒划过，魔物尖叫一声，断为两截，魔体消散，半截蛇尾还在光影交错的海面弹跳。

"哎呀呀，好狠心的郎君。"四面八方的妖魔尖叫起来。

"让我来看一看，原来郎君心中有了人。"

"是她，是她，这个狂徒爱上了不该爱的人。"

女妖的面容一个个开始变换，变换成了那张他梦到了无数次的面容。

岑千山平静地闭上眼，抽出一条黑带，束住了自己的双眼，转了一个刀花，横刀在前。

"小山，小山？"

"你干吗闭上眼睛？"

"我回来了，好多年没见了，睁开眼看一看我呀。"

那些声音变了，变成他熟悉而怀念的声音，围绕在他的身边。

寒霜闪过，除妖断念。

"小山，原来你喜欢我，为什么不说出来呢？我也喜欢你呀。"

"放肆，你这个污秽不堪的东西，竟敢藏着这种念头，令人恶心。"

那声音时而温柔，时而愤怒，冰冷斥责，**重重叠叠**，无穷无尽。

…………

岑千山砍断最后一只魔物，扯下眼上的黑布，冷汗顺着脸颊流下来，汇聚到白皙的下巴滴落。

他喉结滚动，闭目喘息，过了许久，慢慢平复了心中的情绪。

不愧是神道的无色海，那些该死的魔物竟然变换成她的样子。

他松开攥紧的拳头，还剑入鞘，举目远眺，神识在这一刻被他尽可能地放得极远。一些细微的打斗声，也就顺着神识从前方隐隐传来。

在那里鞭影如蛇，黑漫漫，雾腾腾，云水摇天。

鞭影之中，剑如寒霜，寒梅怒放，与黑蛇相争。

"梅花九剑，这个道修的剑法倒也不俗，可惜落到柳绿春手里。"岑千山想道。

此时在那交战之地，使着蛇鞭的柳绿春心中恼怒已极。

她在神道之上转悠许久，进了这无色海后不得门道，却无意间遇到之前伤了她面孔的那年轻道修，孤身一人闯荡到此。她心中大喜，此人如今孤身一人，无人相助，合该将他轻松拿下，报那一剑之仇。

谁知对方虽然修为不如自己，剑法却十分难缠，极为棘手，搞得自己一身狼狈，至今还未能取胜。

她为柳家的嫡女，自小家族全力供养，终于金丹有成。在浮罔城内，有谁不称她一声柳大小姐。只要她看中的俊美郎君，何人脱得了她的手心。

谁知到了神域，竟连一个筑基期顶峰的道修弟子，都久斗不下。

"哼，任凭你再怎么厉害，终究也到此为止了。"柳绿春冷笑一声，黑蟒暴涨，终将那朵已支撑到了极限的寒梅折下。

黑色的长鞭束住那白衣男子的双手，把他吊举到自己跟前。

那人浑身伤痕累累，屈辱地闭上眼，转头不肯看她。

寒梅傲雪，高岭之花，输给自己的时候，欺负起来才别有滋味。

柳绿春来了兴趣，觉得这一番辛苦也算没有白费。

"别这样，我会对你好的。"她伸出手，想摸那良家道修的脸，"和我说说，你叫什么名字？"

那人目光如电，含恨向她看来。柳绿春心中正得意时，突生警觉，闪身避开，一柄飞速旋转的雪剑，无声无息从她刚刚站立的地方掠过，割断了她的几缕长发，向远处飞去。

柳绿春大怒，抓住那男子破损的衣襟，将他提到自己身前，咬牙笑道："本来想让你也快活快活，如今却是你自己找死。"

话音未落，一道巨大的痛苦从心脉传来。

柳绿春不可置信地低头看去，那柄如雪的长剑不知什么时候转了回来，穿透那男子的身躯，准确无误地没入她的心脏。

"我自小就将'冷月'养在体内，人剑合一，人就是剑，剑就是人！"那个同样被利剑贯穿的男人倔强地抬头看她，"即便我付云灵力耗尽，'冷月'也绝不会伤我，只会为我弑敌。"

"你……你。"柳绿春松开抓住那男子的手，后退数步，抽离利剑，哇一声吐出一大口鲜血。

付云以剑支地，撑着自己摇摇欲坠的身躯。

"我自拜入师门那一日起，就从未试过一败，未曾给我师尊丢过颜面。"他白衣染血，放声笑道，"不论你是不是金丹期修士，如今你在这神域，和我等阶一样，我就不可以输给你。"

两人同样伤重难支，摇摇欲坠，相对怒目而视。最终柳绿春捂住血流不止的胸口，跌跌撞撞逃离。付云握着剑柄，慢慢跪倒，委顿于地。

这里是神道之上，鬼神往来，妖物横行，倒在这里无异于等死。

付云努力拖着重伤的身躯，想让自己爬行到隐蔽之处疗伤。

一双黑色的短靴停在了他的面前，付云抬头看去，看见了一张冰冷而又令人恐惧的面孔。

那是一个魔修，一个即便在道修的世界也尽人皆知的人物，魔界第一高手岑千山。

付云咬着牙叹息一声，闭上眼。

师尊，徒儿没用，只怕非但取不回师弟的解药，还要让您伤心了。

岑千山看着眼前半死不活的道修。此人刚刚经历一场苦战，衣衫褴褛，但腰上挂着一块漂亮的符玉。这块符玉他刚刚在一个小姑娘身上见过，是归源宗弟子的标志。

本来，此事和他毫不相关。

但不知为什么，他的耳边响起了那个小女孩的声音：

"伤了最疼我的小师兄，还想让我饶你一命？"

没准这位就是她口中那个最疼她的小师兄。

"你，是不是有一个师妹？"岑千山看了看脚下的人，突然比画了一个高度，"这么一点大，头上梳两个小髻子。"

付云大吃一惊，小师妹在道修云集的外围营地，这个魔修怎么认得她？

谁知，那魔修岑千山看他半晌，突然出手，捎住了他的下颌，在他还没反应过来的时候，给他塞进了一颗丹药，强制他吞咽了下去。

"咳，你给我吃了什么？"付云捂住脖子咳嗽，可那药丸入口即化，早已没入体内。他心中苦涩，不知这个魔修想要怎么折磨自己。

但他很快知道了答案。那药丸入腹之后，丹田却迅速升起一股暖意，周身的伤痛极为明显地开始缓解。

这是属于魔灵界的疗伤之药，药效神奇，比寻常的雨润丹可以说好上数倍不止。

"你？"付云心中迷茫，疑惑不解。

"算是还你师妹的一点人情。"岑千山举步离开，低头把玩着手中不久之前抢来的铁皮人，"我不喜欢欠别人东西。"

第二十六章

险中求道

"且请留步。"付云喊住了岑千山，勉强自己站起身。他整了整破损的衣服，合袖行礼："多蒙道兄援手，云感激不尽。只是不知道尊驾怎么认识我家师妹？"

岑千山的视线落向他身后："你不如自己问她。"

付云猛然转头，远处一座石像背后，一个小包子躲避不及被他抓了个正着。

"张二丫！你……咳……你出来。"

刚刚抵达就被抓包的穆雪急忙跑了出来，伸手努力扶住付云："师兄你怎么受伤了？要不要紧？"

付云看见穆雪胆大妄为，独自一人跑到如此危险的神道深处，心中极怒，碍于有外人在场不好发作，只得先压下心中怒火，解释眼下情况。

"我遇到了魔修柳绿春，打了一架。多得这位……道兄施以援手。"

这里付云和穆雪说着话，穆雪抬头看去的时候，岑千山却已经独自离开了。

岑千山慢慢走在五色光构成的水面，身后那对师兄妹亲亲热热的对话声传进耳中。

"小雪，你怎么答应我的？为何不和大家一起待在营地，竟然独自跑出来。你知道这个地方有多危险吗？"

在岑千山面前杀人不眨眼的小姑娘此刻在她的师兄面前却十分温顺，低眉顺眼地道歉。

"错了，我错了。师兄你先别说了，我扶你找个地方休息吧？你流了好多血。对了，我师姐去哪儿了？"

"师姐她一进这片无色海就和我走散了。你乖乖待着别乱跑，我……咳，我稍事休息就送你出去。"

师兄师妹师姐的，相处得真好，人间的温暖总是那么相似。

这样的温暖他本来也拥有过，却被他搞丢了。

不过没关系，岑千山这样想着，自己很快就会把她找回来了。

无色海并没有真的海水，五色光芒交织成的虚无之海茫茫无边，几个巨大的神像和山丘露出那片光海，像是海中的一个个孤岛。

"海水"已淹没岑千山的膝盖，再往下走就是深海，他将整个人沉沦其中。海底是色和欲的世界，销魂噬骨的靡靡之音正不断从那五光十色的海波下传来。

"小山，来，快来。"

"这里好快乐，快一点下来，听话呀。"

"让我好好看一看你。"

"好想念你，这么久没见了。你有没有在想我？"

…………

岑千山低头看着眼前色彩斑斓的海水，身侧的指尖慢慢攥紧。

当然，一百多年的每一天每一年，无时无刻不想着你。

藏在心底深处，那些最不堪、最可耻、最不能见人的东西，被毫无顾忌地剖了出来，摆在阳光下。那些最渴望、最害怕、最无法面对的东西，不断地被重复述说，直撑到他的眼前。

岑千山慢慢从海水中退了回来，他知道自己不能再往下走了。除非无欲无求之人，否则一旦入了这片海，只会被拉进欲望的深渊。

想要过海必须找到传说中能带自己渡过这片海域的"渡舟"，渡舟是过无色海的关键。但能不能找到渡舟，却靠的是一份机缘。

在一处土坡的避风处。

付云心情复杂地看着眼前忙忙碌碌的穆雪。

年纪幼小的师妹有条不紊地为他端水换药，安顿他休息，还抱着一柄小剑，坐到外面守护。

"师兄你安心睡一觉，我守着你。"那小小的脸蛋转过来，冲着他笑，"你放心，妖魔来了我就喊你。"

付云知道，自己一直不太喜欢师尊新收的这个师妹，平日里对她绝说不上好，既不像小师弟那样对她温柔体贴，也没有像师姐那样对她多方照顾。

但她对自己似乎毫无芥蒂，亲近有加，细心照料，不辞辛劳。

"你真的不肯回去？"付云的声音还带着一点沙哑。

"嗯，师尊他说过，只要我想明白了，就可以选择自己想走的路。"穆雪端了一杯温水，递给付师兄，"师兄就算赶我走，我也会自己跟上来。"

"这里太危险了，如今师兄我恐怕……咳……护不住你。"

小师妹却只是转过脸来，一脸天真懵懂地笑。

她什么都不懂，连鸡都没杀过一只，只修行了那几天的道法，怎么应付得来这里的重重危险。等自己略好一些，无论如何都要把她先送回去。

付云这样想着。

岑千山在浅水的区域来回搜寻了许久，没有找到传说中的渡船，反而看见了那个叫张二丫的小女孩。

那个道修的小女孩在一个顺风的土坡上挖了一个土灶，土灶的上方用大大小小的土块叠了一个尖尖的石头塔。小姑娘正蹲在灶台前添柴烧火，把那一塔的土块烧得黑中透红。

岑千山瞳孔微缩。

女孩搭的土灶叫地锅锅，用这种方法烤出来的土豆洋芋外酥里嫩，喷香可口。巧的是这是他最喜欢的吃食之一，也是他年幼的时候，每一次外出狩猎，师尊都会做的食物。

穆雪动作熟练地将灶膛里的火灭了，把之前找到的几个地瓜和芋头丢进灶台，用土堵住灶门。随后取一根粗木棍，将那些通红的土块敲碎，让它们全部滚进灶膛内。最后用湿土厚厚地捂住，将高热捂在炉子里，以便烤出香喷喷的食物来。

"行啦，剩下就等着吃了。"穆雪拍拍手上的土，站起身来。

好多年没干这活了，还没有生疏嘛，她满意地想着。想当年，小山最馋这个了。每次他们外出狩猎，如果没有找到什么的时候，她都会做这个。

这个念头还没落地，一抬头，猛地就看到那个身高腿长的男人站在土坡上，正死死地盯着她。

"小……小哥哥，你怎么回来了？"穆雪受到了惊吓，险些说漏了嘴，匆忙间把小山的"山"字咽了回去，憋屈地换上了一个可耻的称呼，蒙混过关。

为什么小山每次都能悄无声息地出现在她附近？

只有元神强于自己的人才做得到这样，看来他如今的修为已经超过了自己当年。

岑千山死死盯着眼前还没有他半截高的小女孩。

只是巧合而已，地锅锅这样的做法在凡间极为普及，并不是什么罕见的东西。只是巧合而已，她做的那个铁皮人凑巧用上了师尊的技法。

他在心里反复劝说自己，但脚像被钉在地上一般，一步都没有动。

直到那个女孩扒开了灶膛，拨出几团香喷喷的食物，笑着捧到他的面前。

"我听师兄说了，是你帮助了他。真的很谢谢你。"穆雪掰开一个焦黑的地瓜，露出里面黄澄澄、热腾腾、又香又酥的内馅，"刚刚烤好的，你要不要留下来和我们一起吃点？"

她眼里带着亮光，仿佛心里很是期待一样。

穆雪捧着烤好的地瓜，期待地看着眼前已经长大成人的小徒弟。

太久没有看见小山了，真想多看看他，和他说说话。出了这个秘境，以后想要再见上一面，可就难了。

当年母亲传授的无限化身轮转秘法，是以心印的方式直接印在她的脑海中的。所以母亲温柔提醒的那句话，也时时在脑海中响起："唯有一点，万万不可泄于他人，否则秘法便会失效，再也没有机会转入轮回。"

曾经的穆雪没想明白，如今却依稀有些懂了。

把秘法传给自己的母亲，是放弃了自己转世成人的机会，以此来护住被孤单留在世间的女儿。

穆雪不想放弃这个秘法，她想一世世地修行下去，直到证得大道，逍遥太虚，快乐千万年。

被天雷劈死的魔修，大多魂飞魄散，消弭于天地中。岑千山应该也想不到自己竟然还活着，甚至还拜进了道修门下吧。

悄悄地看一看他，和他坐下来吃一顿饭。

哪怕就这么一次也好。

真令人高兴。

岑千山沉默了半晌，在穆雪期待的眼神中，慢慢伸出手，拿起金黄色的地瓜，掰了一点放入口中。

酥软，甜腻，热气腾腾，和当年的味道一模一样。

那样滚烫的浓香一路顺着喉管落到心里，把那个结了冰的心烫穿了一个空洞。

每当他吃完，那个名叫张二丫的小姑娘便会跑过来，也不说话，只笑着再给他手里塞上一块热乎乎的食物。

于是他就坐了下来，莫名吃了一块，又一块，不断地把食物往口里塞，咽到心里去。

"快看，那是什么？"烤地瓜中的穆雪突然站起身，指着远处的水面。

明明没有海水，只是光线的虚影，但那彩色的水面上，却远远地漂来一叶小舟。

那舟非竹非木，竟然是用黄纸折叠而成，浮在水面上，泛着一层薄薄的金辉。

"是渡舟。"岑千山站起身来。

下一刻他已经出现在小舟边，举步踩了上去，纸舟稳稳停在无色海之上，没有任何下沉的痕迹。

"等一下。"穆雪很快跟上来，自然而然地说，"我们一起坐呀。"

她冲着岑千山笑笑，伸手把稍微恢复的付云拉上了船。

岑千山愣了愣，这个道修的女孩大概是太小了，还不知道害怕。

已经不知道多少年了，没有人敢这样随便地和岑千山说话。

他并不习惯和陌生人在这么小的空间内相处。

但刚刚吃了别人不少的东西，半路上还抢了人家的"玩具"，不好意思翻脸将两个人赶下去。于是他忍了忍，默认两人和他同舟前行。

舟行海天之间，夕阳如血，光海如梦。

穆雪坐在船上，伸出头去，看那海水渐渐变深。

海底五色玄石，彩光交织，像人间的花花世界，色欲迷人眼。穆雪伸手捞了一把彩色的海水，什么也没捞到，原来只是一片虚无空泛。

"也不知道师姐她一个人去了哪里。"穆雪坐在船上想起走散了的苗红儿。

岑千山站在船头，眺望远处海域，回答了穆雪的疑问："无色海现人间六欲，分别为视欲、听欲、舌欲、觉欲、身欲、情欲，心底所求不同之人，进入欲海之后，自动被分到不同的海域。"

他来之前已经尽可能地查阅考证过各种关于东岳神殿的资料，对这些现象都有所准备。

付云坐在船尾，补充了一句："师姐她必定去的是舌欲海。而我们进的这片海域，却为情欲海。"

他和岑千山彼此看了对方一眼，心下都忍不住嘀咕。

这位魔修看起来孤高冷傲，原来也深陷情欲，和普通人无异。

两人又同时去看坐在船边的穆雪。

那孩子小胳膊伸着，不断去捞那影的海水玩。

这样的小包子，为什么也会跑进这片海域中来？

付云咳嗽了一声，替穆雪解释："情之一字除了男女之情，也可指亲人之情、朋友之情、同门之情。小雪她是一个很注重同门情谊的孩子。"

天空渐渐暗了下来，仿佛有一场雷雨即将到来。

海面变得浑浊，海底深处，隐隐有歌声响起，那歌声初时几乎细不可闻，渐转为高亢，如鲛人放歌，似昆山碎玉，有时香甜浓密，细细撩动，拨动着人心最软的那块区域；有时柔情悲切，仿佛经历过了漫长的追思等待，苦求不得，肝肠寸断。

这样反复多变的极端声音听得久了，再怎么屏除外缘，都难免心烦意乱。特别是穆雪这样入门时间尚短，定功修习不久的孩子。

海底波澜涌动，小舟上下颠簸。似有无数令人恶心的妖魔，就要跃出海面，一把撕碎这薄薄的纸舟，将船上众人拉下浑浊的海水之中。

付云突然道："师妹，你已修得行庭心法是吗？"

穆雪茫然地点点头，不知道师兄为什么这个时候提起修行功法。

付云又说："既然如此，师兄今日传你一套本净非萤秘法。若借这无色海，或许你能修成此法，便可直入本门龙虎交媾境。"

穆雪呆住了，看着妖魔横生的海域："在这儿？"

付云道："去吧，你不过是个孩子，稍后的战局不必你出手。倒是若是神志受欲望所扰，平添纷乱，大碍将来修行，不如入静去，这无色海或许还是你的机缘。师兄也好放开手脚战斗。"

穆雪迟疑着在纸舟上打坐入静，初时四面妖歌渐盛，无孔不入，再加心中思虑纷乱，船身摇晃，怎么也无法入静。

付云的声音在此时穿过那些靡靡妖歌而来：

"一切众生，缘虑为心。譬如百千大海不识，但认一小浮沤。至此迷中复迷，妄中起妄，……循环六道，密网自围，不能得出……"

穆雪的心慢慢沉浸下来，船身虽然起伏颠簸，但她的身体却仿佛和小舟浑然一体，凝而不动，心中寂静一片。

"幽明朗照，物理虚通，本净非莹，法尔圆成。"师兄所传口诀反复响起。

穆雪静心体悟其中深意，渐渐有所了悟。

耳边靡靡妖音、诡秘之歌越响，心中反而越发寂然一片。慢慢了悟这样的五光十色皆为虚幻。实不值一视，不值一听。

冥冥之中仿佛有一双眼睛睁开，看见了自己坐于一叶纸舟上的身影，自己身体的皮肤渐渐剥落，一片明灿灿、清透透的心浮现，顿时心中一片清静安宁。外面的魔音妖语，依旧喧闹，却再也不能感染她宁静的情绪。

本净非莹的境界修成之时，入门当日，师尊印入眉心的心印自然而然响应，龙虎交媾法则在心中显现。

在黄庭之中，烈焰燃烧于天空，静水横流于地面。烈焰滚滚内飞出一条皎皎天龙，澄净幽潭中跃出眈眈猛虎一只。那龙虎相交，相互吞咽，两情留恋。

黄庭里面这二气交加，有如天地相合，日月交光。于是混元之中，生出了一点金灿灿之物，如玉华似金液。

这便是炼制大药的根本，也是将来凝实金丹的基础。

穆雪可谓因祸得福，险中求道，竟然在这无色海中，修为更进一层。

此刻的无色海白浪鼓动，山涛迭起，一叶纸舟于狂涛巨浪中起伏颠簸。

但舟中小小少女，如端坐静庭，面色平和，周身莹莹起辉，似伴随着隐隐约约的虎啸龙鸣。

"真是个好孩子，难怪师尊说她天姿卓越。"付云看着端坐小舟之中入定的师妹叹息一声。

无数形态魅惑的女妖，在波影中浮现，交叠着苍白黏腻的手指往船身上攀爬。

岑千山抽出他的寒霜，一刀带雪，斩断万千魔体。

付云拔出了他的冷月，新月如钩，勾魂夺魄。

两人立在船中，和浮出海面的妖魔对峙。战斗不知持续了多久，五色光华的海面，层层叠叠漂浮着无数妖魔的断肢残躯。

海水依旧茫茫无边，海底妖魔无穷无尽。

船上战斗的二人皆已浑身浴血。

付云单膝跪地，以剑为支，大口喘着气，看着依旧稳稳站在船头的那位魔修，心中佩服："魔灵界第一强者，果然名不虚传。"

岑千山没有看他，一刀画圆，逼退所有魔物，血色从他额角流下，污了半边面孔，他双眸战意森然，丝毫不惧。

"我师妹她……她才入门三个月。"付云撑起身，再次斩断两个意图爬上船的妖魔，艰难开口，"她还没学会战斗，还有很多东西没有学。"

"如果我战死在这里，你能不能帮我个忙？"他的手上都是血，鲜红的颜色顺着剑柄流下，染红了银白之月。"帮我把她平安带到岸边。"

"可。"那魔修简简单单地回答。

"这我就放心了，大可放手一搏！"云中君子浸血的手臂举起，向攀上小舟的魔物出剑刺去。只是在这无法调动灵力的灵界，他血尽力竭，已实乃强弩之末。

在他身边盘坐着的小女孩，周身突然亮起一圈光球，那光球扩大越过她的师兄，越过船头的岑千山。

光球上一龙一虎，交错追逐，龙吟虎啸一时盖过波涛，撕碎了四周一圈妖魔。

待到光球法力溃散消失。穆雪睁开眼站起身来，抽出一柄普普通通的护身短剑："师兄你先歇着，让我来试试。"

她小小的身躯背靠岑千山，持剑对外。

无边无际的海面，堆积着无数妖魔残肢断臂的海浪，惊声尖叫着不断向着船沿攀爬的怪物，惊悚而恐怖的战场。但穆雪持着短短的小剑，立在汹涌起伏的波涛之上，却并不觉得害怕。这样的场景她十分熟悉，从前和岑千山这样背靠着背，在险境之中彼此守护的战斗是生活的常态。

穆雪感到自己的血像从前一样热了。唯一让她有些郁闷的是，岑千山如今也未免太高了些。

在这个灵力被压制的世界，刚刚她借着突破境界施展出龙虎护身境，此刻已经再不能续。

没有了术法，这副六岁的身躯战斗起来十分麻烦。

可是不论什么时候，她都不习惯成为一个惊慌失措，求人施舍保护的对象。

"我虽然年幼，也愿一战，至死方休罢了。"

短剑平刺，砍断了一个妖魔的手臂，回转轻挑，挡住抓向身后之人的利爪。

用的都是最省力而简单的招式，却也是最直接有效的法门。

岑千山斩断一个企图上船的妖魔，这样群魔乱舞的地方，让他觉得自己有些癫狂。若非如此，为什么就连一个这么小的陌生女孩，都能无端带给他可以托付以后背之感。

这一生，他的后背只并肩站过一个人。那个人已经死了上百年，她的魂魄在等着自己拿到神器回去。

岑千山甩掉剑身上的血液，突然仰头笑了。

"死有何惧，生者凄凄。但我不会死，今天还不能死。尚且有人在等我归去。

"只要我不死，你们就都还有机会活着！"

岑千山的刀，寒霜凝血，刀锋一点红芒，曾搅得魔域天翻地覆。

此刻，他纵声狂笑，刀如寒霜，冻住了那铺天盖地的无色海。

纸叶小舟，迎头撞入一片透明的屏障之中。

仿佛突然就从泡影中挣脱一般，那无边无际的欲海、无穷无尽的妖魔骤然消失不见。

纸舟从中跃出，停在一片干燥的沙砾上，天空是永恒不变的黄昏，四面是荒草杂生的废土。

浑身是血的三人愣愣呆立船上。

穆雪一屁股坐了下来，幸好还活着，险些再转世轮回一次。

她抬头看着身边满身是血的岑千山。

岑千山回头看去，身后那个小小的道修女童正看着自己，陌生的容貌，陌生的声音，陌生的气息。

不是那并肩作战、生死相托的至亲之人。

"你……你是谁？"他突然哑着声音开口。

"我？我是张二丫啊。"穆雪呆住了。

岑千山伸手抓住了她的肩膀，慢慢弯下腰，侧着头看她。

那双眸中透出的浓烈情绪让穆雪心里有些慌，她突然觉得事情和自己想的或许不太一样。

一百多年过去了，岑千山好像一点都没有忘记自己，他还是和当年那样聪明又敏感，相处中一点点的蛛丝马迹，便让他起了疑心。

不，他现在不能叫作孩子了，他已经成长为一个这样具有压迫感的男人。

"你……为什么叫小雪？"岑千山的声音慢慢低沉，仿佛一字一顿从胸腔中掏出来一般。

他的手甚至抓得穆雪肩头有些疼。

付云从旁伸出手阻拦："道兄，小雪只是大家对她的一个昵称。"

岑千山不搭理他，只盯着穆雪看："你……认不认得我？"

穆雪仰着脸看他，近在咫尺的双眸中深藏着一种说不清道不明，让她不敢深想的东西。

她讷讷道："认……认得的。魔界第一强者，先生上课的时候说过你。"

那双凝视着她的眸子微微颤动，渐渐黯淡了。

他仿佛从那种魔怔的状态中清醒过来，松开了抓住穆雪肩头的手，直起身躯，自嘲地笑了两声，摇摇头。

"抱歉。"他仿佛懒得解释，随意挥了挥手，就这样自顾自地走了。

那背影慢慢远去，自嘲苦笑，伶仃消瘦。

以前的岑千山也爱笑，笑起来眼睛亮晶晶的，漂亮得像日头下欢快的小溪。他高兴的时候会笑，撒娇的时候会哭，生机勃勃的，鲜活得很，一点都不似如今这般压抑冰冷、死气沉沉的模样。

这些年，他自己一个人，似乎没有把日子过好啊。

穆雪的心莫名难受起来。

从前她觉得自己身死道消，是最痛苦倒霉的那个。被留下来的人，终归还活着，悲伤也不过一时，总会忘了她，过好自己的日子。

如今看到岑千山的模样，穆雪才发觉自己似乎想错了。这个人把自己看得比自己想象的还重，以至于经过如此漫长的时间，他还能通过短暂的相处便敏感地怀疑起自己的身份。

时间是最能消磨一切的东西。百来年了，还有人想着自己，这样把自己放在心上，穆雪不知道自己是不是该高兴，心头有那么一点烫，微微地带着点苦涩。

穆雪叹了口气，扶着付云往更安全的地方走去。付云手臂上淌着血，脸上的血色都褪尽了，还不忘提醒穆雪：

"魔修的性格总有些偏执古怪，难以捉摸，这位虽说救了你我，但师兄没在的时候，你……尽量别和他们接触。"

师兄是君子，哪怕对魔修心存戒备，也不肯过度非议帮助过自己的人。

他大概还不知道，他一路护着的张二丫，表面伪装着一个和他们相似的壳子，内里其实也是个偏执又古怪的魔修。

"你总算出来了，我等了好久。"大师姐苗红儿叼着根青草，坐在前方的树头上，看见了他们俩，高兴地从树上翻身下地，一路跑过来，"咦，小雪你怎么也来了？"

付云身上有伤加上几番战斗，损耗过度，只因身在险境，放心不下穆雪，一直强撑着，直至看见了同门师姐，心中一块大石落地，这口气一松，顿时就再也支持不住。

"怎么把自己搞成这样？"苗红儿皱起眉头，出手扶住了他，"你别走了，我背你好了。"

苗红儿精修体术，此地虽然不能使用灵力，却不妨碍她天生神力，轻轻松松便把付云背在了背上。只听见后背之人轻轻在肩头喊了一声师姐，便陷入了昏迷之中。

付云入门的时候，苗红儿本来是师尊唯一的弟子。

那个温润知礼、惊才绝艳的小男生一出现就得到了宗门上下所有师长的喜爱，顿时和整天上山下水倒腾吃食的苗红儿形成了鲜明的对比。

当时还十分年幼的苗红儿心里就有那么点吃味，加上她出身市井，生性跳脱，最是不喜欢那些紧守教条礼仪、装模作样的人。

于是她有事没事就以欺负这个漂漂亮亮的小师弟为乐，时不时干出丢几只毛毛虫弄脏人家衣服、比武时把人家骑在身下揍一顿等恶劣之事。

长年累月下来，两个人彼此看不顺眼，关系就有些不太好。

如非必要，付云是从来不喊她师姐的。

这是伤得有多重，人都迷糊了，才会这样软绵地喊自己一声。苗红儿心里想。

"怎么回事，谁把你师兄伤成这样？"苗红儿背着付云，带着穆雪往前走，边走边问。

穆雪便将一路发生之事细说了一遍。听到那个魔修用鞭子捆住付云，意图对他动手动脚，苗红儿柳眉倒竖，怒火中烧。

靠在肩头的师弟昏迷不醒，凌乱的鬓发糊着汗水和泥污。他本来是最爱干净的人，一只毛毛虫弄脏了衣袖都要憋着气回去换一套才罢休。此刻那身标志性的白衣又破又脏，几乎看不出原来的颜色。

"很好，一个两个都伤成这样。"苗红儿咬肌绷紧，"如今我们逍遥峰的人是这样好欺负的了。怪只怪我这个大师姐过于无能。"

"师姐，你先别生气，也有好消息的。"穆雪拉了拉她的衣袖，"我从营地出来的时候，听说天衍宗的吕逸宏死了。"

"死了？他怎么死的？倒是便宜了他。"苗红儿不解恨地说道，"要不是急着先找解药，我早就找了这个败类的麻烦。"

"听说他中了红腰剧毒，自己砍断手脚，最终还是毒气攻心而亡。死得不太好看。"穆雪牵着苗红儿的衣袖走路，小脸淡淡的，仿佛在说着一个和自己毫不相关的传闻。

苗红儿转头看了她半晌："可以啊，小师妹。不愧是我们逍遥峰的人。"

出了无色海之后，沿着神道一路前行，看见了一个荒废多年的小镇。本来空无一人的废弃镇子，此刻成了过往探索者的据点。

这里已经深入神殿，能走到这里的人少了许多，因而不论是道修还是魔修，也都不再各自圈领地，索性都会聚在这个小小的镇子上休整。

仙魔两界平日里彼此不能互通，即便进了双生神域，只要是具备灵气和生命的东西，都无法带到另一个世界。也就是说，魔灵界的法器带不回仙灵界，反之亦然。

但尽管如此，交易的办法总还是有的。比如一套来自异界的功法，可以不记录在玉简中，而是用笔抄录在毫无灵力的纸页上，再行带出。又比如机关制作的技巧，符箓绘制的法诀，灵丹炼制的秘法，都完全可以在这神域中，拆解揣摩，学习吃透了之后带回自己的世界。

甚至两界中彼此不同的美食佳酿，食汇曲谱，话本异闻，那都是可以带进来交流互换一通的东西。把这些带回自己的世界之后，因其中神秘的异域风情，往往更为畅销流传，引修者争相抢购，津津乐道。

东岳神殿开放了几个月的时间，这样暗地里的交易市场已经稳定成熟，在这个废弃多年的镇子上，就有不少魔修和道修之间进行着频繁的交易，甚至形成了一个小小的秘密集市。

能走到这里的人，多半都有那么一点的实力，也比较有拿得出手交易的货物。

为了让付云疗伤恢复，苗红儿和穆雪在镇子上找寻了一间空置的小屋稍事休整。

"小雪你是不是进阶了？看上去仿佛和先前不同。"苗红儿问道。

"过无色海的时候，师兄传了一套心法。果然如同师兄预期，借着那些遮天魔物的恐怖之境炼心，反而让我一举突破了境界。如今已经明白了龙虎交媾之意，初识产药之法。"

"竟然还有这样的窍门？倒合该是你的机缘运数。也亏付云想得出来。天地间以阴阳相交而生万物，人体内以龙虎交媾而生大药，这正是将来凝结金丹的基础。"苗红儿连连赞叹，"要知道这个境界可不容易领会，你看我宗门内筑基弟子何其之多，但金丹期的师长却寥寥无几。其中大半都是因为领会不到这一心境，无法采药归炉，就更不用说去矿留金，成就金丹了。"

苗红儿蹲下身摸着穆雪的脑袋，真心实意祝贺："你小小年纪便领会了这个境界，可见根骨绝佳，以后好好修行，必定有希望成为师尊那样的金丹期修士。"

穆雪看向昏睡在床榻上的付云，心生感激："哪里是我根骨绝佳，全是多亏了师兄指点照拂才有这样的体悟。"

苗红儿笑道："云师弟确实天资聪慧，且素来对修行有自己独到的见解。如今师姐我除了在体术上还能胜他一二，其他的境界修为倒是落到他后面去了。"

说罢她卷了卷袖子："以后我多吃点，争取超过他。"

穆雪想起过无色海时的惊涛骇浪，便问苗红儿道："师姐你是怎么过来的？我们渡海的时候实在险之又险，差点没到这里。"

苗红儿挠挠头："你师姐我是以食入道，过海的时候倒也没找到渡舟，直接从海底走的。海底全是世间各种美食，我一路吃着吃着，就过来了。好像也没多少困恼。"

苗红儿回想起自己渡海时的情景，舔了舔舌头。确实也有些危险，欲海中的食物实在过于美味，险些沉醉其中上不了岸。幸好心里还落着点责任，终究挣扎着回到岸边。

"据说渡过无色海的难易，主要根据渡海之人执念的深浅而变化。执念越深，欲海中孕育出的妖魔就越多。"苗红儿奇道，"你们到底是因为什么才遭遇那样的惊涛骇浪？"

穆雪掰了掰手指："奇怪了，我们是三个人一起渡海的，我、师兄和岑千山。"

"原来是他啊。"苗红儿恍然大悟，"你们竟敢和那位多情山同舟渡海。难道没听过他痴恋亡师，守节百年的故事吗？那故事都在魔灵界传为经典，甚至流传到我们仙灵界来了。"

苗红儿显然也是话本故事的爱好者。

穆雪石化了："啊？"

"你太小了，没听过就罢了。付云他可能是太古板了，从来不沾这些。"苗红儿摸了摸下巴，转头看床榻上一身是伤的师弟。

朗月清风，云中君子。自己这个清高矜贵、恪守礼教的师弟竟然走的是情欲海？这要是被宗门内的那些师妹知道了，只怕不知道要打翻多少醋坛子，又哭湿多少条手绢。

到底是谁夺了师弟的芳心？苗红儿百思不得其解。

同样一头糨糊的穆雪迷茫地走在营地内的道路上。

曾经看见师姐们读那些话本的时候，她只是付之一笑。魔灵界和仙灵界互不相通，消息传递不畅，她以为那些不过是一些以讹传讹的绯闻罢了。毕竟自己都亡故了一百多年，穆雪这个名字被后人编派成什么样，都不足为奇。

但这次遇到岑千山之后，不知道为什么，她心底隐隐升起一种不妙的感觉来。

岑千山看着自己的那双眼眸，反复在脑海中出现。那里眸色深深，似乎混着碎了的冰川，藏着百年的时光，压抑着千言万语不忍言说的昏乱。

那些传说，总不会是真的吧?

这样说起来，会不会是自己当年真的做过了什么不负责的事，让岑千山心中生了误会?

穆雪心中一惊，慌忙摇头。时间毕竟过去了上百年，自己又转世为人，当年的记忆不太清晰之处也是有的。

只是这样想着，明明没有的事，也免不了越想越心虚。

驯水虎

第二十八章

　　神域内不分昼夜，但人作息自有时。

　　穆雪于屋内入静，观心止念，安神守窍，抓紧时间稳固自己在渡无色海时领会到的新境界。

　　黄庭之中，鸿蒙天地初分，天空火云滚滚，隐有龙吟。大地布一方静水，晶晶然如镜，清澈见底。

　　穆雪开了内视之眼，顿觉我中有我，只见自己元神端坐于那片水镜边缘。

　　泓澄的水底跃出一条眈眈猛虎。

　　和以往不同的是，那虎甩了甩湿漉漉的毛发，竟然绕着穆雪走了半圈，在她身侧匍匐下来。

　　穆雪吃惊地侧目看去，只见那虎化为一位浑身湿透的男子匍匐于地。

　　那人一双精实的手臂撑起身躯，伸手将一头湿漉漉的头发向后抓去，眯着眼睛向穆雪看来。

　　睫毛上犹自挂着剔透的水滴，露出了那张令人惊心动魄的脸。

　　这张脸穆雪不久之前才见过，他在魅影重重的波涛里纵刀狂笑，玉面染血，一舟渡海。

　　千帆过后，已无少年。

当年的小小少年，如今已经是一个成年的男人，举眸看来之时，一滴水珠沿着脖颈滚过圆滑的肩头，一路滚落下去。

岑千山逼近穆雪，双眸就像那风暴来临前的海。

"师尊，你竟然不认得我了吗？"

我的小山不是这样的。

穆雪心中闪过这个念头的时候，岑千山的那张脸就变了——五官还是那副五官，没有了那种成年之后的阴郁颓然，眸色变得柔和而明媚，眼底氤氲着秋塘中的柔草，成了十八岁那年的模样。

他潮湿的手伸过来，搭上穆雪的膝头，仰起脖颈，眼波动人。

"师尊，你为什么还不要我了？"

穆雪瞬间守不住定境，从观想中退出。

睁开眼睛，眼前是光线昏暗的屋舍，窗外是永不落山的夕阳。

她努力平复了体内混乱的真气。

这是怎么了？入了魔境吗？

有些时候，这妄心一旦起了，就像艳红的春花开在雪地中，你越是想不去看它，它越妖艳地招惹你的视线。

不论穆雪怎么观心入静，黄庭之中的那只水虎总是能在最不恰当的时候，具象化为岑千山的模样。

他从那净水深处出现，长发旖旎，肌肤带水，伸出修长的双臂趴在水潭边上。

时而是靡丧低沉，郁郁寡欢的模样；时而又变得阳光璀璨，青葱年少。

有时他拉着穆雪的手笑得羞涩腼腆，有时候却毫无顾忌地说着那些话本中的意义不明的话语。

烦恼不已的穆雪，突然就想起杨俊师兄在面摊上对她们说的那段话：

"若是有一天突然下山，遇到了一位翩翩少年郎，对你使尽风尘中的手段……等你回了山，自然打坐时也是他的面容，入静时也见着他的脸……"

穆雪捂住了面孔，不得不去找自己的师姐师兄请教。

付师兄已经清醒过来，披着一件外衣坐在床头。他正接过苗红儿递来的一碗清粥，礼貌又疏离地道了一句："有劳了。"

苗红儿想着，果然只要清醒过来，想听他叫一句师姐就不容易了啊。她理了理衣摆在付云的床尾坐下和他商量："依我说，你和小雪先在这里好好休整，让我去前头探探路便是。"

付云淡淡地打断她："不，我已无大碍，明日便可启程。"

穆雪就在这个时候从门外探进脑袋来。

苗红儿一看见她就冲她招手，翻出一纸袋挂着白霜的糖雪球："我和魔灵界浮罔城来的那些人换了新鲜的吃食，小雪肯定没吃过。啊，张嘴。"

穆雪张开嘴接了，红果酸脆，糖浆酥甜。好怀念的食物，她不仅吃过，这可是她从小吃到大的零食。

"我想问一下师姐和师兄，修习龙虎功法之时，如果水虎出了点毛病怎么办？"她鼓着腮帮吃糖雪球，含混不清地问道。

付云奇道："水虎何如？"

苗红儿："水虎发生什么问题了？"

穆雪脸皮再厚，也不好意思交代自己将代表太阴的水虎幻化为自己从前的小徒弟了。

她只得含糊其词道："就是……他不太安分，该做的事不做，到处乱跑。"

付云坐直身躯："黑铅水虎，乃天地生发之根，其形猖狂，须驯而调之，方可产先天至精，得金液还丹。"

穆雪结结巴巴："怎……怎么驯而调之？"

付云说道："圣人曾言，降龙为炼己，伏虎为持心。师尊曾传下伏虎诀一句，今日我便转授于你。"

穆雪急忙正襟危坐，聆听口诀。

只听师兄念诵："采药寻真至虎溪，溪中猛虎做雄威。被吾制服牵归舍，出入将来做马骑。"

"做……做马骑？"穆雪呆住了，她简直不敢想象那个画面。

苗红儿看着她呆愣的表情就好笑。

"你修的道和你师兄不同，只怕不能按他的法子练。"她往穆雪口中再塞了一颗糖雪球，"小雪修行的时候，是不是看见了什么别的东西了？"

穆雪鼓着腮帮咯吱咯吱地响："啊，还能有别……别的东西吗？"

"看到别的东西一点都不奇怪。"苗红儿举起一根手指，"《易经》曰：'天地氤氲，万物化醇。男女构精，万物化生。'所以天地间阴阳相交而诞生了万事万物。你我修行之人，也是以阴阳相交而生大药。我们说的龙虎相交，乃是促阴阳，合性命。虽说道法中说的是龙虎，但实际上它有可能是任何形式呢。"

穆雪想了半天，小声嘀咕："可是离龙，坎虎。离为阳，坎为阴。我以为水虎至少得是……女性才对。"

"并非如此，"付云说道，"离虽为阳，然外阳而内阴。坎固为阴，然外阴而内阳，因此坎配蟾宫反为男。"

他取出一本薄薄的绢书翻出了一张绘制精美的绘图给穆雪看，只见那图中绘一炉鼎，左一白面郎君坐虎而来，右边一位红衣女子乘龙而至。

更有批文：白面郎君骑水虎，红衣女子跨火龙。铅汞鼎边相见后，一时关锁在其中。

图中那位白面郎君长发披身，飞眉入鬓，乘虎身破水而出。穆雪瞧了半天心中懵懵懂懂似有所悟，又似更加迷茫混沌。

晚饭的时候，穆雪和苗红儿一人端着一碗羊杂汤蹲在院子里吃。

"小雪还很小，如果有想不明白的地方就不要硬想。慢慢来不必着急，很多人在初入境界的时候，都会有一些想不通的事呢。"苗红儿吃得嘴上挂了一圈的红油，抬起头问穆雪，"好吃吗？我怎么觉得魔灵界的这些风味吃食味道特别好。一会儿再去找他们倒腾点。"

"啊，好好吃。"穆雪吃得小嘴油汪汪的，"师姐当年初入龙虎境的时候，见到了什么？"

"我啊，我就不用说了吧。"苗红儿端着碗，不好意思地笑了，"我当初看到一个鸳鸯锅，红油白汤，交相翻滚，满室生香。现在想起来还流口水呢。"

穆雪跟着笑了，因为遇到魔障而焦躁起来的心，也因此放松了。

斜阳的余晖，照进破旧的庭院。

一大一小的两个身影，坐在屋檐下端着热气腾腾的汤碗。

"所以师姐是同意带着我一起去了吗？"

"嗯，小雪若是想去，就同去。毕竟，你也是逍遥峰的一员了。这条路上只要你师姐我还站着，没有倒下，就一定会护着你的。你师兄虽不情愿，但只要我愿意带着你，他也就没什么办法。"

苍凉的大地，永远的黄昏。

惨白的落日垂在天边，大地的尽头烟卷黄沙，变幻随心。

不知谁人弄弦，胡琴凄凄，渺万里层云而去。

在一段残垣的高处有一个身影遥望天际，无言独坐多时。他身边的断壁上，躺着一个小小的简易铁皮人。

"那个人是谁啊，在上边坐了好久了。"一个路过的魔修问她身边的同伴。

她的同伴抬头看了一眼断壁顶上坐着的黑色身影，吓了一大跳，迅速拉着她退回巷子的阴暗处。

片刻之后探头探脑地伸出脑袋，确定高处那个背影不曾发现她们，方才吁了口气，放下心来。

"谁，谁啊？搞得这么紧张？"

"你连他都不知道？"同伴用口型悄声言道，"就是他啊，苦守寒窑一百八十载的那位。"

"岑大家？原来是他，你那么怕他干什么？"年轻的女修伸出头去看斜阳下那俊美的侧颜，轻轻赞叹了一声，"果然和书中写的一般俊朗无双呢。"

"你还是年轻，没经历过他疯魔的时代。"同伴摇摇头，拉着她往回走，"那就是一个恶鬼，你想不到他能有多不顾一切多么疯狂，我亲眼见过那人半边身躯化为白骨，却还站在死人堆里笑的样子。至今想起来还打冷战呢。"

坐在断壁上的男人，没有搭理屋脊下的流言碎语。

他已经在那里独坐了很久，无所事事地看着天际漫卷烟云。

那些黄沙如梦似幻，依稀化为那张熟悉的音容笑貌，仿佛那一生所爱之人，隐在那永远无法触摸的云端。

细细的灵力源源从他身躯内流出，顺着坡面蔓延，钻入那个小小的铁皮人中，那简易的铁皮小人，便被细微的灵力操控，慢慢摆动僵硬的四肢，一点一点站了起来。

它发出吭哧吭哧的声响，在残缺的屋面上绕着那人来回行走，终使他的身边显得不至于那样寂寥。

远处的巷子中，渐渐有说话声由远而近。

岑千山把目光从天边收了回来，看见了那个正穿过屋檐的小小身影。

"师兄真的不需要再歇一日吗？下面去的可是渡亡道，听说那是亡灵出没的地方，路不太好走。"小小的女孩边走边说。

她那位一身白衣的师兄走在前头，没有说话，用沉默表明了自己的态度。

一位年长的女修牵着她，对她摇摇头："没用，他不会听的，我认识他很久了，知道咱们这位云中君是个怎样的人。"

什么高岭之花、矜贵清冷，都只是个壳而已，那人实际上就像那刚出锅的白玉丸子，凉皮里裹着全是滚烫的馅，但凡被他画在自己圈子里的人，那是拼了他性命也必须护住的。

苗红儿附着穆雪的耳朵说："小叶子刚上山的时候，被铁柱峰的杨俊打趴下过一回。是你付师兄找着碴在铁柱峰下堵了人家三天，以至于后来，杨俊那一拨人好久不敢和小叶子比试。"

穆雪哈哈笑了起来："哈哈，如今杨师兄和叶师兄倒是那般要好。"

三人说说笑笑，向昏黄的深处走去。

高处，小小的铁皮人失去了动力瘫软下来，被一只缠着绷带的手臂拾起，收入怀中。

残垣上那个孤独的身影站起身，被巷子里的那份欢声暖语、人间热闹吸引，鬼使神差地远远跟了上去。

渡亡道

第二十九章

离开了修士聚集的营地，穆雪一行人沿着神道一路向前。

随着神道的深入，世界变得更加混沌无明，天际黄沙漫漫，分不清日月。

路边那些倒塌的神像渐渐不再出现，天边游动着一些巨大的虚影，它们有着苍白而呆滞的脸庞，虚无飘摇的身躯。

上古神灵们留在世界的一两缕神识，千万年来一直游荡在神道之中，渐渐凝成了这样的虚幻之身。

旅途中偶有三五道修或是魔修从路上匆匆而过。

能渡过无色海到达这里的修士和神道外围那些前来"体验生活"之低阶修士不同。

他们大多为各门派家族中拥有一技之长的精英弟子，冒险深入神殿也不再是为了那零零星星的一两株灵草灵矿，而是有着更为明确的目标。

因而这些人大多行色匆匆，带着一丝戒备，少与他人接触。

穆雪正在一个土坡上挖土灶，准备搭一个新的地锅锅做晚饭。她手里垒着大大小小的土块，有些心神不宁。

还处于筑基期的苗红儿和付云可能没有发现，但元神已经凝练的穆雪却隐隐有所察觉了，这一路上有一个熟悉的气息，一直远远地追着他们。

那人的神识穆雪实在太过熟悉，以至于根本不用刻意查看，都能知道是谁。

岑千山为什么跟着他们？或许只是碰巧同路。

想到自己一会儿和师兄师姐愉快地吃着烤洋芋，岑千山却只能一个人远远地站着偷看，穆雪心里就有些不自在。

有什么方法能不动声色地假装发现他，然后给他送几个烤洋芋过去就好了。

"啊，小雪你居然会搭地锅锅？"苗红儿找食材回来，看见穆雪搭这个，十分感兴趣，卷起袖子加入，"这东西在西北方的民间很常见，在我们这里倒是不多见，想不到你小小年纪也会，来，我也来加点料。"

苗红儿不知从哪里抓来了一只鸭子，放血褪毛之后，双手灵活地把那只鸭子浑身揉按一遍，也不知那手怎么动作，就着鸭脖子上一个小小的开口，居然就将整个鸭骨架抽了出来。

鸭骨架被抽出来，皮肉却保持着完好无损的模样，像一个空落落的口袋。苗红儿往其中填入板栗、香菇、冬笋等材料，将一只鸭子填得鼓鼓胖胖的，再缝合口袋，加各色作料入味，随后用荷叶裹住鸭子，封上湿泥，和穆雪的洋芋、土豆摆在一起，准备放进炉火中烤。

她这一系列操作如行云流水，流畅而颇具美感，看得穆雪目瞪口呆。

别人进神域背着的行李中装的不是保命的武器药剂，就是用来交易置换的商品，唯独这位师姐的背包里，只怕填的全是各种干货调料和吃食。

岑千山年幼的时候，穆雪也喜欢做点好吃的东西，把小徒弟养胖一些。但如今在这位妙手香厨苗红儿的手艺面前，她不得不甘拜下风。

"这是地锅锅啊，好些年没吃到了，以前我老伴倒经常在地头上烧这个。"一个苍老的声音从不远处响起。

那声音开始说的时候离他们且有一段距离，说到最后一个字的时候，人已经到了跟前。

穆雪抬头看去，一位老者蹲在不远处的一块土堆上，正双眼放光地看着他们的地锅锅。这位老者须发皆白，形容消瘦，身材矮小，穿着一身灰扑扑的土布衣裳，背上背着一把二胡琴并一个褡裢，看上去像是乡村田间一位普普通通的老农。

当然，能在神道深处出现的，绝不可能有普通人。

苗红儿和付云站起身来，不动声色地将穆雪挡在后面。

"莫要紧张嘛，小娃娃们。我不过是想和你们讨一口吃食。"老者蹲在土堆上，"我也不白吃你们的，你们是要去渡亡道吧？我拿路供和你们换。"

他从怀中掏出一小沓黄纸摇了摇，圆形方孔，印有金色的卍字符，是凡间超度亡灵用的冥币。

东岳古神曾是掌管人间万物生发的大神，统一应阴魂鬼物。从前有人死则魂归东岳之说。这神道之中的渡亡道，便是亡灵超脱会聚之所在，生人莫能接近。生人若想要过渡亡道，必须准备这样的"供奉"以便一路蒙混过关。

付云等人进神道之前也有打听过这里的情况，自然是有所准备。但眼前这位衣着普通的老者，拿出的纸钱却非凡物，他手中的路供隐隐透着佛门高僧加持过的功德金光，在鬼道中最为好用。

付云便知其出身不凡，想了想，将那些黄纸接了过来，拱手道："前辈客气了。不过些许吃食，等做好了，一定奉上。"

老者一脸的褶子都随着他的笑容皱了起来："好嘞，那老夫就等着了。老夫姓仲，你们唤我仲伯即可。"

仲伯解开背上的二胡琴，抱在怀里转轴调弦，口中漫不经心地说："被这味儿吸引来的，好像不只老夫一人啊。朋友，何必鬼鬼祟祟，还是出来吧。"

众人顺着仲伯的视线一起回头，只见远处的林木间，慢慢走出了一个戴着斗篷的身影，正是那位和付云、穆雪同渡无色海的魔修岑千山。

"岑道兄？"付云抱拳打了声招呼，"真是巧，道兄缘何也在此地？"

岑千山不知道怎么回答这个问题，他的眼眸微微朝穆雪的方向转了一下。就连他自己都不明白，自己为什么这样莫名其妙地跟随在这些人身后走了一路。

"莫非道兄也要前往渡亡道？"幸好付云给了他一个台阶下。

岑千山终于沉默地点了一下头。

付云对这位魔修的感觉很复杂，此人的性格实在是太阴晴不定，在欲海的时候，他力战群妖，一舟渡海，浴血而笑，桀厉又张狂，如今他又这样沉默而寡言，阴郁消沉。

但不论怎么说，他曾经救过自己的性命，出于从小的礼教，付云还是客气地挽留他共进晚餐。

那个孤僻的男人沉默了半晌，竟然真的慢慢地走到火灶边坐下了。

突如其来的转折实现了穆雪的愿望，让穆雪很高兴。

或许是因为心里装着兴奋，手上的动作就大意了。

在穆雪敲烧红的土块塔的时候，那些通红的土块没有按计划全部塌陷进灶炉里去，反而有几块崩塌下来，向着穆雪弹去。

她还来不及闪避，一只绑着绷带的手臂已经出现在她的面前，那手速度极快，化为数道残影，将那几块飞溅的土块一一挡住抓在手中。

土块经过烈焰久炙，早已通红灼热，入手便冒起浓烟，但岑千山抓着它们似乎丝毫不以为意，他看了穆雪一眼，平静地将土块丢回火灶。

"还是我来吧。"他淡淡地从她手中接过敲打土块塔的棍子。

他似乎对此事也同样熟悉，动作很快，甚至比穆雪还要熟练，三两下就将烧红的土块塔敲进灶炉中去，并迅速地用沙土覆盖灶膛灶口，封住了所有热量，让灶膛内的食物得到充分的炙烤。

在等待食物烤熟的时候，穆雪拿了一罐烫伤膏，来到岑千山的身边。

"刚刚谢谢你，烫伤了吧？"

她自然而然地拉起了岑千山烫伤了的右手，那束在手掌上的绷带，被炭火烧断，此刻垂落下来，露出了手臂上遍布陈旧伤痕的肌肤。

这么多纵横交错的伤疤是从哪里来的！

穆雪皱紧了眉头，心底不由得升起一股怒意。

在手掌被触碰到的时候，岑千山下意识地就要收回手，但手指被一只圆圆短短的小手握住了。

"别乱动，给你涂点药。"那个小不点握着他的手说。

她专注地低着头，从岑千山的角度看下去，只看得见她头顶的两团乌黑发髻。

一点冰冷的触感，覆盖在掌心烧伤的肌肤上，是那小小的指腹蘸着冰凉的膏药在他手心来回摩挲，带着一点痒。

她捧着他的手涂了药，再轻轻往上面吹气，冰凉的气流吹在手掌心，吹散了火辣辣地疼，吹进了往昔的一段记忆中去。

岑千山突然想起自己刚刚成为师尊弟子时候的一件事，那时的他爬上货架去取一小罐火龙血。

往日他做事一向认真，从未出过任何差错。就那么一次，也不知道为什么，手一滑，眼睁睁地看着那一罐珍贵的药剂，从空中翻落了下去。

他全力扑过去，想要捞到掉下去的罐子，可惜那罐子还是擦着指尖掉在了地上，啪嚓一声，摔得粉身碎骨，赤红的溶液溅了他一手。

火龙的血，具有强大的腐蚀性，溅到手上，烧得肌肤冒起了青烟，火辣辣地疼。

但此时的他已经顾不上自己的手，他清楚地知道师尊为了买到这瓶火龙血，费了多少精力，跑了多少次货街。

这小小的一点龙血，足够买下好几个他这样的孩子。

他拼命地趴在地上，想将残留的那一点龙血收集起来。

"你在干什么！"门口传来了师尊怒气冲天的斥责声。

岑千山哆嗦了一下，跪在地上，心里凉了半截。从前他曾犯过一次同样的错，那时候他的义父扒了他的衣服，用鞭子把他抽得三天下不了床。

这一次师尊大步踏进来，一下把他从地上提起来，放在了操作台上，抓住了他的手，将掌心翻过来。

想象中劈头盖脸地责打没有到来，只有冰冷的液体冲洗掉手心火辣辣的疼痛。那人皱着眉头，一边给自己涂药，一边在伤口轻轻吹着气。

"怎么这样笨，龙血掉了就掉了，竟然傻到用手去捞。"

等了许久，没等到一点责罚的岑千山忍不住问了句："不……不打我吗？"

"打啊，怎么不打？"师尊没好气地抬头看了他一眼，又低下头去为他涂抹烫伤膏，"必须狠狠地打，打屁股，先欠着，我都记着呢。"

这样欠着的东西越积越多，经年累月地欠了下去，就再也没有偿还的机会。

后来，他时时去荒野狩猎，猎取到了龙血凤翎，便巴巴地跑回来送给师尊。

再挨到师尊身边，用自己身上的一点点烫伤的伤口和师尊撒娇，等着师尊给自己涂药，给自己吹吹，心底偷偷泛滥着被宠爱的甜。

冰冷的气息还吹在手掌心，岑千山从回忆中清醒过来，一下抽回了自己的手掌。

那女孩白皙的手指松开，温暖的触感还停留在肌肤，奇怪的是并没有令他觉得反感。

岑千山十分讨厌同他人有肌体上的接触，这大概是除了师尊之外，难得触碰到他的时候不令他难受的人。

烤熟的八宝鸭和土豆被从土灶中扒拉出来。

香嫩多汁的无骨鸭肉，搭配着香菇、板栗、冬笋等口感脆爽的山珍。还有那掰开就冒出热气，捧在手上呼呼吹着吃的土豆。

斜阳下的一顿晚食，吃得大家赞不绝口。

"小娃娃们手艺了得，和我家老婆子当年差不多。"用冥钱蹭了一顿饭的仲伯没口子夸赞。

"仲伯伯，你家婆婆手艺真的有那么好吗？能比我师姐还厉害？"穆雪给他加了一份酥烂的土豆和鸭胸肉。

仲伯白胡须下的笑容渐渐变得苦涩："我家老婆子还活着的时候，我其实没觉得她做得好吃。我那时候一心只求大道，对男女之事、夫妻之情，并不太放在心上。"

"啊，真是抱歉。"穆雪没想到笑眯眯的老人挂在嘴边的老伴已经不在人世了。

"没啥，都好些年头了。"仲伯摆摆手，"以前我忙着修行，老婆子总跟在我身后，喊我吃这个，喊我吃那个。那时候我只觉得她吵，碍着我的大事。等到有一日，她突然撒手走了，我这才突然发觉自己身后空落落的，怎么都不得劲，修为也再难寸进一步。所以这一回才冒险来这渡亡道。"

付云听到这里恍然大悟："所以，您进这渡亡道是想要再见亡者吗？"

渡亡道内有一扇鬼门关，穿过那扇门之时，能和已亡故的亲人再续一面之缘。

佝偻着脊背的仲伯喃喃自语般道："是呀，怎么样都想着再见她一面。"

他取了二胡，悠悠拉出一声叹息。

渡亡道，渡已故之灵，渡未亡之心。

那一线琴音如泣如诉，入碧落，下黄泉，细述于故人听。

终了，他叹息一声："是我不好，吃饭的时候，真不该提这些。你们这些小娃娃，来闯渡亡道，莫非也是心中有放不下之人吗？"

付云解释："并非如此。我等想要去的是无生无尽池，却不知岑兄……"

他借着机会打探一下岑千山此行的目的，如果可以，他希望尽量能够和这位帮过自己的魔修和平共度一段时间。

"我也去无生无尽池，"岑千山慢慢掰着手中的食物，后又加了一句，"不过渡亡道，也有我渴望见到的人……我一生中最重要的人。"

仲伯叹道："看你这样子，也是去见已故的心上人不成？"

岑千山低垂眼睫，片刻之后方才缓缓说："是的，她叫穆雪，是我一生挚爱。"

坐在火灶边的穆雪猝不及防听见了这句，顿时被食物噎得发出剧烈的咳嗽声。

第三十章 妙手香厨苗红儿

苗红儿拍她后背，给她递水："怎么了？吃噎着了？"

穆雪咳得涨红了面孔，连连摆手。

岑千山的这句话于穆雪来说，无异于晴天霹雳。

她是被天雷劈死的，大梦百年，一觉醒来整个世界都变了。

人人都在告诉她当年的岑千山对自己情根深种，最初她只把这些当作绯闻传说，嗤之一笑罢了。直到见到岑千山，直到眼前这一刻，岑千山当着所有人的面，言之凿凿地说出"一生挚爱"这个词。

她再也避无可避，不得不直面此事。

穆雪缓了半天，从师姐怀里悄悄爬起来，偷看一眼坐在火堆对面的岑千山。

斗篷之下，柔软的黑发微微遮盖着眉眼，变幻的光影打出了他面目的轮廓，星星点点的篝火倒映在那双眼眸中。

他出神地注视着星火，不知道在想些什么。

穆雪发觉，自己其实从来不知道岑千山心里真正想的是些什么。

他从小就是一个特别懂事且善解人意的孩子。在自己的面前，他总是欢快而温和，恰到好处地撒撒娇。他能将生活中的一切打理得井井有条，带给自己的只有愉悦和体贴。与其说是自己在照顾他，不如说他们彼此相互照顾了许多年。

穆雪承认，自己在上一世沉迷于炼器之术不可自拔，很多时候忽略了身边的人。

她不知道小小少年什么时候就那样拔高了身形，变得青竹玉映、灼灼其华起来；也没注意到那总是看着自己的双眸是何时开始变得灼热、滚烫，深藏了别样心思。

他是什么时候对自己动了心，用了情，以至于情根深种，百年执念。

穆雪看着火光照映下那张消瘦的侧脸，想起自己从未给他这份心意以任何回复，而他却独自度过了漫长的岁月，依旧固执不肯忘却。

黄沙漫漫如烟，奔风吹动积砾，篝火乱了残星。

仲伯坐在篝火边拉动琴弦，琴声悠悠，放思念悲歌，散于天地之间。

苗红儿看小师妹有些怏怏不乐，低头问她："怎么了？晚饭也没吃多少，是不喜欢吃八宝鸭吗？"

"没有没有，"穆雪连忙摇头，"这是我吃过的最好吃的鸭子了，也不知道师姐是从哪里学来的。"

苗红儿顿了一下："这道菜，还是我入门之时，师尊特意带我去吃的。"

"师姐我小的时候，有一年家乡闹起了饥荒，饿死了好多人。家里的弟弟和妹妹，都死在了那个时候。"苗红儿把碗里的鸭腿分给穆雪，一边吃着食物一边慢慢说道，"那时候我躺在角落里，觉得自己就快要死了。是师尊出现在我身边，将我收为徒弟。那时候师尊问我想要什么，我就说我想吃八宝鸭，想要吃这世间最好吃的八宝鸭。"

苗红儿伸手摸了摸穆雪的脑袋，当年自己比穆雪也大不了几岁，底下还有一个妹妹，家里虽然穷，姐妹之间的感情却很好，时常在厨房绕着那口大水缸玩耍。

明明是很久之前的事，回想起来，依旧历历在目。

那一年闹灾荒，田畴荒废，十室九空。卖儿鬻女、易子而食者比比皆是。

饿得浑身无力的苗红儿瘫在家中破旧的土榻上，一动都不想动。她听见父亲在院子里和邻居悄悄商量了些什么。

过不了多时，父亲推门进来，通红着眼睛来拉她的手。苗红儿顺从地被他拉出去，心里知道即将发生的事。但她不想反抗，她饿得太久，已经实在太难受。心里想着死了也好，她死了，说不定还能换妹妹和父亲活下来。

但她年幼的妹妹扑了上来，死死抱住她的腿："不，阿姐不能去。要吃的话，吃我好了。"

明明那么小的手，筷子一般的胳膊，却不知道哪儿来的力气，挂在她身上，不论父亲怎么打骂，就是不松手。

父亲跺跺脚，抹了一把泪，自己走了，那天起再没回家。

她带着妹妹到水缸边灌了一肚子的水，瘫在柴草堆上看屋顶那一片小小的明瓦透进来的亮光。

"我好饿啊，阿姐。"

"再忍一忍，明天一早，姐姐去后山的水潭边看看。那里有时候会飞过来一两只鸭子，我可以去抓一只。"苗红儿四肢无力地躺在柴草上，胡乱给自己和妹妹画饼，"等抓到了，就把它做成世界上最好吃的鸭子。"

妹妹虚弱地吸溜了一下口水："好想吃呀，等姐姐抓到鸭子了，可以做成八宝鸭吗，油汪汪的鸭腿，我一口咬下去……"

"好，做八宝鸭。我抓上两只，你吃一只，我吃一只……妹妹？"

瘦骨嶙峋的妹妹躺在她的身边，微眯着眼睛，带着姐姐做八宝鸭给她吃的美梦，再也没有醒来。

那以后，苗红儿以食入道，寻遍天下美味，却仿佛怎么也吃不够。

"如果在渡亡道里，真的能见到死去的亲人，我也想再见妹妹一面。"苗红儿的故事说得很平静，说完后在场的所有人都沉默了。

半晌之后，付云第一个站起身来："走吧，师姐，去渡亡道。"

渡亡道重叠于神道，一行人沿着那五色石子的道路向前。

渐渐地，身边行走的人不知什么时候开始变得多了起来。

有贩夫走卒，也有名流雅士；有垂髫小儿，也有白首老翁；有娇俏妩媚的烟花女子，也有斯文俊秀的读书郎。

这些人面色惨白，身体虚幻，往来行走，井然有序，集市热闹，竟如同人间一般无二。

落日时分，逢魔时刻，道路两侧的建筑逐渐亮起一路明灯。

明灯延绵的深处，隐隐现出一座巍峨古城，那城墙如铁制的栏杆，高耸入云，占地辽阔，一路绵延看不见尽头。

"快些走，城门开了，早些进去好回家。"一对老夫妻抱着行囊，手拉着手从穆雪等人身边匆匆赶过。如果细细看去，丈夫肌肤落尽，已现白骨，是亡故多年之身，妻子却形容整齐，尚是新亡之魂。

"哥哥慢些走，等兄弟们一回。"数名铁甲峥嵘的将士，大踏步追着前方一人的脚步。前方远处，有一胸膛被利箭贯穿的男子回过头来，看到他们，不得不停下脚步，隐隐露出一脸无奈的笑容。

亡灵会聚的队伍，高矮胖瘦，男女老幼都有，其中偶尔混杂着一两个高大古怪的魔神，彼此推搡着向远处的城池走去。

仲伯取出两片纸钱，分别挂在了耳朵上，一时间整个人生气全无，鬼气森森了起来，和这些浑浑噩噩进城的亡灵气场上十分相近。

付云、苗红儿、穆雪相互看了看，也学他的样子在耳朵上挂上纸钱。

岑千山却没有接他们递来的冥钱，他指取朱砂，凌空书了一列红字，那诡异的文字在空中凝而不散，最终飞回到了岑千山的面容上。

红色的符文从左眼开始，一路爬过白皙的面容，直至脖颈而止，看上去既神秘又诡异。

岑千山睁开画上红字的左眼，身后顿时隐隐传来一声鬼啸，一个额生尖角的鬼王的虚影，在他的身后隐现。岑千山就着虚影，当先混进亡魂的队伍之中。

"这是六道轮转魔功，即便在魔修之中，也十分罕见。看他的模样至少已经修到了恶鬼道，方可请鬼王相护，掩盖生人之气。当真后生可畏。"仲伯赞叹了一句，跟上前去。

浑浑噩噩前行的亡者没人发现他们之中混入了几个活着的生灵。

前行至城门口，城头上坐着一位面色白皙，有着长长尖嘴的魔神。那魔神背生赤红的双翼，手持一根长棍，岑千山进入城门的时候，他毫无反应。但当仲伯等人就要进入城门的时候，那魔神骤然转过脸来，现出一脸怒容，伸出长棍在墙砖上敲了敲，拦住了他们。

"渡亡道，鬼门关，生魂免进。"

他的声音带着一种古怪的韵律和强大的压迫感，令人几乎不敢生出违抗之心。

仲伯不慌不忙从褡裢里取出三支信香，点燃了插入城墙下的土中。那香捻制精细，香味醇厚，燃起时青烟如线，直上云霄。

那位尖嘴魔神咦了一声，动了动鼻子，深深吸了一口气，面色一时好看了许多。

仲伯又掏出一挂细细折叠好的金银元宝，在地上画上一个圈，将引燃的元宝放入圈中缓缓烧为灰烬。

"虽是生人，倒也还懂些礼数。"那位魔神笑了起来，耸动鼻头贪婪地吸着烟火。

仲伯烧了两挂元宝，看着守门的魔神神色缓和，冲着付云几人打了个手势，一起向着城门走去。

那魔神只顾吸取香火，对他们混进城池的行为，睁一只眼闭一只眼不管不问了。

此城的城门极高，两扇门扉几乎高耸入云，中间开着一道明亮的门缝，人站在其下看上去，只觉天地何其之大，而自己分外渺小。

仲伯、付云和苗红儿逐一被那门中的亮光吞没，穆雪也举步进入那道光中。

刚刚还是昏暗杂乱的城门，一脚踩入之后世界骤然改变。

漫天黄沙，拥挤的亡灵一瞬间消失不见，喧杂的声音骤然湮灭。

世界安静而明亮。

穆雪发现自己身处一个白墙青砖的院子，庭院中有着水井、瓜棚、秋千架子和一个小孩玩的木摇椅。

明明是从没到过的地方，却带给穆雪莫名的熟悉感。

一位披着羊毛披肩的年轻女子站在庭院中，笑着向穆雪伸出手来。

"雪儿，我的雪儿。"

"母亲？"穆雪茫茫然地唤了一声，就被一把拉进了一个温暖的怀抱中。

母亲的披肩碰触在肌肤上十分柔软，有一种令人安心的气味。

那些深藏于记忆中的画面，在这一刻走马灯似的回想起来。

浮冈城阴冷的角落中，饥寒交迫的孤儿蜷缩着小小的身躯，曾是那样渴望过这样的怀抱。

师门学艺的那些年，被师父的鞭子抽得伤痕累累，跪在雪地里发抖的时候，心里也曾无数次呼唤过这个怀抱。

妖魔遍布的荒野，血战之后孤身一人瘫软在落雪的荒山，冰冷麻木到接近死亡的时候，也多少次梦见这个怀抱。

一年又一年，小小的自己逐渐不再奢求这份幻想，努力挣扎着在残酷的世界里站稳脚跟。她以为自己早已足够坚强而冷漠，早已抛弃了这份童年的奢望。

直到这一刻，被母亲搂进怀中，她才长长地叹了口气，明白自己的心底永远期待着这一刻的到来。

"对不起雪儿，把小小的你一个人留在了世间。我的雪儿辛苦了。"母亲温柔的声音在头顶响起。

穆雪抬起头，母亲的容貌和自己想象中一模一样。

"母亲，您为什么将秘法传给了我？"这是她心中长久以来的不解。

如果不将无限化身轮转秘法告诉自己，母亲本可以不用出现在这鬼门关中，而是像自己这样永生永世享受着轮回转生的便利，生生世世不断探索大道，最终得道飞升，拥有永恒的生命。

到底是什么，使得母亲愿意放弃这样至高无上的快乐，将这份永生的机会，让给了自己。

母亲伸手摸着她的头发，露出温和的笑容："大道万千，每个人都有自己的选择。或许将来有一天，小雪也会明白，这个世界上还有其他的事，可与你心中这份至高无上的道比肩。

"对母亲来说，小雪就是我的另一种道。我可爱的女儿，比世间任何珍宝都来得重要。"

母亲温暖的面目渐渐模糊。

穆雪睁开了眼睛，发现自己已经过了那扇门，躺在城墙内的台阶上。其他人似乎都还没出来，只有岑千山坐在她的身边守着她。

她坐了起来，伸手摸了摸自己的脸庞，发现脸上有了湿意。

"我……哭过了吗？"她愣愣地道。

岑千山回头看了她一眼，没有说话，一个熟悉的简陋铁皮人，在灵力的操控下，吭哧吭哧地爬上台阶。

爬到穆雪脚下的时候，它的双手双脚抬起，做了一个夸张的动作，骨碌碌从台阶上滚了下去，啪嗒在最底层的地面上摊平了身体。

穆雪扑哧一声破涕为笑。

从前，有时候看着小傀儡千机矮矮胖胖的身躯吭哧吭哧爬上台阶，她就生起了坏心，突然点着它的额头把它一推，让它骨碌碌滚下两三个台阶。

千机在这个时候总是很配合，会哎哟一声，摊平四肢趴在地面装死，每次都能逗得她哈哈大笑。

岑千山居然用这个她从前最喜欢玩的游戏来逗她开心。

"谢谢你，我好多了。"穆雪擦掉了眼角的泪水，"我在门里，看见了我的母亲。"

岑千山沉默许久，突然说道："我没有看见她。"

此时的他坐在台阶上，手肘搭着膝盖，修长的手指轻轻摇动，操纵着那个小小的铁皮人，面色如平湖，看不出心中情绪如何。

穆雪有点心虚，你当然看不见我啦，因为我没死，就在你眼前啊。可惜的是她不能把这句话说出口。

"我们魔修，若是死于天劫，大多只能落得个身死道消、魂飞魄散的结局。"岑千山手指轻轻摆动，操纵着小小的铁皮人，"为了凝聚师尊的魂魄，我尝试了各种办法，都没有成功。可是不久前，她的魂魄突然完完整整出现在了我的面前。"

他转头看向穆雪："你知不知道，这是为什么？"

穆雪："啊，我？"

幸好岑千山似乎只是想要一个倾诉的对象，并不真的在等她的答案。

那铁皮人一步一摇走到岑千山的面前，被他一把抓在手心。

他纤长的睫毛低垂，凝视着那小小的人偶，似乎在自言自语："不论如何，我都会找到师尊，这一次绝不会再让她离我而去。"

无常

第三十一章

　　仲伯发现自己坐在一辆牛车上，天空阳光明媚，道路两侧的金色麦田被微风掀起层层麦浪，木板车的车轮发出咕噜噜的声响，一头大黄牛在前头甩着尾巴走得不紧不慢。

　　他转过头，发现身边坐着一位头发斑白、包着头巾的年迈女子。那人也正看着他，对他露出温和的笑容来。

　　"老……老婆子？"仲伯的眼角湿润了，"你这些年都到哪儿去了？我好想你。"

　　多年未见的妻子没有说话，笑着低头掰手中的橘子，苍老的手指有些不灵活地掰开橘子皮，捋掉橘瓣上白色的橘络，然后分出一半来递给了他。

　　仲伯把橘子塞进口里，眼泪从满是皱纹的脸上掉了下来。

　　"好久不见了，夫君，家里的孩子都还好吗？"

　　"那些小崽子都好，都很好。只有我不太好。自你走以后，孩子们也大了，各奔前程，家里变得空落落的，我走到哪儿都不习惯。"

　　"咱家院子里的那棵橘子树，如今还结果实吗？"

　　"结着呢，每年都挂满红红的一树。可惜没人去摘，白白放坏了许多。"

　　妻子叹息一声，把剩下的橘子塞进他的手里："早些回去吧，这里还不是你该来的地方。"

仲伯心底涌上一股冲动，一把握紧了她满是皱纹的手："老婆子，我不想回去了，我也不想再修行了。从前没怎么陪过你，如今我就留在这里陪你。好是不好？"

妻子眼角的鱼尾纹舒展开来，带着温柔的笑："不承想你能这样念着我。我听在心里，多少了了些生前遗憾。不过活着时的前尘往事，我已皆尽放下，如今只等重入轮回，再世为人。你一生向道，宏图大愿在心，也不该为我而耽搁了。"

她带着笑轻轻推了仲伯一把："就此别过，珍重。"

妻子最后的那个笑容还定格在眼前，周边的景物已经变了。

仲伯发觉自己身在高大的城门内，城墙下，那几个年轻人都已经坐在那里等他。

明亮的天空、无边的麦田、悠悠走在田埂的牛车，以及满面笑容的妻子，都如那梦幻泡影，消散于鬼门之内。

他茫然四顾站起身，蹒跚走了几步。

付云上前一步，扶住了他有些不稳的身躯："前辈，没事吧？"

白发苍苍的老者蹲下身去，手指反复搓着额头："她陪着我的时候，我不曾珍惜，如今虽悔，也晚矣。她已经对我不再留恋。我心上的这道坎，算是永远过不去了。"

鬼门关只进不出，想要走过这片区域，只能沿着魂鬼混居的渡亡道一路前行。

城墙之后的世界，宛若一望无涯的热闹古都，苍白的灯光沿街悬挂，食驿酒肆内影影绰绰满是魂影，赌坊茶楼间高声喧哗着鬼闹。

路边一卖生肉的屠夫，霍霍磨着剔骨刀，探出他朱红色的脑袋，吸了吸鼻子，裂开血盆大嘴道："咦？好像有生人的气味，是不是又有生人混进来了？"

正从摊位前走过的付云，悄悄握紧了手中银月。

幸好那个屠夫张望了片刻，把脑袋收了回去，自言自语地说："可能是搞错了，最近混进来的生人也太多了些，搞得我的鼻子都不灵了。"

苗红儿牵着穆雪的手从他眼前经过，轻轻捏了捏穆雪的小手："怕吗？"

穆雪摇摇头，问道："师姐在门里面见到了想见的人吗？"

苗红儿在鬼门关里待了很久，出来之后的她以手遮面，独自在台阶上坐了一会儿，就又恢复成往日爽朗洒脱的模样。

但穆雪却敏锐地觉得她的身上似乎有什么东西不太一样了。

苗红儿转头，看着被留在身后的那扇高耸的大门。

在那扇明亮的门里，妹妹还是从前那般可爱的模样。

妹妹伸出嫩嫩的小手捧住她泪流满面的脸颊："不哭呢阿姐，我最不想看见阿姐哭。"

苗红儿搂住妹妹小小的肩膀，泣不成声："还饿吗？到了今天还觉得饿吗？"

"已经不觉得饿了呢。"妹妹掉了门牙的小嘴笑了，"如今，我只希望阿姐也不再觉得饿，在外面过得好好的。"

"我见到了呢，见到了我妹妹。"苗红儿对着穆雪笑着说，"这一趟路虽说是为了小叶而来，却不想解开了我心底最难过的劫。"

穆雪牵着苗红儿的手走在鬼市上，前面走着岑千山和付云师兄，后面是神色惆怅的仲伯。

隐隐被大家护在中心的穆雪，四处张望着这光怪陆离的亡灵世界。

一个穿着囚衣，抱着自己头颅的男子靠在一家店铺的柜台前，正向着掌柜的娘子献殷勤。那位卖寒食的娘子白骨化的身躯上套着一条艳丽的裙子，还在骷髅头上戴了一圈漂亮的花环。

一位书生打扮的新魂跌跌撞撞走在路上，见人就拉着问："此为何地？我缘何会来到此处？我明明在家中小寐，为什么一醒来就到了此地？"

他抖着自己的衣袖，抱住了脑袋："明日就要乡试，我得回去，我一定得回去！寒窗苦读了这么久，就为了这一天啊。这到底是为什么，到底是怎么了？"

就在穆雪觉得十分新奇的时候，一个小小的男孩飞快地从她身边跑过，突然又回过脸来，露出一脸惊喜之色："小雪？是你？你终于也来了。"

在那一瞬间，牵着她的苗红儿，持剑在手的师兄，脸上写着血字的岑千山，抱着二胡的仲伯，周边喧闹走动的亡灵，仿佛都瞬间被定了格，抽离了她的世界。

她的眼前只有那个似陌生又似熟悉的小男孩。那男孩拉住了她的手，在定格了的人群中穿梭，将她一路引向前方。

"大家快看，我带谁来了？"男孩推开一间屋子的门，高兴地将穆雪拉了进去。

那是一间有些简陋的学堂，阳光透过窗棂打进来，照在那一张张漆面斑驳了的课桌上。

坐在课桌上的几个少女转过脸看了穆雪一眼，不屑地嗤了一声，埋头继续她们之间的议论。靠着窗台的几个男孩抬头看了看，有个别漫不经心地举了举手，算是打过招呼。

穆雪想了起来，这里是师父的学堂，而她正是其中的弟子。眼前的这个男孩，名叫小颜，是一个和自己关系还算不错的同门师弟。可是，小颜他，早就不在了啊。

她有一点迷茫地在自己的座位上坐下来。

座位的前后都坐满了人，唯独自己身边的位置是空着的，穆雪觉得自己忘记了什么，似乎身边本来应该坐着一个自己十分重要的朋友才对。可是此刻，她无论如何也想不起那是谁。

分派伙食的师姐拿着锅勺在讲台上敲了敲："安静，想吃饭的都给我安静。"

这里的伙食不太好，每个人都只有两勺拌着青菜叶子的烩面，并一碗看不清底色的热汤。

派伙食的师姐看了穆雪一眼，眼底闪过一丝不甘，特意阴阳怪气朗声说道："师尊说了，小雪第一个炼成了机关傀儡，今天她的伙食加一个鸡腿、两个卤蛋。"

她这句刻意拉仇恨的话语刚刚落地，学堂内无数双夹杂着嫉妒和怨恨的眼神，便毫不掩饰地从各个角落向穆雪射来。

那一盘有着肉和蛋，惹人眼馋的食物经过了无数人的手，传递到了穆雪的桌面。

"师姐，好师姐，赏我一个吧？"小颜咽着口水，盯着那香味浓郁的卤蛋，"几个月都没沾过荤了。"

不等穆雪回答，他迅速夹住了那个酱色浓稠的卤蛋，一脸幸福地往口中送去。

穆雪心里咯噔一声，隐隐感到十分不妙，但想要阻止的话却不知为什么不能说出口来。

那个一脸陶醉咀嚼着食物的小小少年，慢慢变了脸色。

他双手捂住了喉咙，面色惨白，抽搐着倒下地去。

"救……救救我，师姐。你的食物里有毒。"他蜷缩着小小的身躯，口里吐着白沫，红着眼睛向穆雪伸出手来，"我不想死，我还想活下去。"

吃人的学堂寂静无声，无数双眼冷漠地看着地上痛苦哀号的人，看着他不断抽搐，看着他最终失去了动静。

不对，穆雪慢慢后退。不应该是这样，我生活的地方不应该是这样。

隐约在记忆中有一个放松而舒适的地方，大家笑闹着吃着好吃的食物，彼此可以放心地互相分享。

"穆雪！愣着干什么？快上！"一声呵斥之声把穆雪唤醒。

在她的面前有一只鲜血淋漓的巨大妖兽，长长的脖颈，类人的头颅，尖锐的猩红指甲。

无数她的师兄师姐不要命似的冲向那只负伤的妖魔。

"等一下，别去。"穆雪一把拉住刚刚喊她的那个师兄。

那人一把推开了她，抽身上前，眼底尽是渴望："别碍着我，那可是年兽，浑身都是值钱的宝物。"

下一刻，那位师兄如穆雪预感中一般，断线的风筝似的，从半空掉回了她的身边，他折断的脖颈后仰着，一动不动地望着猩红的天空。

巨大的妖兽倒了下去，倒在一地同门的尸骸之上。余下的寥寥数人，丝毫不顾及死者，兴奋地一拥而上瓜分起妖魔的遗物。

穆雪愣愣地站在那里，周围的景物又变了，华美的庭院内，在她的眼前是一个看不清面目的肥硕男人，那人举着自己刚刚制作出来的明灯海屡台，搂着妖艳的姬妾哈哈大笑："好，很好，不愧是我最出色的弟子。"

穆雪努力想要看清眼前之人的面目，但无论如何都只看见扭曲朦胧的五官。

"立刻给我做十个，不，五十个这个出来。必须要快，我赶着送人。"男人的嘴不断开合，"什么？你生病了？你就是死了也得给我先做出来。难道我白养你到这么大？不知感恩的家伙。"

"不。"穆雪说。

"什么？你敢违抗师命吗？"

"不，你已经不再是我的师父。"穆雪看着那个男人，"我的师尊他，不是你这副模样。"

她的师父曾一身青衣，坐在她的床边，为她诊病施药，摸着她的额头温声细语："病了就休息，一切都不用急。"

她的师兄把她护在身后，为她摘下雪顶之花。

她的师姐端来美食："啊，小雪，张嘴。"

穆雪看着眼前面目模糊的男子，闭目凝神，一条细细的火龙出现，绕着她转了一圈，离龙真火破无常妄境，眼前的世界，如同一页被点燃了一个洞的纸，火焰沿着洞口的边缘蚕食，越扩越大，终于将那遮蔽了心神的幻纸吞噬殆尽。

此刻，在渡亡道内一座暗淡无光的高塔上，坐着一个戴着白色高帽的男子，那人长发披散，衣裳半敞，露出被剖开了的胸膛。他似乎毫不在意，一只手臂支着下颌，百无聊赖地斜坐在塔顶，身边悬浮着四张巨大而狰狞的鬼面。

"真是有趣，又有生灵被放了进来。"

"左右也是无聊，那些生灵哪怕能混了进来，过不了多久，也都会一个个变成了死灵。"

"咦？这么快就有人破开妄境了？"塔顶上的男子坐直了身躯，"还是一个这么小的娃娃？"

他那双冰冷透彻的狭长眼眸闪过淡金色的光泽，从高处俯视："哦，原来并不只是生魂，而是个介于阴阳之间，钻了天地漏洞的家伙。"

穆雪从湖水般的妄境中挣脱出来，那些故去亡灵的意识似黏附身躯的水藻般依依不舍地从她肌肤上退去。

　　妄境迷心，得脱之后反使她心有感悟。所逝故人，往昔回忆，不问善恶是非都已然是人生的一段历程。悲欢喜乐点点滴滴沉入心湖，方才构建了如今的这个自己。

　　此刻回首望去，心里的湖面一片澄清，那些岁月中曾经的伤痛和磋磨，已不再令她畏惧。

　　她平静地站在水边，看着那些形态丑陋的顽石和美丽的宝石们一道摆在那里，不再想要将它们抛弃，不再想要将它们掩埋。

　　就让美丽的和难堪的过往一道沉淀在心底，构成那色彩斑斓的心中世界。

　　"人类真是有趣，总不断有新鲜和惊喜让我发现。"轻飘飘的声音从穆雪身后落下。

　　穆雪转身望去，身后是一座漆黑的九层高塔，高塔之上坐着一个古怪的男人。

　　他的肤色惨白，胸膛处剖开了一个大洞，里面空落落的，没有跳动的心脏，头顶戴着一顶高高的白色帽子，随意披着一身敞开的衣襟。

这副模样在亡灵会聚的地方并不稀奇，稀奇的是在这样灵力匮乏的神境，这个人的身边却浮动着四张巨大而诡异的鬼脸。

或许不该称他为人，他虽然有着人类的外表，却很明显带着非人的质感。那双无喜无悲的眼眸居高临下地看下来，一种古朴而苍凉的神威有如海涛巨浪，铺天盖地席卷而来。即便是穆雪这样元神凝练之人，在这样的威压下都忍不住升起一种想要匍匐跪拜的卑微感。

穆雪咬牙释放出自己的神识，察觉到周围所有的亡灵都在这份威压下陷入了一种沉寂的状态中。

她此刻已经不在刚刚热闹的鬼市上，同伴们似乎离自己很远。

"吾名，无常。"那苍白的男子戴着四张鬼面，从塔顶缓缓降落。

人悬在半空，歪头看着穆雪："人族乃娲皇捻泥而生，生而有灵，七情六欲，念念无常。这样漫长的岁月，能从我无常妄境中自己清醒的人类少之又少。你能不能告诉我，是怎么做到的？"

"只有我清醒了？"穆雪谨慎地看着这位神鬼莫测之物，小心地后退一步，"我的其他同伴呢？你把他们怎么样了？"

"同伴？自打神道开了，不知多少人类闯入渡亡道，至今沉睡在无常妄境中悲苦不可自拔，你的同伴大概也是一样。"无常摊开苍白的手掌，掌心开出一朵诡异的丝绒之花，花托下细细的红丝蔓延，垂入大地，延伸而去。

"他们都不怎么有趣，生于安逸，未经风霜，随随便便就可以摆布操控那颗柔软脆弱的心。"他手掌收缩，细细的红丝骤然回收，红线的末端提着一个人，"只有这个，还有那么点意思。"

穆雪瞳孔骤缩，如果不是控制住了自己，她当场就要动手了。

那被红线捆束四肢，昏迷不醒，打横悬吊于空中之人，正是岑千山。

"这个人很有意思。他内心既坚定又柔软，处于两个极端。"无常看着被他像傀儡一般悬挂于眼前的男子，完美而呆滞的面容上露出一点僵硬的笑容，"刚刚差一点就和你一样，被他挣脱了出来。幸好在最后的时候，我发现了他的一个不得了的弱点。"

束在空中的人被放到了地上，穆雪低头看去，此刻处于昏迷之中的岑千山，双眉紧蹙，长睫微颤，一点莹透的水滴从眼角溢出，凝聚成珠，顺着脸颊滚落。

"他明明那么强，这里却有一个角落一点都不能触碰。你看，我随便碰一碰，他就哭了呀。"无常的手指点了点自己敞开的胸膛，圆睁着双眼，仿佛发现了什么新奇的玩具一般，"你呢，你是不是也有这样的地方？"

穆雪看着昏迷不醒的岑千山，许久之后才将目光从他的脸上收回，平静地转向那个名叫无常的家伙。

"我当然也有。我心有不可触碰之地，一碰我可就炸了！"

她举起双臂，白嫩短小的手指上沾满鲜血。不知道何时，她已在空中书了两列诡异的文字，那神鬼符文升于空中凝而不散，渗入了穆雪白皙的面部肌肤，从她左右两眼至脖颈各留下一列赤红的文字。

如果细细看去，会发现和岑千山进渡亡道之时书于左脸上的文字如出一辙。

六道轮转魔功，借鬼神之力为己用，此法威力强大，修炼极难，同无限化身轮转秘法同出一脉，是穆雪从前保命的绝艺。直到她渡劫之前，感觉到自己这一次大有可能有去无回，才悄悄将其留在家中，算是传给了岑千山。

神道之内灵力稀薄，抑一切凡物，但这套功法引鬼神之力，却能发挥一定的威力，只是之前碍于身份，穆雪不敢在师兄师姐和岑千山面前使用。

如今形势迫在眉睫，岑千山也昏迷不醒，当即毫无顾忌地施展出来。

一尊千手千臂、眉目狰狞、背晕巨大法轮的上古神像从穆雪小小的身躯后升起，那神像之高大几乎与九层宝塔比肩，大威法轮，漫漫神光，遮天蔽日的无数手臂各持法宝，气势磅礴。

相较之下，无常人类一般的身躯在这样的神像面前显得十分渺小。但他丝毫不以为意，悬浮于半空，直面穆雪身后百倍于自己的魔神虚影。

"嗤，最不喜欢打架。"他面无表情地抬起一臂，一层薄薄的屏障就稳稳抵住了那千手千臂射来的法宝轮光，两相在空中僵持不下。

"我知道你有属于自己的秘密，比他人强一些。不过你以为这样就能在神域内打败我了吗？"他在半空中直直看着穆雪，突然仿佛看明白了什么一般，诡异地笑了一下，"哦，对了，你有言禁，是不能承认的。"

悬浮于无常周边的四张苍白鬼面，其一巧笑倩兮，欢天喜地；其二横眉怒目，鬼面狰狞；其三苲眉苲目，哭声凄厉；其四眉开眼笑，发出咯咯咯的尖厉笑声。

四张鬼面，集齐喜怒哀乐四种情绪，魔音震撼，摇天动地，撼人心神。穆雪几乎难以抑制地受其感染，悲时同苦，乐时极悦。四张鬼面在空中轮转，穆雪的心情也在极乐与极哀中来回切换，几欲癫狂。

幸而穆雪并非一个真正的幼龄少女，多年修行心志坚定，她运转起行庭心法，勉强凝心静气，依旧压抑胸中烦闷，控制着自己的魔神和无常战斗。

"喂，"穆雪一手捂着脑袋，双目充血，抬起头的时候却突然笑了起来，"你是因为自己没有心，羡慕了，才这样喜欢折腾人心为乐的吧？"

无常从空中低头看下来，声音刻板无波："我羡慕你们？"

他身侧那四张鬼哭狼嚎的面孔在这一刻齐齐闭上了嘴，一道转头看了下来。

魔音停歇，穆雪终于得以喘息，稍稍松了口气，她口中继续说着话，脑袋飞快思索对策：

"你根本不是神灵，你甚至也算不得生物。你只是——神造之物。"

空中的男人用一只细细的手臂挡住千臂魔神的攻击，紧闭着双唇，冷冷地看着地面的穆雪，身后四张鬼面也失去了表情，紧闭着嘴，齐刷刷看下来。

穆雪知道自己猜对了方向，她努力让自己平息下来，回想起之前在幻境中的点点细节。

之前，她陷入了无常所设之幻境，但心通这类的法门其实是双向的，在被别人控制的同时，也可以通过幻境中的蛛丝马迹了解到一点点关于操控者的信息——控制幻境之人是一个怎么样的人，有什么样的心态，喜欢如何行事。

这一点点的线索，或许便能在关键的时候帮她摆脱困境。

"你摆着喜怒哀乐四张面孔，其实你连什么是真正的悲欢喜乐都不明白吧，因为你本没有心。所以你才不断操控人心，让他们痛苦，把他们推到情绪的极端，想借此……窥视一下什么是人间七情六欲。"

穆雪慢慢说着话，一只手背在身后，悄悄做了一个手势，在不远处，岑千山的怀中爬出一个极不起眼的小小铁皮人，那个小铁皮人轻手轻脚爬下岑千山的身躯，开始解束缚在他四肢上的红色绳索。

"你是怎么知道的？"半空中的无常开口道。

无心之物，也就谈不上心机，是非曲直直接承认，简单而纯粹。

穆雪身后巨大的千手魔神变化角度，从四面八方向他发动攻击，但他毫无顾忌，举起一只手臂轻松化解。

他此刻的所有注意力全部只放在眼前这个小小的人类女孩身上。

穆雪一边说着话，一边慢慢移动脚步。

"因为你根本不像人类啊，你反倒像我制作的那些傀儡。是的，你只不过是一个神造的傀儡，一个被遗弃在这里的傀儡罢了。"

那无常仿佛听进去了，全神贯注地看着穆雪。

即便是神造之物，在这个区域内，他也是最强而睿智的存在，穆雪吸引着他的注意力，谨慎回忆着在幻境中窥见的点点滴滴，慢慢说着话。

"让我来猜猜看，或许你被制造你的主人限制在这个塔的四周了，是吗？你无法离开此地，既感觉不到快乐，也不知悲伤为何物，世界只有永恒的灰白，所以你困住所有进入此地的生灵，让他们陪你一起永远活在绝望的深渊里。"

穆雪说着说着，在无常听得最认真的时候，天空中千臂魔神的虚影骤然向无常发动了剧烈的攻击。

魔神的双目和口中射出三道灼目的光芒，直直射向无常，无常反应过来，匆忙间双手交叠于胸前，挡住这道强烈的攻击，身躯被巨大的推力撞回九层高塔。

与此同时，穆雪抓紧时机冲到岑千山身边。在刚刚的战斗中，她多次试探，发现了一个诡异之处——只要自己操控的千手魔神远离九层高塔一定半径范围，无常就不会再跟过去。

也就是说，这个强大的敌人能够活动的区域十分有限，再远一些他或许就只能发动幻境一类的精神攻击。

穆雪一手扶住岑千山，一手翻出一张小小的黄色符箓。她骈两指夹于前，口中喝道："请师祖庇佑。"

那符箓上，不曾书有符文法印，倒是印着一条小小的黑色鲸鱼。那小鱼从符箓上摆动尾巴，游动出来，化身渐大。

无常仿佛意识到了什么，从高塔上俯冲下来，想要出手阻拦。

但那黑鱼的幻影已经一张口，将穆雪和岑千山吞入腹中，连人带鱼原地消失不见。

此刻，在遥远的逍遥峰上，苏行庭似乎心有所感，他突然抬起头来看向窗外："这么快，小雪就不得不动用符箓了？"

在穆雪离开逍遥峰来神域的那天，苏行庭并没有阻拦于她，而是摸摸她的脑袋，取出三张看上去年代久远的符箓，慎重地装进她随身的荷包中。

这是归源宗祖师留下的符箓，蕴含上古大妖的天赋能力，即便在神域也可以使用。

穆雪在这里动用了符箓，苏行庭远在逍遥峰也有了感应。

渡亡道上，远离高塔的一处废墟中，一条肥胖的大头鲸鱼出现，它摆了一下尾巴，把穆雪和岑千山吐了出来，随即消失溃散在天地中。

穆雪脱离险境，抬头看向远处的黑塔，察觉那位无常果然没有移动位置追来，心中暂时松了口气。

刚刚想要站起身，衣角却被某个陷入昏迷中的人抓住了。

"不，别走。"有一个低沉的声音说道。

妄境中的岑千山，看见了自己最想在此刻见到的人。

他置身淤泥之中，而师尊洁净的靴子踏过那些泥泞，站到了自己的面前。

"原来你一直都在骗我，我居然都信了。"师尊说话的声音一如既往地温和，却像一枚烧红的铁针，一点点扎进他的胸膛，扎穿了他的心。

"不，不是。"岑千山摇头。

脑袋被贯穿的义父从旁伸过头来，唾弃了一口："害死将你养大的恩人，你这个卑劣、残忍的小骗子，简直令人恶心！"

师尊和义父，以及所有人一齐看着他，那厌恶的神色令岑千山心中一片绝望。

他伸手拉住那红色衣角："一开始的时候，我确实费尽心机，为的是让师尊收留我在身边。

"可是后来，我的心早就变了，我对师尊的心意……一片赤诚，再无杂念。"

但那位从来都不舍得打骂他的人冷冰冰地推开他的手，准备拂袖离去。

"不，不能走。"岑千山死死拽着那一抹红衣，急切道，"你可以打我、罚我。无论怎么对我都可以，就是别把我一个人留下。"

"师尊，你知不知道，当年，你把我支走，等我看到雷劫匆忙赶回来，看见的只有那一抹……灰烬，是什么样的心情，"他双目赤红，盯着地面混乱了的水面，身躯微微颤抖，"你人都不在了，留给我那些东西又有什么用？你不会知道最初那些年，我是怎么熬过来的，在那个没有你，却又到处都是你的气息的屋子里，我差一点就撑不住了。"

一只柔软的小手不知从哪里伸了过来，穿过百十年孤单痛苦的岁月，穿过千山万水不得相见的距离，像从前那样，温柔地摸着他的脑袋。

"别哭了，小山。"

第
三
十
三
章

九幽塔

　　穆雪坐在岑千山的身边，顺手揉一揉他的头发，思考着怎么把小山唤醒，再去寻找师兄师姐。

　　手底下的触感还和从前一样，细腻又柔软。

　　在情欲海见到岑千山的时候，觉得他人长大了，性子也变了，陌生了许多。如今看着他这副模样又觉得他只是披了一层硬壳，内里其实还是那个敏感而纤细的男孩。

　　岑千山是个十分敏感的孩子，穆雪是知道的。

　　他总和街道上的那些孩子打架，是因为害怕别人看不起他。他总能揣摩自己的心意，从不会做出惹自己生气的事，是因为害怕自己不喜欢他。

　　刚来的那些年，他白日里样样全能，晚上的睡眠却非常不好，几乎没睡过一个安稳觉，白皙的小脸上见天地挂着黑眼圈。

　　后来穆雪索性把他睡觉的小床搬到自己的工作台附近，让他睡着的时候能听见点声音，醒来的时候睁眼就能看见自己，他才好像一只慢慢熟悉了巢穴的小动物，渐渐睡得踏实了。

　　有时候他半夜做噩梦，穆雪就在工作之余伸出一只手，像这样揉揉他的头发，或者拍拍他的背，他便会很快地安定下来。

坐在荒地上的穆雪，小手轻轻拍着睡在身边的高大的男人，看着那人的情绪渐渐变得安稳，忍不住在心中感慨："都长这么大了，还是和小时候一样啊。"

岑千山在这时候突然睁开了双眼。

那双眼因为刚刚哭过，带着一点水光和微红。

他一下爬起身来，四处张望。

此处是一荒地，放眼望去，空阔无人，只有几个亡灵在远处游荡，并没有自己的梦中之人。

可是那道声音是那样清晰而真实，安抚了他混乱的心神，助他从胶着的妄境中挣脱。那手心温暖的触感，明明还留在自己的肌肤上。

难道一切都是自己的幻想？

岑千山呆立在原地，凝蹙双眉，眸波微颤，最终慢慢地将视线落到了穆雪身上。

两人眼对眼互相瞪视了半晌，岑千山的目光让穆雪有些皮肤发麻，她迅速回顾了一遍自己的所作所为，感觉自己应该没有露出马脚。

以她现在这副五短身材，岑千山应该很难认出她才对。只要自己不开口承认，就不算破了言禁，穆雪咽了咽口水，勉强安了自己的心。

岑千山缓缓弯下腰，看着穆雪的面孔。他伸出手，拇指在穆雪脸上轻轻擦了一下，举到自己眼前看了看：

"你受伤了？"

穆雪胡乱抹了一把脸："没……没有。沾上的。"

岑千山的目光在穆雪染血的手指和面孔上来回看了一遍，语气听上去和缓平静："抱歉，是为了救我受的伤？"

他比穆雪高出那么多，这样背着斜阳俯身逼近，眸色深深，藏着不知怎样的心思。

穆雪的心莫名就虚了。

明明昏迷的时候还是个会哭着撒娇的小可怜，为什么这一醒来摇身一变就能带给人这么恐怖的压迫感？

穆雪不由得又悄悄摸了摸自己的脸。刚刚施展六道轮转大法的时候，她咬破手指，以血为媒，在脸上书了符文。可是随着灵力的耗尽，字早就糊了，自己也擦过了，肯定看不出痕迹了才对啊。

为什么这个男人能这么敏锐？

"你醒了就好，我还要去找我师兄师姐呢。"穆雪避开他的眼神。

虽然刚刚的那一战几乎耗尽了她稀少的灵力，但师兄和师姐尚且状况不明，她没有休息的时间。

此刻，那座黑沉沉的九层高塔附近，亮起一点夺目的寒芒，那光芒似冷月清辉，如寒梅绽放——是梅花九剑独有的剑气。

"太好了，是付师兄，他自己醒过来了。"穆雪撇下岑千山，拔起小短腿，向远处的战场跑去。

九层高塔之前。

付云正面对着一场艰难的苦战。他的冷月和苗红儿的体术，已经施展到了极限。剑影拳风，漫天卷地攻向悬浮在半空中的那个诡异身影。

而那个男子悬坐于半空之中，一手托腮，只用一只素手就轻松挡住了全部攻击，甚至还露出百无聊赖的神色。

在他的身躯周围，悬着四张神色扭曲的鬼面，各自张口发出极端难听的声响，那些魔音入耳，令人头疼欲裂，心神溃散。幸得有精通乐理的仲伯，盘膝而坐拉弦奏乐，同魔音相抗，才护住两人不至失去神志。

但此刻，即便是仲伯也满头冷汗滚滚而下，手下琴音越发高亢嘹亮，显然支撑得十分吃力。

面对这样的强敌，苗红儿心无畏惧，全力施展。鬼门关内她解开了心结，心有顿悟，这场生死边缘的艰险战斗，反而令她有一种酣畅淋漓的爽快。

她的身法越发圆融，招式愈加流畅，身化残影，一化为二，二化为三，后竟达数十之多。前后上下，数十个苗红儿的身影，密集的拳脚攻向那个名叫无常的男人。

无常终于在苗红儿的攻势下微微皱起了眉头，他惨白无血色的手掌升起一道灰色的火焰，那火焰包裹住了他的拳头，缓缓出了一拳。那一拳明明极为缓慢，苗红儿却发现自己无论如何也躲避不开，十余个虚影骤然消散，被那一拳远远击飞，倒在地上爬不起身。

付云的剑及时挡在无常面前，阻止了他追向苗红儿的攻势。

剑名冷月，如月寒光，自小便养在付云体内，与主人心意相通，锋利无双。但此刻，那无坚不摧的银白剑尖却被包裹着灰焰的苍白手指给死死捏住。

"剑修？剑修我见过不少，不过你们这些剑修个个都看似强大其实最好对付。"无常如面具一般精致的五官毫无表情，指间发力，钳在手中的银剑弯了起来，"过刚，就易折。一旦折了心中所持，便可任凭摆布，倒也无趣。"

雪白剑身发出铮铮剑鸣，持剑的付云脸色煞白，吐出一口鲜血。

在此危急时刻，大地和宝塔开始微微晃动。

一尊八臂的巨大魔神从地底升起。那魔神皮肤湛蓝，红发烈烈如火，怒目圆睁，遮蔽了大半天空。他那梁柱般粗大的双臂合拢高举，向着无常狠狠砸下。

一袭黑衣的岑千山带着魔神从天而降，加入战局。

无常撇开付云，一抬手稳稳接住那巨大魔神铜锤似的双拳。

"是你？"无常道，"你也挣脱出来了？"

岑千山冷冷道："是的，特意回来谢谢你刚刚一番照顾。"

"那倒不必谢我。"无常面具一般的五官模拟出一种僵硬的笑容，"摆弄你的时候很有意思，你自己也乐在其中地享受了，不是吗？"

岑千山冷哼一声，刀化修罗斗白衣无常。

刚刚赶到战场的穆雪扶起负伤的苗红儿。

"师兄，师姐，不必和他缠斗，我发现他的活动范围有一定的限制。只要我们离远一些，他就不会追上来的。"她把自己之前的发现告诉师姐。

苗红儿捂着腹部挣扎起身，吐出一大口血，摆摆手几乎说不出话来。

仲伯替她解释："小雪你不知道，渡亡道至鬼门关入，九幽塔出。我们想要通过渡亡道，就必须闯入九幽塔内，借塔底九幽水道脱出。否则虽然能够不死，但也只能永困在这座无边无际的铁围城中，与亡灵为伴。"

"这守塔的白衣无常，是避不开的敌人。"

"原来要闯入塔内。"

穆雪抬头看去，层层黑塔的最底层，有一道坚实的玄铁大门紧紧封闭。

以他们现在微弱的灵力，想要破开这样的大门实在太难。

战场之中，岑千山身后那尊巨大的八臂魔神突然狂性大发，八只蓝色手臂疯狂攻向白衣无常，掀起漫天滚滚浓烟。

岑千山趁着浓烟，短暂地退出战场，将他随身的背包塞进穆雪手中。

"我和付云拖住他，你们想办法开门。要快！"

他以刀撑地，随后伸手抹掉嘴角的血痕，回身再战。

穆雪飞快扯开他的背包，看见里面的东西之后大喜过望："太好了，他带了这么多的火药。"

神道之内，灵力稀薄，法不能施，术数大打折扣，但人间物理性的攻击却不受影响，比如兵刃、体术和爆破类的火药。

岑千山的背包内，就装有一大罐价值不菲的红龙血液，并一瓶结晶状的鲛人眼泪。

这两个东西一旦按比例混合，便如水入油锅，威力巨大。若是布置合理，足以炸开那扇玄铁大门了。

战场上形势严峻，付云白衣染血，苗红儿伤重难支，仲伯面色痛苦，岑千山显然也支撑不了多久。

刻不容缓。

"师姐你歇着，我去开门。"穆雪没有多想，抱着背包就跑。

苗红儿阻挡不及，看着那一点点高的小师妹抱着"炸药包"灵巧地避开战场上掉落的碎石，一溜烟向塔门跑去了。

师尊说小师妹喜好炼器术，常常去碧游峰蹭课，看来真是所言非虚啊，她连这么冷僻的"火药学"都有涉猎，苗红儿想道。

配制魔灵界火药这样复杂的事她什么时候学会的，我都几乎没听说过呢。

第
三
十
四
章

舟渡忘川

岑千山的面前是强大而恐怖的敌人，但他的心神却牢牢系在了那个跑向塔门的小小身影上。

那个名叫张小雪的女修，果然抱着自己的背包跑到了玄铁门前，正小心翼翼地从背包里端出药剂，分类一一摆放。

岑千山脑海中瞬间闪过了师尊当年传授自己这门技艺时的场景。

"爆破是很危险的事情，一不小心就会伤到自己。"师尊坐在实验台前，有条不紊地在实验台上摆放试剂，"所以不论多么紧急的情况，手也一定要稳，心也不能慌。先把东西按顺序摆好了，操作的时候才不会出错。比如这个龙血和鲛珠必须分开放置，龙在左，鲛在右，养成习惯。"

黑塔前小小的身影把龙血和鲛珠远远分开，龙在左，鲛在右，摆放在身体左右两侧。

师尊戴手套的动作总是那样利索又帅气，她会边戴边转头叮嘱："手套是必须戴的东西，红龙的血具有强腐蚀性，别像上次那样，把自己的手弄伤了。"

黑塔前的小小身影熟练地从他的包里翻出一双手套，麻利地给自己戴上。

"能掘进爆破是最好，如果条件不允许，只能光面爆破，那一定要把握好用量和角度。好的爆破师，能用最少的药量一次成功。拿不准的时候，可以用薄尺量一下。"

黑塔前的她开始在门前的地面掘洞，片刻后又改用一把细细的薄尺插进门缝测量厚度。

眼前小小的身影和记忆中的画面一幅幅地重叠在了一起。

疑窦只要开了一个口子，就如决堤的洪水一般再也遏制不住。

初见时的铁皮小人，进入欲海时的并肩战斗，咬破指尖残留在面目上的血痕，刚刚那些独属于师尊的火药使用技巧……

答案似乎就在那里，他却近乡情怯地不敢揭开。

是自己太过疯魔，还是真相已在眼前？

岑千山只觉得胸腔内有东西在翻滚，血液在体内逆流，呼吸为之凝滞。

苦求了一百多年的梦，是不是就在触手可及之处？

分心的他被白衣无常一拳打中，翻倒在地，体内血脉翻腾，张口吐出了一口血。

刚刚他假装吐血受伤，皆为让那个人心急露出破绽而演的戏。

此时的血却是那么真，从肺腑中呕出来，滚烫又刺目，一路热辣辣地烧伤了胸腔喉管，呕尽他的百年相思。

付云伸手把岑千山扶起，持剑和他并肩而立。

"怎么样？有没有事？"付云问道。

对付云而言，虽然这位来自魔灵界的修士性格有些古怪，接触也不算多，但不可否认，他在战场上是一位不可多得的伙伴，实力强大，骁勇无畏，寡言少语，却十分可靠。

说实话，当岑千山出现的那一刻，付云的整颗心顿时安定了不少。

但不知为什么，这位一路并肩作战的魔修却突然侧目过来，眉目间含着无端的怒意，那神色莫名冰冷，绝对称不上友善。

"她说……小雪说，"他问了一句没头没尾的话，"你是她最喜欢的师兄？"

付云不明白，大敌当前，岑千山为什么突然问这个，幸好他下意识茫然地摇头否认："啊，不，她说的大概是另外一个人。"

岑千山伸手推开他，抹了一把嘴角的血，"寒霜"的刀锋化为残影，杀气腾腾地冲着无常去了。

黑袍对白衫，狂刀战无常。

九幽玄塔高耸，八臂魔神遮天。

一时杀得是昏天暗地，风卷黄沙。

岑千山握着那柄刃染红痕的长刀，他自己也像是一柄刀，一柄刚刚被开了锋，无惧天地鬼神的狂刀。

无常双手接住那鲜红的刀刃，哑黑无光的双眸倒映在雪亮的刀刃上。

"奇怪，你好像突然间变强了。情绪变化就能如此大幅地改变战斗力吗？到底是发生了什么让你这样高兴的事？"

岑千山双臂青筋暴出，仗刀与鬼神对峙，刀刃的那一侧，双眸晶亮得吓人，他嘿嘿笑了一声：

"你说呢，你不是很擅长窥视人心吗？"

一刀之隔，四目相争。

"找到了心中渴望的那个人，所以高兴成这个样子？"无常定定地看着他，"只要她人在，不论她怎么对你，都无所谓的吗？"

他的后半句没说出来，哪怕她不承认，哪怕她没有将你放在心上呢？

二人骤然分开。

岑千山长腿后撑，稳住身形，漂亮的眼睛眯起，带着一股狠戾和怒意透过风沙看去。

黄沙之后，孤独的鬼神白衣猎猎，胸口无心。

岑千山想了想，嘴角带起一丝玩味的笑，慢慢收敛怒意，站直了身躯："你这是嫉妒吧？嫉妒我有这样一个可以期待的人。而你呢，你什么也没有。你的制造者，你曾经最亲近仰慕的神，已经不要你了。"

他的手指点了点自己的胸口："你善于玩弄人心，喜欢看着人陷入痛苦和绝望之中。就连我也曾折在你的手中。但你自己呢，你大概连痛苦为何物都没有体会过吧？"

无常低下面具似的面孔，双眸开始无序地四处晃动，一头长直的黑发在风中乱舞，似乎思索不出如何反击这个人类的话语。

一声巨大的轰鸣如惊雷炸响，轰得天摇地动，瓦砾簌簌掉落如雨。

烟尘散去，九幽塔的玄铁大门赫然被强大的爆炸轰开。

还处于思维混乱中的白衣无常发现所有的敌人都跑了，空中只有那高大的八臂魔神疯狂地缠住自己。

在他的脚下不远处，九幽塔的大门外仲伯守在被炸开的塔门口呼喊：

"快，快进来！"

先钻进去的是扶着苗红儿的穆雪，然后付云和岑千山的身影迅速接踵而至。

塔身之内，奇异得如同另一个世界。

塔内并无隔层，举目望去，高耸的内壁上倒转着满天星斗，苍穹夜色，星空之下的塔底是一汪漆黑一片的水面，此刻水上静静停着一叶小舟。

星辰斗转，夜下泊舟，根本不像是在密闭的塔内，宛如在一方小小世界之中。塔外喧嚣的战斗被隔离在外，此地一片安宁，仿佛是那心的归宿。

塔门之外，无常面具一般古井无波的面孔终于变得狰狞，他眉目倒竖，张大漆黑的嘴发出一种无声的呼喊。

天地之间温度骤降，阴风飕飕，四面响起鬼泣之声，以九幽塔为中心，整个铁围城内的幽冥鬼物都向着此地拥来，千鬼同哭，万魂俱嚎。

层层叠叠如烟似幻的鬼影如狂涛汹涌，滚滚而来，向着九幽塔的塔门冲去。

守在门边的仲伯远远看见这一幕，慌忙招呼所有人："快！上船！"

众人相互扶持着跨上那一叶小舟，仲伯全力合上那歪七扭八的铁门，却背对着铁门坐下了。

无数的鬼影叠加冲撞在门上，那些苍白的细长手脚从那被炸歪了的门缝里拼命挤进来，胡乱挥舞抓挠。

仲伯双手结佛印，趺坐门后，眉心现出一个金色的卍字符。虽白发苍苍，身形瘦小，但有他这么一坐，千万鬼魂在门外来回冲击，都没有撼动那扇摇摇欲坠之门。

"仲伯，快上来。"

"对，快上来一起走。"

大家喊他。

小舟静静泊在黑水面上，近在咫尺的老者眉心亮着温暖的光，满脸皱纹的他露出温和的笑容，他心里知道此门若开，万鬼同扑，一船的人只怕谁也走不了。

"你们走吧，我早就有过这个想法了。不回去，就留在这里，陪我家的老婆子算了。年轻的时候，实在陪她太少，如今左右到了这岁数，留下来陪她，也不可惜。

"最后的旅途，能和你们这些年轻人在一起，是一件快乐的事。

"快走吧，留下我这样一个老头子，总比大家都陷在这里要好。"

小舟静泊，只需轻轻一点，便可狠心离岸，留下一人换众人逃出生天。以一个耄耋之年的老者，换一船年轻的生命，或许任何一个人都会觉得，这是一个虽然残忍却十分合理的选择。

但付云却拼命向他伸出了手臂："归亦同归，战亦同战，不分老幼，不畏生死。"

青衣白袍，少年侠气。

苗红儿也伸出她的手臂："仲伯快上来。我想，婆婆她希望您离开此地，是盼着您放下心结，不要因她而负了平生之志。我们不能把您一个人留下。"

红衣胜火，巾帼一笑。

师兄师姐真是傻啊，在这种时候，能以一命换取大家逃生的机会，难道不是最为合算的举措吗？何况仲伯还是自己愿意的。

穆雪心中焦虑又烦躁。

更让她郁闷的是，不知为什么她自己那只小小的胳膊也伸了出去，和师兄师姐们一起抓住仲伯的手往小舟上拉。

在她的身边，一只束满绷带的手臂伸了过来，搭上了仲伯的肩膀："无妨，未必就输。"

仲伯抹了抹眼角，终于收了眉心的那一点金芒，被大家齐力拉上小船。

一叶轻舟，如箭离弦，离岸而去。

与此同时，塔门大开，幽魂暗鬼，似极地寒烟，铺天盖地渡水而来。那些扭曲恐怖的惨白身影从水面浮起，张牙舞爪扑向船尾，似怨憎这一船的生灵能离此地而去。

穆雪被所有人强制护在船中，她透过师兄师姐间的缝隙向外看去，洞开的塔门外，滚滚幽魂之上，悬立着一个伶仃的白色身影。

无常戴着高高的帽子，披着长长的黑发，沉默着同样看着塔内。最终他突然抬起手，做了一个收拢的动作。

那些扒拉在船尾，呼号尖啸着想要爬上来的苍白身影就随之顿住，如潮水一般一个个退去了。

来时浩浩荡荡，退却静逸无声。

从九幽塔下万千鬼影中逃出生天，所有人终于长吁一口气，瘫在小船中放松下来。

一叶轻舟绕着斗转星移的九幽塔内壁愈行愈高，渐渐似脱出塔内，驶入了那星辰璀璨的浩瀚苍穹之中。

黑水行舟，舟过无痕。舟行似在天际，浮屠塔顶，且看苍穹浩茫茫；又似走在水面，水镜漫漫，倒映星辰摇动，不知脚下山川何处。这样的景致瑰丽而玄幻，如入仙境一般。

"此为忘川。了却牵挂的魂魄，可由这里入轮回，再归人世。"苗红儿拉着穆雪的小手，指给她看，"看那边。"

远处天际茫茫一片，无数小舟，不知从何处而来，载着星星点点的光芒，悠悠然从穆雪等人身边游过。

穆雪伸出脑袋张望，看魂舟载亡灵过境。

她突然睁大了眼睛，一下站起身来。

在不远处，一叶轻舟之上，有一女子立于舟头，身披一条羊毛披肩，眉眼温柔。舟行穿过之时，她笑着冲穆雪轻轻摆了摆手。

千万行舟之中，远远又依稀有一船熟悉的身影，那些曾同门学艺，彼此相争怨恨过，也彼此携手匡扶过，却没能存活下来，被半路落下的同伴。

"走了啊，小雪。"他们有人遥遥冲穆雪挥手。

一个没了门牙的小姑娘，坐在小舟之上，拼命冲苗红儿挥动小小的手臂："阿姐，记得好好吃饭，一定要好好的呀。"

苗红儿红着眼眶笑了。

一位头发斑白，脊背佝偻的老妇人，挎着一篮橘子，坐在舟头悠悠渡水而来。

她弯着腰，不紧不慢地剥着手中的橘子，取出内里果肉，制成一盏小灯。

点燃那盏小灯放在如镜的水面，满布皱纹的手把它轻轻一推，橘红的小灯便慢悠悠地漂过来，漂到了仲伯的手中。

船身交错而过，老妇人苍苍白发渐渐变得乌黑，皱纹满面的肌肤回复了少女时代的光洁。年迈的妻子不知何时变为初见时的模样，笑着和丈夫挥手诀别。

仲伯持着那小小橘灯，目送船行渐远，泪流满面。

黯然销魂者，唯别而已。

月有盈缺，人生如此，往事不可追也。

第
三
十
五
章

我心本如明镜

载着亡灵的魂舟，渐渐和他们分道扬镳，星星点点的光芒排着队游向苍穹深处，银河摇光，魂舟过境，了断前尘往事，挥手从此去。

穆雪他们的那一叶小舟，却从天际慢慢下沉，沉入大地之上，停在了五色彩石铺就的神道边。

众人落在实地，下了船。抬头望去，天空之上那些小船化为浩浩荡荡的细碎荧光，越升越高，逐渐消失在视野中。

历经渡亡道惊心动魄的旅程，每个人心中都各有感悟得失。

大战后，伤痕累累的几人在神道边上燃起篝火，整顿休息。

穆雪想要一起帮忙干活，被苗红儿一把按住了："好好歇着，你还小呢，又受了伤，不许再乱动。"

其实直到这几年，穆雪才知道"幼小"意味着被照顾和保护，而并不像她从前以为的，越弱小越该被欺凌和压榨。因为自己从小没有被照顾过，因此这个道理她曾经不明白。

岑千山刚刚来到家里的时候，瘦得可怕，一身伤病，但自己也没有特别照顾他，还理所当然地让他承担起了众多繁杂琐事。

如果不是那时他高烧倒下了，自己可能一味沉迷在工作中，甚至没有带他去治疗。

穆雪悄悄抬头看了一眼坐在火堆对面的岑千山，对自己曾经的不称职升起了一丝愧疚。

岑千山就坐在对面，火苗的光影在他俊美的面容上晃动。他的目光却死死落在眼前的地面，一丝都没有移动，仿佛要把那里看出一朵花来。

他一次都没有向自己看过来呢。

穆雪总觉得哪里似乎有一丝违和。之前一路走来，岑千山的目光总是有意无意会落在自己身上，让她不免有些心虚。

但自从进入九幽塔之后，也不知发生了些什么，他仿佛突然对自己彻底失去了兴趣。

不仅完全忽略了张二丫这个人，甚至刻意地避开了和自己眼神的交会。

算了，只要他没发觉自己的身份就好。

穆雪安下心来，准备打坐调息。

结印的时候，手心里仿佛还留着那蓬松柔软的头发触感。

幸好之前趁他昏迷的时候捋了一把。

真是好怀念啊。

黄庭之中，天地氤氲，万物化醇，穆雪静坐于一泓澄水湖畔。

湖中出现的水虎又化成了岑千山的模样，从水中抬起湿漉漉的脸庞来。

算了，穆雪想着，总不能因为水虎变成了个男人，自己就不修炼了吧。

左右是小山的模样，他爱待在自己身边，就让他随意待在黄庭里好了。

从前自己炼器的时候，小山不也是喜欢坐在附近，托着下巴，静静看着自己吗？这不都是习惯了的事吗？

这样的念头一起，顿时进入了一种熟悉且安心的心境中。任凭那"水虎"在身边玩耍，她自调息阴阳，运转周天。

待到璇玑自转三十六周天之后，穆雪只觉黄庭之内一片静逸，她举目望去，看见那位"水虎君"半身浸没在水中，仰躺在苇草丛生的湖畔，交错的绿色草茎半遮着他的眉目，不知他在想些什么。

穆雪的元神移动，走到湖边弯下腰看他。

如今也只有在自己的黄庭内，才可以这样毫无顾忌地好好看一看他的模样。

他已经不是当年那个柔软的少年了，肌肤被湖水衬得分外苍白，眉眼之间带着几分抹不去的忧郁，鼻梁光洁挺直，脸颊却过于消瘦，薄薄的双唇微微抿着，纤长的睫毛在脸上投射下阴影，偶尔轻轻颤一下，有那么一点禁欲的病弱之美。

这样绝色的男孩子，当能捕获浮罔城中无数女孩的芳心。

那里的女孩子向来热情而奔放，勇于追求自己所爱。怎么会没有人拿下他，而让他在废墟中苦苦等了一百八十年呢？

穆雪眼看着仰躺在湖水中的"岑千山"眉头微微蹙起，眼睫底下便溢出了晶莹剔透的泪珠，顺着脸颊的肌肤滑落下来，掉进湖水中。

和他被束在无常梦境中时的模样一般无二。

"不愧是水虎，就和水做的一样。"穆雪好笑又感慨，蹲下身来，下意识伸出手去。

那泪水掉在手指上，肌肤仿佛被烧灼了一般，传来一股轻微的刺痛感。

刚刚是在战场，自己无暇多想，此时此刻，黄庭之内，心湖之畔，岑千山那时候喑哑的吼音，透着绝望喊出的话语，突然变得清晰无比，避无可避。

让他那样流泪呼唤的人——是自己。

穆雪后知后觉地意识到了这一点。

那小小的水滴敲开了水波不兴的湖面，宁静的湖面便泛起涟漪，一圈一圈向远处扩散开来。

付云在篝火边烧一罐热水，瓦罐是从荒废的屋子内翻出来的，架子是他临时搭的。付云出身富贵，不善庶务，烧个水便折腾了半天，还把自己的鼻尖弄黑了一块，倒使那张冷冰冰的面孔少了几分高冷，多了一些亲和感。

年幼的小师妹穆雪有些不太好意思地过来，带着点不安悄悄问他："师兄，你能把那天的伏虎诀再说一遍吗？"

付云看着眼前只有一点点高的小姑娘。

那张白皙的小脸上此刻又是血污又是火药的烟灰，脏兮兮地糊在一起。

这样艰险的旅途没听她喊一声累，叫一句苦。战斗时和大家一样冲锋陷阵，深入险境；休息时还不舍得偷懒，抓紧时间勤勉打坐用功。

叶航舟不过带了她几个月的时间，她便这样为了同门之谊甘冒奇险。就算是素来对她冷淡的自己，都一路反而得了她不少匡助。

明明是这样可爱的一个小师妹，自己为什么会在一开始对她怀有那样的戒心呢？

付云把穆雪牵过来，拧了一块温帕子，照着苗红儿平日行事的模样，有一点笨拙地帮穆雪擦干净小手小脸。

"师妹心中水虎还是那般猖狂不拘吗？"他仔细把眼前脏兮兮的小脸一点点擦干净，慢慢说起修炼心得，"伏虎者，伏身中真水。只有心中水源至清，方能龙降虎伏。吕祖①曾经说过，'七返还丹，在人先须，炼己待时'，也就是说，想要炼成这个功法，需要炼己持心，等待时机。你若是一时心湖不静，倒也不必心急，总有能够解开心结的时机。"

他擦干净了穆雪的手，把一块烤得有些煳的烤饼放进小家伙手中："你师姐受伤了，先将就垫垫肚子。"

饼虽然有些煳，吃起来却焦香焦香的。

师兄看起来冷漠，举动之间却暖烘烘的，真是个好师兄。

穆雪透过篝火，悄悄看孤零零坐在对面的岑千山。他垂目坐在那里，缓缓搓着自己的手掌，指节用力，关节处偶尔发出一两声轻响。

小山似乎不太高兴？

穆雪觉得对比起逍遥峰的师父和师兄师姐，自己当年真是不称职多了。

唯一合格的是，大概是还记得每日给小山做饭，没有饿着他。小山庶务样样拿手，唯独似乎不善于烹饪。他会每天乖巧地收拾准备好各种食材，洗净，切碎，等着穆雪过来只要动动锅勺炒一炒。

所以当年，穆雪觉得做师父也算是一件十分轻松的事情。醉心工作的她也习惯了挤出那么一点时间，走进厨房做两个菜，和小徒弟共进一顿晚餐。

看着小山吃得津津有味，并且不遗余力赞美她的手艺好，当年的穆雪也渐渐觉得和小山共进晚餐的时光是一天之中最放松的时候。

躺在篝火边睡了一觉，穆雪被一股诱人的香味唤醒。

临时的营地里，岑千山不知道什么时候猎了一整只山猪，已经放倒在溪边，洗净剖开，取了内脏炖在瓦罐中。乳白的汤水中不断翻滚出青脆的竹笋、殷红的大枣等等食材。漂亮的配色，诱人的香气惹人食指大动。

苗红儿早就蹲在那咕噜噜冒着香气的瓦罐边上流口水。

"这是用猪肚塞进一整只鸡去，再缝起来，放瓦罐里炖吗？"苗红儿问岑千山。

---

① 吕祖：纯阳真人吕洞宾。

岑千山挽着袖子，正低头炙烤一片腌制过的猪颈肉，闻言只是轻轻嗯了一声。

这一路走来，战斗艰险，伙食简陋，穆雪连吃了几天烤地瓜、烤土豆。如今一醒来，面前突然摆上了醇香滋补的猪肚汤，鲜嫩多汁的烤肉，还有一碟惹人心喜的野生蕨菜，无异于在面前摆了一顿琼林宴。

凑巧还全都是自己从前最爱吃的菜。

她心生欢喜，就着浓香的白汤，一口气把小肚子吃得浑圆，撑得有些难受。

岑千山不知道从哪里翻出一盆子洗净了的树莓，红艳艳的果子挂着冰凉的溪水，修长的手指貌似不经意地摆在了穆雪面前的石桌上。

穆雪心底哎呀了一声。尽管已经撑得很了，还是忍不住拿小手左一颗右一颗地摸那酸酸甜甜的果子来吃。

小山什么时候已经学会做饭了，还做得这样好吃。也是，自己都不在他身边一百多年了，他总该学会自己做饭的。他本来就是一个极其聪明的孩子。

"不想道兄手艺如此之得，我这个妙手香厨的绰号都得拱手相让了。"苗红儿虽然受了重伤经不得油腻，但天性使然还是忍不住吃了不少，一边难受地揉着肚子，一边还在琢磨着打听食谱，"这些都是魔灵界经典的菜系吗？果然魔灵界的许多菜色和我们仙灵界大不相同，值得学习啊。"

"这些，都是家师从前最喜欢的食物，我不过是这些年做得多，熟练罢了。"岑千山顿了顿，微微转过眼眸，余光里，一只白生生的小手正不停地摸那些红色的树莓去吃，"也不知道……合不合胃口。"

好吃的呀，简直太好吃了。

穆雪在心里回复他。多少年都没吃到这些菜色了，可让我馋得很，还是我家小山最好，师兄们虽都很温柔，但论起贴心会照顾人，这天下大概没人比得上小山。

之前岑千山冷面冷心的模样，又是魔道中人，大家对他多少怀着戒备，不曾和他多言。

如今他一反常态，不仅体贴细致，还主动把话题开了个口子，苗红儿便忍不住燃起了八卦之心。

眼前这位可是百年话本的男主角本人，关于他和那位穆雪之间种种虐恋情深的版本，早已经传遍了两界。

苗红儿清了清喉咙，试探着问道："岑道兄这般能干，当年穆大家想必是十分喜爱于你。"

岑千山修长的手指慢慢转着手中的汤碗："或许是当年过于顽劣，师尊才那样撒手离去不再管我。这些年，便是魂魄也不曾回来看我一眼。"

不是不是，小山你听我解释，我是有苦衷的啊。穆雪在心中叹气。

不知道为什么，听岑千山这么一说，穆雪心中莫名增加了一种负心薄幸，亏欠了他的感觉。

仲伯跟着叹息一声："也不知道那位穆大家是怎么样的女子，能让你这样的人物都弃修为于不顾，魂牵梦绕百年不肯忘怀。"

"她自然是这个世界上最好的人。"岑千山转着手里的碗，突然轻轻嗤笑了一声，"若是为了师尊，修为又算得了什么。"

他那样笑的时候，就带出了一股穆雪不太熟悉的猖狂之意。偏偏他还正巧抬眸看来，含伤带怨的眸光若有若无地从穆雪身上掠了过去。

穆雪登时觉得自己被水虎搅乱了的心湖短期内是不能好了。

我心本如明镜，奈何青山入镜撩人。

吃罢这顿丰盛的食物，仲伯和大家提出告别："老头子我心愿已了，前头的路便不再去了，就在这里和大家别过啦。"

他告诉大家自己住在昆仑山下，相约出了神域之后有缘再聚。

最后他拉着岑千山单独告别，叹息道："他们几个都还罢了，都居住在仙灵界，终究还能见着。只是和岑小兄弟你，道魔两界相隔，怕难有再见之日了，这心里倒是好生不舍。"

岑千山比他高出不少，低头看他，又越过他的身躯看身后热热闹闹在一起的师兄妹三人，听他说再难有相见之日时，一双眼眶顿时微微发红。

仲伯心内唏嘘，心底想道，别看这位魔修凶名在外，沉默寡言，谁知道人家竟是如此重情重义的感性之人，不仅一路帮了自己数次，分别的时候还这样依依不舍，当真是令人感动。初识的时候，自己还对他颇多猜测，百般戒备，看来还是自己狭隘了。

于是他真心诚意地道："说出来不怕惹你笑话，从前对你们魔修的印象过于刻板，总觉得你们都是一些邪魅猖狂、流于狂荡之辈。如今与君相识，方知流言不可尽信。只盼将来两界能有连接的机会，让你我数人还有围炉夜话，把酒言欢之日。"

穆雪等人，踩着神道上的五彩石挥别仲伯，继续向前。

身后仲伯的二胡声悠扬响起，晚霞深处，送友人一路征程。

前方别有风波恶，行路难。

我辈岂然不惧。

第
三
十
六
章

青
山
入
镜
撩
人

神道的最深处，称之为极乐园。东岳古神的神殿便在那极乐园中。

神道上三道难关——无色海，渡亡道，极乐园。前两处虽说艰险，但外间早就流传起在其中会遇到的魔物和鬼神以及应对的办法，让人可以提前做好准备。

只有这最深处的极乐园，真正闯入极乐园并活着回来的人少之又少，园内具体有些什么，也众说纷纭。

传说那里遍布上古大神所留的天材地宝，功法机缘。随便得到其中一件，飞升得道便指日可待。

"我想那里或许是一个仙乐飘飘，美不胜收让人流连忘返的地方吧？"苗红儿边走边琢磨着。

"从名字来看，或许会有迷心妄境，一定要多加留神。"付云说。

穆雪问道："什么叫迷心妄境？"

付云耐心和她解释："我们开了黄庭之后，便自得一番天地。在这个天地内，我们可以肆意呼风唤雨，左右日月轮转。在自己的黄庭之中，我们就像是神一般的存在，所有东西，皆在一念之间。

"等到修为到了一定的境界，黄庭中的一切便如同真实一般。身置其中，所求皆可得，所欲无不满，人生极乐再无所求。因此一个不慎就沉迷于这种妄境之中而不可自拔，甚至于有人一生选择活在这里，再不愿回归现实。"

穆雪："啊。"

苗红儿接话道："所以入门之后，师尊反复叮嘱我们的是，不能急于追求境界的提高，而应以炼己持心为要。就是怕我们修为上去了，心境却跟不上。"

"比如说我吧，"苗红儿舔了舔嘴唇，"如果我在黄庭之中可以随心所欲，每天躺在那，也不用动手，山珍海味就轮番送到我的嘴边。哈哈哈，你想，我可能就真不出来了。"

"之前渡亡道的无常妄境其实也是这么回事。不过他给我们看的是心中最悲伤郁结之事，倒相对容易挣脱一些。"苗红儿突然想起个疑问，问大家，"对了，你们在无常妄境中都看到了些什么？"

穆雪含糊其词："我就……看到了童年一些不太开心的事。"

付云咳了一声，没有说话。

岑千山举手虚挡住眉目，侧过脸去。

苗红儿看大家都不愿意说，只好摊了摊手："估计还是我最惨。我独自在一片荒漠里走了许久的路，又渴又饿又累，好容易看到荒漠中出现一池醇香的美酒，可我不论怎么弯腰也喝不到嘴里。面前有一张圆桌，摆满了一桌香喷喷的美食，但我无论如何靠近，也够不着。把我难过得一怒之下破了妄境。"

众人听了，哈哈一笑。

苗红儿的心思最为单纯，心中执念唯食而已。因此一路走来，数道拷问心性的难关，反而是她每一次都最轻松过关。

随着神道的深入，人类居住的建筑物越来越少。

附近出现的，是远古时期供奉神灵的祭台遗迹，那些遗迹倒塌的墙体上残留着古朴巨大的浮雕，晦涩难懂的上古符文。

四周山脉的石壁上被凿出大大小小的石窟，石窟里绘制着各种神魔的壁画，遍布着种种诡异神像的崖刻。

而那些之前以虚影模样游荡的鬼神，随着神道的渐渐靠近开始变得具有实体。

他们依旧顶着那张空洞而无神的精致面孔在荒野上飘移，行动速度缓慢，看上去毫无危险。只是一定要非常小心远远避开，若是一个不慎踏入了他们的感知范围，那些呆滞的面孔会瞬间变为勃然大怒的神色，狂奔而至，发动疯狂的攻击。

一个失去了头颅似山岳一般高大的身影从远处走来，每踩下一个脚步都震得地动山摇。

巨大的响动声回荡在空寂无人的荒野，惊出了一群四处奔逃的野兽。

众人藏身在一座祭坛的石墙后，屏息凝神看着那没有头的神灵巨大的脚掌高高抬起，压倒一片又一片森林，慢悠悠地远离了，留下一路巨大无比的脚印。

确定那高大的魔神没有发现他们一行，穆雪松了口气，刚刚走出石墙，从石墙的那一头却转过来一张苍白而诡异的面孔，正好和穆雪脸对脸地撞上了。

那是一位十分漂亮的女子，蝉鬓蛾眉，霓裳羽衣，脚踏祥云，手中举着一个金光闪闪的花篮，有如从远古壁画上飞入人间的女仙。

只是她那肌肤苍白泛着陶瓷一般的质感，面上表情僵硬，双目黝黑失神，不似活人，反倒像神坛上泥塑的陶瓷之身。

那怪异的女子从半空中歪着脑袋看穆雪，檀口微张，轻轻地咦了一声。

岑千山已将穆雪一把推在身后，抽出长刀迎了上去。

长刃寒霜沁水，刀口抹一道如血的红痕。暴涨的刀影如新月带血，闪出两道刀刃飞向那模样诡异的敌人。

那女子举臂来挡，手臂被齐刀截断，断臂之处却不见流出鲜血，而依旧是瓷白光洁的一片。断了手的她面色毫无变化，踩着祥云倒退飞开，单臂已经举起手中花篮。

花篮中射出金光点点，那些看似并不太起眼的金色光芒，不论落在坚硬的石墙还是厚实的大地上，都能无声无息地在那里开出一个一指粗的深洞。若是打在人身上，只怕当场给人穿一个窟窿。

苗红儿迅速卷着穆雪滚到了一边，随着噗噗几声破风声响起，她的手脸之上多了数道血痕，却还先确定了一遍穆雪是否安然无恙。

这一路走来，已经遇到过数次这样的战斗，强悍诡异的敌人，突如其来的凶险战斗，每次穆雪都成了大家第一时间保护的对象。

她完全没有机会发挥出自己应有的战斗能力，只好乖乖地做一个被大家保护的小师妹，备好水和伤药，勉强在战后起到一点后勤作用。

战斗在岑千山和付云的刀剑配合之下很快结束，被劈成数块的诡异神像散落在草地上。那碎裂的脸庞静静落在荒草丛中，依旧眨着眼看着天空。

大家知道，用不了太长时间，这些碎片便会慢慢聚拢，依旧还原成本来的模样，所以必须尽快远离。

岑千山踩着那个花篮把它截断成没那么容易复原的碎片，收刀入鞘，抬头的时候，正好看见穆雪在忙着给她的师姐包扎伤口。

低着头，那么用心和认真，小小的脸上带着一种关切和温柔，动作麻利地给她关心的人伤口消毒止血。

苗红儿看着自己手臂上包扎好了的伤口，夸赞道："我们小雪真是能干，小小年纪不论什么事都做得很好，包扎伤口也好像做过无数次的人一样。"

穆雪就不好意思地笑了。

她一点都不像师尊，岑千山有些委屈地想着，师尊什么时候这样温柔地对待过别人？

师尊热情的目光从来只专注在炼器的世界里，如果还有一点点剩余，那也都是自己一个人能独享的东西。

扎营休整的时候，穆雪和苗红儿在岸边搭设炉灶，岑千山和付云踩在溪水中捉鱼。

斜阳染红了半条溪流，波光粼粼的水面下，有鱼儿在自由自在游动。

岑千山踩在溪水中，拿着一根削尖了的竹竿，凝望着水中的游鱼，看似随意地和付云聊天："在我们那里，小雪那么小的孩子除非是孤儿，一般是不会被人收为弟子的。"

付云不疑有他，随口答道："我们仙灵界并非如此，六岁以上资质优秀的孩子，就时常被选入宗门之内。小雪她的父母都健在，偶尔还会来宗门看望她呢。"

岑千山眉头微微一动，手臂一动，一竿入水，准确无误地穿上一条大鱼。

从鬼门关出来的时候，她泪流满面，呢喃着说见到了她已故的母亲。

她的父母明明还健在着，难道她活过两次，有两位母亲？

"那……看起来小雪她进你们归源宗也没多少时日。"

"是没有多久，数月而已。本来是断不可能让她来这里的，谁知道这孩子不听话，硬是悄悄跟了上来。"

数月而已？岑千山心底默默估算，两个月之前紫金龙纹引磬招来了师尊的魂魄，正好有可能是她刚刚筑基的时候。

一切都对得上，原来如此。

岑千山束着白色绷带的手臂凝而不动，任凭那条求生欲旺盛的黑鱼甩了他一头一脸的溪水。

岸边，穆雪烧好了火，抬头看见师姐苗红儿歪在树桩边上看一本闲书。

"啧啧，虽说魔修也有重情重义之人，但薄情寡义的还是不少啊。"苗红儿不知道看到了什么，口里嘀咕着，"把人吃干抹净了，就撇开不顾，也未免太渣了。"

穆雪奇道："师姐你在说什么？"

苗红儿合起了书，那书的封面穆雪竟然分外熟悉。

"在上次神道的营地里顺手和魔修买的。"苗红儿不好意思地悄悄看了一眼远处的岑千山，冲着穆雪小声道，"这书说的是一个叫穆雪的魔修，吃着碗里的还看着锅里的。"

"知道这句话是啥意思吗？"苗红儿合上书，比画了一个圈，"这就好比桌上有一锅美味的龙虾丸子，一人一个都不太够分，可是有人碗里明明已经有了一个，鲜香又美味，偏偏只咬上一口便撇开不要，又惦记起锅里的了。你说这人可不可恶？"

偏偏这个时候，溪边的岑千山抬眼向着这边看过来，穆雪捂住脸道："可恶，这个人也未免太可恶了些。"

清凉的溪水中隐隐传来一股波动，岑千山和付云彼此交换了一个眼色。

果然，不多时几只巨大的鱼怪突然从水底一跃而起，张着利齿狰狞的大嘴，冲着立在溪岸边的两人咬去。

寒霜的刀芒一闪，两道月牙形的风刃交错切开鱼腹。

与此同时另外一条大鱼的尖牙也到了面前，本来应当可以从容避开的岑千山却不知为什么动作凝滞了一瞬，眼睁睁看着那锋利的牙齿刺穿了自己的手臂。

水中的这场战斗结束得很快，顷刻之间溪边堆满巨大的鱼尸。

岑千山走回篝火边，沉默着坐下，鲜血淋漓的手臂搁在膝头，任谁都不可能看不见。

穆雪急忙抱着医药箱子过来："怎么这么不小心？我给你包一下吧？"

岑千山虽然没有说话，但至少没有像上一次那样带着抗拒地抽回手。他坐在那里微微动了动手臂，主动把流着血的胳膊抬起。

那沾染了血迹的修长手指在穆雪触碰到的时候，微不可察地颤了颤。

穆雪接着他的手，先把一直缠绕在胳膊上的绷带拆了下来，露出那交错着无数十字形伤疤的肌肤。

穆雪皱眉，一边清理创口一边忍不住问道："你手臂上怎么这么多旧伤？"

从前你小的时候，你都能照顾好自己，如今白长了这么大，修为也进步了许多，怎么反倒把自己搞得伤痕累累？

"我师尊曾经教过我，很多东西你把它记在脑子里，时间久了它就会自己变淡，也就渐渐把它给忘了。"坐在身边的岑千山没有看她，眼神落在自己的脚尖，说话声音轻得像是自言自语，"如果想牢记什么事，必须把它记录在别的地方。所以我每一次尝试凝聚师父的神魂，就在手臂上留下一道记号。这样时间哪怕过得再久，我也不会忘记我找了她多少次。"

穆雪包着伤口的动作就顿住了。

岑千山转过脸，盯着她看。他眉目靠得那样近，琥珀般的双眸泡在一汪秋水中，潋滟有光。

穆雪几乎能透过那清透的眸子看进去，看得自己的心湖起了涟漪。

她不得不避开了那掠人心魄的眸光："你……这样好像不太值得。"

"怎么会不值得？"岑千山慢慢地说，"万一哪天，师尊她看见了我的手，说不定会有一点点感动，能因此多看我一眼，不再去看她的那些好哥哥、好师兄了。"

他这样笃定的语气，让穆雪忍不住开始回想，难道自己除了小山真的还和其他男人有过瓜葛吗？

她想起师姐刚刚拿在手中的那本书，那本艳情话本里倒是把她的情史安排得明明白白的，什么烟家的小公子、柳家的二少爷应有尽有。可是这些都是些捕风捉影的事，细细回想，烟家家主确实有想要塞给她一位烟家的小公子，只是那人长什么样，她都已经不记得了。

只记得是一位弱柳扶风的清秀公子，自己有些受不了他那副娇弱的模样，连面都没见两次，就及时回避了。

当然，因为人家是俊美又斯文的郎君，自己面对他的时候肯定是客客气气不曾失礼的。

至于柳家的那位少爷就更不用提了，那位秉承了柳家的家风，手段有些不入流，穆雪当时在那场宴会上就翻脸走人，根本谈不上有所纠葛啊。

小山口中的那些好哥哥、好师兄到底是从哪儿来的呢？

难道自己还有什么彻底忘记了的往事吗？穆雪想得头都大了。

尽管受了点小伤，岑千山还是利索地给大家炖了一锅鲜香爽滑的鱼片汤，吃得在场的每一个人都对他赞不绝口。吃饱喝足之后，四人继续他们的旅程。

神道之上有些道路并不好走，孤悬的石梁，料峭的山路随处可见。每到这些路段的时候，付云总会不容分说地把六岁的小穆雪抱起来，走过这些危险的区域。

每到这个时候，走在前方开路的岑千山总是沉默不语，甚至连头都没有回过。

今日不知为什么，走了一段路程的付云面色微微有些不好看，他察觉到自己的肠胃有一些不太舒适。炼体修行之人，百病消退，本来是很不容易生病的。何况大家午饭都喝了一样的鱼汤，为什么只有他一人肠胃不适？

虽然不怎么严重，但出身贵族恪守礼教的他羞于在伙伴面前启齿，只得交代了一句："你们先行一步，我随后就来。"

此刻走在山顶，往下走地势十分陡峭，付云退下后，岑千山自然而然地转回头，向着穆雪举起了手臂。

啊，小山这是要抱着自己走下去的意思？穆雪有些不好意思。

师兄师姐总喜欢把她抱起来走路，她虽然不太愿意，但因为拒绝不了，也就慢慢习惯了。

但如果让岑千山来抱她，也未免太别扭了。

眼前的岑千山看着自己的目光，隐隐透着一股殷切的期待，似乎还带着一种压抑不住的兴奋，举在自己面前的手指，微微带着点不安。

那手上一圈一圈地绕着白色的绷带。

穆雪想起那些绷带的由来一下就心软了。

算了，反正他也不知道我是谁。他只以为自己还是一个小孩呢，被他抱一下也没什么。

穆雪眼睛一闭，任由岑千山把她抱在了臂弯里。

岑千山的身上传来一股熟悉的味道，那是长年累月泡在冶炼台和工作间的炼器师所独有的味道，带着令人怀念的故居的气息，萦绕在穆雪的鼻端。

穆雪的小手绕着他的脖子，脸蛋搁在他的肩头往后看。

视野一下变得高了起来。

自己当年也是这样让瘦瘦小小的岑千山坐在自己的胳膊上，在大雪的天气里把他一路抱回了家。

如今岑千山的肩膀已经这样结实宽厚，脚步也这么稳，只是脖颈那里不知为什么泛着一层红晕。

穆雪在岑千山摇摇晃晃的脚步中困意上涌，于是安心地闭上眼，渐渐陷入沉睡中去。睡梦之中仿佛回到了过去，听见小山在她耳边轻轻唤了她一声。

付云赶上来的时候，想要把穆雪接过来。

"付道兄既然身体抱恙，我帮这么一点小忙倒也无妨。"岑千山不动声色地避开了他的手臂，看付云的眼神却带着点隐隐的怒气，"她既然睡着了，就不必吵醒她了。"

魔修的性子，还真像那晴雨表一般，一会儿好一会儿坏，实在是捉摸不透。

付云十分摸不着头脑。

第
三
十
七
章

师姐和你道歉了

岑千山一刀将眼前的魔神斩成两截，踩着他的头颅举起手中的寒霜。

"可以不砍到脸，留着我的脑袋吗？"那被踩在脚下的魔神平静地说。

他有着一张苍白而俊美的面容，额头上却生着一双巨大的黑角，脖颈以下长满了黑色的鳞片。

岑千山的刀尖刚刚悬在他眉心。

这一路上他们和不少这样诡异的魔神发生了冲突。

每当路过被发现的时候，这些游荡在神道周围的魔神便会怒气冲冲地对他们发动攻击。

但被打败之后，反而不再生气，一脸平静地接受了被肢解的命运。大部分甚至都没有开口同他们交流过一句话。

"原来会说话啊，我还以为这些家伙大多不会说活。"苗红儿有点好奇地弯下腰看那个长了牛角的男人。

"我需要一个理由。"岑千山冷淡地说。

这些古怪的魔神似乎拥有永恒的生命，切断他们的身躯并不能让他们死去，过不了多长时间他们就会自行组合复原。

但破坏他们的脑袋能让复原的时间拖延得久一些，确保大家安全远离。

"脑袋如果被切开，会失去记忆很长时间，有一种'死去'的感觉，让我觉得害怕。我想记住过去的事。"那只剩半截身躯的魔神平静地阐述，脸上看不出任何表情。

但他却阐述出了一个代表着情绪的词汇——害怕。

他身躯的截断面没有流出任何血液，而是一片光洁的黑色晶石，看起来根本不像活物，而像一个人造的雕塑。

"你们为什么待在这里？"穆雪从岑千山身后探出脑袋问道。

"不知道呢，从我有意识开始，我就一直停留在这个世界。只有一个声音在告诉我必须守护着神殿，不能让人随便通过，我知道那是我的使命。"

"你在这里待了多长时间？"

"这里的太阳永远不会下山，我并不知道时间过了多久。"额生双角的男人看着昏黄的天空。

距离古神飞升上界离开人间已有了数千年的时间。

穆雪拉了拉岑千山的衣角，表达了自己的意愿。岑千山果断地收起了刀。

向前走的时候，穆雪回头看了一眼，碎石堆里那只剩半截身躯的魔物，正伸出双手向前爬，努力去够自己的双腿。

"怎么了，小雪？"牵着穆雪的苗红儿问她。

"他们看起来就像是另外的一种傀儡，由神灵制作的高级傀儡。"穆雪一路琢磨着这个问题，虽然在构造上不同，但精通傀儡术的她总能从这些魔神身上找出一种熟悉的感觉。

她有一种感觉，制作出这种带着情感的傀儡，或许是他们这些傀儡师的终极目标。

"傀儡不可能这么聪明的吧。再高级的傀儡也只能完成主人给予的简单命令。"苗红儿说，"你看渡亡道上的那个无常，连我们这么多人都差点不是他的对手，怎么可能是傀儡呢？"

穆雪想起在九幽塔前的那位白衣无常，最后逃离的时候，穆雪清楚地看见门外的他收了手招回亡灵，如果不是他手下留情，自己一行人是否能脱离还是个未知数。

只是一个没有心脏的神造物，也能够拥有感情和思维吗？

"是漫长的时间给予了他们思考的能力。"走在前方的岑千山转过头说话。

"你也这样觉得吗？"穆雪和他讨论，"会思考，有了感情，是不是说明他们已经算是一种生命，而不是冰冷的‘死物’？"

穆雪仰头望着岑千山，岑千山也在看她。两人之间眼神交会，都看到了彼此对自己思路的认可。

这么多年了，小山和她还是这样默契。

有时候彼此都不用说话，就能够理解对方的思维。就这样一个眼神的交流，已经知道了对方和自己想到一处去了。

岑千山很快转回头去，垂在身侧的手掌蜷了又蜷，来回摩挲着手指。

穆雪看见了他这个细微的动作，莫名生出了一种他希望自己能够牵着他，而不是苗师姐的错觉。

寻觅已久的极乐园并没有想象中的仙乐飘飘，宝殿璃光，出现在眼前的是一大片静寂荒芜的园林。

汉白玉雕成的高大石柱几乎被绿色植被完全淹没。大块的喷泉早已干涸，泉眼中心飞天仙女灿烂的笑脸上爬满了苔痕。

那些已经看不出本来颜色的琉璃彩灯，飘浮在空中慢悠悠地转动，生锈的转轴发出的吱呀声，在一片寂静的庭院中显得分外刺耳。

一行人沿着五色石铺就的道路，慢慢行走在这空无一人的园子内。

这里空得很，看不见任何走兽飞禽，也听不见一丝虫鸣鸟叫，甚至连那些四处飘荡的魔神都不见了。

一片死寂的园林中偶尔出现一两个石雕的塑像。

那些石像和真人等高，栩栩如生，大多面朝他们来时的方向。一个个凄苦或绝望的神色被雕刻得活灵活现，连衣饰鬓发，肌肤纹理都无一不精。

"不太对劲，"付云一路皱着眉头，"你们看这些人的衣物，根本不是上古时期的装束，而都是最近才盛行的。"

他突然在一尊雕塑前停下脚步，仔细辨认半晌，突然变了脸色："这个人我认识，是天衍宗的三代弟子。"

岑千山在一尊女子的雕像前停下脚步："此人是浮罔城烟家的人，她的衣服上有烟家的家徽。"

原来这些石像，都是前来探索神殿的活人，不知为何被石化在这里。

岑千山等人交换了一个神色，面色变得凝重了起来。

一开始零星出现的石像，逐渐变得多起来，一个个栩栩如生的人像面色惊恐扭曲，保持着向前奔逃的姿态，仿佛想要逃离什么极其恐怖的事物。

前方拨云见日似的，突然出现了一座极其轩昂壮丽的神殿。

神殿的大门外，或站或坐，汇聚着无数真人固化的石像，那些人的服饰各异，有当下流行的，也有数百年前陈旧的款式。

数千年来，神殿现世过多次。被神殿吸引前来的众多探索者中的佼佼者，却这样永恒地化为石像，被留在了此地。

那生命中最后一刻的绝望和惊惧，固化在了时光里，提醒着后来者停下前进的脚步。

神殿的大门由纵横交错的铁栅栏固封。铁栅栏上银铛锁着一道臂粗的铁链。

透过栅栏的空隙看进去，可以看见一个昏暗的大广场，广场的正中挂着一块巨大的玉石。那平整的石面闪着光，显现出一些模糊不清的无声影像。

放映着影像的玉石前，依稀有无数身影呆坐在各自的小板凳上，安安静静地一动不动看着眼前发光的石幕。

"这些都是阴魂，不知为何被束在此地。或许就是来自外面这些石像的元神。"付云拦住大家，"你们先等等，我上去看一眼。"

他的脚步刚刚踏上神殿的台阶，神殿内便传出了一道平淡的男音："回去吧，这不是人类该来的地方。"

那声音缓缓劝道："东岳大神早已破碎虚空而去，世间再无极乐之园。里面也没有你们想象的天材地宝，速速离去吧。"

大家放开神识搜索，并没有找到附近有能够说话的生灵。

付云行一礼，试探着道："我等有同伴身中剧毒，欲取无生无尽池畔一株仙草，不得不入，还望放行。"

那声音叹息一声："放不放行不在于我。这门上的铁索名为缚心链，欲开，需生人以素手扣之。只是触碰这缚心链之人的结局如何，你们也已经看见了。"

要推开这扇门，必须亲手拉断这铁链，拉断铁链的人，生魂会被摄入神殿之中。看上去，只要碰了铁链，哪怕跑得再快，肉身也免不了化为石像，不得走脱。这简直就是一个无解之题。

"敢问可有破解之法？"付云问道。

"破解之法也并非没有。只需在石化后的十二个时辰内，取得无生无尽池之水，浇以身躯，便可使生魂归位，顽石复人。"那声音回答，"可惜古往今来多少年，我眼睁睁看着你们这些人类，不是同伴取不回池水，便是同伴在神殿内发现了些许宝物，不愿多人分享自顾自走了，倒在神殿门外留下这么多走不了的石像。"

付云回头看了苗红儿及穆雪一眼，深吸了口气，伸手便欲解那锁链。

"等一下，"苗红儿喊住他，"我还有话想问呢。"

"按你这么说，生魂被束的人，就只能乖乖等着别人来救。"苗红儿不紧不慢走到付云身后，伸手搭在付云的肩头，笑嘻嘻地问道，"难道就没有人能够自行挣脱的吗？"

神殿内那声音道："年纪轻轻，心气倒是不小。我在这里守了这么些年，自解心链之人固然也有那么几位，就看你有没有那份心性了。"

苗红儿笑道："那我就试试。"

她说这句话的同时，突然出手，一手扭住付云的胳膊，脚下一绊，将付云扭转手臂压在地面上。随后伸出另一只手臂，握住了门上那条会使人石化的铁链，用力一扯，那铁链发出一声清响声，轻轻松松碎裂了。

苗红儿这一套动作令所有人猝不及防，谁也没想到刚刚还笑嘻嘻说话的她，下一秒就行动了。

她扯断了缚心链，松开付云，慢慢站起身来，手上那条粗重的铁索渐渐溃散，化为星星点点的蓝光，尽数隐没入她的体内。

付云猛然挣扎起身来，脸色煞白，咬牙切齿："苗红儿，你！"

苗红儿并不像那些凝固的石像一般向远处奔逃，依旧和往常一样嬉皮笑脸地道："虽然你修为比我厉害，可惜体术还是差了些。别忘了，我才是逍遥峰的大师姐，排资论辈，也该我先来。"

她说这话的时候，面目上已经隐隐现出灰败之色，是开始石化的表征。

穆雪两步跨上台阶，扶住她的手臂，别说付云，就是她，看着渐渐变成石头的苗红儿，这一刻心里也是真的急了。

苗红儿抬起已经开始僵硬的手掌，摸了摸她的脑袋："小雪不要怕，你我修行之人，行事当遵从本心，是我的劫难便躲不过，也不用躲。你放心跟着你师兄先进去，你师姐很强的，很快就能摆脱这个束缚，跟上你们。"

她的双脚已经完全固化，岩石的灰黑色开始逐渐在健康的肌肤上如水一般扩散开来。

付云看着这样的苗红儿，红着眼眶握紧了拳头。

苗红儿抬起头，看着眼前的师弟勉强笑了笑："别气了，你是我们归源宗最强的弟子，由你进去，比我更合适一点。"

死气沉沉的灰色从她的脖颈蔓延上来，向着脸部合围，她勉强张嘴说道：

"有件事吧，我其实一直想和你说，不如就借这个机会说了。

"小的时候，不太懂事，总是欺负你。

"其实并不是讨厌你，就是想找你玩，又不好意思说。

"对不起啊，师姐和你道歉了。"

那漂亮的笑容，终于凝固在了脸上，摸在穆雪脑袋上的温暖的手，也失去了温度，僵硬地被生机全无的灰色取代，凝固在了空中。

穆雪抬起头，透过那灰色的指缝，凝望那张变成石头的熟悉脸孔。

她踮起脚尖，握了握那凝固在空中的手掌，扭头就向敞开了的铁门走去。

岑千山从后伸手拉住了她："我也正要去无尽池，我保证全力替你取来池水便是。此地危机重重，你还……这么小，就待在门外守着你师姐，好不好？"

穆雪回头看向他，叹了口气："一开始，我以为自己是为了师兄师姐才来的这里，直到刚才，师姐说了那些话，我才突然明白，此地的这一番旅程，对我来说也是冥冥之中注定的天数，让我得以炼自己的心，渡我自己的劫。"

她转头看向那道敞开了的铁门："以我此刻的心境来说，这个神殿只怕我是不能避，也不该避。你……我们一起进去吧。"

付云第一个迈入了那道泛起白光的铁门。

穆雪回头看了岑千山一眼，握着他的手，一道跨进门内那一片白光之中。

付云一脚踩进门内，踩到了一块柔软的织锦地毯上。

这是一间雅致的书房，临窗一张黄花梨木大案，摆放着洮河石的砚、善琏湖的笔，墙上挂着吴道玄的神仙图、怀素的狂草帖。

不是个普通人住得起的屋子，付云却对此太过熟悉，他在这里几乎度过了童年的大部分时期。

一个端着水盆入内的宫女，哐当一声打翻了手中的水，欣喜万分地跪伏在地上："殿下，殿下怎么回来了？"

入仙山修行多年的皇长子突然回宫，消息迅速在这个沿海小国的宫城内传开了。

此刻一身云纹素袍，头梳道髻的付云居于静室内，双膝盘坐，两手于身前抱诀。

这本是他从小到大最为熟悉的姿势，但不知为何，在熟悉的家中，他的心却总是不能宁静。

只不过回家探亲，为什么会有这样强烈的焦虑感？但他从来都是一个十分克己自律的人。即便心中再煎熬，依旧努力调息入静。

在定境之中，他下意识让神识覆盖出去，以期能寻找自己心不静的根源所在。

神识如潮水一般铺陈，不远处的回廊上，两个宫女捧着食盒边走边悄悄说话："世上怎么会有殿下这般的人物，我看到他一眼，心都要醉了。这趟回来，他不再上山了吧？"

再往外一些，自己的皇弟付珍所在的宫殿内，两位内侍面色凝重。

"可有打听仔细，皇长子为何突然回来，是不是从此便要长居宫中？"

"皇长子自幼文武双全，又接了仙缘，在百官心目之中声誉极高，若是他觊觎东宫之位，殿下危矣。"

"再派人去，务必要盯紧那边的一举一动。"

宫殿的另一头，母亲的寝殿内，弟弟付珍正腻歪在母亲身边讨要一件心爱之物。

"坐好了，多大的人了，还这副模样。"皇后推开他，嗔怪道，"你大哥回来了，多和他学学。你但凡能有你兄长的一半，我也就放心了。"

付珍并不恼怒，笑嘻嘻地说道："我才不要，哥哥那是要做神仙的人，我哪里比得，我不过是母后膝下的一只猴儿，平日能逗母亲开怀一笑便行啦。"

母亲便宠溺着伸出手指在他额心点了点："你啊。"

再远一些的官学内，年迈的先生吹着胡子冲一群背不出书的小豆丁发脾气："当年皇长子在学堂的时候，就没有一篇背不出来的文章，从未让夫子这般劳心，尔辈如何不引为楷模？"

刚刚被打过手心的小皇子、小皇女们嘀嘀咕咕："大哥，大哥是我们的楷模，这话我从小都听腻了，你们说大哥真的一次都没被夫子打过手心的吗？"

"皇长兄是神仙，可以不用睡觉，想来是要比我们学得快一些。"

"我官里嬷嬷说，皇长兄七岁就把四书通读了。"

"我也听说神仙都是不用吃饭，也不用如厕的。所以天天读书，不容易惹夫子生气。我就老在学堂上想去解手，刚刚才被夫子骂了。"

"这样看起来，做神仙好像也没什么好处，连饭都不能吃，还有什么意思？"

付云将神识收了回来，没有得到期待中的宁静，反而有一种更加窒息的束缚感。

"师尊，弟子这是怎么了？"他坐在黄庭之中，在心中问自己的师长，更问的是自己的内心。

黄庭之内景物变幻，仿佛回到那个草木恣意生长的逍遥峰。

一身青衣的师长出现在眼前，叹了口气道："云儿，你什么都好，只是把自己束得太紧了。你可以放松一点，不用这般日日用功，有空也和师姐师弟们出去玩一玩好了。大比这种事，我们逍遥峰是否第一其实不打紧。"

付云不解道："云自小得师尊教导，倍浴师恩，自然要在大比中夺魁，好让师尊引以为傲才是弟子所为。"

师尊笑着说："师父喜爱的，是云儿你这个人，而不是你身外的这些光环。即便你不拿第一，也一样是师父心中引以为傲的好徒儿。"

一旁高处的树杈上，坐着一个啃着苹果的女孩："小小年纪，学得那么固执干什么。在这里，我才是师姐，你一个做小师弟的，只要安心玩耍就可以了。"

付云看着那张被烟灰熏黑的面孔，心中咯噔响了一声。

在他眼前的一片静水中，缓缓升起了一扇被粗大铁链交错紧紧锁住的门。

付云深吸一口气，伸出手，拉住了那条沉重的枷锁，全力将它扯断，推开门向内走去。

穆雪坐在她熟悉的工作台边忙碌着。

银色的月光从窗外照射进屋内，照在屋子角落里那些堆积成山的大大小小傀儡上。

穆雪不知道自己在这里工作了多久，师尊的命令似乎还没有完成，她还必须长长久久地不断地炼制下去。

但她并不因此觉得烦躁和疲惫。待在这样安静无人的空间，和这些永远不会伤害自己的傀儡为伴，是一件令她幸福而安心的事。

不用搭理那暴躁贪婪的师父，不用面对那些因为嫉妒而扭曲的嘴脸，也不用冒着危险和恐怖的妖魔战斗。

只要这样耐心地、安逸地、慢悠悠地制作着自己喜欢的东西。

没有人会来吵她，也没有人会来伤害她。

永恒地享受着这份孤独的滋味。

她专注地将一块灵石放进手中小小傀儡的胸膛，像是给它装上心脏一样。

完成了。

穆雪松开了手，那傀儡睁开了蓝色的眼睛，在月光中转了转它小小的身躯。

窗户变得比任何时候都要开阔，更多的月光洒进来，银屑一般涂抹在凌乱的桌面上。

"感谢你，我的主人。"小小的傀儡双手抱拳，向穆雪行了一礼，伸出机械的手臂过来牵她。

穆雪拉着那细细的小胳膊，整个人从地面上飘浮了起来，被小小的傀儡拉着，顺着窗子飞了出去。

屋子中那些陪伴了她无数岁月，几乎是她所有心血化成的大大小小傀儡全都动了起来，跟在他们的身后，排着浩浩荡荡的队伍，向夜空中的明月飞去。

地面上那些人类活动的星火越变越小，天空的星辰逐渐触手可及。

傀儡们拉着手慢慢凝聚到了一起，会聚成一条赤红的游龙，龙吟响起，游龙转动灵活的身躯，载穆雪于龙背，摇水穿云，一路向星辰璀璨的苍穹深处扶摇而上。

"我这是怎么了？"穆雪问道。

身前那只小小的傀儡拉着她，蓝色的眼睛如星辰似溟烟："您以术入道，已证得天魔，自此以乾坤之体，握阴阳之柄。脱苦海，出迷津，再不需受世间之苦啦。"

"是吗？我证得天魔了吗？"穆雪多年心愿得偿，心中高兴，笑了起来。

身下红色的傀儡巨龙口中念诵起歌谣，无数童声重叠的乐曲声散布天际。

"天有寿兮，地有时。山有崩兮，海有竭。唯我天魔兮，得自在。于太虚同体兮，无所束。乘赤龙，遨宇宙。天道不得拘兮，寿无疆。世之极乐兮，莫于此。"

舒服的凉风掠过脸颊，悠远的歌声中，大地离他们越来越远。

穆雪胸怀舒畅，四肢百骸内如有暖流流过，身体的界限渐渐不再，自由自在地飞行在星辰璀璨的苍穹之中。

她张开四肢游荡在太虚，人间化为眼前一个巨大的蓝色光球，自己似乎已经渐渐失去本体，意识融入到万事万物中去。

大地之上，一只小小的蚂蚁努力举着数倍于自己体重的食物，匆匆忙忙向着巢穴的方向跑去，在它的身前出现了一条宽阔无比的巨大鸿沟。

无数的伙伴从身后会聚。

"跨过去。"

"跨过去。"

所有的蚂蚁齐声喊道。

丛林中的一只猛虎，扑倒了一只奔逃的小鹿，利齿死死咬住那柔软的脖颈，滚热而甘甜的血液滋润了它饥肠辘辘的肠胃，直至那香甜的猎物不再挣扎。猛虎拖着死去的猎物往回走，几只小小的虎崽眼中亮着光，欢快地从巢穴中跑出来，迎接带着食物归来的母亲。

木屋中的猎户，揭开新娘的盖头，满心欢喜地遵循本能，去亲吻那肤色健康的女子。他们即将在这小小的屋子内，完成一次延续种族的浩大使命。

金碧辉煌的宫殿内，垂垂老矣的女王刚刚死去，年轻的继承人失声痛哭，俯身亲吻母亲苍老的额头，和母亲做最后的告别。

…………

时间似乎只有短短的刹那，游荡在虚空中的穆雪体会到了万千生灵的种种悲欢喜乐。她明白了他们的悲喜，理解了他们的爱欲。

这是一种前所未有、难以言喻的感受。

化身天魔，超脱六道，不复从前狭隘。

可不知为什么，她的心里似乎还粘着一条线，那线细而缠绵，柔又强韧，远远地连着人间某个角落。

穆雪睁开了双目，眼前是浩瀚无垠的宇宙，大大小小的星辰，无边无际的广阔天地，她的心却始终被那道细细的线牵着。

小傀儡浮在她的身前，开口劝道："别再想啦，大道才是你最终的追求，这里有无上的快乐，不是吗？"

穆雪低下头，看束住心脏的那条发光的细线。

傀儡劝说的声音逐渐变大："扯断它，扯断这一点没必要的东西，从此我们自由自在、快快乐乐地生活在这里。"

穆雪伸手握住了那条线，像是对傀儡，又像是对自己说：

"吾辈生而为人，走的是人道。若是真的割舍人间一切，不再为人，才是永远谈不上证得大道，无从修为仙魔。"

小小的傀儡沉默了，露出惋惜的神色。红龙心有不甘地在太虚之中转动美丽的身躯，伸过头来蹭了蹭穆雪的脸，渐渐化为红色的点点荧光，消散在天地之间。

穆雪落回大地之上，站到了那扇泛着白光的大门前，抬起脚穿了过去。

岑千山发现自己站在泥泞满地的市井中。

头顶五颜六色的琉璃灯光，倒映在街面污浊的水滩上。一个男孩，踩着四个轮子的法器，从那污水上冲过去，溅起的泥泞惹来街道边成片的怒骂声。

"真是的，你看，溅了你一身。"身边的人拿出帕子，扶过他的脸，帮他把脸上的泥泞擦掉了。

岑千山愣愣地看着眼前的一袭红衣和那眉眼弯弯的笑颜。

"愣着干什么？连我都不认识了？"那人笑着冲他挥挥手。

"哎哟，新婚夫妇，蜜里调油，也不要到大街上来显摆吧。"卖面食的牛婶挽着袖子，将一屉热气腾腾的白面包子搬上台面，笑着打趣他们。

岑千山呛了一声，整张面孔从下往上瞬间全涨红了。

牛婶的儿子牛大帅掀开帘子出来。

这个岑千山记忆中被他从小揍到大的邻家小孩，居然亲亲热热地搭上他的肩膀："现在知道脸红啦？当初惊世骇俗，不管不顾，非要嫁进去的是谁啊？"

这样奇怪的言论，身边的那个人却没有反驳，反而笑着转过头来，拉上了他的手往前走去："别搭理他们，我们回去。"

她的手指有些冰凉，带着一点茧子，握住了岑千山的手掌，轻轻捏了捏。

那轻微的动作仿佛捏在了他的心头，握住了他最柔软的所在，引得他不得不跟着向前走去。

道路上渐渐飘起纯白的雪，柔软的世界变得安静下来。

雪地上只剩手拉手慢慢前行的一对情侣。

前方是一间熟悉的院子，院子里亮着暖黄色的灯光。

院子大门却被一条粗大的铁链锁着。

那人在门前停下脚步，红衣如火，眉眼如画："快一点，打开它，我想要进去。"

她离自己那么近，眼眸有光，耳垂晶莹，潋滟的双唇微微开合，如兰的气息就吹在自己的脖颈上。

岑千山喉头滚动了一下，向那条屋门口的铁链伸出手去，却又在空中收紧了手指停住了。

"你等了我这么久，"那人抚着他的后脖颈，轻轻摩挲，在他的耳边轻声呢喃，"现在我就在你的面前，扯断这些枷锁，把我抱进去，从此我就属于你了。"

岑千山死死看着她，胸膛起伏，抿紧嘴就是不说话。

"别这样小山，放肆一点。放开自己的枷锁，你就会得到我，得到前所未有的快乐。"

岑千山握住了那钩在自己脖颈上的手腕，慢慢把她拉离自己的脖颈，眼中带着一丝不舍。

"师尊，"他轻声说道，"有时候，人和妖魔的区别，就是人心尚有一道底线的枷锁。尤其是我这样的人，如果毫无拘束，我不知道这门里出来的会是怎样一只魔鬼。"

他慢慢地、坚决地拉下那条手臂。

"我等你，等真正的你，愿意跟着我到这扇门前的那一天。那时候，希望你替我打开它，替我看一看这里面都关着些什么。"

岑千山被一只柔软的小手从一片白光中拉了出来。

他回过神，发现自己已经进入了东岳神殿大门内。

一个小小的女孩正和他手拉着手，目光灼灼地看着他笑呢。

神殿的深处，传来低低的一声叹息之声。

第三十九章

慈悲雨

穆雪和岑千山走进神殿的大门。

广场正中挂着那块发光的玉石屏幕，屏幕上此时，正晃动播放着一些意义不明的影像。

有时候，是一些色彩绚丽的球体；有时候，是神秘璀璨的星云。更多的时候是芸芸众生的各种面孔。

无数的阴魂坐在玉石屏幕前，屏幕上变幻的光影打在他们呆滞无神的面孔上。

穆雪走过去的时候，看见师姐苗红儿的元神。她坐在那些阴魂的最外围一圈，挤在一张小小的板凳上，规矩地坐直身躯，往日里神采飞扬的面孔上，此刻双目无神地直直望着前方。

穆雪心中难过，忍住不再看她的面孔，穿过这个开阔的广场，进入神殿的主殿之内。

上古时期的神殿，开自混沌初分之时，质朴浑厚，雄伟壮阔。殿堂两侧耸立着高耸的石柱，苍凉巨大的古神石刻。

那些雕像想必出于神之手，而非人力所能及。

有人面蛇身的神灵，也有六臂双首的魔物；有鬓发如火、面目凶恶、脚踩神龙之神，也有披云戴月、仙衣飘飘、踏月飞升的女神。

他们或盘踞于柱顶，居高临下凝视穿行路过之人；或双臂擎着穹顶，肌肉虬结，怒目圆睁地俯视大地。

虽只是毫无生机的石像，却个个栩栩如生，隐隐透着千万年前的古神之威，令穿行其中的人自然而然就心存敬畏。

神殿之内，威压寂静，没有任何动静，说话的声音在空阔的石殿内回响。一眼望去，除了进来时的正门，看不见任何其他的出口。

传说在这神殿之内的无生无尽池，却不知所在何处。

大殿内的正中，盘坐着这座神殿的主人东岳古神的雕像。穆雪站在巨大的神像前，抬眼看去，那位神灵低眉慈目，从高处看着她，仿佛在悲怜世界万物苍生。

穆雪突然就想起刚刚身在太虚幻境中听见的那首歌谣：

"天有寿兮，地有时……天道不得拘兮，寿无疆。世之极乐兮，莫于此。"

极乐园的意义原来在于此。

如今想想，不久之前她超脱六道，云游太虚时的所见所闻所感，虽为劫难，但也是来自这位神灵的馈赠。

只有真正的神灵，眼中见过那般的天地，才能将那样的感受传达给她。

那一场幻境令穆雪受益非常，隐隐奠定了她道心基石的高度。这一趟的神殿之旅，她收获的东西深刻于内心，是任何人无法夺取之物，也是不论什么天材地宝都无法比拟的宝物。

穆雪捻了三炷信香，点燃之后，举至头顶，恭恭敬敬拜了三拜，插入东岳身前那尘封了多年的香炉中。

燃香入炉的那一刻，不知从何地传来一声幽远的叹息。神殿后侧的石墙，簌簌掉落灰尘，打开了一扇门。

岑千山和穆雪走到门前一看，门外是崖墙陡峭，万丈深渊，只有一条窄窄的石梁从门口架出。抬首遥望，那石梁的末端连接着远处悬浮在空中的一块绿洲。

那空中绿岛的中心，有着一汪清泉，正是大家此行的目的地——无生无尽池。

这里的天空，不再是斜阳晚照的黄昏。深渊内烟雾弥漫，天空里阴雨密布，淅沥沥地下着雨。

"慈悲雨，还万物灵气于天地。不可过。渡之必有蚀骨之痛。"

那一路不时响起的声音再一次出声提醒他们此地的危险。

岑千山伸出手入雨帘之中，一两滴雨水打在他的手指上，迅速腐蚀了他的肌肤，冒起了一缕青烟。

这里的雨水，具有强烈的腐蚀性，而可供行走的石梁只有手臂粗细，脚下又是万丈深渊。想要从这里通过，可想而知要付出怎样的代价。

岑千山指着门槛处一个显眼脚印给穆雪看："那位付道兄比你我早出幻境，已经从这里穿过去了。"

说完这话，他抬头看穆雪。那眼神中的意思十分明显，你师兄已经过去了，我也准备过去。你就留在这里等我们回来，好不好？

穆雪摇摇头："我虽然年纪小，但也是修真之人，淋这样一场雨虽会有皮肉之伤，但也死不了。到了那边吃点药，和你们一样很快能恢复。"

岑千山便不再说话，他拔出寒霜，挥数刀劈断一尊身材矮胖的鬼物石像，把那尊石像顶在头顶，带着穆雪穿入险恶万分的雨幕中。

石梁既窄又湿滑，十分难走。脚下还是深不见底的万丈深渊。但穆雪却沉住了心，尽力走得既稳又快，不想拖累到和自己同行的岑千山。

她的注意力全集中在自己的脚下，没有察觉紧跟在她身后行走的那个人。那人几乎将大半个遮挡酸雨的石像，都倾斜在了她的头顶，那样小心翼翼地护着她，周全地没让一滴雨水溅到她的身上。

雨势在他们步入雨帘之后，就开始骤然变大。那看似坚实的巨大石像在雨中变得不堪一击。泥泞不断从石像的四周流淌下来，厚实沉重的雕像迅速溶解，变轻，最终再也遮挡不住风雨。

而长长的石梁还有一小半的路程没有走完。

穆雪开始飞奔，做好了承受痛苦的准备，一双手臂从后面伸过来，把她圈进了自己的怀中。

岑千山弯着腰，把小小的穆雪护在自己的怀里，腐蚀性极强的酸雨打在他的头上、肩膀、脊背，冒起了一缕缕的青烟，却没有一滴能溅到怀中之人的身上。

最开始，他调动体内稀薄的灵力相抗，还能在石梁上迅速飞奔。随着身上冒起的一缕缕烟雾渐浓，他的脚步也就渐渐慢了下来。

他佝偻着脊背，抱着穆雪，后背浓烟滚滚，慢慢地走在铺天盖地的雨幕中。

穆雪被那双手臂紧紧箍在怀中，动弹不得，昂起头的角度只能看见岑千山低垂在自己头顶上的面孔越变越苍白。

她虽然看不见外面的情形，但也能知道发生了什么，焦急道："你放我下来，我自己走。"

"不要紧的。"岑千山看着她，缓缓冲她露出了一点笑容，"左右都要淋雨，能少淋一个人，不是更好吗？"

他慢慢地向前走着，仿佛只是抱着穆雪在雨中散步一般，边走边轻声说话，那话语像说给怀中的穆雪听，又像是自言自语：

"你知不知道，我有一个师父，她是全世界最好的人。

"我小的时候，她就时常这样在大雪的天气，把我抱在怀中，护着我慢慢地走回家。"

穆雪在他的怀中抬着头一直看着他。岑千山的额角贴着湿漉漉的鬓发，眼波迷蒙着雾气，似乎已经陷入一种不太清醒的状态。但他依然用那双有力的手臂紧紧护着自己，一步一挨，走在淅沥沥的大雨中。

"有一次，我发起了高烧，就像是现在这样，浑身又热又疼。"他有些迷糊地说着话，"我以为她会把我丢弃，可是她那样小心地抱着我，把我护在怀里，走在大雪中，都没让一片雪花落在我的身上。

"那是我第一次知道，自己也是一个可以被守着护着的生命，不是一个没人要的杂种，也不是一块任人随意虐打的抹布。

"你根本不知道我有多爱她。哪怕她不要我了，哪怕她只对着别人笑，都没事。只要能远远看上她一眼……我就很幸福。"

他的眼波中氤氲着秋水，低头诉说着深情款款的情话。

你根本不知道我有多爱她。

我爱她。

一直爱着她。

即便是铁石心肠，被这样百转千回的秋水泡着，都免不了泡得软了。

学会了心疼，会愧疚，会有了那么一点点想要回应他的冲动。

终于走到了石梁的尽头，雨幕的边缘。岑千山把穆雪放在芳草依依的土地上，自己倒在地上再也动弹不得。

穆雪几乎不忍看他被腐蚀得伤痕累累的身躯，咬着牙把他安置到干燥无雨的草地，为他处理伤口。

"没事，就是皮肉伤而已。"岑千山安慰道，"我歇一会儿，很快就好了。"

明明这么辛苦，他最近却变得这般爱笑。

穆雪当然知道，如果不是为了护着她，岑千山即便会受伤，也绝不可能伤得这么重。而自己如果单独通过，即便绞尽脑汁，也不可能如此完好无损。

"你好好在这里歇着，我到无尽池去看看。你想要的是什么，我去给你取回来。"她小心地问岑千山。

"如果可以，帮我摘一朵碧落九转黑莲。"岑千山很随意地开口，"若是拿不到，也不必勉强。如今，此物对我来说，已经算不得什么了。"

他淡淡合上眼，不再看着穆雪。

仿佛刚刚雨中深情款款，倾诉衷肠的人并不是他一般。

第四十章

并蒂双生莲

穆雪向前方跑去之后，原本虚弱无力的岑千山却从草地上慢慢坐了起来。

他抿着嘴看着那个远离自己的背影。

小小的师尊跑得那样快，心中着急担忧着她这一世的亲人朋友。

甚至没有回头看上自己一眼。

岑千山低头看自己的手，手臂上被雨水淋过的肌肤大面积地腐蚀了，血迹斑斑，甚至露出白骨，看起来可怖又可怜。

从前，如果他伤成了这样，师尊一定会耐心地给他包扎涂药，轻声细语地哄他。一整天都让他睡在自己工作台的附近，还时不时抬起头来，问他还疼不疼。

如今，你怎么不问我了？

岑千山伸手遮住了自己的眉眼。

她明显有着所有的记忆，却偏偏不认自己，也不曾对自己的倾诉衷肠有任何的回应。

是想抛弃过往，抛弃魔灵界曾经的一切了吗？

一路上，他仗着穆雪没有看破，强忍羞愧，把藏在心中多年的心意全说了。

剖开自己的心，把那些珍贵的、不足为外人道的东西，一股脑地捧出来。

忍着羞，带着愧，当着所有人的面，当着那双盈盈的眼眸，说出自己的满腹情思。

那样难堪，疯狂，不顾一切，却得不到丝毫的回应。

但又能怎么办呢？他低垂下眉目，没有时间了，只要离开了这里，下次再能见面，又不知道需要多少年的煎熬等待。

如今师尊的身边有那么多的人，那些人温暖正直，出身良好，对她关爱有加。

如果不借着如今这一点点天赐的时机，把该说的话说了，下一次相见，不知道还有没有他说话的机会。

可是，她还是把受伤的自己丢在这里跑了。

"还很疼吗？"熟悉的声音突然在眼前响起。

岑千山茫然地放下手掌，看见已经离开的小穆雪，不知为什么又跑了回来，微喘着气站在自己身前。

"我想了想，还是不放心你。这里太不安全，那个一直躲在暗处说话的家伙还不知道在哪里。"

穆雪从怀中小心翼翼地取出一张符箓，那张上了年头的符纸上什么符咒都没有，只印着小小的一条黑鱼。

穆雪把那符纸郑重地叠好，塞进岑千山伤痕累累的手掌心："这个你收好了，万一有危险的时候逃跑用。这是我师门秘宝。这在神域也可使得，我只剩两张，我们一人一张。"

岑千山或许是伤得重了，有些发愣，看着手中那一张符纸，嘴唇翕动没说话。

穆雪差一点想要伸手摸一摸他的脑袋。

"还很疼吗？"

岑千山垂下眼睫："不，已经不疼了。"

"那我走了哈，你等着我，我很快就回来。"

浮空岛上长满了一种紫色的小草。

这些在外界已经绝迹了的紫心草，在此地却漫山遍野地肆意生长。

小小的穆雪飞奔在这片紫色的海洋中。

无生无尽池应当就在前方。在前方不远处亮起冲天的剑气，响彻着声威浩荡的龙吟。那是师兄付云的梅花九剑。

等穆雪分开草茎抵达的时候，池边的战斗已经结束。

守护这片水域的魔神倒伏在水畔。

那是一只人首龙身的鲛人，此刻鲛人后仰着断了的脖颈，头颅浸泡在水中，呆滞地望着天空，长长的龙尾压倒了成片成片的紫心草。

一个身影逆着斜阳，站在波光旖旎的池畔，微微咳嗽，正弯腰去取一罐澄净的池水。

"云师兄！这就是无生无尽池？"穆雪跑到付云的身边，笑容却从脸上消失了。

付云立足水边，脚下那一片池水已被血色染红，他的状态比岑千山还要糟糕，大块被腐蚀的肌肤正从身躯上脱落。

他看见了穆雪，已经失神的双目微微亮起了光，将那装满湖水的罐子塞进穆雪的怀中，颤抖的手扶着穆雪小小的肩头，慢慢地坐了下来。

无生无尽池的池底，是一片银白细腻的晶石，夕阳温柔地沉在池边，染了一池瑰丽多姿的色泽。

池面漂着深深浅浅的浮萍，池畔摇曳着散着淡淡清香的紫心草。

在这样仙境一般的湖畔，穆雪却一筹莫展。

无尽池的水和紫心草都已经拿到，但她却不知道怎么才能把身负重伤的师兄和小山，带离那道暴雨倾盆的石桥，回到神殿外面去。师兄已经是强弩之末，危及性命。岑千山也好不了多少，他们俩不论是谁，都承受不了再淋一次那种恐怖的雨。

另外岑千山入神殿想要寻找的碧落九转黑莲，似乎也没有看见。无生无尽池并不算大，一眼望去看得清清楚楚，根本没有那传说中的至宝存在。

穆雪坐在湖边，看着昏迷不醒的师兄，想着不远处的岑千山，叹息一声："为今之计，只能先想办法回去，把师姐唤醒了再说。"

"只要我不同意，别说是他们，就是你，也很难离开这里。"男性低沉的嗓音响起。

这个声音在进入神殿之后的一路上，穆雪已经听到了无数次。显然，这个窥视了他们一路的未知存在，终于准备在此时此地现身了。

池底银白的晶石不断向外滚动，慢慢从清透的水底升上一大块古朴厚重的石碑。

那碑顶刻着晦涩难懂的古老符文，碑面上十分恐怖地束着一个身着黑衣的男子。

那人胸腔以下的身躯全部嵌在了石碑之内，两臂同样被禁锢在石碑中，唯有头部和上半截身躯尚且暴露在碑外。

他披着长长的黑发，抬起苍白的面孔向穆雪看来。

那张脸穆雪竟然见过，和渡亡道上遇到的那位白衣无常竟然宛如并蒂双生，一模一样。

只是两人一人白袍，一人黑衣。眼前的这位黑衣无常，胸口同样有一道显眼的裂口，只是那道伤口被粗线来回交错地缝合了。简陋缝合的肌肤下，可以清晰地看见那里有东西在有力地搏动着，就像是埋着一颗跳动的心脏一般。

"你不用紧张，我其实对你们并无恶意。"那人睁开无波无澜的双眸，身在水中央。

这一路上，这个声音给了他们不少提示，例如告诉他们无尽池水可以解除石化，提醒慈悲雨无物可挡，看起来似乎确实没有恶意，还帮到了他们不少。

但穆雪依旧对他的话持着疑虑，警惕地看着这个看似毫无自由的诡异男子。

"我虽然被永固在无尽池中，但神殿外的事情，还是能借着他的眼睛，看到一点点的。"黑衣无常似乎想起了谁，露出了一点怀念的笑容。

穆雪发现，这个人虽和白衣无常生得一模一样，但他的神情却十分自然，没有那种戴着面具，生硬模拟人类的虚假感。

"你是不是和小白说，他没有心，不识人间七情六欲，根本算不得生物？"那人神色平和地说道，"因为你的这句话，小白他难过了很久。"

穆雪想了想，解释道："对不起，我当时是生气了，才故意这么说的。这个说法确实是狭隘了。"

"生气？"

"我从小辛苦养大的徒弟，自己都没舍得打过骂过，他把人给捆了就算了，还欺负哭了。我自然是生气的。"

穆雪看着石碑中的那个男子，此人看起来已经和真人一般无二，但能以这种状态活在水池底下千百年，也不可能是人类了。

"人生气的时候，说的话不能当真。"穆雪认真说，"我是一名傀儡师，看得出你们的身体是人工制作而成。但实际上我认为只要有记忆，会思考，能以自主意识行动，不管外表怎么样，都能算作是一种生命。九幽塔下的那位无常固然惹人讨厌，但他已经脱离了傀儡的界限，可以说是一种生命体了。"

被束缚在石碑中的无常看了穆雪许久，露出了柔和的笑容："我等了很久，都没有等到一个真正的傀儡师。今天总算是等到了。"

池面上的浮萍荡漾开，钻出了一对莲花的花苞，那花苞沐浴在暖黄色的阳光中，层层绽放——一朵是幽暗盈透的纯黑，一朵是白玉无瑕的纯白。黑白并蒂双生，点亮一池璀璨宝光。

"我想请你帮一个忙，如果你愿意，这对碧落九转双生莲就当作谢礼，送给你了。"黑衣无常这样说，"你但凡持这对莲花中的一朵过石梁，慈悲雨便伤不到你们。"

穆雪睁大了眼睛，黑色的这朵应该就是岑千山想要找的九转黑莲了，想不到这莲花藏在水底，难怪世人遍寻不得。

穆雪觉得她没法拒绝这个提议："你想要我帮什么忙？"

"你之前说，小白他没有心，不解人间七情六欲，其实并没有说错，那孩子他，一直过得很孤独寂寞，羡慕着你们这些会哭会笑的人类。"黑无常道，"在我这里，有一颗心脏。"

背对夕阳，永固碑体中的男人看着自己的胸口慢慢地说："它对我来说，没什么用。请你帮我带去放进他的胸口中。"

"啊，"穆雪眨了眨眼睛，几乎不敢相信有人会让自己做这种事，"那你怎么办？"

四肢紧束，毫无自由的傀儡露出一点苦笑："小白想要心脏，去品尝人生百味。但对我来说，没有了它，才是一种解脱。"

"只有真正的傀儡师，才能够做到此事。我请你帮我这个忙。"

穆雪剪开了缝合在无常胸口的粗线，露出其中那颗由无数精细零件组装而成的心脏。那机械制成的心脏却和人类的心脏一般，一下下地在那胸腔之中持续跳动着。

站在水中的穆雪深吸一口气，最后问道："你真的，确定要这样做吗？我没有百分百的把握能够成功的。"

无常点点头："不必多虑，这么多年过去了，你是唯一符合我要求的人，你一定能够做得到。"

穆雪："你就不怕我是骗你的？说不定我摘了你的心脏，拿着莲花就跑了？"

无常就笑了："你大概没搞清楚，我们和人类是不同的。在我们的世界里，没有谎言这个功能。"

"我们所听所看的，并不是口舌表述出来的话语，而是你心中所思所想。"他澄透如水的目光看着穆雪，"就好比说，那个男子深爱着你，无所遁形，才能被小白所戏弄。而你的心中……有着对我们这种东西的最大理解。"

岑千山一点一点慢慢走到无尽池边的时候，看到黄昏中的池水中心，立着一块苍凉亘古的石碑。

穆雪蹚着水，站立在石碑前。

巨大的碑体上，镶嵌着一个露出半截身躯的人类。

那人双手被束在高处，肌肤苍白，长发低垂，像是已经死去多时。

穆雪站在水中央，手捧一黑一白双生并蒂莲花，昂首看着那石碑上晦涩难懂的文字。

听见岑千山唤她，她终于叹息一声，抬手把那并蒂双生莲中的白莲摘下，却没有收入怀中，而是插进了那人被剖开了的胸膛之中。

她转身渡水，向着岑千山走来，手中抱着那只碧落九转黑莲，并一个奇形怪状的铁疙瘩。

身后，斜阳如血，染红一池之水。水中的石碑，像是这古神遗迹的墓碑，碑上一朵白花，像那寄托着期待的祭祀之花。

"这个给你！"穆雪白生生的小手，持着黑莲花递给了他。

第
四
十
一
章

分
别

入神道之前，年叔为岑千山准备了许多十分有效的灵药。使用之后，岑千山和付云严重的伤势总算有所遏制。

穆雪翻看那些瓶瓶罐罐，有不少自己曾经眼熟的好东西。

回春丸，解毒散，百花定神丹，金创再生膏……都是平时不太容易买到的上品丹药。

"都是好药啊，老头子如今挺够意思。"穆雪小声嘀咕了一句，她突然意识到自己这句话有了明显的疏漏，慌忙偷偷看了岑千山一眼。

岑千山就坐在她的身边，幸好正在专注地盯着手中那枝黑莲花，连眉头都没有动一下，应该是没有听见自己刚刚的那句话。

穆雪在心底长吁了一口气。

"这朵黑莲，是我答应为烟家夺取的。"岑千山转头看池心那块石碑上的白莲花，"那朵白莲，你不带回去吗？"

这是神域内的灵株，价值不菲。烟家为一朵九转黑莲可是出价十万灵石外加神器一件。

穆雪看向那水中的墓碑，和永远被禁锢在墓碑上的人。在取出无常心脏的时候，看着他的双眸失去亮光，垂下头去，她的心中生出一股不忍之情。在看到他的心脏之后，穆雪可以确定，不论做得多么逼真，他们不过是一种属于古神的高级傀儡。

穆雪的人生有很大部分的时间，都是和这些傀儡相处在一起。

从最早粗糙简略的铁皮小人，到后来越来越精致灵动的千机，她在这些大大小小的傀儡身上，倾注过无数的心血和真挚的情感，乃至能够以术入道。

对一个醉心于炼器之术的人来说，是无论如何，也不忍心看见这样精致到已经生出智慧情感的傀儡就此湮灭。

同时她也按捺不住，想借此机缘，验证自己从妄境中顿悟到的神术。

或许是这位无常他自己种下的因果，在他引导穆雪进入神殿大门的那个妄境里，穆雪朦朦胧胧窥视到了一丝属于神灵的领域。

在乘傀儡所成的红色巨龙翱翔天际，洞察万物生灭之时，她依稀看到了一点万物本源的真谛。

借着心中那一点无法用言语描述的顿悟，穆雪伸出手，专心致志将那枝碧落九转白莲种进了无常失去心脏的胸膛。

看着那生生之莲和机械的血脉在自己灵力的引导下融合在了一起，穆雪有了一种亲手炼制生命，触碰到了神域边缘的通达之感。

在这个过程中，她有一种说不清道不明的直觉，觉得自己做了一件对了的事。

传说中曾有上古大神，可以莲藕替人身。

被禁锢在石碑的男子依旧低垂着头颅，双目紧闭。但穆雪清晰地感觉到生机勃勃的莲花已经融入他的血脉，开在了他的胸膛，假以时日，能够为这位无常重续生机，将他唤醒。

穆雪也就不忍再将这朵莲花摘下，最终还是将这朵珍贵的仙株留了下来。

“我也就是突然有一点不忍心，想帮帮他。”穆雪挠挠头，带着一点不好意思对岑千山解释，“我平时也没这么心软的。”

在魔灵界，心软可是一个会被人嘲笑的词汇。虽然顶着一个年幼的壳，但她也不想让岑千山笑话她。

岑千山忍着伤痛，勉强背起昏迷中的付云往外走。

穆雪十分不忍心，无奈以自己目前矮小的身高和不足的体力，确实也无法自己把师兄背出去。

岑千山自己也伤得那么重呢，没走几步，额角就滚下冷汗来。

"真的不要紧吗？能走得动吗？"穆雪不放心地一路追问。

岑千山侧目看她，眸光深处透出一点笑来。

你本来就心软，这个世界还有比师尊你更心软的人吗？

走到浮岛边缘，踏上那暴雨飘泼的石梁时，手中的黑色莲花微微亮起了一道光圈，在莲花的光圈范围内，雨水不再伤人。

付云在中途醒来了一次，第一眼便是看向穆雪。

"在这里，在这里。池水我好好地抱着呢，师兄你放心吧。"穆雪立刻举起怀里的水罐给他看，"紫心草我也拔了好多，都好好地收着了。"

付云就笑了，他很想伸手摸摸小师妹的脑袋：

"真是，幸好带了师妹你来。"

来到神殿的大门外，大家惊喜地发现苗红儿已经自己从石化的状态中挣脱出了那么一点。

她举在空中的指尖已经恢复了肌肤的颜色，面部也褪去了石化，无奈身躯的其他地方还是不能动弹，只能傻站在那里，把一双圆溜溜的杏眼转来转去。

穆雪用无尽池水淋到她石化的身躯上，很快，活蹦乱跳的师姐就回来了。

恢复过来的苗红儿一把抱住穆雪好一通摩挲："哈哈，好小雪，我就知道你们一定能回来救我的。我可不想变成石头人，永远给这神殿守门。"

然后她才看到了岑千山和付云的一身惨状。

"唉，你们俩伤成了这样。"她叹息一声，伸手从岑千山背上接过付云，"辛苦岑道兄了，我师弟让我来吧。"

苗红儿背着付云，穆雪拉着岑千山，慢慢走在回程的道路上。

"其实我还挺怕的，"苗红儿说，"我睁开眼后，发现眼睛能动，嘴巴能动，身体却一点都动不了。我真怕从今以后就只能这样天天站在这里，啥好吃的东西也吃不到，干着急。幸好你们回来救我，真是辛苦小雪了。"

她又对着趴在自己肩头上的人说了句："也辛苦你啦。"

那人轻轻地嗯了一声。

神道内的道路是一个奇怪的环路，来的时候危险重重，归途却平静得多，甚至可以避开那些危险的区域，直接回到人间。

这里毕竟是神域，处处彰显着神灵对人类的慈悲。

但穆雪却选择重入了铁围城。九幽塔下，那位白衣无常似乎已经知道了一切，站在那座阴沉沉的高塔前等着她。

那枚金属制成的心脏放入他空洞洞的胸腔之时，胸腔内数条鲜红的管状物主动游移过来，迟疑了片刻，融接上了那颗心脏。

金属所制的心脏开始一鼓一鼓地搏动，很快发出怦怦的心跳声。

穆雪受人之托，忠人之事，取出针线将那胸腔的裂缝仔仔细细缝合。

一滴水打在了她持针的手背上。

再抬头时，无常低头看着她，有一滴水滴从他漆黑无光的眼眶中掉落下来：

"最开始的时候，我的世界里只有哥哥一人。我们彼此依偎在一起，心意相连，生活在一片明亮耀眼的火海之中。那时候我们的世界似乎什么也没有，只有一片温暖和安逸。是神将我们两一起从那炉火中取出，炼成了如今的模样。

"神灵令兄长守着无尽池，让我永镇九幽塔。虽然我们不能再倚靠在一起，但依旧可以听见彼此的声音，看见对方眼中的世界。"

他抬起苍白的手臂，抹了一下脸，对着斜阳看指尖上那一点水痕："我曾经很羡慕哥哥，他有一颗我没有的心脏，可以像人类一样，知道什么是快乐，什么是痛苦。我天天和他吵闹，说我也要一颗心脏。"

穆雪觉得有一点难过："所以，他就让我把他自己的心挖出来，送给了你？"

"我明明什么都看得见，却感觉不到快乐。数千年了，兄长的视线里，永远只有一片无生无尽的水面。他时常说羡慕我，说他觉得痛苦。可我没有心，我既不明白他口中的快乐是什么，也不明白他说的痛苦是什么。"无常把他苍白的手指按在自己胸口，"今天，我终于明白了。"

他们被制造出来，赋予了使命，千万年束缚于此地，固守着主人交托的任务。开了神志，有了思想，独自一人看着人间那些悲欢喜乐，却不理解兄长口中的痛苦。

如今连唯一能回应他的兄长都不在了，得到了心脏的他，可能更加孤独。

本来是一个令人讨厌的家伙，现在看起来，又觉得有些可怜。

"你再等一段时间。我移植了一朵生生莲在你兄长的身上。他或许能从那片池塘中挣脱，醒过来，再陪你说话。"穆雪安慰道，但她其实对此也不是特别有把握，毕竟自己以凡人之身，行鬼神之事。

"你在兄长那里的情形我都看见了。"

白衣无常看向穆雪，脸上露出一点笑容，他的笑终于不再那么生硬违和，很像一个真正懂得欢喜为何物的生灵。

"人类真是奇怪的生物，有时那么贪婪，有时却又纯粹温暖。"

他的手掌朝上，手心里生长出了一朵艳红色的丝绒花。

穆雪见过这朵花，这花曾化为红绳，把岑千山捆束着吊在自己面前。

"九转白莲你没有拿，就把这一朵给你好了。"无常微微摆手，那朵红色的花便从他的手心脱离，轻飘飘地飞到穆雪跟前。

"此乃——捆仙索，算是谢礼，你拿回去吧。"

穆雪伸手欲接，那花却没入了她的手心，钻入肌肤之中。很快，在她手背那刚刚被泪痕打湿之处，现出了一道漂亮的红色花形图案。穆雪心念一动，察觉黄庭之内，心湖畔边，开出了一朵艳红的绒朵。

神识所到之处，那花瓣化为一条红绳，可长可短，心随意动，竟然十分便捷。

无常一挥衣袖，把他们重新送入忘川的船上。

穆雪趴在船沿，回头看着那个孤零零永镇亡灵之地的白色身影。

想再对他说点什么，又觉得自己过于矫情。

船慢慢离岸，顺着忘川漂去。

"欸，我叫苗红儿，是归源宗逍遥峰弟子。"苗红儿冲岸边那个白色的身影挥手，"虽然打过一架，但你这个人也不算讨厌。以后你要是能出来，记得来逍遥峰找我们玩啊。"

付云还说不太出话来，声音低哑，轻轻摆了摆手："逍遥峰，付云。"

穆雪赶快跟着挥手，白皙的小手上印着艳红图案："小白，我叫小雪。"

岑千山抬手抱拳："魔灵界，浮罔城，岑千山。胜负未分，改日再战。"

那个白色的身影听到这些话，抬起头来，沿着岸向前跑了两步。

得友为欢，离别为苦。

悲欢喜乐，生灭有时，是谓无常。

人生无常，但旅途有终。

九转黑莲和紫心草都已经得到，分别的时刻也终究来临。

付师兄和苗师姐站在岔路口和岑千山说了许多话，唯独穆雪反而讷讷无言，不知道该说些什么。

岑千山在她的身边，是一种常态，是一种习惯。

她仿佛到了这一刻才突然意识到两人将要分别，这一别隔着仙魔两界，再见不知何日。

"你……"岑千山在她面前蹲下来，看着她的眼睛，"你有没有话对我说。"

他背对着斜阳，肩染着黄昏的悲凉，目光里藏着太多说不清道不明的东西，带出一点小心翼翼的期待。

"小……小山哥哥，你别再受这么多伤了，回去以后要爱惜自己一点，你师父知道了，才会觉得高兴。"穆雪说。

岑千山的睫毛垂了下来。

他只是沉默着，却没有说任何话。

分道扬镳，穆雪跟着师兄师姐往前走，忍不住频频回头张望。

那个熟悉的身影一动不动站在黄昏的阴影里，目送他们离开，久久不曾离去。

第四卷

恨别离

送君入罗帷

十妙街记事

逍遥峰上，叶航舟得到了付云三人冒死寻回的解药，终于摆脱了生命危险，不用再承受每天强制驱毒的巨大痛苦。

只是他断了的手脚还需要长久的术法治疗才能够慢慢恢复如初。这个好动的年轻人尚且要在床榻上躺很长一段时日。

从神域归来的师兄妹们围坐在他的床边，眼见他无碍了，兴致都很高，纷纷说起神道上那些惊心动魄的战斗和种种趣事。

苏行庭很是高兴："听你们这么一说，神殿一行倒是收获颇丰。别的且不提，经此一行每个人的心性都有所突破，当真难能可贵，让为师欣慰。"

叶航舟坐在床头，没有说一句多余的感谢的话，只是埋头喝着师姐苗红儿端给他的墨鱼筒骨汤，热腾腾的汤雾迷蒙了他的眉目。

"对了叶师兄，这个给你。"

穆雪想起一事，从行囊里翻出一只收藏草药的木匣递给了他。

叶航舟单手接了过来，推开匣子，匣子里面静静躺着一枝形态独特的灵株，枝叶碧如翠玉，顶端结着一枚花生般大小的金色果实。那果实金光璀璨，隐约有一点沉睡中婴儿的模样。

"天婴草？"苏行庭看见了，感到有些意外，"这可是炼制龙虎丹的主药，很是少见，小雪从哪里来的？"

龙虎丹，是筑基后期去矿留金，冲击金丹时可助修为的秘药。

此药十分珍贵，在丹药市场上向来是一药难求。皆因炼制龙虎丹的主药天婴草存世稀少，不易寻得。

只是再罕见也不过是一株灵株，有些人可以随手将它送给自己的同门师兄，但有些人却觉得可以为它放弃人性。

叶航舟看着那枚金光璀璨的果实，心中不知是何滋味。

在神道之内，便是为了这一株灵草，相交多年的朋友吕逸宏狠心将自己推进了毒虫红腰的巢穴。

"吕逸宏死了，死于红腰之毒。这大概是他死前自觉问心有愧，偿还给你的，你就收着吧。"苗红儿替穆雪补完了要说的话，"以后出门在外警醒一些，别再这么天真单纯容易相信别人。"

叶航舟合上盒子，长叹一声，不再说话。

此次在生死关头走了一周，尝遍人心冷暖，与他又何尝不是一种心境上的成长。

神域一行，付云、苗红儿和穆雪在心性修为上都有所突破和顿悟。回山之后，各自潜心修行，领悟境界不提。

却说穆雪拜入师门短短时日，便开了黄庭守祖窍，修得行庭心法，在神殿之中，又机缘巧合识了龙虎秘境。

本来算得上天资聪敏，进益极快。只有一处，不知道哪里出了岔子，回山之后，不论怎样洗心止念，黄庭中的那只水虎还是不愿安分，动不动就具象化为岑千山的模样。

少年时期的岑千山赤着脚跑在水边，踩乱心湖玩耍。

成年后的他趴在湖畔，伸出修长的手臂，去够那朵艳红的彼岸花。

"小山，别闹。"

穆雪皱着眉头，心念动处，那红花化为捆仙索，将意图捣乱的"水虎"从头到脚死死捆住。

被红绳束住的"水虎"，最初还挣扎一下，随后就不动了，任由自己被捆束浸泡在湖水中，抬起湿漉漉的眼神来看穆雪。

穆雪觉得自己的心更不静了，不得不悄悄来找师父苏行庭解惑。

"你是说黄庭中的水虎具象成了一个人？"苏行庭有些吃惊地转过身，看见自己的小徒弟仿佛做了什么错事一般，正可怜兮兮地看着自己。

"这也不算什么大事。"苏行庭笑了，"比你师姐当年，忙着在黄庭之中煮鸳鸯火锅好多了。"

穆雪苦恼地说："当初在神域内，师兄师姐们也是这样说。可是这般一来，龙虎不得归炉，我就无从产药还丹了。"

她本来有些担心师父询问水虎具象出的是何人，自己不好回答。

但看起来，除非自己主动说，师尊对徒弟们内心的一些隐秘心思，似乎并不准备过问的。

苏行庭只是问她："你先前说过，在神殿的妄境之中入了还虚境，得大道游太虚。到最后你是如何舍得破妄还真的？难道就因为心中系着这只水虎吗？"

"怎么会是因为他呢，"穆雪不承认，"当时师姐身处险境，我即便在妄境，心中也隐隐不安。我这是牵挂着师尊和师兄师姐们，才舍得放弃太虚之游，破妄还真的嘛。"

苏行庭伸手搓了一把她的脑袋。

"你不必心急，多花一点时间好好沉寂一下心绪。如果能够洗心如镜，止念还初，当然最好。但如若真心不舍，也不必强求。"他思索了片刻，加了一句，"到时候你再来寻我便是。"

师尊所说的意思，穆雪都明白。洗心如镜，止念还初，也就是首先要把小山的影像从黄庭中抹去，让黄庭中的水虎归位。

最好是从根源，从心底将此人抹去，从此不再挂念于他，绝情断念，潜心大道，专注修行。

穆雪咬了咬牙，回屋观心止念，元神端坐于黄庭之中，那里的小山似乎也意识到了什么，藏在蒹葭苍苍的湖边用一副可怜兮兮的眼神看着她。

穆雪依稀又见到了神道之内，那个肩染着斜阳，半隐在昏暗中，沉默地目送自己离开的身影。

那眼眶微红的双目仿佛透过万里千山凝视着自己，那副模样始终萦绕在她的心头，怎么也不舍得一狠心伸手抹去了。只得叹息一声，依旧任凭他在自己的黄庭之中变化玩耍。

为了调整心态，穆雪罕见地被丁兰兰等人拉出门，相约着去逛九连山附近一个修真者会聚的集市。

归源宗对传送法阵的应用十分成熟，便捷而且费用不贵的传送法阵，被广泛应用在弟子们乃至普通百姓的生活之中。

入山门的时候穆雪体验过一次，这一回是第二次见识。

在以修习符箓法阵为主修的御定峰上，有一个布着各色阵盘，以供门派内弟子们外出使用的平台。平台之上整齐排列着大大小小的法阵阵台，往来进出的弟子穿行其间。

丁兰兰几人来到一处小小的阵台前，手拉手在阵盘上站好了。法阵中心一只金色的蟾蜍就呱一声张大了嘴巴。

丁兰兰往那蟾蜍的口中放入两块小小的灵石，脚下一圈的法阵就亮起了光。

下一刻，睁开眼睛的女孩们，发现自己已经身处一处热闹非凡的集市之中。

这还是穆雪第一次来仙灵界的集市。

这里和魔灵界她常去的货街大有不同。魔灵界灵力充沛，滋生妖灵，修者也多不顾性命外出博猎，因此集市上充斥着血淋淋的妖兽骸骨、千奇百怪的翎羽甲片以及新鲜采集到的灵株矿石、光彩夺目的奇珍异宝。

在那个朝不保夕的死亡之城，人性放纵的一面被释放得更为赤裸，人口市场，花街赌馆，灯红酒绿的享乐之地遍布，要的就是一个热闹和享受。

仙灵界的集市讲究的却是次序排场。

道路两侧商铺林立，一间间装潢得雅致脱俗，各具特色的楼铺售卖的多是传承悠久的符箓、阵盘、法器和各类修真秘籍。

往来行人皆称道友，衣冠楚楚，仙姿不凡。彼此之间稽首问安，相互礼让。至少表面上看起来井然有序，治安良好。

就是丁兰兰和穆雪这样年幼的女孩们，只要佩戴着标示宗门的符玉也敢随意前来闲逛。

"我想买一个飞行法器呢，很快就要学御物术了。"一个女孩摸摸自己的钱袋，"在群山之巅恣意遨游可是我从小的梦想。只是不知道存的这些灵石够不够。"

"不知道最低阶的芥子空间要多少灵石？我好想要一个丁峰主那样戴在手上的镯子，又好看又方便。"

"那个东西可不便宜，哪怕最低阶的也贵得吓人。你看看是否有机缘淘到一个二手的吧。"

"听说霓裳坊新出了一款香暖金泥裙，穿在身上肌体生香，更有增加魅力的效果呢。"

"嘻嘻，真的那么神奇吗？那我想买一条穿去云师兄面前晃一圈试试。"

女孩们七嘴八舌地讨论自己想要购买的东西。

丁兰兰问穆雪："小雪有没有什么想买的？"

穆雪当然有自己想要的东西，但穆雪不好意思说。

回去的时候，女孩子们都带着各自挑选的法器、衣裙、钗环首饰，只有穆雪抱了一大包的书籍。

"小雪真是个修行狂魔，难得出来一趟，不说买点吃的玩的，只买了这堆的大部头书，看得我头都疼了。平日里师长们的课业还不够你受的吗？"丁兰兰捂着脑袋摇头，一点都不想看穆雪买了些什么书。

回到逍遥峰自己单独居住的屋子内。

穆雪紧闭门户，展开神识，四处查看一番，确定无人，这才松了口气，坐在桌前。她从那一大摞功法解析、五行秘要中抽出几本不太起眼的小册子，做贼一般偷偷摸摸看了起来。

师尊曾告诉过她，修行过程中，所有遇到的难关都可以称之为劫。

不论心劫、人劫、情劫、魔劫，只要是自己的劫难都不应该回避。

这个"水虎劫"既然避不开，抹不去，穆雪决定另辟蹊径，不再一味回避淡忘，而准备直面前尘往事。

她打算细细想一想当年发生的事和自己当时的心境，希望能够借此找到解脱之法，超脱顿悟，不再纠结于此。

穆雪深吸几口气，正襟危坐，悄悄摸摸翻开一本绢册，只见上面写道：罗帷重重……急忙慌给闭了。

又开另一本黄毛卷边的小卷，却是写着：野渡无人，花田柳下……穆雪面红耳赤地把书丢了。

不行不行，这些都是瞎编杜撰的。就没有一本认真写实点的吗？

她翻找半天，找到一本薄薄的《十妙街记事》，一看著者，竟然还是个认识的人。作者用的是本人真名——牛大帅。

当年穆雪居住的十妙街上有一间人气很旺的面食铺子，当家的姓牛，老板娘被大家称作牛婶，她的儿子名字就叫牛大帅。

穆雪能这么快想起来，当然不是因为和他们家关系好。

相反，这个牛大帅曾经是十妙街那些皮猴中的一霸，岑千山刚来的时候，没少被他欺负，给穆雪留下了深刻的记忆。

她还记得那一天，岑千山刚刚从外面回来不久，正乖乖巧巧地在院子里洗衣服。

哐当一声院子门被人推开了，五大三粗的牛婶卷着袖子破口大骂："哪一个是那货街买来的杂种？给我滚出来！老娘今日捶不死你就不姓牛！"

岑千山抽出在凉水里泡红了的手臂，在衣襟上擦了擦，抿着嘴站起身来。

"哎呀，就是你这个小兔崽子是吧？连我的儿子都敢动，看我今天不抽死你！"牛婶倒竖眉头，又着腰气势汹汹地大踏步过来。

穆雪上前伸手拦住她："牛婶你干什么？这是我的院子，我的人。"

"穆大家你评评理。"牛婶从身后拽出她的儿子，牛大帅的脸上淤青了老大的一块，"你看你买的这个小奴隶，把我儿子给打的！"

牛大帅从后面拉拉她的衣襟："娘，这是我自己的场子，我自己会找回来。"

"边去。"牛婶不理他，撸起了他的袖子，指着上面又青又紫的淤痕，展示给院门外挤着看热闹的邻居们，"看看，看看这小细竹竿似的胳膊，都伤成什么样了。"

穆雪看着那又粗又壮实，别号牛大壮的男孩："我没见过这么粗的竹竿。"

牛婶气急："哎我说，你这是不打算讲道理了是吧？就为了一个连义父都敢杀的贱奴，这些年的邻居情分都不顾了？"

"孩子们的事，可以让他们自己处理。如果你非要掺和，那在我这儿也只讲一个道理。"穆雪不紧不慢地卷起袖子，"我已开香坛，拜祖师，收这孩子为徒弟。从今以后，谁敢再骂他一声贱奴，大可到我跟前来骂着试试看。谁想动他半下，先得来问问我穆雪同不同意。"

在她说话的同时，无数傀儡机关从院墙屋顶哗啦啦竖立起来，漆黑锐利的武器一致对准院门。

院门外看热闹的人群顿时齐刷刷退出三丈之外。

牛婶的气势一下就萎靡了，冰冷的法器集中对着他们母子俩，吓得她双腿都有些打战。

穆雪是一个脾气很好，从来不生事端的邻居。但穆雪的实力她心里还是有数的。

"便……便是你徒弟，那胡乱打人也是不对的。"她梗着脖子勉强说道，完全忘记了自己儿子曾经欺男霸女的岁月。

穆雪拦住想要向前说话的岑千山，把他护在自己身后。这是一个以拳头大小说话的世界，从来不需要讲道理。

"哪怕是他做错，你找上门来也是由我接着。婶子若是不服，我今天可以单独陪你练练。"

牛婶喏喏道："我……我一个女人，那肯定是打不过你的。"

穆雪好脾气地道："换你当家的来，我也同样奉陪。"

牛婶跺跺脚，拉着儿子走了："一家子野蛮师徒。儿子，走！以后不和这家人玩。"

从那以后，牛大帅有没有再找过岑千山麻烦，穆雪就不得而知了。但这条街上至少没有人敢再当着面喊岑千山杂种、贱奴之类的话了。

那个咋咋呼呼的街头小霸王——牛大壮居然会写书？

穆雪好奇地翻开那本《十妙街记事》。

这本书相比其他精雕细琢、辞藻华丽的话本来看，显得词句平实，没什么文采。

也没有用那些颜色内容做噱头，难怪即使在书店角落摆了许久也无人问津。多亏穆雪能够找到这一本压在架子底的旧书。

翻开那放置多年的陈旧书页，只见第一页上写道：

我与穆大家毗邻多年，相互熟识。穆大家其人聪敏才高，温煦待人，对我们这些晚辈最是和善。

穆雪：啥？

第
四
十
三
章

以
情
入
道

屋内门窗紧闭，阳光透过纸窗照进屋内。

落叶的剪影在窗纸上飘落，传来细密缠绵的声音。

穆雪坐在窗边，缓缓翻动书页，记忆顺着那些泛黄的纸页，回顾前尘往事。

她仿佛看见了一位自己不算熟悉的邻家小男孩，在自己死后，抓耳搔腮地握着笔，用生疏的文字，将印象中的自己一点一点地记录在了纸上。

只见书里这样写着：

在我小的时候，隔壁的那位穆大家对十妙街上的孩子们来说，是一个奇怪的女人。

虽然她长得挺漂亮，却是一个带着点神秘色彩的"恐怖"人物。

我经常看见她抱着大包小包奇怪的材料从我家的包子铺前走过。她总是边走边专注地思索着什么，偶尔口中还嘀嘀咕咕。

她从不搭理身边的人，也不关心周围发生了什么事，仿佛就是一个活在自己世界中的人。周围的一切都和她格格不入，所有的生命都和她毫不相关。

那时候，我并不知道我们生活中许多十分便利的法器，都是出自这位炼器大家之手。

很久以后，长大了的我才知道，我家里那个能迅速把包子烤成金黄色食物的法器，以及我们男孩最喜欢的"溜车"，还有许许多多我手边使用的便宜又好用的法器，都是这位大师炼制发明出来的。

我只知道这个奇怪的女人身后总会跟着几只大小不一的机械傀儡。那些看起来歪歪扭扭，还未完全完工的小东西，却是一种十分危险的物件。

这条街上每一个孩子都被父母教育过，千万不能在没征得主人同意的情况下，去触碰这些看上去人畜无害的小东西。

我曾经亲眼见过穆大家肩膀上那只名叫"千机"的小铁皮人，上一刻还呆呆傻傻吭哧吭哧歪着脑袋，下一刻就分解重组成了一只令人生畏的钢铁巨兽。

那一日，我站在包子铺内，透过蒸笼上白色的烟雾，看见那个女人从货街抱回来一个奄奄一息的小男孩。

那个男孩实在过于瘦弱凄惨，昏迷在她的怀中，细瘦的双脚上滴滴答答的血滴了一路。

我当时甚至以为隔壁的这位邻居终于不再满足于折腾铁皮傀儡，准备将她恐怖的魔爪伸向活人的小孩了。

好在第二天一早，我就看见邻家的院门被推开，那脸色苍白的小孩拄着拐杖推门出来扫雪。虽然他看上去依旧很糟糕，但总算还是活着的人，没有被制作成什么乱七八糟的傀儡，这让年幼的我心里很是松了一口气。

从此这个瘦骨嶙峋的小家伙——后来大名鼎鼎的岑千山岑大家，就在邻居的院子里落地生根了。

刚来的头几天，他的状态很差。我好几次看见他躲到院墙外的巷子里呕吐，吐完之后，虚弱的他闭着眼靠着墙壁喘息，那副气若游丝的模样，让我觉得这个悲催倒霉的家伙好像随时都有可能在下一刻断气。

过了几天，穆大家终于反应过来养在院子里的男孩快要死了，把他带去了年叔的医馆。

他们回来的时候我正在店门外帮母亲生炉子，就看见年幼的岑千山额头贴着退热的冰袋，被穆大家裹在厚实的毯子里，护在怀中一路顶着风雪走过来。

那时候我悄悄抬眼看去，看见蜷缩在毛毯中的男孩，目光流连在穆大家脸上，一刻也不曾转移。

那可怜兮兮软绵绵的模样，就像是一只冬天里快要冻死的流浪猫，被人从雪坑里捞出来抱在手中。

没多久时间，我就知道自己错了，那根本不是病猫，而是一只野狼，是一只恶狠狠的山虎。

最开始，我们还能把他堵在巷子里，压着他揍一顿。过不了多久，这条街道上，就没有人是他的对手了。

在我又一次挨了岑千山的一顿胖揍之后，母亲带着我找进了穆大家的院子里。

那是我第一次见识到傀儡师的威力，那位身材纤细，一身红衣的女子把她的小徒弟护在身后，不过轻轻松松一抬手，无数的机关傀儡齐刷刷从院墙上升起。

铺天盖地的森冷杀意，吓得我几乎要夺门而逃，就连平日里谁也不怕的母亲，都显而易见地胆怯了。

当时我清清楚楚地看见，被护在一袭红衣后的岑千山双眼是那样明亮，他那样目光灼灼地看着挡在自己身前的人，那样自豪而骄傲。

我当时心里就想，这小子肯定很喜欢穆大家。

随着时间的流逝，岑千山从那个脏兮兮的小奴隶变成了十妙街最幸福的小孩。

他的手上永远有让男生们眼馋的玩具，口袋里总装着大把的零花钱和糖果。

穆雪牵着他从街道上走过的时候，他只要轻轻地撒个娇，就能在一街孩子艳羡的目光中，得到家长们绝不会轻易满足给孩子们的东西。

那追逐在一袭红衣身边的小小身影是那样欢快。他很快就在这样快乐的日子里长大了，个头先是超过那红色的肩膀，再与之比肩，到最后比他的师父还要高了。

少年的眼神，也一日比一日变得热烈。

青葱的情意，是那样灼热而明显。

整条街道上，大概也只有一心沉迷于术法的穆大家本人，没有发现他对自己的爱慕之情。

穆雪看到这里，愣愣地抬起头。

当时千山年少，竹艳松青不胜春。他那样灼热的目光日夜流连在自己身侧，自己当真一点没有察觉吗？

她再低头看向书页，只见那陈旧的纸页上留着作者的感慨：

人人都道岑千山有幸得遇穆大家，被救于水火，才能重生改命。

却无人知晓，穆大家也正是身边得了这样一个陪伴，才一日比一日眼见着开朗起来，不再将自己封闭在冰冷的机械世界中，渐渐变得有烟火气息，有了人味。

那时兽潮来袭，我险些丧命于凶兽的利齿之下，危在旦夕之时，一尊巨大的机械傀儡从天而降，抓住那凶兽四肢，须臾间便将强大的妖兽绞成碎片。

一身红衣的穆大家出现在我的身前，思索了片刻对我说："你不就是那个……经常和我家小山打架的牛大壮吗？"

我叫牛大帅，穆大家您记错了。

穆大家召唤出她那赫赫有名的飞行法器幽浮，将它展开放大，不计前嫌地载上了重伤的我。

燕尾形的幽浮，以极快的速度，在所有妖兽反应过来之前，穿过铺天盖地的兽潮，将我带出险境。一路上还顺手捞了不知多少身陷绝境之人。

那位平日里有些令人害怕的邻居，此刻端坐在法器前端，是那样令人安心的存在。

可惜人间虽有情，天道却是无情。

这样女子竟不被天道所容。

穆大家金丹大圆满，渡劫的那一日，我凑巧就在远处的山头。那时天空之中雷似金鼓，电如蛟螭，云中神威滚滚，九重天劫难逃。

我远远躲在山头向那处望去，却见一盈盈女子立身雷云之下，昂首望天，红衣烈烈，凛然不惧。

紫色的神雷密密麻麻翻滚在云隙，狰狞的闪电，两道三道，十道百道，无穷无尽，誓将那一抹红色的身影从天地中抹除。

如此天威，压得远在山头的我毛发悚立，肝胆俱颤，伏在地上一动也不敢妄动。

我只能含着泪，眼睁睁看着那孤独的身影在雷电之中全力拼搏。她耗尽了灵力，用光了法宝，不得不败在天威之下，被那怒雷紫电，活生生碾为灰烬。

浩荡雷云散去，几缕天光从云缝中照下，照在那一地灰飞烟灭的尘埃之上。

一道黑色的身影这才从远方狂奔而来。

我泪眼婆娑，看着往日里凶狠冷毅的岑千山跌跌撞撞，一路摔了几跤，连滚带爬地赶到那抹灰烬前，抖着手去拢那化成灰的尸骨。

即便有如我这样的邻里之人，都忍不住为穆大家的香消玉殒掬一把伤心泪。

但那时却没见到岑千山落下半滴眼泪。

那个深爱着她的少年，忙乱而固执地把所有灰烬细细收拢进一个袋子中，又慌慌忙忙地开始寻找散落一地的傀儡碎片。

我实在不忍心看着岑千山这副模样，好说歹说，连哄带骗，硬把失魂落魄的他拉回他的家中。

还险些因他过于呆滞而打不开他们家屋门的禁制。

只看到屋内的桌面上，端端正正摆着一个储物袋，下压着半页裁开的信笺，上只简简单单留着穆大家的几个字：

如不归，此皆予我徒，望自珍重。

岑千山颤抖着手臂，哗啦一下把储物袋倒了个底朝天，那些功法秘籍，法宝灵石，满满当当撒了一地。

虽我为外人，见此情形，也不免为之心酸，何况多情山乎？

数日的时间过去了，邻家的那间屋子依旧黑洞洞的毫无动静。

母亲叹息一声，将几个热包子并一壶汤水装在篮中塞进我的怀中，催我前去看看。

我进入那灯火全无的房屋，屋内的情形依旧和我那日离开时一般，珍贵无比的灵石宝物散了一地，无人收拾。岑千山双目失神地坐在门槛上，手里握着那装盛骨灰的袋子，眼下青黑，双唇瓷白，不哭也不闹。

我觉得他是也不想活下去了。

我绞尽脑汁和他说了许多，可他愣愣地一个字也没有听进去。

直到我想起，这世间传有招魂秘术，告诉他如若得之可聚亡者阴魂。若是招回穆雪魂魄，便可助其练就中阴之身，修鬼道，续前缘。

岑千山听了此话，眼中方才渐渐有了光，愿意开始吃我带来的包子。

他饿了许久，又吃得太急，很快跑出去吐了一遍。又慢慢走回来，继续往自己口中一下下硬填进食物去。

唉，他这副模样，看得我真是难过。我宁可他和从前一般，又狠又毒，有事没事把我揍一顿，还到穆大家面前装成白莲花，也好过如今这副鬼样子。

人最怕的就是失去了希望，只要他心中还存有希望，愿意努力下去，我觉得总有一日，上天终会垂怜，能让他们两人有缘重聚，再续前缘。

穆雪翻到这里，泛黄的书页上突然出现了一大滴水痕，大大的湿湿的圆点出现在纸页，一个又是一个。

她奇怪地摸了一下自己的脸，发现自己的脸颊已经湿了。

纸窗外飘零的树叶稀稀落落不知飘下多少。坐在窗前读卷的她终究长叹一声，合上书页推门去了。

前庭之中，苏行庭放下手中书卷，抬起头道："你真的确定想好了吗？"

他身前的小徒弟点点头，跪下地来："徒儿无能，不愿消除执念，只怕……要将他长留心中，还请师尊教我。"

苏行庭看了她许久，伸手摸了摸她的脑袋："好吧。"

"以情入道？师兄你莫不是搞错了吧？"

碧游峰上，丁慧柔不可置信地转身看向苏行庭。

苏行庭摆摆手："师妹小声些，此事不必张扬。因这孩子喜爱化物炼制之术，时常也跟在师妹身前，我才特意告知于你。"

丁慧柔问道："可是，这条道路不算好走。难道不能改而换之吗？"

苏行庭微微叹息一声："她是一个通透明白的孩子。不论是因为亲情、友情，还是因为别的情愫，她既然心中已经有情，且不愿抹去。如果强行扭转，反倒容易滋生心魔。"

"那师兄欲待如何？"

"我令她先不修龙虎诀，别传翕聚蛰藏之法并胎息坐卧之术。这样的功法虽会慢一些，但她天资聪敏，能够多花时间固本培元夯实根基反倒是好事。等她长大一些，将来机缘到了，修行自然更为顺畅。"

丁慧柔眨眨眼："真是意想不到之事。我观这个孩子，平日里醉心于修行，不喜外物，不问世事，还以为她会走无情道呢，想不到完全反其道而行之啊。"

苏行庭翻转手中的卵中天地，看那天地间金钱落定，最终笑了起来：

"你不要看她素日里冷冰冰的，实际上是个重情重义的孩子。我总觉得，她自有自己的机缘，天意如此，倒也不必多虑。"

第
四
十
四
章

映
天
云

浮冈城内，"牛记食铺"是一间有着上百年历史的老字号。

铺子规模不大不小，往来的多是熟客。这时已过了饭点，店里的客人不多，老板牛大帅拿着一卷话本，靠在柜台上，一边嗑着瓜子一边看，不时发出一两声嘿嘿的笑声。

一个戴着斗篷的客人掀起帘子走进来，坐在墙边的角落里。

牛大帅依依不舍地把目光从没看完的话本上抽离，端着茶壶来到那桌客人前招呼道："客官吃点什么？"

坐在桌前的男子没有说话，只是默默地摘下了戴在头上的斗篷。

"嘿，您这！"牛大帅一拍大腿，兴奋得有些语无伦次，"岑千山！岑大家！你怎么来了？"

牛记食铺的角落，桌子上摆着几碟小菜并一笼热气腾腾的包子，老板牛大帅端着一壶自己收藏的好酒，在岑千山面前坐下了。

"欸，咱这是多久没见了，再想不到你还能来看我。"牛大帅满心欢喜，给岑千山满上酒杯，"你这几年过得怎么样？"

多年老友相见，他心中热切，有心想多问几句，又不敢多言。

当年十妙街已经在兽潮中毁灭，邻居们都搬来了新城区。只有岑千山这么多年，还固守在那一片废墟之中。

上百年时间过去了，自己的修为不上不下，继承了母亲的饭馆凑合着经营。其间除了偶尔听到一些关于这个男人的传说，基本很少有老街坊见过他的面了，只知道他渐渐地成了一个传奇人物。

小时候基本都是岑千山揍他，两人相处得不算好。后来出了那事，岑千山性格大变，每一次出门回来都染着一身血迹，阴沉可怖，更没人敢再接近。

别说和他喝一次酒，就是话都没说过两句。想不到这么长时间都过去了，他还能想着来看看自己，和自己喝上一杯。

模糊了岁月的角落里，两位曾经的少年轻轻碰了一下酒杯。

"几日前，我去了一趟东岳神殿。"岑千山慢慢说道。

"哦，那地方可不是个好去处，里面幻境重重，听说不少人都陷在里面没出来。"牛大帅三杯酒下肚，很快热络起来，"哈哈，不过对你来说肯定不算什么事，你可是我们十妙街最强的人。"

"在那里的幻境里，我看到了你和牛婶。"岑千山转着手中的酒盏，澄明的酒面依稀倒映着他的倒影，"想起当年忘记和你说一声谢谢。"

"嘻，瞧你说的。"牛大帅面色被酒气熏红了，"我啥都没做，也值得你一声谢？穆大家当年那可是救过我的命。"

送岑千山出门的时候，牛大帅终究忍不住问了一句："这么些年了，可有……一点消息吗？"

那个十妙街最强的男人侧过脸来，看了他片刻，几乎微不可见地点了一下头。

出了牛记食铺，戴着斗篷的岑千山沿着灯红酒绿的街区走到医修年叔的医馆内。

"回来了啊，这一趟收获颇丰吧。"年叔戴着老旧的单边眼镜，从柜台后抬起头看了他一眼，"外面都传开了，听说你替烟家拿到神殿深处的碧落九转黑莲，烟家拿出神器和十万灵石为酬。"

岑千山没有多言，打开背包，取出在神殿内采摘的一些灵株。

年叔眯着的小眼睛一下就亮了，起身接了过来："欸，黄芽草，好！天婴草，哈哈这个更好。这个是……？我的天，传说中的紫心草！竟然有这么多。"

岑千山叉着手靠在柜台上，俯身问他："年叔，听说你曾经有见过仙灵界过来的修士？"

年叔爱不释手地看着那些罕见的灵草，头也不抬："是见过，那些道貌岸然的伪君子。你问这干啥？"

"那你知道……"斗篷阴影下的男人双眸透出了一点光，"他们是怎么过来的吗？"

"哼，谁知道那些伪君子是怎么偷偷过来的！我不知道！"

手中的灵草被人握住了。

"行了，行了，告诉你。"年叔不高兴地回想起往事，"仙灵界天地灵物稀少，自然是有人削尖了脑袋想到我魔灵界来。

"据说他们有精于法阵的门派，积累历代之功钻研出上古法阵，可短时间内连通仙魔两界，隔个几年便要悄悄到我魔灵界来掠夺资源。哼，来便罢了，还要打着除魔卫道的旗号。别要让我再看见那些虚伪的家伙。"

归源宗的玄丹峰上，空济看见逍遥峰的那个小弟子穆雪第一个开了丹炉，从丹炉内捧出几粒混元流光的丹药来，顿时满室生香。

空济心里想着："这张二丫合该是我玄丹峰的弟子才对，当时怎么就没留意，偏偏被苏行庭这个狡诈的家伙抢了去。"

他走到穆雪身边，板着脸道："你既有炼药的天赋，就应当多来我玄丹峰听讲学，女孩子家家整日舞拳弄剑，打铁制器，像个什么样子？"

看见碧游峰几个整日"打铁"为主业的女弟子齐齐转头来看他。

空济瞪着眼睛哼了一声："大道万千，本应以我峰炼丹之术为正法门。你们可知为何我们道修的修行被称为'丹道'？皆因我们以身为炉鼎，采天地开合之气，夺龙虎相交之精，在自己身体内的黄庭中修成金丹，故而称之为内丹术。我玄丹峰炼制外丹和内丹术乃是一体同源，互为补益。所以不管你们是哪一峰的弟子，都应当认真修习炼丹术才对。"

看来不论哪位师叔，都觉得自己所修才是大道的正法门，真功夫啊。

之前去碧游峰，丁师叔也才说过几乎一样的话呢。

穆雪心里有些好笑，捧着自己炼的丹药向空济请教，貌似不经意地聊道：

"师叔，我在东岳神殿内看见魔修了，他们的炼丹术和我们虽然不同，却似乎也自有独到之处。那时候付师兄伤得很重，但吃了一颗魔灵界的伤药之后，伤势很快就好转了。"

空济不高兴地道："你倒是说说他们用了什么药？"

穆雪："有听到一个名字叫回春丸，还有解毒散和金创再生膏。"

空济面色难看："哼，年再桃那个老家伙居然还活着。"

原来和空济师伯结怨的魔修竟然是年叔？穆雪在心中嘀咕，年叔口中时常挂着唾骂的道修竟是自己归源宗内的师父师伯们。看来师伯确实去过魔灵界，这样想来仙魔两界也并不是完全不能连接。

下学之后，穆雪和丁兰兰几人一道走。

丁兰兰道："今天不和我一起去碧游峰吗？我姑姑总是念叨你，说你比我们这些正经弟子学得还好，让我喊你常去呢。"

穆雪："上回过去听师叔讲学，师叔布置制作的铁皮人我落在神道内了。等我补做了，再拿去给师叔看看。"

"正要说你呢，你竟然独自去了东岳神殿，也不喊我一声。"丁兰兰兴奋了，眼睛亮晶晶的，拿手肘捅穆雪，"神道内有什么好玩的事说来听听？听说你遇见魔修了，还见到那位了？怎么样，他有没有传说中的俊美？会不会特别凶？听说魔修都是既冷酷又凶狠的人呢。"

有没有传说中的俊美？

穆雪回想起神道内的情形，若是论容貌，小山自然当得起俊美二字。

有没有很凶？

他怎么可能会凶，那孩子最是温柔不过了。哪怕不知道我的身份，也依旧和从前一样温柔。

"啊，我也真想见一眼他本人啊。"丁兰兰捧着脸感慨。

"我听说空济师伯去过魔灵界？他是怎么过去的？"穆雪问道，丁兰兰出身世家，家学渊源什么都知道一点。

"是用通魔御行阵去的吧？"丁兰兰左右看看，悄悄回答，"那事和我们没关系，知道的人也很少。每开一次御行阵耗费巨大，十余年才几个门派共开一次呢。能去的都是各门派中的精英弟子，我们离得还远着呢。"

原来这里真的有可以通往魔灵界的法阵？虽然很久开一次，终究还是有见面的机会。

自出了神殿之后，穆雪一直觉得心中有些郁郁不乐，仿佛什么东西郁结于胸，此刻听了这话，不知为什么终于舒缓了许多。

丁兰兰却仿佛想起什么，害怕地哆嗦了一下："希望将来开御行阵的时候不会选中我。我可不想去魔灵界，听说那个地方阴森森的，到处都是妖兽和鬼怪。"

穆雪哈哈笑道："你刚刚不还说想见魔修第一人岑千山长什么样吗？"

"那只是说着玩的，你不知道，真正的魔修都是很恐怖的。"她做出吓唬穆雪的模样，"听说他们有的练功要吃小孩，抓很多童男童女到家里去全部吃掉，你怕不怕？还有一些以女子为尊的家族，听说修什么大欢喜功，专门祸害年轻俊美的男子。像是你逍遥峰的那些师兄去了可都得小心。"

没有吃童男童女的魔修啦。穆雪在心中回答。因为接触了解得少，这里的人总把魔灵界想象得十分夸张恐怖。就像是当初她身在魔灵界，也将自己不了解的仙灵界想象成一个非常顽固不化的地方。

魔灵界确实有人大量采买凡人的孩子为徒弟为义子。将那些孩子从小压榨，各种苛待，导致那些孩子存活率极低。比如她的师父和岑千山的义父都是如此。传到了这里就变成吃童男童女来修行了。

烟家以女子掌家，招男子入赘，柳家修习大欢喜阴阳相交秘法，也并不全是强娶豪夺，多数还是自愿情形下的金钱交易。

以讹传讹传到这里，全都变了样。

事实上，只有在两个世界都生活过的她明白。虽然有很多生活习惯不同，但不论是这个世界，还是那个世界，都存在着好人坏人，都有着好的地方，也有着艰难的时候。

归源宗内不同的主峰之间，那些法力高深的内门弟子，纷纷祭出自己的飞行法器破空而去。

有的使一柄精美的团扇，有的是飘逸的绢带，也有锐利的宝剑、硕大的葫芦。一时间罗裙飘飘，衣襟猎猎，仙气飘飘驰骋于山峦之间，煞是好看。

"好羡慕啊，什么时候我也能得到飞行法器，能够御物飞行就好了。"丁兰兰艳羡地说。

"没事，我师尊说了，行走坐卧都是修行，多走走也好。"穆雪这样说。或许众多小弟子中，只有她对能够御物飞行没有强烈的渴望。

几个下了学的小弟子，手拉着手，沿着陡峭的山道往下走。

山林间传来虎啸之声，一只威风凛凛的白虎凌空停在了她们面前，仙气飘飘的云中君子坐在虎背上，淡淡地对穆雪道："上来，师尊命我接你下学。"

穆雪高兴地应一声，爬上虎背，甩下一众伙伴去了。

白虎飞上天空，虎啸声远去，转瞬消失在山峦之巅。

"啊，去你的行走坐卧都是修行。臭张小雪，我酸了。"

"逍遥峰的待遇为什么就那么好，从前是叶师兄总用叶子载着她到处飞，眼见着叶师兄受伤了，好歹和我们一起走两天路啊，这又换了云师兄这样的仙男。"

"呜呜呜，我也想坐一次云师兄的白虎，这辈子坐一次都值了。"

小伙伴们酸溜溜的话语穆雪来不及听见，她乘坐着白虎很快落进了逍遥峰的庭院中。

身体还未痊愈的叶航舟正裹着一张毯子，坐在回廊上，苗红儿就站在他的身边，两人看着师尊苏行庭示范六爻推演之术。

"小雪下学了。课上得怎么样？"看见穆雪从白虎上下来，苏行庭笑着问。

"我是第一个成丹出炉呢，这回没被打手板，空济师伯还夸了我几句。"穆雪挺起胸膛求表扬。

"不错不错，"苏行庭伸手摸了摸她的小脑袋，"为师新传你的胎息诀，可有不明白之处？"

穆雪在师兄师姐的身边随意地坐下，打了一个手诀。

她这一坐，和寻常的坐不同，只见她出息渐微，入息绵绵不绝，气息柔如婴儿一般。内气渐渐不出，外气反而不断进入，口鼻之中的外呼吸被遗忘，黄庭气穴之内乾坤之气一开一合，内呼吸绵绵不绝。

夺先天之精，凝神聚气，称之为胎息。

因她暂时不修龙虎功，师尊新传了这套胎息心法，这套功法不论行走坐卧间，都需时时谨记，时时不忘修行。行走之时，心和气定，内视气穴。站立之时，脚跟着地，鼻息辽于天外。便是坐卧之时，也要做到神气归根，逍遥于庄子无何有之乡。

若是能这样天长日久修行下去，虽暂不能龙虎交媾，采取大药，但黄庭之中元气自聚，真精自凝。神满而气足，身健心安，自是另一种筑基的修为。

苏行庭见穆雪这随意一坐，已有胎息之态，很好地把握住了胎息诀不可有心守，不可无心求的关键。可以做到自然而然，不刻意求之，随时随地进入修行的理想状态。心中对这个年幼的弟子极为满意，颔首称赞。

叶航舟便道："小雪已经到了这个境界，想必很快就能御物圆融无碍。是不是该准备一个飞行法器了？小雪有没有想要的法器？"

苗红儿祭出她的飞行法器，乃是一口圆乎乎、光亮亮的铁锅，她十分得意地显摆："他们的法器都不如我。小雪你看我这个法器飞得快，防御力还很强，路途中又十分实用。小雪不如学我，炼一只玄铁碗做法器。这样你我师姐妹出门的时候，一锅一碗配成一套，很是整齐。"

穆雪把头摇成拨浪鼓："我不要，我不要。"

付云便说："如果你喜欢我这样的神兽坐骑，我可以去己土之森为你抓一只白虎。驯服之后，每日骑行倒也便利。"

穆雪如今一看到老虎，就想到自己黄庭中的那一只，再听到"每日骑行"几个字脸色都不好看了，连连摇头谢绝。

叶航舟道："是不是你有什么喜欢的物件，可以说出来。等师兄过几日伤愈了，替你炼制出来便是。"

穆雪："没事，没事。师兄你安心养伤，我不急着这个。"

对她来说御物飞行并不算什么新鲜事，倒是每天踏踏实实在山林间缓步行走，行走中同时运转功法修行是一种很不错的体验。

无奈她的师兄师姐们并不这样想。便是她的师尊苏行庭，也觉得这个小徒弟过于乖巧懂事。

年幼的弟子上山以后，哪个不期待着早一日御物飞行，遨游天地之间。不论是红儿、付云，还是航舟，当初上山的时候，无不眼巴巴地盼着这一刻。

小雪总是怕给师长添麻烦，小小年纪就这般懂事，入门以后基本什么要求都没提过。

这样想了一想，未免更加怜惜这个最小的弟子。于是他从乾坤袋里取出了一物。

那物白茫茫一团，似棉絮轻飘，如雪堆银白，却是空中一朵白云。

"此乃映天云，取'雨霁巫山上，云轻映碧天'①之意。"他举袖轻抬，将那朵云飘到穆雪身前，"这是为师年少时候使用的法器，如今已无大用。自你入师门之后，恭谨纯孝，友爱同门，很是懂事。为师还不曾赐你法器，便将此物给你吧。"

苗红儿急忙拍穆雪："小雪快，快拿走，映天云可是好东西。"

"它别的倒也罢了，只有一项屏蔽他人神识特别厉害。你躲在云里，飞在天上，若是不想显露身形，不论你在里面干什么，任何人都发现不了。我小时候想

---

① 出自毛文锡《巫山一段云·雨霁巫山上》。

用它来玩捉迷藏戏弄师弟们，师尊都不同意。"

师尊赐下法宝，穆雪心里很高兴，真心实意拜谢领赐，一下跳到那云端之上，元神御物，白云呼啸而去。

"真性急，刚刚还说不用，一会儿就玩没影了。"付云摊着手遥望，"小雪学什么都快，第一次御物飞行就这样熟练。"

"这才像个孩子的样子嘛。"苏行庭哈哈笑着点头。

自此之后，九连山脉，逍遥峰前，飘云过雪，览快双眸，几度降神仙。

山中不知岁月，悠悠已过经年。

雨泽施布

对归源宗的年轻弟子来说，十年一度的内门弟子大比是修行中最为热闹的盛事。

此刻，清虚峰的广场上，设立了成排的擂台。那些年长的弟子正在给这些擂台布置最后的防御法阵。

"你说这一届的魁首会是谁？该不会又是逍遥峰的人吧？都被他们连夺几届魁首了。"一位弟子边忙碌着边和他的同伴闲聊。

"不能了，逍遥峰苏峰主这些年都没有收徒弟，只在十年前收了一个六岁的女娃娃。现在那孩子也不过十六岁而已。"他的同伴连连摆手，"那位师妹被她那几个师兄师姐宠得不行，娇滴滴的，都没出过几次山门。来不来参加还是一回事呢。"

"说得也是，不能再让逍遥峰一枝独秀。这一次的魁首我觉着该落在我们御定峰了。"

"胡说，我们玄丹峰此次有一位十分优秀的新人师弟，我看才是大有希望。"

在另外一处擂台前，铁柱峰的杨俊正在核对参赛人员名单。

叶航舟从后面上来，一手搭住他的肩膀："给我看看。"

杨俊瞥他一眼："你来得这么早做什么？这一次你又不能参赛。"

叶航舟是上一次大比的冠军，每一次大比前十的选手，都会得到宗门的表彰和奖励。这些人也就不必再参加往后的比赛。

"这不是来替我小师妹看着嘛。她进宗门不过十年，这还是她第一次参加门派大比。"

叶航舟说话间，从他身后走出一位十六七岁的少女。

那少女正是十六岁的穆雪，只见她穿一身薄薄的红衫，铅华不施，举止洒脱，却是纤腰蛴领颜如玉，鬓叠深深黛螺冷，天然的标志无双。

杨俊许久不曾见到穆雪，不承想当年那个衣着朴素、头梳双丫髻的小团子，一眨眼就长成了这般亭亭玉立的模样。

"原来小雪要参加今年大比啊。"杨俊笑着对叶航舟道，"你们逍遥峰这传统什么时候改一改？当初你参加门派大比，你那位付师兄从头到尾在场外盯着我，吓得我没发挥好，一招失误，这才败给你。如今又换你为你师妹坐镇了吗？"

叶航舟推了他一把："输了就是输了，还能怪到我师兄头上，要不一会儿咱俩再上去比一场？"

"行了，行了。你放心，都知道你们逍遥峰的人动不得，没人敢真的伤到你师妹。"杨俊不搭理他，转头对穆雪交代道，"小雪你不用紧张，赛场上都是同门师兄弟，万一比不过，只要及早认输都没有事。"

穆雪温顺施了一礼，点头称是，看起来很是乖巧。果然如传说中一般，被娇养呵护着长大，看着就不像是能打擂台的料。

叶航舟不放心道："咱们逍遥峰，以逍遥二字立峰，最是不计较这些虚名。你上擂台活动活动筋骨，玩耍一番便罢，不必计较名次。"

穆雪便问："可是我听说师兄当年也拿了魁首？"

叶航舟顿时又有些得意："那是因为师兄那一届的水平整体不行，被我蒙混了个冠军而已，哈哈。"

"水平不行"的杨俊面色不悦地瞪他一眼。

门派大比如火如荼地展开了。各峰的年轻弟子陆续登上擂台，一时间擂台之上雷火电光闪耀，三昧真火灼灼。地动山摇，刀光剑影，术法交辉。

每一个擂台的周围都围着不少观战之人。

这一处的擂台之上，丁兰兰同时操纵两个同真人等高的人形傀偏，险胜了铁柱峰的一位师兄。自知无力再守下去，从台上退下来休整。

"小雪在哪里比试？"她问前来接她的圆子。

圆子和夏彤在穆雪入内门后第三年的外门考试时，终于被选入宗门。圆子同丁兰兰一样拜入碧游峰，夏彤则去的玄丹峰。

"她应该是在那里。"圆子指着不远处的一个擂台。

丁兰兰抬眼望去。不远处的一个擂台上空，遥遥悬停着一只吊睛白虎，并一口铸铁大锅，还有一片巨大化的树叶。都不用猜，就知道是逍遥峰赫赫有名的三位师兄师姐蹲守在那儿。

人群中有不明所以的围观弟子指着那处擂台道："那……那里是怎么回事？为什么逍遥峰三巨头全在天上盯着？"

"嘻，你不知道了吧，苏真人新收的小弟子今年参加大比。这是她的师兄师姐怕她被伤着，一齐来盯梢助威呢。"

丁兰兰也想看一看穆雪的比试，谁知刚刚走到那处擂台前，就看见一个被红绳五花大绑的师兄被从擂台上丢下来。

"张小雪，胜，第八场。"裁判的声音同时响起。

看台下嘘声顿起。

擂台之上，一位十六七岁的少女，凭着一条红绳，几乎只在一个照面间，就轻轻松松解决了对手。那红绳也不知是用什么材料制成的，心随意动，灵巧非常，一经沾身，束之不解。对方往往连出手的机会都没有，就被捆了个结实。

那少女纤腰楚楚，红衣飘飘，独立在擂台之上，抬起纤纤皓腕，那一道红绳便被收回手中，融入手背成为一道花形的金红色文身。她已经靠着这犀利的法宝，打败了陆续上台的八个实力强大的对手，看上去十分取巧。难怪台下嘘声一片。

杨俊搭乘叶航舟的树叶，和他在半空中并肩而坐："行啊你，连我都忽悠，你这师妹是需要我们担心的模样吗？连胜八场了都。"

叶航舟看见穆雪轻轻松松胜了八场，比自己得胜了还高兴。

"哈哈，我刚刚的意思是，担心师妹太小没分寸，伤了别人嘛。哈哈哈。"

一时之间，台下议论纷纷，没人敢再上台挑战。

依照大比的规矩，参赛者凭借多次胜负取得的积分晋级。但若是能守住擂台十场者，就可以直接参与决赛。

从前和穆雪有过些许矛盾的玄丹峰弟子林尹在擂台下愤愤不平地讽刺："并没有什么真本事，只是用师长赐下的神器占便宜而已。张小雪，你这样仗着师长的宠爱获胜，对那些辛辛苦苦修炼的师兄弟公平吗？"

穆雪站在台上，毫无羞愧之色，笑嘻嘻地道："林师姐上台来，你和我比一场，我保证不用捆仙索便是。"

林尹经不起激，顿时跳上台来："此话当真?"

穆雪软萌萌、笑盈盈地说："自然是真的。"

裁判宣布比赛开始的话音刚落，一道红色的魅影便像灵蛇一般，咻一声突然缠绕上来，把林尹捆成粽子，丢下台去。

"第九场，张小雪胜。"裁判有气无力地宣布。

滚在地上落了一身灰的林尹挣脱了松开的绳子，跳将起来，面红耳赤地指着穆雪的鼻子："你! 你违规!"

穆雪一脸无辜："大比没规定不能使用法器，也没有规定不能说谎。我哪里违规了?"

林尹面色涨得通红，跺着脚，双目噙泪，所幸长了些年纪，没像小时候那样哇一声哭着跑了。穆雪只是看着她笑，对她破口大骂的话语浑不在意，依旧那副斯斯文文、亭亭玉立的模样。只是到了这一刻，台下的人再不会觉得这是逍遥峰上没见过世面，软萌可欺的小姑娘了。

林尹的一位同门师弟从旁宽慰了她几句，上到擂台来。

此人穆雪也认识，和自己同届入门，拜在玄丹峰主空济门下，同林尹是师出同门的师姐弟，也是他们当时那一批入门的弟子中天赋绝佳的佼佼者。

他冲穆雪打了个稽首："玄丹峰萧长歌，前来请教。"

擂台之下，夏彤对丁兰兰等人道："这位萧师兄很厉害，当初入门时，金蝶问道就是他现了'雨泽施布'境，惊艳了全场呢。"

"什么雨泽施布境?"几个脑袋凑了过来。

"我也是后来才知道的。"夏彤说道，"当初我们这一届上山的弟子，就数这位师兄的境界最是显眼，据说不论心性还是天赋都十分突出，当时好几位师叔都想将他收入门下。最终还是我们玄丹峰的峰主抢到了人。"

"那他很厉害啰?"

"应该是很厉害吧，"丁兰兰也说道，"当时除了他，听说还有一位雪里花开境的孩子，但据说那位心性虽好，天赋却不太高。另外有一位流火遍野之人，被评为天赋极高但心性流于狂荡。所以只有萧师兄是我们这一届最突出的人了。"

另一边几位围观的弟子也在小声嘀咕：

"玄丹峰出身能厉害到哪里去?"

"他们最多就是炼炼丹药，种种灵植，打起架来和逍遥峰这样剑修出身的还是没法比。"

"没看头，没看头。看来小姑娘要拿下十血进决赛了。"

擂台上，萧长歌倒不太介意台下的议论纷纷，他面目平静，只是单手掐了一个手诀。

一时擂台上如春分化物，无数柔韧的枝条从地底生发，迅速地拔高，抽条，飞快地生长出朝气蓬勃的枝叶树冠。几乎只在眨眼之间一座枝繁叶茂的密林拔地而起，盘踞了偌大擂台的大半位置。

这一手看起来不似电闪雷鸣一般声势浩大，实际上却极为难得，非天赋异禀者不可修得。台下围观的众人一时喝起彩来。

天空下起蒙蒙细雨，萧长歌被密密维护在柔韧的林木之间，和整片的绿莹莹的丛林几乎融为一体。

这样的场景，即便穆雪祭出捆仙索，也很难将他捆住了。

"师妹，我可要出招了。"萧长歌温温和和地提醒一声，招式却并不温和，只见他手中指诀变幻，无数柔韧的树藤如蛟龙盘蛇，卷满地尘烟，盘绕疾行向穆雪抓来。

可以想象，但凡被它们挨碰到一点，瞬间就能被捆束成绿色的大粽子，只怕比捆仙索捆到还要狼狈得多。

穆雪飞身躲避，那些相互纠缠的藤蔓在身后紧追不舍。

另有无数坚硬的树枝，化为锐利的长矛拔地而起。长矛发出密集的破空声，从各个角度向穆雪所在之处射来，穆雪闪身避开，落空了的尖锐长矛狠狠扎入地面，激起漫天飞沙碎石，几乎逼得穆雪无处可逃。

穆雪在空中折身，抽出一柄三尺长的短剑，此剑一出，斗牛光焰，寒潭水冷，空中星月暗淡，隐有风雷声动。

只见那剑芒一抖，化为一朵五瓣寒梅。刹那间半空之中寒梅朵朵绽放，千树万树一时花开，铺天盖地的暴雪寒梅直面雨中绿植而去，气势汹汹，绞断三千枝叶。

一时之间，半边擂台，雨泽万物，枝叶重重，另一半边，狂风怒雪，寒梅绽放，彼此针锋相对丝毫不让。

围观众人初时只觉穆雪年少轻狂，仗着不知哪里来的神奇法器投机取巧赢了这些场次罢了，对她的观感并不好。到了这一刻，见她小小年纪，战斗之中凛然无惧，剑出不退，道法玄妙。这才算是对她服气了。

又见着她只是一位容貌娟丽，仙姿不凡的少女，于是立刻有更多人倒戈为她喝彩助威。

"我就说了，逍遥峰惯出狠人，就没出过孬货。"

"可别看她是个师妹，逍遥峰苗师姐当年是怎么折腾人的，大家莫不是忘了。"

几位年长的师兄想起往事，打了个哆嗦，悄悄看了一眼停在头顶上的那口铁锅，一时童年时期的阴影笼上心头，不再敢胡乱编派逍遥峰出身的师妹。

半空之中，苗红儿的铁锅移动到付云身边。

"这丫头的梅花九剑倒是得了你的真传。"

付云的目光专注看擂台上的战况："虽是我教的，但她的剑意和我不大相同。"

"你的梅花九剑是君子之剑，师妹这剑看起来有暴雪寒梅之意。"苗红儿摸着下巴摇摇头，"我有时候想不太明白，明明从小护着她长大的，该养得娇气一些才是。为什么她打小起就总有一种随时随地准备拼命的架势？"

擂台之上，春风化雨的丛林转为盛夏，天空中乌云滚滚，雷声阵阵，暴雨倾盆。

"糟了，"叶航舟从飞行法器上站起身来，"我师妹她，有一点怕打雷。"

"怕打雷？"杨俊没反应过来。

擂台上一个巨大的闪电如银色划过天空，倾盆大雨之中，穆雪似乎有一瞬间呆滞了，她昂起头看着天空的雷电，任凭瓢泼的雨水冲刷在面孔上。

直到那些疯狂的植被已经攀爬到她的脚踝，她才冷冰冰地抬起手掐了一个奇怪的指诀。

"怎么回事，地面晃动起来了？"

"是不是大地在摇？"

为了方便比试，这里的擂台每一个都占地巨大，且四角都布有法阵，正常的情况下，擂台之内的所有术法都影响不到擂台之外的范围。

比如此刻擂台内电闪雷鸣，倾盆大雨，擂台外的看台上却十分干爽，毫无雨痕。

只是如今大地不知为何隐隐晃动。

众人正惊讶间，只见地面裂开了一个小口，一个小小的铁皮傀儡从里面钻出脑袋，它左右看看，伸出细细的手臂撑着身体从地底跳出来，向擂台上跑去。

这种傀儡丁兰兰很熟悉，她的姑姑丁峰主时常布置给她们制作这种基础傀儡模型。铁皮的小傀儡做好以后，放一颗小小的灵石进去，就可以操控它做一些搬运、卸货等简单活动。

还没等她想明白穆雪为什么要大动干戈召唤这样简单又不太具有攻击能力的铁皮傀儡时，擂台四面的地板上，左裂开一道口，右出现一个洞，一个又一个小傀儡从中跃出。大大小小的傀儡如潮水一般覆盖过那些枝条树叶，向中间的萧长歌涌去。

萧长歌操控枝条，想要阻挡，无奈这些小小傀儡十分灵活，且数量居多，如蝗虫飞蛾扑面而来，挡住了这个傀儡挡不住那个。

萧长歌虽然少年才俊，天资卓越，但毕竟是一位才入师门十年的少年，没有经历过多少真正的实战经验，这一下被密密麻麻到处乱钻的傀儡弄慌了手脚。

很快，小小的傀儡漏过来几只，一下抓住了他的四肢，抬手抬脚，把他四肢伸展成大字形，举在空中。

悬浮于半空的穆雪面如寒霜，骈指成剑，在电闪雷鸣之中杀气腾腾，仿佛下一刻就要让萧长歌血溅三尺。

台下观战的林尹被她那有如实质的杀气吓得尖叫起来："住手，放开我师弟。"

"小雪，不可以伤人。"就连付云也起身喊道。

穆雪不太好看的脸色微微缓和，做了个收的手势，那些铁皮傀儡举着萧长歌一路奔跑，把他从擂台边缘丢了下去。

萧长歌在地上滚了两圈，坐起身来，愣了半天，摸摸脑袋开口道："真是厉害，是我输了。"

他又对林尹道："抱歉啊，师姐，我也打不过她。"

林尹从惊吓中回过神来，跺跺脚："算了算了，不和她计较。"

穆雪拿了十胜，从擂台上下来。

丁兰兰接着她，上下打量半晌，突然出手狠狠在她胳膊上拧了一下。

穆雪回过神来，吃痛道："干吗呀，兰兰师姐？"

从前丁慧柔时常夸穆雪，丁兰兰是有些不服气的。看了这一战，她总算明白了姑姑为什么总是夸赞穆雪的炼器之术。

一个最基础的傀儡，先生交代过需要反复练习至纯熟状态，自己不过做了几个，就觉得枯燥无聊，觉得没必要重复修习了。

但今日一见方知差距，小雪她亲手制作的傀儡，竟达到这样如山如海的地步。

自己操纵两个人形傀儡战斗，就觉得十分吃力。小雪操作的虽然是小型傀儡，但同时精密操控数十只傀儡，竟然能面不改色。可见她花在这上面的功夫何止自己的十倍。

"今天我算是服了你，以后我向你看齐。"丁兰兰坦然说道，心里又忍不住吃味，使劲再扭了穆雪一把。

穆雪坐回看台上休息，丁兰兰和圆子各自去参加自己的擂台。

如今在玄丹峰修行的夏彤陪她坐在一起聊天。

"我本来以为我们炼丹士，在比武上肯定是不行的，安安分分坐在丹炉边上炼丹才是正经。今天看了你和萧师兄的比试，才发现是我逃避了战斗，我不该这样想的。"

夏彤看了那一场战斗十分感慨，一边说话，一边把自己随身带着的糖果分给穆雪。

穆雪口里咯吱咯吱地吃着糖："没事，我师尊说了，大道三千，殊途同归，你如果实在不喜欢战斗，也不用太过勉强。专心炼丹未尝不是修行。"

这里正说着话，圆子捂着脸，沮丧地回来了。她入门时间短，修为不高，很快在擂台赛中败落，还负了点小伤，脸肿了好大一块。

"快给我看看。我这里有药。"夏彤查看她的伤势，拿出玄丹峰的药膏帮她涂抹在脸上。

一位浓眉阔目、面目方正的师兄追着圆子过来。

"抱歉，抱歉，刚刚在擂台上，实在没收住手，伤到了这么小的师妹，真是我的不对。"他挠了挠头，从怀里取出一瓶伤药，"这是上好的伤药，给师妹涂脸用。"

圆子摇摇头："不用了，我已经有药了。"

那位师兄想了半晌，重新从乾坤袋内取出一个匣子，推开来，竟然是一屉晶莹透亮的藕粉点心。

"听说要大比了，我娘差人送来的家乡小吃，味道很是不错，不如就给师妹作为赔罪好了。"他笑着把一匣子点心递到圆子面前，弯着腰诚心诚意赔礼道歉。

夏彤和穆雪我看看你，你推推我，在后面嘻嘻直笑。圆子的脸红了，最终还是红着面孔收下来了。

那位师兄一离开，女孩们便立刻嬉闹了起来。

夏彤打趣圆子："哎呀，我们圆子如今长大了，人也漂亮了，还有师兄送果子吃。"

穆雪正看着他们笑，冷不丁一位不知道哪座山峰的年轻弟子磨磨蹭蹭地走过来。

那位少年微红着面孔，结结巴巴对着穆雪道："师……师妹刚刚的战斗，我看了。真……真是令人叹服。"

他说了半句话便说不下去，只把手里一枚艳红的果子硬塞给穆雪，匆匆忙忙跑了。

随后又来了一位年轻的师兄，这位师兄倒是比较洒脱，大大方方递给穆雪一枝开得正盛的山花："在下清虚峰玄机，十分倾慕师妹，希望能做个朋友。"

穆雪抱着怀里的花和果子，眨了眨眼，一时愣住。

虽然都是修行中人，但这些年轻的弟子，无论如何还是血气方刚的少年。正是知好色，则慕少艾的年纪。在热血沸腾的战斗中，倾慕上什么人，都是很容易的事。

山中修行清苦，每十年一次的大比是年轻弟子们最热闹的盛事。因而每到这个时候，都会有不少年轻弟子借着热络的氛围，给自己有好感的同门异性送鲜花礼物。经年累月下来，几乎已经成为一种风俗。

大比的赛场上，人气高涨的选手收到的花果有可能多得双手都拿不过来。

穆雪捧着收到的果子和鲜花，被朋友和师兄师姐们取笑了一通。

山里正是春季，桃花开得很艳，粉红的花瓣被风一吹，落了她满肩。

这样收到别人送的鲜花水果的情形似曾在记忆中有过，只是从未进入过她的心里。

如今突然一并涌上心头。

"小山，昨天我好像带回来一篮烟家公子送的山梅，怎么不见了？"

"那些都生虫了，不能吃，我给丢了。"

"哦，这样啊。"

"师尊，这是我今天特意摘的葡萄，你尝尝看，甜不甜？"

"嗯，很甜。"

"还是小山摘的好吃吧？"

"嗯，小山的好吃。"

"小山，柳家的小公子前几日好像托人送来一盆幕夜菊，我正要拿它的花瓣炼成染色剂，怎么找不到了？"

"那些花大概是没养好，枯黄了看着难受，我给丢了。"

"哦，是这样啊。"

"这是我昨天去幽塘取的并蒂莲，师尊你看，花瓣炼出来的颜色是不是更为好看？"

"是，确实更漂亮。"

"还是小山的花好看吧？"

"对，小山的好看。"

当天的比赛结束之后，丁兰兰几人在穆雪的洞府中小聚。几个女孩之中，若论居住的宽敞舒适，没有人比得上穆雪，皆因逍遥峰过于地广人稀，偌大的一座高山，就住着几个人。

因而山上的每个弟子都有独立安静的大院子一座。

几年前穆雪的师父苏行庭给她挑了一个风光秀美、灵气充沛的所在，开为洞府，有天有地有庭院，里面被师兄师姐一起帮忙布置得舒舒服服的。

穆雪几人在回来的路上碰到骑着白虎的付云，付云顺手将赛场上收到的一大堆瓜果礼物给了她们。

每次只要出现在门派活动中，这位师兄总能收获大量倾慕者硬塞过来的礼物。

丁兰兰几人聚在穆雪的院子里，一边吃果子，一边翻看这一次进入决赛之人的名单信息。

"云师兄看起来高冷，其实还挺平易近人的嘛。"丁兰兰吃人嘴短，不好意思再说付云冷若冰霜不好相处。

"师兄本来就是个很温和的人。"穆雪在和圆子分着吃藕粉糕，嘴巴塞鼓了说话都含含糊糊。

夏彤整理出来所有进入决赛选手的资料，把它们摊在桌面上给穆雪和丁兰兰看。这一次大比，穆雪和丁兰兰都进入了决赛圈。

"从预赛看起来，铁柱峰出现了好几位攻击能力强大的师兄，特别是他们练的那个金刚不坏法门，水火不侵，无惧刀刃，十分麻烦。"夏彤把那几位铁柱峰师兄的资料递给穆雪。

或许和从小的生长环境有关，夏彤从进山门的第一天起就特别喜欢打听八卦消息，收集各种资料。这样的性格随着年纪的增长，倒成了她个人的一大特色。

"还有这位御定峰出来的师姐，一手奇门遁甲玩转得出神入化。"夏彤把另一张纸递给丁兰兰，那上面密密记载了那位师姐所使用过的武器、功法和各种术法招式。

丁兰兰认真看着那页资料，思索起自己如果在决赛时遇到这个对手，应该怎么应对。

"不过最强大的对手，我觉得还是我们峰的萧师兄，小雪虽然胜了他一次，但属于突出奇招取胜。难保决赛的时候，他对你那一招思索出了应对之法，还是要小心。"夏彤说道。

穆雪嗯了一声，接过萧长歌的资料去看。

"还有一个人，"夏彤犹豫了一下，拿出一张绢纸，"清净峰的卓玉。就是那位'流火遍野'之人。虽然大家都对他的评价很不好，但我知道这个人的火系术法分外霸道。你们一定要小心。"

圆子伸过头来看那张纸上的画像。

"哎呀，我见过这个卓玉，听说他修行特别刻苦，每天风雨无阻地埋头苦修。有一次我大晚上去清净峰帮师尊送东西，还看见他冒着雪在练习术法呢。"

穆雪也抬头看了一眼："'流火遍野'？啥意思？"

"不知道。"

"我也不知道，只说是不太好的意思。"

她们这里议论着"流火遍野"，却不知道，在离她们不远处，逍遥峰主苏行庭面对着来访的掌门丹阳子，也正巧提起了这个人。

"就是当年金蝶问道出'流火遍野'，被评为失于狂悖的弟子吗？"苏行庭说着话，给掌门斟了一杯茶，"我记得那时候大家都不愿收这个弟子为徒，本来要留他在外门。还是掌门师兄你怜他天赋绝佳，最终收入了您的清净峰。"

归源宗掌门丹阳子捻着长长的胡须，感慨道："我知道大家排斥卓玉那孩子，是因为从前那件事。可我始终认为，不应以固有的印象，去给一个如此有天赋的孩子定了性。"

苏行庭："但倒也不能怪大家，当年徐昆师兄入门之时也是类似的流火境。后来他于魔灵界叛逃，连累不少师兄弟们送了性命。我那时虽然还年轻，但也记忆深刻。那一批进魔灵界的师兄只怕更是难以忘怀。在我看来，还是不让那孩子参加大比的好。"

"唉……话是如此。"丹阳子叹道，"卓玉那孩子自拜入我的门下，日日起早贪黑，勤修苦练。无非是因为这些年听多了流言，怕别人指责我老眼昏花，收错了弟子而已。因此一心想要证明自己。这一次如果刻意把他从选拔中筛下来，不让他参加大比，剥夺他去魔灵界的资格，只怕会伤了这孩子的心。"

苏行庭低头思索片刻，笑了起来："掌门心胸宽广能容万物，倒是让师弟我佩服。只是他人都笑话我逍遥峰护短第一名，看来我其实并比不上掌门师兄。"

年迈的掌门白花花的眉头下眼睛眯了起来："谁来和你开玩笑，我这是来请你占一卦，好安安我的心。"

苏行庭便放下茶杯，取出那枚卵中天地，几番倒转之后，看那天地中三枚小小的金钱缓缓落定，尘埃落定，他看了卦象半晌开口道："我想师兄说得很对，我们不应以前人之心定后人之性，不应以未行之事锁他人之罪。"

穆雪送走了丁兰兰几人，顺着庭院的回廊往屋里走去。

山间的野桃花开得很盛，被风一吹，如乱雪一般飞进庭院中来，落在回廊木质的地板上。

看着那些纷纷扬扬飞舞的花瓣，让她不由得想起记忆中那总是落着雪花的庭院。

一别又过去十年。这十年里，她没有听到魔灵界传来任何关于岑千山的消息，只是时间并没有冲淡心中的那份牵挂，反而如醇酒，愈久弥香，随着时间发酵，越发萦绕心间，挥之不去。

也不知道这些年他过得如何。是否依旧伶仃？是否还那般自伤自苦，不会照顾自己？

穆雪知道岑千山手中有一个可以招魂摄魄的神器。虽然离魂远去十分危险，她也曾经烦恼过此事，总想着如果铃声再响，自己是否该离魂前去应约。

但不知道为什么，十年的时光过去了，那期待中悠悠响起的磬音，始终没有传来。

魔灵界内，浮罔城的旧址。

飘着雪的院门被推开，风尘仆仆的男人顶着斗篷走了进来。

庭院中小小的傀儡千机听到动静，举着细细的手臂，飞快跑过落雪的庭院迎接主人归来。

"主人回来了，主人辛苦了，这一趟可有收获？有找寻到什么去仙灵界的办法了吗？"

岑千山没有接它的话，弯腰伸出手，让它跳上掌心，任凭它顺着自己的手臂一路爬上肩头。

"家里怎么样？"他开口问道。

"都很好，小机把家里照顾得很好。"千机回答。

"有没有什么人……来过？"

"没有人来呢。我们家不是向来没人敢来的吗？"

岑千山闭住了嘴不再说话。

这些年千机总觉得主人有些奇怪。

每一次外出，他都不再像从前一般随身带上自己，而是交代自己看家，守在家中等着有没有什么人来拜访。

能有什么客人来访呢？

自己在这个家已经待了上百年了，家中何时来过什么人？即便是那些出钱雇佣主人帮忙的人，也只敢远远地把拜帖投放进巷子里固定的信箱中。

千机有时候觉得，主人之所以会有这样的行为，根本不是想要自己看家，而是产生了那种人类才具有的"喜新厌旧"的情绪。

它琢磨研究着储存在脑海中的关于人类习性的资料，发现人类一旦遇上那些新鲜的"妖艳贱货"的时候，就会将曾经陪伴自己多年的"糟糠之友"给撇在一边。

自从十年前，主人前往东岳神殿遗迹时带回来一个新的铁皮人之后，就把对自己的大部分的喜爱，转移到那个家伙身上去了。

主人时常看着那个铁皮人发呆，不仅细心为它维修改造身体，去哪里都带着它，连睡觉都要将它放在床头，还亲自给它起了个特别好听的名字，叫作小丫。

这个名叫小丫的家伙，除了外表长得还行，内里一片空空，只是个最基础的铁皮玩具罢了，简直毫无用处。尽管主人小心翼翼在不破坏它外部结构的情况下，给它身体里安装上了驱动系统，它也还是只能呆滞地执行一些简单的命令。既不像自己这样强大，也没有自己这份聪明敏锐。

真不知道主人看上了它哪里。

岑千山跨过庭院，进了淋浴用的水房。不多时间，水房内传来哗哗的洗浴声。

新傀儡小丫双手捧着干净的毛巾和替换用的衣物，乖乖地站在门外的台阶前等候。

千机左看右看，悄悄摸到它的身后，伸缩自如的细长小腿突然变长，把呆愣愣的小丫绊了一下。眼看着它一路从台阶上滚下去，千机哈哈大笑，迅速地捡起了主人的衣物，得意地顶替了小丫刚刚的位置。

岑千山从水房内出来的时候，就看见千机高举双臂，顶着自己的衣物在水房前的地板打着转四处逃跑，它的身后追着呆头呆脑的小丫。小丫茫然地举着小小的双手想要夺回属于自己的任务。

"还来，还来，还给我。"

"不给，不给，就不给。"

岑千山也不管它们，顺手从千机手上抽走了白色毛巾，赤着上身坐在回廊的栏杆上，擦拭自己微长的头发。擦干头发和身体之后，他从乾坤袋里取出伤药，开始处理自己身躯上在外出战斗中留下的伤口。

千机的脚步停了下来，终于被小丫抢走了顶在头上的衣服。

这十年主人真的变了很多。千机心里想道。

从前主人可不会这样。每次从外面回来，不是发呆看雪，就是拼命修行，伤得再重也都懒得照顾一下自己，衣服再破也懒得更换。

如今，他会好好吃饭，好好洗澡，还会好好处理自己的伤口，无时无刻不把自己打理得清爽利落、干干净净，就好像在等着某个重要时刻的到来。

主人本来长得就俊美，这样一收拾起来，每每走到热闹之处，不时会有女子壮着胆子上来搭讪，更有不少人嘻嘻哈哈将自己的手绢、香包丢进主人的怀中。

人类是很肤浅的生物，只因为外表，她们似乎就可以忘记主人曾经的凶残之名。

岑千山并不知道活了上百年的小傀儡在想些什么。他包扎好自己的伤口，披了一件外套在肩头，把湿发抓到脑后，取出了一个小小的紫金龙纹引磬放在手中缓缓摩挲。

这一个引磬，十年来他不知道取出来了多少回。翻出来又收进去，收进去又翻出来，几次按捺不住想将它敲响，都生生咬牙忍住。

"好不容易拿到了完整的东岳神磬，为什么不敲响它呢？"小千机转到主人身边，不解地问，"我们就敲一次吧？这样穆大家就会回家来看看我们。"

岑千山的拇指反复摩挲着引磬的击槌和木柄，始终一言不发。

但千机知道，自己说的就是主人此刻心底最想做的事。

看吧，在这里只有我能贴心地陪主人说话。那个没用的家伙只知道呆呆顶着衣服而已。

只可惜主人沉默多时，最终还是摇了摇头："生魂离体，有害无益。"

千机劝说："可是主人都没和穆大家见面，这么多年了，万一穆大家也喜欢上哪个'妖艳贱货'，把主人你这个'旧人'给忘了怎么办？"

岑千山苍白的手指，一下攥紧了。

一旁的小丫伸出细长的手臂捅了千机一下："你说错话了。"

千机不服气："怎么可能，我最了解人类了，我肯定不会说错话的。"

第四十七章

元神出游

千机的话刚刚落地，身边的主人突然站了起来，他那强大的灵力沿着庭院的地面一阵鼓荡，激起飞雪乱舞。

小丫虽然不明白发生了什么事，但它本能地感到一阵畏惧，下意识地后退了两步。

主人面上的神色似委屈又似愤怒，似乎很痛苦又仿佛含有别的意思，让它无法分辨。它来到这个世界不过十年，对人类只有一些模模糊糊的概念。但它依稀有一种敏锐的感觉，知道自己这位情绪向来很少波动的主人这次是生气了。

庭院中心地面上的青砖向两边退开，一个秘银勾勒的繁复法阵从地底缓缓升起。岑千山以血祭阵，赤红的鲜血蜿蜒流入银白的法阵中，激起秘银独有的冷沁之色，使得整个庭院笼上一层幽暗的蓝光。

东岳神磬的磬体被灵力操控，悬祭在阵眼中。岑千山苍白的手指持着紫金磬槌，一下敲在了那绘有云龙布雨纹的磬钵上。

叮的一声轻响，如潮水般的声波在泛着幽幽蓝光的庭院中铺荡开来。

那声音冷冰冰地从人心上淹没过，远远向着幽冥深处流去。

一声之后，持着磬槌的修长手指就凝固在了空中，红色的血液沿着他苍白的胳膊不断滴落在雪地里的法阵中。但他的手臂却仿佛被石化在了半空，久久也没有敲响第二次。

最终他笑了一声，抬手把那价值连城的紫金神器丢在雪地里，转身走回昏暗无光的屋内。

"主人，敲一下是没有用的。"千机追着向前跑了几步，喊了他的主人。

上一次，他们不知将这个神磬敲响了多久，主人流了那么多的血，穆大家的魂魄才在最后姗姗而来。

像今天这样只敲一声，能有什么作用呢？白白浪费了开法阵的灵石和那些鲜血。

"从前，我承欢师尊膝下，事事仰仗师尊护着我。"主人背对着它们走进屋内，似笑非笑的声音远远传来，"时至今日，若是还让师尊承担风险迁就于我，我岂不是白长了这么些年。"

他慢慢在屋子里那已经不太合身的小床上蜷缩着身体躺下，自言自语道："没事的，没关系。我必定能找到去仙灵界的办法，我很快就能再见到她了，不过是多等一些时日而已。"

千机小小的脑袋来回翻转，反复变换面孔，最终翻出了一张狰狞凶狠的脸孔："那也行吧，就让穆雪主人自己先玩个几年，等我们过去了，再把她身边的那些莺莺燕燕不动声色地解决了就好。"

主人背对着它躺着，一动也不动，一句话也没说。昏暗的屋子静寂无声，仿佛融在黑暗中的那个人类已经陷入了沉睡。

逍遥峰上，穆雪坐于落英缤纷的庭院之内，运转多年修习的胎息诀。

体内黄庭之中，龙虎各自相安，外息渐弱，气穴中生出胎息，胎息逐渐变得绵长细微，内引神气在此相合，外感天地阴阳灵气。

天幕之上斗转星移，众星拱卫。

就在这时，突然不知道从何渺冥之所在传来悠悠一声磬响。

那声音冰凉凉、冷清清，带着一股从异界而来的思念之意，在天地间铺荡开来，淹没了穆雪的端坐之身。

但那声音来得快，却也去得快，如潮水般迅速退走，只响了这么一声，不再有续。

黄庭之中星辰停滞，水波无痕，静悄悄的一片，仿佛刚刚那一声轻响不过只是无端的幻听。

黄庭之中，穆雪的元神睁开了眼睛，抬头看向远方，心湖之中的那只水虎同时从湖水中抬起湿漉漉的脑袋来，和她看向了同一个方向。

千机和小丫并排坐在木质的回廊边缘，看着落雪的庭院，四只细细的小脚从木地板伸到外面，来回摇荡。

身为傀儡，它们既不怕严寒，也不思睡眠，可以用大量的时间来思考和挥霍。

千机给小丫念自己总结的，关于人类行为的各种解释："他们说自己已经不是孩子，其实正说明他们的内心还依旧稚嫩，想要得到孩童的待遇。"

小丫对它的话语没有什么回应，只发出一些意义不明的吭哧声响。

但这并不妨碍千机继续说下去：

"主人说自己已经不是当年的孩子，正好说明他还渴望着和当年一样朝穆大家撒娇来着。所以这个时候我们应该……"

它的话没有说完，因为小丫突然伸出手臂，不停地摇晃它。

千机顺着小丫的视线抬头看去，方形的下巴突然咔滋往下掉了一截。

在它们面前的雪地之上，聚魂阵依旧流转着微弱荧光，此刻，原本空无一物的阵眼中心站着一个人，或许应该说是人类的元神——她正低着头，看法阵上那些斑斑点点赤红的血迹。千机几乎能听见她的一声叹息。

那人不像是上一次来的时候那样，只有一团混沌无形的光体。

此刻的她神魂稳固，温暖的半透明光体有了明显的人类特征，可以清晰地看出是一位年轻的女性轮廓。

那暖黄色的元神看着地面的法阵片刻，移动身躯来到两只小傀儡的面前。在千机目瞪口呆的目光中，她弯下腰伸手在它们俩的脑袋上摸了摸。

一股温暖的触感透过脑袋上的铁皮传来，是那样真实，这个人类的元神已经不像上次来的时候那样虚无缥缈，已经修行到可以以神识御物的程度了。

千机的心中升起一股强烈的熟悉感，仿佛在很久以前，这只手无数次地这样抚摸过它的脑袋。自己一度被天雷撕为碎片，重组之后再也没有曾经的记忆，可为什么心底还会遗留着这样的感觉呢？

心？难道我也有心的吗？

那人摸了它们之后，直起身来，向着屋内走去。

千机懵懵懂懂地想要跟上前，被小丫从后面拉住了。千机转过脑袋，看见小丫在身后冲它不断眨眼睛，又摇摇头。

等它再转回头去，就看见穆大家的元神已经进入了屋内。那一团温暖的黄光，照亮了昏暗的屋子，照在了主人蜷缩着沉睡的身躯上。

那人站在主人的身边，低头看了沉睡中的主人许久，挨着床沿坐下了。

岑千山睡得很香甜，似乎已经有很长很长时间，他都没有得到过这样安心而舒适的睡眠了。

在睡梦之中，师尊和从前一样，坐在自己的床边，轻轻摸了一下自己的脸，缓缓拍着他的后背。

那样真实的触感一点一点地透进心中，混沌了岁月，忘记了流年。他感到自己整个人浸泡在一片温暖的泉水中沉沉浮浮，是那样放松、安逸，前所未有地舒心。

半梦半醒之间，他微微睁开眼，看见师尊坐在桌前，叮叮当当制作着一件法器，雪光透过窗户斜照进来，给师尊周身都镀上了一层柔和的微光。

原来那可怕的一切，都只是梦啊。师尊并没有死去。

自己似乎做了一个冗长而可怕的梦。梦里的世界他不愿回想，那里有太多的心悸，太多的孤独。

幸好，都只是梦而已。

师尊不还在这里吗，她明明一直都在我的身边。我们有很长的时间，可以永永远远地这样相处下去。

岑千山松了一口气，安心地陷入梦乡之中。

天光大亮的时候，沉睡中的岑千山骤然惊醒，一下从床上翻身而起。

他的双目茫然，有些不知今夕何夕，目光迷茫地从桌前空无一人的椅子上扫过，再四处打量了一番，落在不远处的一对小傀儡身上。

小傀儡们一齐冲他点了点头，岑千山睁大了眼睛。

"来过了哟，她来过了。"

"嗯呢，是她，穆大家，穆大家昨夜来过了。"

"她在主人的床边坐了很久。"

"她还把你一直摆在桌上没动过的那个法器完成了。"

器械声音欢快地响起，小傀儡们争相说着话。

岑千山站起身，慢慢走到了那张沉寂了百年不曾有人坐下过的桌子前。

今日是难得一见的晴天，明亮的日光透过窗照在桌台上。在那桌面上摆放了漫长岁月，一直不曾完工的法器被某个人动过了。

有一个人，用熟悉的技法，将那差一点点就可以做完的半成品收尾，让它跨越了时光，终于成为一件完完整整的礼物，静静地摆放在阳光中。

那是一条具有储物功能的项链，黑色的绳索隐隐浮现着精细的暗纹，吊坠是一块红玉。赤红的玉石有如一滴血泪，被雕刻成一条盘踞云端的红龙，红龙被照在日光里，透出梦幻似的光影。

岑千山伸出手，慢慢拿起那条项链，举在阳光中看了又看。他颤抖着手臂，不知试了多少次，才终于成功把简单的吊坠戴到了自己的脖颈上。

冰凉的红玉贴在胸前的肌肤上，凉意穿心而过。

堵在胸口之中百年的煎熬痛苦，就被这样的一点冰凉给抚慰了。

千机和小丫悄悄退出屋子，开始收拾庭院。千机捡起那条主人用过的白色毛巾，丢进小丫手里捧着的竹筐里："难怪主人每天都把自己洗得干干净净的，原来是特意等着穆大家来的这一天。"

"原来如此。"小丫转过脑袋。

仙灵界。

逍遥峰上，一团白云从半山飞出，载着意气风发的少女呼啸而过。

乘着飞叶的叶航舟从后面追了上来："今日决赛，师妹倒看起来神清气爽，特别兴奋啊。"

坐在映天云上的穆雪，迎着山间的晨雾大声回答："是啊，师兄，我想快一点参加比赛，早一点取得胜利。"

叶航舟在风中笑道："那么心急，是急着想拿到大比奖励的法器吗？"

"是的，我想要奖励，大比带来那个机会。我已经等了好久，想想真是令人高兴。"

山风撩起穆雪的鬓发，她愉悦而兴奋的声音顺着风传来。

红衣少女乘坐在白云之上，慢悠悠地飘进赛场，有如花开照水，沿途引来议论纷纷。

两日前，穆雪来参加预赛的时候，大部分人提到她还是某人的附属。

"逍遥峰苏峰主最小的弟子，仗着师父给的法宝而已。"

"云中君的小师妹，不过靠着师兄护短。"

"妙手香厨苗红儿的师妹，也不知道有她师姐当年的几分风姿。"

但这一次过来，大家对她的称呼悄悄地发生了改变。

"看到没，就是雪里花开的那位。"

"来了来了，逍遥峰张小雪。"

"踌躇花开红照谁，懊恼天仙应如此。这位师妹好风姿。"有师兄酸溜溜卖弄文采意图吸引穆雪的注意力。

"又煞又美，我好喜欢小雪师姐，师姐加油啊，你的迷妹在这里！"也有年幼一些的师妹冲穆雪拼命挥手。

预赛中十连胜出了风头的穆雪，自然各种底细都被对手们翻出来详细解读了一遍。她金蝶问道时雪里花开的心境，也就在门派里传开了，花开照雪成了她独有的代称。

丁兰兰已经在赛场等她了，看见她从映天云上下来，冲她招了招手。

穆雪走了过去，握住丁兰兰的手，发现她的手心微微发汗。

"很紧张吗？"穆雪问她。

"有……有那么一点紧张。"丁兰兰推她看前方的擂台。

这一次的擂台四角皆有几位师长飘浮在空中守护，并布下空间法阵，使得看上去不大的擂台实则有着可以肆意施展的开阔空间。

"小雪，你知不知道，我从三岁起，就开始修习道法了。"丁兰兰握着她的手，看着眼前的四方擂台，"那时候，整个家族的人都捧着我，说我天赋绝佳，是家族的希望，我也就真的觉得自己挺厉害。为了让自己显得更厉害一些，从小开始，家里的姐妹们都出去玩耍的时候，我就一个人关在屋子里打坐。大家都早早入睡的时候，我还点着灯背着桌案上成堆的书籍。我觉得自己既刻苦又聪明，当是顶顶厉害的人了。"

"是呀，兰兰师姐你本来就是个很厉害的人。"穆雪鼓励她。

丁兰兰笑着推她一把："直到进了山门之后，我才发现这个世界上天资好的孩子竟然如此之多。我既没有萧长歌的天赋，也比不上卓玉的那份勤勉刻苦。所以我挺紧张的，怕自己比不过大家。"

"但我现在想明白了，我过去这十几年的人生，全都花在修道这一件事上了，这次大比，就是对我过往成绩的一种检验。不论对手是谁，我只要全力以赴就好，没什么好怕的。你说是不是？"

丁兰兰的手心带着汗水的潮意，双眸却清澈而坚定。

穆雪回握她的手，学着丁兰兰平日里的样子，轻轻捏了捏她的手掌，作为认同对方的答复。

穆雪第一场的对手是一位铁柱峰的师兄，大高个，肌肤黝黑，铁塔一般的身躯。

他站上台来，看见穆雪方当及笄的年纪，如描似削的身材，自己先笑了。

"你这样的小师妹，受不得我一拳，可怎生比得？不如你自己认输下台去，师兄回头也买些果子给你赔个不是，倒也两厢便宜。"

穆雪并不回话，笑盈盈地摆了个起手式。

那位师兄叹气摇头："恁地这般固执不听话，那可就怪不得师兄我了……"

他看起来憨厚，人却不傻，一句怪不得还没说完，周身肌肤便泛起一层有如金属一般的浅浅金色，那金色的拳风挟着飓风直袭穆雪面门。

只是出乎他意料之外的是，那位看似文静的师妹却没有施展任何术法，而罕见得和自己一样使的是拳术，还是一套最为基础常见的"三十六路擒蛇手"。

这套拳法并没有任何稀罕之处，无非摁、削、锁、拿几个招式。别说是修真人士，便是民间寻常武夫都广泛习得。

但就是这样再平凡不过的拳法，穆雪施展起来却似流风之回雪，如行云之流水。明明动作看上去不快，白生生的小手却变化万千，迅捷如电，让人无法捕捉。

铁柱峰的师兄不过同她过了两三招，那包裹着灵气的小手已经借机绕到后肩，化指为爪，既精准又迅猛地在他肩头最脆弱的关节处一抓。

空中传来金属相撞般的一声闷响。

二人各退几步，铁塔一般的师兄只觉肩膀关节一阵生疼，若不是多年苦修金刚不坏之身，就这股分筋错骨的巧劲势必要使他手臂脱臼，关节错位。在自己最拿手的体术上和年纪小小的师妹碰了个旗鼓相当，他的面色终于变得凝重了起来。

那位名叫张小雪的小师妹揉了揉自己发红的手指头，不太满意地摇摇头："果然光凭拳术，还破不了金刚不坏之身。"

随后她白皙的手背有一道红色的文身亮起。那位铁柱峰的师兄这才想起了几日前依稀听过的某种传说，他还来不及做出反应，一条红绳如灵蛇出洞，以肉眼分辨不清的速度化为残影，瞬间飞射到跟前，将他从上到下捆得结结实实。几只小小的傀儡从地底冒出，举起被捆成粽子的他就往擂台的边缘跑去。

他浑身亮起夺目的金光，全力施展修为挣扎，无奈那看似柔韧的红绳却紧紧捆束，丝毫不能撼动。他张嘴哇哇大叫："等等等……这绳子是什么做的，怎么连我都挣不开？犯规，裁判，她犯规！"

周边围观的人早等着这一幕，哈哈大笑了起来。

"程大个，又犯懒了吧？比赛前也不先打听打听，这位可是逍遥峰的师妹。不仅法宝厉害，体术也不差你。"

逍遥峰白顶着逍遥之名，自古以来却专出骁勇好战的狠人，不是善刀剑，就是拳脚厉害。如今他们的大师姐苗红儿还是宗门内体术第一人。另外他们的师父还分外护短，法器不要钱似的赏赐下来，恨不能将座下每一个弟子保护得密不透风。

穆雪不负众望，连接着得了两场的胜利，一时间"雪里花开"之名更胜。围观她比试的人群，从开始的寥寥数人，很快变得多了起来。

从擂台上下来休息的穆雪，分开人群往外走，正巧看见圆子脸色苍白，一路急忙地飞奔。

穆雪挡住了她："怎么了？"

圆子连连跺脚："快放开我，丁师姐受了重伤，我正要回去告诉丁峰主。"

穆雪抬腿向丁兰兰所在的擂台跑去，正好看见浑身被烟火熏得焦黑的丁兰兰被人用担架抬了下来。

夏彤紧跟在她身边，一边掉眼泪，一边全力施展自己这些年苦修的润物诀，为她减轻痛苦。

虽然大比难免受伤，但毕竟都是同门，下手都有分寸。伤得这么重十分少见，万幸的是没有性命之危。

担架上的丁兰兰看见穆雪，一脸委屈却还勉强笑笑："说了那么多好听的台词，结果还是输了啊。我们几个就剩下小雪你了，你一定加油啊。"

穆雪攥着她的手，抬头向擂台上看去。高高的擂台边缘，此刻站着一个男子，年纪不比穆雪大上多少，容貌本也算得上清隽，只是脸色阴沉，眼下青黑，显得十分阴郁。

此时，穆雪在看他，他也居高临下地看着穆雪。

"'雪里花开'？"那人淡淡冷笑一声。

自从进了宗门之后，在穆雪眼中这里的每个人都过于友善，以至于即便有一些不太友好的家伙，也大多会给自己披上一层和大家类似的外壳。她来了这么多年，连个放肆的借口都没有。

想不到能找到一个这样直接散发着恶意的家伙。

自己今日算是有了好好舒展筋骨的机会，穆雪搓了搓自己一双干净得过分的手，在心底轻轻哼了一声。

四周的看台之上十分热闹，彼此熟悉的弟子相互打着招呼，挨挨挤挤插空找到位置坐下。

擂台上即将进行的这场赛事备受瞩目。新一代弟子中的天之骄子——"雨泽施布"萧长歌将对战那位饱受流言非议的"流火遍野"卓玉。

此时，萧长歌的立身之处，植被丛生，绿意盎然，空中大雨瓢泼，而卓玉所在之处却截然相反，烈焰冲天，烽火怒燎原。

擂台正中水火相交之处，火光触金流铁，水龙郁勃冲天，战况激烈，蔚为壮观。

"小雪，这边。"看台上的苗红儿招手喊穆雪，在自己身边给她腾了一个位置。

"怎么才来？这两人有一位可是你下一场的对手，你该提前来看一看他们的战斗习惯。"苗红儿拉穆雪坐下，把拿在手里的油纸袋递过来，里面是沾着黄豆面的驴打滚，"之前的战斗有没有受伤？抓紧吃点东西，调息一下。"

"我没事，倒是丁兰兰受伤了，我送她回去一趟。"穆雪捻了一个层次分明的小卷子塞进口中。

甜，香，软糯，入口生香。

"真好吃，再给我一个。"她鼓着腮帮，从苗红儿的袋子里又拿一个，口里心里都是满满的满足感。

穆雪突然发现，自己不知道从哪一年开始，已经可以这样安心随意地吃着师姐投喂的点心了。

已经不用再担心有毒了吗？

她微微愣了愣舔了舔手指上沾着的黄豆面，把目光投向赛场之上。

在更高处专门为师长们准备的看台上，各主峰不少金丹期修士也陆续到来，等着看他们名下进入最终决赛的弟子们的表现。

苏行庭站在玄丹峰空济身边："玄丹峰的这孩子当真是栽培得好，不仅在炼丹术上天赋极高，更是连术法修为都这般出众，可真算得上十分难得了。"

空济得意地挺了挺脊背，向来严肃的面容也难得地露出了一笑："我们玄丹峰弟子，主修丹术，比武斗法不过是细枝末节，凑合能看就行了。你家的那位女娃娃不是更出风头吗？"

"欸，你知道的，我们逍遥峰的孩子都是野生放养长大的，胡打蛮摔惯了，一个比一个能打架。"苏行庭展开手中折扇，微微扇了扇，哈哈笑道，"都和她说了对师兄弟们要手下留情，不用总想着给我争面子，就是这么不听话。"

空济被他这嘚瑟的性格气到了，不满地从鼻孔里哼了一声。

另有金丹期修士们挨着头悄悄议论。

"那个，就是那位流火遍野的弟子吧？"说话的人露出一脸鄙视的神色，"真是狂悖又凶残，一看就不是什么好货色。真不知道掌门为什么非要收他入门。"

"嘘，小声些。"另外一人看了眼坐在高处的掌门，压低了声音，"掌门就在那儿呢。"

"有什么好小声的。想想当年徐昆也是类似的境界，因他枉死了多少师兄弟？要我说所有露出这种苗头的弟子，不仅不该收入内门，更应该废除根基，挑断经脉，赶回家去。"

身边议论纷纷。归源宗掌门丹阳子站在看台上，捻着长长的胡须，看着擂台上两个正在战斗的弟子。

他们都还那么年轻，二十岁不到的年纪，对修行之人来说，人生才刚刚开始而已。

一个春风化物，生机盎然；一个洪焰灼灼，烈火燎原。明明都是朝气蓬勃，各有天赋的好孩子，让他这样垂垂老矣的老人心生羡慕。

他还记得自己刚刚入门不久的时候，烛龙遍野，阳气郁勃的火系心境都是大受师长们喜爱的。可是到了如今，自打那件事之后，这些都被换了个不太好听的词汇，但凡和烈火相关的心境都备受人们的诟病。

他走过了漫长的岁月，已经到了夕阳垂暮之时。尽管顶着所有人的非议，但还是在重入轮回之前，决心尝试一次。

不为了别的，只想让大家知道，那些拥有赤纯而明亮火焰的孩子，并不能因曾经发生过的那件事而被全部舍弃。

希望在自己身后，宗门能不再像如今这般，在挑选弟子之时以固有的偏见待人。希望宗门的将来不至于错失越来越多的人才，将门派的道路走得窄了。

卓儿，是我给你肩上加担子了，只希望你别让为师失望啊。

白发苍苍的掌门眯着眼睛看向擂台之上。

战场之中，那位饱受诟病的年轻弟子卓玉抬起头，也正向着看台上望去。

师尊站在那高台最前端，白须飘飘，正看着自己。在他老人家身后的那群人，那些声名赫赫、法力高强的金丹期修士都在悄悄议论着什么。

不用听，卓玉也能知道他们说的那些话。

打从自己进入宗门之后，这些长辈看自己的眼神从来都是这样冷漠而充满着厌恶。

"掌门的心也太软了，这样的人都收为徒弟。"

"这个决定肯定是错误的。"

"看那个弟子把丁峰主的侄女都伤成那样，丁峰主居然也忍得住。"

"从小就不是什么好东西。反正从他入门起，我就交代我所有弟子不可同这个小子往来。"

这样的窃窃私语，十年来几乎无时无刻不围绕在他身边。他明明什么都没有做，流火遍野却成了一个耻辱的烙印，不仅盖在了他的脸上，更让本来受人尊敬的师尊都因自己而饱受非议。

卓玉看向擂台对面的敌手。

那个少年单纯、自信、眼神清澈，被守护在郁郁葱葱的绿植森林中心。

擂台四面，无数他的朋友和同门在为他呐喊助威。

雨泽施布，润泽天下苍生，注定生来就是一个受人尊敬之人。从进入师门的那一天起，就备受同门和师长的喜爱。

简直就是自己的对照面，站在烈焰中的卓玉想着。

进山门这么久了，他不曾交到过一个朋友，那些年轻的弟子总是远远地避开，朝着他的永远只有那些憎厌的眼神和恶意的欺负。

似乎所有的人都觉得自己这一把火，会烧毁破坏一切。有时候看着那些冷漠厌恶的目光，他的心底真的升起一股恶意，想要不顾一切地烧毁这世间令人厌恶的一切。

卓玉手掐指诀，道一声："风来。"

一个织就混沌流云的布袋出现在空中，袋身鼓鼓定于空中，袋口大张，平地刮起一阵狂风。

狂风倏起，石霾障天，一时间火借风势，熊熊而起，以摧枯拉朽之势直压得对面的雨境不断后退。

"混元袋？"

"掌门居然把混元袋赐给这个小子。"

"可恶，凭什么这样狂荡险恶之人，竟然还能得到师长的馈赠。"

"太不公平了。"

旁观的众人，一时间议论纷纷。

擂台之上的萧长歌眼见着对面滚滚热浪逼来，自己无论如何催动雨势也无法遏制那浓烟烈焰。

只得双手一合，祭出了一顶灵光靡靡的宝鼎。

端坐在看台上的空济看徒弟出了宝鼎，哼了一声："一个两个都靠着法宝占便宜，欺负我玄丹峰内没有法宝吗？"

"所以连金光鼎都赐下去了，你这也算是出血本了。"苏行庭摇着扇子笑话空济。

只见那金光鼎外壁灵纹灿然，金光灿灿，奥义无穷，在空中旋转一圈，放大身形，狠狠地往擂台中心这一镇，鼎身的篆字如丹蛇一般游动起来。

擂台之上的漫天大火瞬间被这炉鼎一收，全都收了炉鼎之下，任凭那边风势火势再大，也无法越过金光鼎，向萧长歌逼近。

萧长歌眼看着金光鼎克制住了混元袋，刚刚要松一口气，对面的熊熊烈焰之中，已经穿出了一个身影，那人面色阴沉，向着自己直冲而来。

以萧长歌往日修行练习中得到的认识，同门之间的斗法本应和近身搏斗没什么大关系。毕竟都是修行之人，按规矩都是互相拉开一个礼貌的距离，你一招法诀，我一个法术，你来我往，直至分出高下才是体面的斗法。

谁知此次参与门派大比让他大开了眼界。

他第一场的战斗遇到的便是逍遥峰那位刚刚满十六岁的小师妹。年纪小小一身红裙的师妹出手和她的年纪却毫不相衬，该近身近身，该骗人骗人，一点没有手软，让他被当众丢下擂台，算是使他大开了眼界，长了记性。

如今这位掌门的高徒比那位师妹更加凶残，手臂燃着烈焰，眼中气势汹汹，同样一副要和自己拼命的模样。

那人来势极快，眨眼间已经逼近眼前。

萧长歌手掐剑诀，迅速后退，身影隐没入一株巨大的榕树之后，周围的树枝化为一根根尖锐的木刺，逼向来犯的卓玉肩头。

两人之间已经离得很近，隔着榕树那些摇摆的根须，萧长歌可以清晰地看见对面那人的双眼。那人眼下沉着黑青，双眸燃着澎湃的战意，恶狠狠的神色让他觉得心惊。

这样下雨的森林明明是自己的主场，身边的树枝已经化为钢铁长矛，尖锐的枪尖几乎已经要刺穿对手的肩头，但那个人竟然丝毫不退。他那在雨中燃烧的手臂冲断层层防护直抓过来，竟是抱着他的肩膀被刺穿，身负重伤也要抓到自己的决心。

萧长歌在那一瞬间几乎蒙了，他自上山以来，主修的是炼丹术，那是炼制外丹，协助同门提升修为，救命助人的道法。就算修习体术之时，同门之间的切磋也从未如此拼过命，见过血。

他在那一瞬间迟疑了，无法控制着那些尖刺就这样刺穿同门师兄的身躯。他可能只迟疑了一瞬之间。但这位被呵护着长大的玄丹峰弟子不知道战场之上，一瞬间的犹豫可能决定的就是生死之别。

卓玉滚烫的手臂已经抓到了他，把他一下按进了满是雨水的地面上。

萧长歌只觉被一股大力按在地上，手臂被狠狠扭转到身后，后腰的命门和脖颈的大椎穴都被人制住。周身灵力无法运转，失去了反抗的能力。

"认输。"一道冷漠的声音在他身后响起。

"不，我不认输，这不公平。"萧长歌莫名犯了倔，"明明是我先停了下来。"

"谁和你说公平？这个世界上哪里有什么公平。只有胜者才有说公平的资格。"卓玉一把将手下之人的脑袋按进水潭中。

在擂台之上，一方承认失败，陷入昏迷，或是被丢到场地之外，才算得上这场战斗的结束。他不敢松开手下这个人片刻。但他也不得不承认这个萧长歌是一位难缠的对手。

如果自己松开手，他没有把握自己是否还有机会制住他一次。

"如果认输，就举手示意，否则我活活淹死你。"卓玉咬牙切齿道。

为什么就不肯认输？你不是性格最温和谦虚的老好人吗？为什么偏偏在这个时候和我对着干？

手下之人拼命挣扎，死活不肯举起唯一能动的手表示投降。

一道流火从场外的看台上落进擂台，来人推开卓玉，把埋在水里的萧长歌拉了起来。

此人正是萧长歌的师父，玄丹峰主空济。

"有没有事？"他问自己呛了水的徒弟。

"没……没事。"萧长歌勉强站起身，一边咳嗽一边摆手。

空济眼睑上那道丑陋的刀疤颤抖着，厌恶地盯着眼前的卓玉说道："简直和当年那个败类一模一样，真是个令人恶心的东西。"

他提起自己的徒弟，御器离开擂台，留下一句："算我们输了！"

观众台上，响起了一阵低低的议论声。

擂台上的胜利者没有得到喝彩，也没有掌声，孤零零地站立在那里。

"怎么样，卓玉是你下一场的对手了，你讨厌这个人吗？"苗红儿侧身问穆雪。

"不讨厌啊，有什么好讨厌的。"穆雪不明白看台上这些人的想法，"斗法嘛，本来就是各出手段。规则之内怎么赢都算赢。何况这只能怪那位萧长歌太没战斗经验了，按我看他这样的迟早是要输的。"

"哟呵，你倒挺想得开。不过这个卓玉是个狠人，你一会儿小心点。"

穆雪就笑了。他伤了兰兰师姐，正好下场比赛是他，这笔账总算可以现结了。

"还笑，就你不怕，"苗红儿伸手挠穆雪的痒痒，"一点都不知道天高地厚的小丫头，怕了没？"

"怕了。"穆雪挽住苗红儿的胳膊投降，抬头看着擂台上那个孤单站立的身影。

如果不是今生遇到了师父和这些师兄师姐，自己可比那个人更狠，更不知世间种种温情为何物。

第
五
十
章

怒雪战火龙

浮罔城内，牛记食铺的门帘被人掀开。

身着黑袍的岑千山走了进来。

架着脚正在柜台后闲坐的牛大帅一下跳了下来，把他拉到了一边。

"你给的灵石都花了，终于打听到了那边的一点消息。"他左右看看无人，小声附耳道，"听说好多年没动静的御行大阵就要开了，那边但凡有名望的门派近日都在选拔优秀弟子，准备派遣到咱们这儿来试炼一番，猎取天材地宝回去呢。"

岑千山一下抬起了脸。

牛大帅兴奋地搓着手："怎么样，你觉得这一次穆大家会不会主动过来。"

他给坐在柜台前的岑千山倒了杯热茶。

岑千山面上没什么表情，手指却连动了两次才将杯子握稳了，还差点把水给洒了。

"你别紧张啊。"牛大帅急忙说，"你这样搞得我也跟着紧张起来了。"

坐在他对面的岑千山没有回他的话，举起茶杯喝了一口水，热腾腾的水雾模糊了他的眉目。

"现在最难搞的地方，在于怎么知道他们从哪里来，落脚在何地。"牛大帅的手指嗒嗒地敲着桌面。

"听说仙灵界那边，每次开御行大阵，就会来一拨人，悄悄地来，悄悄地走，是绝不会让我们知道他们出现的位置的。否则那些娇娇弱弱的仙君仙子，若是落进咱们这豺狼窝里，还不给分着吃了。"

"应该还是有人知晓。"岑千山慢慢转动手中的杯子，"虽然很隐秘，但每隔几年市面上总会流出一些独特的东西，和我们这里的工艺完全不同，应该是来自仙灵界。如果没有人接引，他们不可能把这些东西卖出来。"

"嘻，咱俩想一块去了。我总觉得有某个家族在长期隐秘地接应他们，并和那边保持着交易关系。"牛大帅从柜台那头靠过来，压低声音，"据我这些年的观察，我感觉就是……"

他最后没武断地说出口，只是朝岑千山使了一个眼色："你也熟悉的。"

岑千山的眼眸微动，慢慢把杯子放在桌上："不论如何，如果师尊过来，我一定要接到她，不能让她身置险境。"

牛大帅嘿了一声："兄弟，你也未免忧心过度了。人穆大家可是从小在咱这地界长大的，能不知道保护自己吗？"

看岑千山的目光看过来，他急忙收住了嘴。

"得，得，不说了，不说了。只要穆大家过来，那咱就把她看成水晶人，琉璃盏。一定帮着我兄弟小心翼翼保护住。"

在归源宗的擂台之上，穆雪和卓玉的战斗正在进行。

一边是风狂雪怒，暴雪寒梅，一边是炙焰冲天，怒火燎原，都是那争锋不让的脾气，一般的拼命三郎两位。

擂台下的看客被震得目瞪口呆。

"我……我还以为早上那一场已经是极致了，想不到一山还有一山高啊。"

"说实话，卓玉的身手确实是厉害，难怪他有点狂啊。"

"那位师妹是谁，我怎么没在预赛看见她？"

"她你都不知道，这一届的黑马，这位就是逍遥峰'雪里花开'张小雪。预赛连胜十场直接晋级。估计你还来不及看见人家都回去了。"

擂台上的两人初初接触，各自后退，收敛境界。

寒梅和火光一收，四面顿时安静下来。

那位面色阴沉的少年双手燃着火焰，慢慢开口说道："我听说逍遥峰的行庭师叔乃是剑修。今日既然有机会领教，不若你我就以剑道拳术一较高下。"

穆雪手持三尺寒霜，认真点点头："可以，可以。我们就比比武道体术上的修为。那些师尊赐的法宝符箓，就不用了。"

二人凝视彼此，互相点点头。

说着都不用法器，下一刻，赤红的捆仙索、鼓荡的混元袋却同时出现在了空中攻向对方。

混元袋稳在云端，袋口大开，内里混沌沌、昏沉沉不见天日。这一回它并不刮出飓风，却反向生出一股巨大的吸力，欲将那细细的一抹红绳吸入袋中。

灵蛇一般的捆仙索在巨大的吸力中苦苦挣扎，拖拖挨挨眼见到了袋子口边，偏偏凝在空中不动了。

如同先前是在使诈一般，红绳一扭四散化为一朵盛开的丝绒花，细长的红色丝线从四面伸出，一下绕住了风中的混元袋，将那迎风鼓动的大袋子死死缠绕住。

一时间混元袋在空中拼命挣扎起来，左鼓出一团，右鼓出一块，四处地扭动。红色的捆仙索只管束住袋身不放，还不时分出一丝红色的线头，如同手臂一般在那鼓出的袋身上不时地摸一摸，仿佛逗着它玩耍一般。

看台之上一阵唏嘘。

"这卓玉就是个奸诈之徒啊，幸好这位师妹一点都不逊色。哈哈。"

"你这是连师妹一起给骂了啊。不过主人这样行事就算了，怎么连法宝都这……这般猥琐。"

"大比的规则就是这样，不论坑蒙拐骗，还是使用法宝符箓，赢就是赢了，只看谁的身家更厚，谁更拉得下脸皮。台上两人在这方面倒是不分伯仲啊。"

"也就他们这样的，才能夺得魁首吧。换作正儿八经的，哪怕功法再厉害也早就半路被淘汰了。"

"你们可能不知道，前十的弟子，是有机会去参与通魔御行道的。去往那魔灵界，求取大机缘，到了魔灵界，那些魔修谁和你讲礼仪道义？"

"原来如此。"

几乎在捆仙索捆住混元袋的同时，穆雪的身影已经出现在卓玉的身后，寒光闪闪的冷剑化出一丈余长的冰雪剑气，直刺卓玉周身要害。

卓玉冷笑一声，双臂一合，一声龙吟从地底悠悠传来——一条烈焰构成的火龙围绕着他现出身形。

龙身虽还幼小，但鳞甲分明，毛发须张，双目荧荧有威，张口就喷出一股炙热的火焰，将穆雪巨大的冰雪剑气熔而化之。

穆雪飞身后退。那火龙摇首摆尾，流焰似的烈火如同那炽热熔浆直冲着穆雪所在的位置，劈头盖脸倾倒下去。

看台之上响起一片惊呼之声。穆雪的三位师兄师姐一下站起身来。便是一直悠闲扇着扇子的苏行庭，都起身走到了高台的最前面，和掌门并立观看赛事。

穆雪并不慌乱，单手掐指成诀，轻呵一声。

三只小小的铁皮傀儡凭空出现，以异常迅速的动作在空中分解重组，构成三面巨大的玄铁盾牌，将穆雪严严护在中心。

那烈焰倾倒在盾牌之上，火光所触之地金铁流浆，那以坚实著称的玄铁都经不住高热，在炙热的高温下开始熔化。

铁水和火光一并落下，盾牌之中却早已空无一人，不见了那一身红衣的少女。

"不得了啊！虽然还只是幼龙，但这个年纪，就能灵气化实，当真是很难得了。果然是一位天才。"苏行庭忍不住感慨。

掌门丹阳子叹息一声："所以当初，你叫我怎么舍得放弃这样一位惊才绝艳的弟子。"

看台之上的那些小弟子也忍不住窃窃私语：

"原来他和萧长歌那一战竟然还有所保留啊。"

"火系的修为，斗法实力竟然是这般凶猛。因为老师不喜欢，我一直都没怎么修过火系的战斗术法呢。"

"从前很少和卓玉这个人接触，总觉得他冷冰冰的不好相处，现在看来，别的不提，他的实力我是服气了。"

"嘻，人家这个实力也是该得的。你不知道他修行的时候有多疯狂，我和他同在清净峰修行，每日早课都是他来得最早，每天晚上他屋子里的灯最晚熄。上山十年，雷打不动，我就没见他休息过一日。"

"这样啊，那大家为什么都不太喜欢他呢？"

"谁知道呢，总归都说他不好，也没说出个所以然来。慢慢就养成习惯了。"

空中水汽和烈焰交加蒸腾起了漫天云雾，一朵不太起眼的小小白云混迹其中，悄行无声，隐秘灵力，没有人知道穆雪正身处其中。

果真天才还是不一样啊。穆雪摸了摸自己因为大意突进，被烫伤了的手臂。

这个卓玉年纪也不过和自己相近，修为却是真材实料的。如果不是自己多活了一辈子，在这样温和的环境中长大，只怕不太可能是他的对手。

卓玉独自在场中静待了片刻，等不到穆雪的再度出现，神识也无论如何都搜不到穆雪的存在。

他收起了消耗极大的火龙，在一片烈焰中慢慢踱步，开口说话：

"为什么躲起来？你和他们一样，都很厌恶我对不对？怎么不趁这个机会出来，狠狠教训我一顿，给你那些师姐师弟出一口气？"

"害怕了？其实你是拿我没办法。"一抹血液从他肩头流下，那是被穆雪刚刚的剑气刺伤，他并不以此为意，冷笑道，"无论你们怎么厌恶，我都是这一届弟子中最强的。你再怎么躲避，终究还是要成为我的手下败将。

"我马上就会夺得大比的魁首，以后还会成为师门中的最强者。

"成为我师尊的骄傲，让所有的人都不得不闭上他们的嘴。"

"我厌恶你干什么。"一个声音突然在他身后出现，"你不就顶了一个'流火遍野'的名头吗？又没干出什么杀人放火的事。"

卓玉骤然转身，火龙刚刚出现，穆雪的拳头已经攻向他的面门。

那白皙的手臂上，被铁角狰狞的厚实铁甲紧紧围护，那是一只玄铁傀儡，化为护甲护住了穆雪的手臂。那铁臂破开刚刚成型的烈焰火龙一拳打在卓玉的脸上，把他远远地轰了出去。

"不过你伤了我的朋友，我得替她还给你。这顿揍该是你的，你就接着吧！"穆雪说道。

她的身形又一次隐没在映天云中。手上玄铁臂已经被火焰熔化，但新的一只傀儡很快飞过来重新化为铁甲，在她的肢体上覆盖成型。

看台之上，才入座没多久的丁慧柔合掌道：

"啊，这这这，你们看，这就是铁甲护身术。我在课堂上教了无数次，我的那些亲传弟子却没一个掌握住了精髓。只有小雪不但这般娴熟，竟然还能在实战中如此灵活机变地使用。"

她咬着手绢瞪了一眼前方和掌门并肩站立的苏行庭，心中含恨想着：都怪这个家伙和我抢徒弟。这样天生优秀的傀儡师，却白白跑到逍遥峰那个懒散的地方去了。真真是暴殄天物。

卓玉被远远击飞，吐了一口血，飞快翻身爬了起来。

不多时，穆雪又如同鬼魅一般在他身后突然出现，铁甲破开他的火焰护身，一脚横扫踢中了他的腹部，让他远远地滚了出去。

卓玉这次爬不了那么快了，咳着血，慢慢弯着腰站起来。他四处张望，依旧找不到穆雪，完全找不到破解之法，心中隐隐升起一种无能为力的挫败感。

从前所有人厌恶他，鄙视他，但他心中总有一份身为强者的骄傲，今日这份唯一的骄傲也似乎要被人打破了。

"认输吧。"那个女子的声音不知道从何处传来。

"不，我还没有输。"卓玉抹掉嘴角的血液，慢慢站直身躯。

便是场边的裁判都开口出声："卓玉是否认输？如果想要放弃比赛，可以举手示意。"

卓玉："在我这里，除非死，绝不认输。"

穆雪诡秘的身影如魅影般随时出现。无数小小的傀儡在擂台上来回忙乱着跑动，示意着她有无穷无尽的攻击防具，但不管怎样拳脚相加，那鼻青脸肿的少年总是挣扎着站起身来。

"别……别打了吧，看起来好可怜。"

"喂，卓玉，你就认输吧。"

"算了吧，认输吧，你赢不了这位逍遥峰的师妹。"

擂台下的观众都忍不住劝说起来。

那位曾经饱受非议的少年，固执地死死站在擂台中央，身边的地面燃烧着不愿熄灭的熊熊烈火。

看他这样倔强，便是穆雪都有些不忍心再打下去了。有时候一位执着而坚强的敌人，会让对手都忍不住生出敬佩之心。

何况这一架打下来，之前的一点小怨气也早已散去。

但大比的魁首穆雪是不可能让给别人的，再可怜的人也不让。

"其实你这样，是仗着掌门宠你吧？"半空中突然传来穆雪的声音。

"你……你说什么！"卓玉睁开肿胀的眼皮，恨声道。

"你没有见过，一个真正受到欺负的小孩。"那个女人冰冷的声音慢慢传来，"他们是不敢像你这样的。面对着那些自己无力反抗的强大恶意，想要活下来，只能百般隐忍，小心翼翼地讨好，谨小慎微地收敛起自己所有的天真和脾气。"

从云端上下来的穆雪站在熊熊烈火之外："你不过是一个仗着师长的宠爱，闹着别扭撒娇的小孩罢了。"

"胡说！"卓玉的眼眶通红，"你胡说，你根本没有体会过我的境遇，你凭什么这样说我。"

"你怎么知道谁体会过，谁又没体会过？"穆雪无情地嘲笑他，"这个世界上，身世悲惨的人多了去，也没见到每一个中二病一发，就像你一样撑天撑地，要死要活的。"

"我有一位师兄，他是一个孤儿，从小行乞为生。他遭遇的白眼和唾弃难道就比你少吗？"穆雪慢慢地、认真地说出心中所想，"可是他依旧阳光又热情。每一届金蝶问道，他都不辞辛苦地去接那些年幼的师弟师妹上山，温言引导，细心宽慰。在山门里的朋友也特别多，以至于大家把他入门时的绰号都改了，只叫他'夜航舟渡人'。"

看台上所有的人都齐齐扭头向逍遥峰叶航舟所在的位置看去，叶航舟咳了一声，挠挠头，有些不太好意思地坐了下来。

"我还有一位师姐，童年时期际遇坎坷，血脉至亲一位位在她眼前离去，自己也险些在饥荒中饿死。但磨难没有使她变得刻薄，她反而会煮特别好吃的东西给我们吃，成了一位最温柔的师姐。"

"这说的是苗师姐吗？"

"妙手香厨苗红儿？她除了做东西好吃，没一点对得上吧？"

"苗师姐温柔？哈哈哈，他们逍遥峰的人给自己人戴的滤镜也未免太厚了。"

观众席上的弟子们嘀嘀咕咕。

苗红儿权当是对自己的表扬，得意地跷起二郎腿："哈哈，也没有小雪说得那么好啦。其实我小的时候也挺闹腾的，估计和这个卓玉也差不多。"

"我还有一位认识的朋友，他幼年的时候被卖为奴隶。每日不是遭遇鞭打就是酷刑。后来他有了一位师父，那位师父给他的也不过是些微的关怀和帮助，他就……"穆雪顿了顿没有细说，"他就自己成长为一个很好的人。"

"有哪一个人像你这样？是掌门对你不够好，没尽到师长的责任？还是师叔们拿鞭子抽你，饿着你肚子了？你说，你倒是说说看？"

穆雪的声音越发清晰。

卓玉愣愣地站在擂台正中，身边的火焰终于慢慢变得微弱，渐渐地熄灭了。

也不知是被穆雪打服，还是被穆雪说服，他的心志产生了动摇，终于支持不住这样的灵力消耗。

穆雪抓住他心志动摇的瞬间，突然出现在他身后，在他没有反应过来之前，一反手扭住他的手臂，制住他的命门和大椎穴，把他控制在火焰熄灭的地面上。

"认输！"

"不，你休想！"被偷袭的少年愤怒了，拼命挣扎。

"说真的，我没见过比你更蠢的人。即便有人对你有偏见，好歹你还有一位疼爱你的师长，他不顾自己多年的名声一直护着你。"穆雪毫不留情，手下施压，"你不想着努力点，改一改大家对你的看法，反而这样四处闹腾。难道是想故意败坏掌门的名誉吗？"

"你胡说，我夺得大比第一，正是为一扬师尊的声誉。"卓玉大声怒诉。

"搞错了吧，赛场之上毫不顾惜地出手重伤自己同门，这难道不是带累你的师父，有损他多年慈悲的声誉吗？"穆雪继续打压对手，"你没看见掌门这几年头发都被你愁得掉没了吗？"

看台上的丹阳子摸了摸自己还不算太稀松的白发，看了身边的苏行庭一眼：

"你这个小徒弟，话术倒是不错。我看她这一顿揍，没准能打开卓儿的心结。"

苏行庭微微抱拳："是我平日里太过宠溺，惯得她不知轻重，还望掌门师兄不怪罪她才是。"

丹阳子捻着长须摇头："不怪罪，不怪罪。说不定我还要谢谢她。如今看来，在教养徒弟这方面，我确实是不如师弟多矣。只有师弟这般细致呵护，加倍关怀，才能把一个个徒弟的心性都调育得如此之好。"

"掌门日理万机，心中装的是整个门派的未来。"苏行庭展开折扇，轻轻摇了摇，"不像我，懒散惯了，心思只落在自己那一亩三分地和这四五个孩子身上，自然有精力多关注些。"

苏行庭顿了顿，又开口道："不过师兄你既知道这个孩子倍受压力，当真要更多一点留心他的成长才是。毕竟人心不比法器，可以修理，可以重铸。这个年纪的孩子，最是敏感纤细，需要长辈的关注和宠爱。"

擂台之上穆雪已经失去耐心，压着卓玉的脖颈，手指发力："举手认输，否则要你小命。"

那被按在土地里的人，唯一能动的手紧紧抓进土地里，无论如何都不肯动一动。哪怕是死了，他也不想输，不愿认输。

看台上陆陆续续响起了劝慰的声音：

"欸，你就认输吧，输给自己同门没什么关系。"

"第二名，也很厉害了。我们都服你了。"

"认输吧，别倔了。认输也没什么。"

擂台上那少年的手掌青筋暴出，越来越紧地抠进土地里。

穆雪很是为难，说是要卓玉的小命，其实不过是吓唬他的言语罢了。

如今是说也一时说不服，打也不好再打下去，她松了松手指，准备把手下这个人打晕了或者捆起来丢下擂台去一了百了。

两道流光如虹，在这个时候落进擂台。掌门丹阳子和苏行庭并肩站在穆雪面前。

苏行庭对穆雪点点头："可以松手了，小雪。这场比试是你赢了。"

穆雪得到了师尊这句话，立刻松开手，站到了自己师尊身旁。

门内大比夺得魁首，台下丢上来无数鲜花，响起了热烈的掌声。

活了两辈子的人也忍不住嘚瑟了一句："师尊，我怎么样？"

苏行庭侧头靠近她，一脸都是按捺不住的笑："矜持，矜持一点。回去咱们再庆祝。"

大比的冠军被大家众星捧月围着走了。

卓玉从泥地里撑起身来，他手臂折断了，满身既是泥又是血，前所未有地狼狈。

还要让自己的恩师特意从看台上赶下来救自己。

那位白发苍苍的老师和从前一般慈爱地向他伸出手。

"快起来，卓儿。"丹阳子把他拉起来。

十几岁的小弟子，起早贪黑，没日没夜地苦修，不知什么时候这样一心钻进胜负的牛角尖里。是自己平日过于忙碌，对他的关注太过少了。

"师尊，是弟子没用，"卓玉在自己的恩师面前低下头，"弟子输了，没拿到魁首。"

虽然输了比赛，狼狈不堪，但也不知为什么，心里却没有想象中的那样难过，反而有一点说不明白的释然。

他抹了一把脸上的血，向擂台下看去，擂台下还乱糟糟的一片，那些人并不像自己想象中个个奚落嘲讽着自己的落败。

甚至有稀稀拉拉的一些年轻弟子，正在朝着自己鼓掌。

师尊的声音在耳边响起："卓儿，我们修行之人和凡人不同，胜败不当只看名次，你知道我们看的是什么吗？"

卓玉还处在一片浑浑噩噩的状态中，茫然地回话："看的是什么？"

"胜败看的是自己的道心。"丹阳子枯瘦的手指点着自己的胸口，"是否有在生死之争中守住本心，是否在艰险的战斗中开解道心的桎梏，才是胜利与否的关键所在。卓儿你可明白？"

卓玉握紧了拳头，又最终松开手，伏身跪地行礼："弟子明白了，弟子知错了，多承师尊教导。"

他抬起头来，看着自己的老师："其实弟子只是想……"

想什么他没有说下去，但养育他多年的师长什么都知道。

"你已经是为师身边最优秀的弟子，为师向来都以你为傲。今日，我看见你在这场比试中心性有所突破，真是比什么都还高兴啊。"

卓玉低着头，恭恭敬敬地站着，眼眶却红了。

丹阳子看着这个从来对自己恭敬有加的小徒弟，又看看远处苏行庭身边那个和师父随意说笑的小弟子，想起苏行庭刚刚说的那些话。

年迈的老先生有些不太适应地学着苏行庭曾经的样子，伸手在小徒弟的脑袋上摸了摸："你若是偶尔想和他们一样向为师撒娇，也不是不可以的。"

第
五
十
一
章

重
逢

　　门派大比前十名的奖励极其诱人，除了能通过御行阵参与前往魔灵界的探险之外，还可以在门派的宝库中任意挑选一件法宝。摘得魁首，甚至能独得其二。

　　宝库之内，堆满了门派数千年的积累，几重庭院深深宝架，可谓满室华光夺目。宝鼎碧玉潋滟生辉，金珠雪剑重重弥覆。这些法宝中，有门派历年收集回来的天材地宝，也有那些离世陨落的前辈遗留下来的法器符箓。

　　进入其中的小弟子们被这阵势迷住了双眼，看看这个也好，看看那个也爱不释手，一时间几乎无从下手。

　　在这样如山如海品质不一的法宝中，短短时间里能淘出什么东西。当真五分靠的是眼力，五分靠的是运气。

　　穆雪慢慢在货架中穿行，看见了一只小小的金蟾蹲在架子的最底层。穆雪不由得笑了，把它拿起在手中看看。

　　这个东西她很熟悉，叫作蟾光镜，是一种能够温和治愈外伤的法阵。

　　当年岑千山刚来的时候，时常受伤，她就把这样的一只金蟾镶在他日常睡觉的床头。

　　到了夜间，金蟾吐出一轮明月，治愈睡在月光里的那个男孩身上的伤口，让他不再痛苦，睡梦安稳。

上一次，她元神离窍，回到魔灵界的时候，还在那张陈旧的小床头，看到那只小金蟾呢。一百多年了，自己不在的时候都是这只小小的金蟾停在小山的床头陪他。

穆雪把小小的金蟾放回去的时候，手指触到了一个冰冰凉凉的东西。

低头一看，在底层货架的里面，摆着一柄灰扑扑的短剑。拿在手中，剑身两尺来长，比穆雪惯常使用的短一些。剑柄和剑鞘都是哑黑色的，凹凸不平，暗淡无光，有一种沉在水底历经千万年打磨的溪石质感。

实在是毫无特色的一柄破旧古剑。只是剑柄上刻着一朵小小的花形图案引起了穆雪的注意。

那花枝纤细无叶，花瓣如丝绒向着四面卷曲，中心巍巍一簇花心。和穆雪手背上捆仙索所化的文身几乎一模一样。

它莫非和渡亡道有什么关系吗？

这剑似乎很多年不曾被人拔出过，穆雪拔剑的时候，细微的尘土簌簌下落。

一汪如秋水般的剑身从那漆黑的石鞘里挣出，发出铮的一声清鸣。

伴随着这一声清响，仿佛有一股凉意从身边荡开，那似是一道冰冷的河水突然在这里流过，在那一瞬间浸没了穆雪的整个身心。

她站在这流动的河底，依稀听见一声叹息。

那叹息声清冷又寂寞，沧桑又纯粹。这种孤寂感染了穆雪，让她的心有一瞬感同身受的难过。

等她回过神来时，发觉自己还愣愣地拿着那柄剑，宝库里依旧宝光璀璨，同门们在远处走动的声响隐隐传来。

那柄短剑已经完全拔了出来，剑身如水，含光内敛，并不起眼，甚至连剑刃都像是没开过锋一般，不怎么锋利。

穆雪的手指在那圆钝的剑刃上轻轻摸了一下，却不知道为什么被割破了肌肤，一滴血珠渗出，被那似水的剑身迅速吸收。

一声欢快的声音传递进穆雪的心中，像是一种找到了伙伴的愉悦，找到了归属的欢心。

虽然还听不懂它说的是什么，但穆雪铮一下收剑回鞘，将它紧紧握在手中，心里怦怦直跳。

这是剑灵。

生而有灵的宝剑举世难寻，竟然被自己在这里遇到了一把！

此刻不管它长得好不好看，有没有开刃，穆雪都不可能再放弃这柄剑。

她飞快把短剑别到腰上，离开这个区域，向堆放材料的屋子走去。

自从在东岳神殿，窥视到了一线属于神灵的化物之术，穆雪便心心念念想要给自己锻造一个称手的傀儡。可惜一来不好过度超前展露锋芒，二来仙灵界虽说生存环境安全，但天材地宝相比魔灵界实在过于匮乏，她也没有得到称手的炼材。

这些年因为手痒，把丁峰主所授的基础傀儡反复打造了大几十个，以至于大比的时候那浩浩荡荡的基础傀儡军团还让自己小小出了一点风头。

到了炼材区，穆雪也就不再逐一去看。神识铺展覆盖了这相连的几间屋子。

这种地方对一个炼器师来说才是真正的宝库。堆积如山的各种矿物、晶体、骨骼和木材，还有……

穆雪睁开了眼睛。

她的脸上露出了欣喜的笑容。

不愧是举门派之力的宝库，果然被自己找到了好东西。

她爬上高高的货架，从一堆的秘银矿石中挑出了一个香瓜大小的土黄石头，像宝贝一样地抱在了怀中。

走出宝库大门，那里已经有好几个人在排队等待审核登记。

这一次大比的前十名，除了卓玉和萧长歌，穆雪认识的人中还有之前擂台上交过手的那位铁柱峰的体修，以及比自己大一些的丁兰兰和林尹。

丁兰兰看见了她手里抱着的两个东西，一把拉住她的袖子。

在丁兰兰眼中，夺得大比魁首的穆雪，手里竟然抱着一柄灰不溜秋生锈了一般的古董小剑，和一块土黄色完全看不出内容的石头。

果然还是没长大的孩子。进入宝库竟然只拿了两个破烂出来，没看见大家都瞧着她笑吗？

"你你你……你这都拿的是什么？"丁兰兰气急败坏，拼命给她使眼色，"进宝库的机会可是难得。这里面翻天印、镇魂珠、罗煞剑，什么宝物没有，怎么拿这两个？趁还有点时间，快去换一个。"

穆雪揽住她的胳膊肘往外走："不了，我选这两个就好。兰兰师姐，你挑了什么？"

丁兰兰手中拿着的是一个小小的飞行法器。

此法器在注入灵气之后，可以放大成为一个三角形的踏板，虽然飞行速度极快，行动灵活，但不具备任何防御和攻击能力。

在那个法器的角落，刻着一片小小的雪花标志。

这个法器穆雪熟得不能再熟，因为它根本就是出自穆雪的手中。

从前，穆雪所有制作的法器，都留有一个雪花的标记。想不到，上百年的时间过去了，竟然会有一个流落到了这里。

穆雪捂住了脸："你拿这个干什么？这不算顶级的飞行法器。我觉得你才是该去换一个。"

丁兰兰睥她一眼，指着法器上那一片被时光磨损了的雪花给她看："知道这是谁的手工制品吗？这是穆雪，穆大家亲手制作的。穆大家的手工制品流传到现在，还能有几件？这东西可有收藏价值了。不识货的小妞。"

穆雪："……"

那么喜欢的话，改天我可以做几个送给你。

丁兰兰爱惜地抚摸着那有了历史痕迹的法器："你不知道，这个世界上，我最崇拜的炼器大师，就是她了。我真希望将来自己也能像她一样，独自设计出那么多的东西。"

不知道为什么，穆雪心底微微一暖："是……是吗？"

那么喜欢曾经的我吗？

丁兰兰："我想成为穆大家那样伟大的炼器师，也希望能像她那样得到一位情深不悔的郎君。"

穆雪："……"

"我也只是说说而已啦。"芳华正好的少女低垂睫毛，看着手中那枚从异界传来的法器，"这个世界上，珍贵的宝物易得，灵魂契合的伴侣可遇不可求。尤其是我们修行之人，岁月漫长，变数不定。或许终我一生，也只能在书中看看别人的故事而已。"

到了晚间，大比前十的弟子挑选法器的记录，传递到了掌门的手中。丹阳子拿起那页记录浏览了一眼。

"忘川剑和天外陨铁？"他吹了吹白色的胡须，"真是江山代有才人出啊。行庭这个小徒弟，眼光独到，运势也不错，是个难得的孩子。这一次御行阵的开启，希望这些孩子都能有所收获，平安回来。"

浮罔城烟家，今日迎来了一位特殊的客人。

负责侍卫门庭的烟家女孩挺直身躯，紧握手中佩剑，凝神戒备。

直至那个一身黑衣的男子，迈过庭院，消失在掌家的院门口，她才靠着柱子，长长吁出一口气。

身边年轻的堂妹不明所以："姐姐何故如此紧张？我看那位岑大家，乃是一等一的美男子，并不似传说中的可怕。嘻嘻，那腿那腰，实乃人间尤物，今日看上一眼，也算饱了眼福啦。"

她的堂姐哼了一声："你没经历过当年那事。你要是看见这位当年的模样，任凭他再俊美也不会对他动半点心思。"

"我听说过好多次啦。当年我们家和他关系很僵，这位月下修罗，把我们烟家一半的产业都掀了。真是凶得很呢。"年轻的女孩双目亮晶晶的，口里说着可怕，实际上一点不能真正体会百年前被这位阎罗王追杀时的恐怖。

她的堂姐白她一眼："说起来也是奇怪，这几年多情山似乎确实是变了，好像不再是从前那副行尸走肉、生死无味的模样。人有了生气，收拾得也爽利漂亮，看起来是俊美了许多。"

在烟家掌家的庭院内，烟大掌柜和她的长女烟凌坐在主位之上，身侧各有一位年轻俊美的郎君陪侍添酒。

她们的对面坐着的正是岑千山。

"岑大家这些年看起来振作了不少，境界似乎也有所精进。作为老朋友，我们也为你高兴啊。"烟大掌柜笑盈盈地说着话，仿佛真心为一位老朋友高兴的样子。

十年前，岑千山为烟家取得了极为珍贵的碧落九转黑莲，算得上帮了她们家大忙，也让她再一次意识到岑千山的强大实力。

今日岑千山主动找上门来，她摆宴相待，宾主相欢，关系更为缓和，让她心里十分高兴。

岑千山身边随侍的烟家侍女纤手捧玉杯，为他端了一杯酒。那女子眸如秋水，态生双靥，含羞带怯地看着他，只待他微微露出些许示意，便要将那玲珑有致的身躯靠上来。

岑千山举臂接过酒杯，毫不怜香惜玉地运转灵力将她逼在自己三尺之外，近不得身。

那位女侍露出楚楚可怜的失望神色，只换来他不耐烦地皱起眉头。

庭院外，烟家女修们互相推挪着，打探着屋里的动静。突然院门打开，家里最漂亮的那位侍女红着面孔，气鼓鼓地出来了。

"看到没，谁上去都没用。岑千山是谁，咱们浮罔城独一份的望妻石。上百年的顽石，谁能撼得动？"

"就是这样，禁欲又痴情，谁都吃不进嘴里，才让人眼馋嘛。嘻嘻。"

"他还没出来吗？到底是有什么事，让他能主动找到我们家来？"

封闭的庭院之中。

烟大掌柜面色难看，勉强扯了扯嘴角："岑大家说笑了，我们如何知道，那仙灵界的来人在何处落脚？"

岑千山端坐不动，修长的手指只是缓缓转动手中酒杯。

他的身后，屋舍屏障一并消失，现出了一片虚空幻象，那星云变幻的虚空之中，隐隐有天魔的身影浮动。

这是六道秘法中的天魔境，虽还不是实境，但这几百年来，就不曾听说有人修到了此境界，想不到被这个男人不声不响地练成了。

这时候，他展露境界，是一种威胁，也是一种交换。

"我只是孤家寡人一个，既不会抢你们烟家的生意，也绝不会对外人提起。你这一次若是告诉了我，就算是我欠你们家一个人情。"岑千山垂着眼睫，看着自己拿着酒盏的手，"你我也算相识多年，你应该知道，我岑千山想要得到的东西，不计代价也终归要弄到手的。既然左右结果都是一样，烟掌柜又何必把事情闹得那么难看？"

他松开手，手中的那个瓷杯化为一股烟雾散在空中。这一手化实为虚，可不像表面看起来这般轻飘容易。小小瓷杯化为烟雾所带来的热浪散开，熏得烟大掌柜后背冷汗直流。

"烟大掌柜，烟大小姐，你们觉得呢？"岑千山慢慢地说，抬眼看来。

他的声音不急不缓，平平淡淡，依旧像是一位温和的客人。

烟家两位女子互相交换了个眼色，彼此争斗多年，她们深刻知道眼前这个男人的性子，远不是他表现出来的这样和平安静，他一旦翻脸，那就是拼命的架势。

烟大掌柜沉吟片刻："告诉你也不是不行。"

浮罔城千里之外。

古城的遗迹如同一只沉睡的巨兽趴在荒芜的大地上。那些爬满植被的断壁残垣中偶尔露出一角的精美雕塑，象征着这里曾经也是一座繁华之都。

数百年前的欢喜城是个比浮冈城还热闹的城镇，如今却只剩那些高楼城台的废墟断壁，早已经荒芜多年。

一处幽深昏暗的巷子里飞出几只惊鸟，亮起了法阵特有的光芒。

不多时，一位少女从巷子口探出脸蛋来，四处看了看，回头招呼身后的同伴。

"没人，是一个废墟多时的古城。"

她的身后，陆陆续续跟出来一些年轻的修士，一个个新奇地抬头看着断壁上遗留的巨大石刻和雕塑，彼此交谈着。

"哇，这里就是魔灵界吗？"

"你看那些魔神的塑像，穿成那样，也太露骨了吧？"

"这里好安静啊，我有点紧张。"

一位领队的长者施术掩盖了他们到来的法阵，从巷子里跟出来。

"都安静一些，这里是欢喜城的遗址。废弃了几百年了，很少有人来，但也要小心。我们尽量不和那些来这里探索的魔修有交集。"

在这些人的队伍中，一位身着红衣的少女，正愣愣地抬头看着天空。

直到她的同伴拉了她一把："快走，小雪，别发愣了。"

不远之处一座高大的建筑顶上，茂密的植被从建筑的缝隙中生长出来，遮蔽住了一个融入黑暗中的身影。

那人一手扶着大树的躯干，微微向前动了动身形，又按捺住了，目光遥遥眺望，紧紧流连在那一抹红色的身影上。

头顶的苍穹星辰璀璨，夜色中的雾气华浓弥漫。岑千山的视线被星辉雾气沉浸，开始变得模糊。

十年光阴，似一晃而过，又似历经了无比漫长的煎熬等待。

神域中稚嫩的小小女童，如今摇身一变，已经一袭红衣，亭亭玉立，和记忆中那个身影，渐渐重叠在了一起。

一只小小的傀儡蹲在他的肩头，咔滋咔滋地张合嘴巴，用僵硬的声音开口说话：

"那位就是穆大家啊。她长得可真漂亮，比我想象中的还要美。"

图书在版编目（CIP）数据

送君入罗帷：全二册 / 龚心文著 . -- 长沙：湖南文艺出版社，2023.3
ISBN 978-7-5726-0985-5

Ⅰ．①送… Ⅱ．①龚… Ⅲ．①幻想小说－中国－当代
Ⅳ．① I247.5

中国版本图书馆 CIP 数据核字（2022）第 246170 号

上架建议：畅销·青春文学

SONG JUN RU LUOWEI：QUAN ER CE
送君入罗帷：全二册

著　　者：	龚心文	
出 版 人：	陈新文	
责任编辑：	刘雪琳	
监　　制：	邢越超	
策划编辑：	郭妙霞	
特约编辑：	周冬霞	
营销支持：	文刀刀　周　茜	
封面设计：	冯紫璇	
版式设计：	梁秋晨	
插图绘制：	RedMatcha　圣　圣	
内文排版：	百朗文化	
出　　版：	湖南文艺出版社	
	（长沙市雨花区东二环一段 508 号　邮编：410014）	
网　　址：	www.hnwy.net	
印　　刷：	三河市鑫金马印装有限公司	
经　　销：	新华书店	
开　　本：	680mm×955mm　1/16	
字　　数：	726 千字	
印　　张：	40.5	
版　　次：	2023 年 3 月第 1 版	
印　　次：	2023 年 3 月第 1 次印刷	
书　　号：	ISBN 978-7-5726-0985-5	
定　　价：	79.80 元（全二册）	

若有质量问题，请致电质量监督电话：010-59096394
团购电话：010-59320018